이춘원 장편소설

이즈반도에서 만난 미치코

도서출판 글

혼란의 시대를 살아오면서 나는 항상 마음에 걸리는 것이 있었다. 부모에게 못 다한 효도고, 우리의 아름다운 인성과 사회의 도덕이 문란해지는 것이요, 껄끄러운 한일관계로 서먹해진 일본의 친구들이다.

평생을 인내하고 관용을 베풀고 살았던 어머니의 삶을 나는 지금도 가슴속에 기리고 산다. 그리고 부부의 연이 되어 서로 애증을 달래며 순종하고 살았던 아버지와의 인간관계가 각박해지는 이 시대의 가족과 사회와 국가관계의 본 보기였으면 좋겠다는 생각을 한다. 일본과의 자꾸 꼬여만 가는 관계도 어떻게 풀어야 할 것인가 하는 대답이 여기에 있을 것 같았다.

자꾸만 과거의 잘못을 빌라고 외쳐봐야 목만 아프고 부레만 끓는 것이 한일관계이다. 나는 여기에서 먼저 단결하지 못하고 동족상쟁이 끊이지 않았던 우리 스스로를 반성해 본다. 그렇다고 무참한 침략으로 많은 희생을 당하고 오욕의 세월을 보낸 과거를 잊자는 것은 결코 아니다. 당장 그 오만무도한 버릇을 고치려면 뺨이라도 때려야 마땅하지만 그것은 곧 싸움이고 전쟁이 날 수밖에 없지 않겠는가. 그러지 못하니까 짜증나고 분하고 앙심이 생기고 욕이 나오고 죽이고 싶은 것이리라.

　이럴수록 우리는 부강해야 하고 민족의 숙원인 통일을 이루어야 한다는 것을 절감케 한다. 그리고 북한과 일촉즉발의 위기 때면 주변의 나라 중에서 누가 우리 편이 되어줄까 둘러보게 된다. 이웃과 원수지고 살지 말라는 어머니의 말에 새삼 공감을 하는 것은 어떤 방법의 통일이 됐건 주변 열강의 이해와 협력이 없이는 불가능하기 때문이다.

　이런 저런 현실의 고민을, 어린 시절 꿈이었던 소설을 통하여 나와 가족의 행복을 위해 이 세상을 어떻게 살다 가야 하는가라는 우리 삶의 근원적인 문제를 조명해보고 싶었다.

　우리의 어린 시절처럼, 불행한 시대에 태어나 구습에 찌든 부조리에 반항하다 길을 잃은 한 소년의 파란만장한 삶의 이야기에서 인간의 참되고 아름다운 본성을 구명하여 이러한 고뇌를 해결할 수 있는 길을 찾아보고자 했다.

　이 소설이 끝을 맺기까지 '소설 쓰는 법'이란 한권의 책이 스승이 되어주었다. 이 지면을 통하여 저자에게 감사한 마음을 표한다. 선뜻 출판을 맡아주신 도서출판 고글 연규석 사장님께도 깊이 감사드린다.

2018년 신춘 저 자

이야기 하나

역사의
소용돌이 속으로

생사의 갈림길

거대한 바위를 깎아지른 듯 우뚝 솟은 별학산別鶴山 봉우리로 먹구름이 몰려들고 있었다. 서쪽 하늘은 핏빛의 노을이 해괴한 형색으로 꿈틀거리며 그늘진 잿빛 산등성이로 서서히 빨려 들어갔다. 그 요기 띤 광채를 쬐인 맞은바라기의 별학산 암벽이 피가 낭자한 괴물 같았다. 잔뜩 찌푸린 산천은 음습한 어스름이 덮이고 멀리서 어렴풋이 소름끼치는 산울음 소리가 들렸다.

"저 산이 왜 저리 노하실꼬?"

흘깃 산을 쳐다본 텃골 아짐씨는 진저리를 쳤다. 아침이면 해가 뜨는 앞산 너머로 한 폭의 산수화처럼 정겹게 바라보이는 별학산이 오늘따라 험상궂고 무서웠다. 비가 오려는지 그 너머 멀리 떠있는 천등산의 안장바위도 손에 잡힐 듯 가깝게 보였다.

어디선가 비를 흠뻑 맞고 쫓겨 온 높새바람이 텃골 아짐씨의 삼베 적삼 올 속으로 파고들었다. 철이 지난 삼베옷은 때깔을 잃고 후줄근하여 천박스럽게 보이지만 아랑곳하지 않고 마냥 입고 살았다. 후 덥지근한 무명옷을 입으면 쌓이고 싸인 화기로 속이 더 타들어가기 때문이었다.

텃골 아짐씨는 4년 전 집을 나간 뒤 소식이 없는 둘째 무일을 한시도 잊지 못하고 살았다. 불쌍한 그 녀석은 차디찬 가슴 속에 틀어박혀 말라빠진 젖꼭지를 아프게 빨아대고 있었다. 심장을 짓누르는 응어리가 되고 눈에 밟히는 영상은 백내장이 되고 말았다.

그녀는 화풀이나 하듯 생솔가지를 무릎에다 대고 뚝뚝 부러뜨렸다. 가마솥에 떡시루를 올려놓은 작은방 아궁이에 거꾸로 처넣고 불을 때기 시작했다. 내일 출항하는 어선 흥양호의 고사를 모시기 위해서 떡이며 고기며 나물 등 제물을 준비했다.

별학산에 자꾸 신경이 쓰여 그쪽을 흘끗 보았다. 반쯤 구름이 가린 봉우리는 해거름의 잿빛에 묻히고 있었다. 빗방울이 떨어지는 소리가 났다.

"오마, 비가 올란가보다."

고추와 콩, 깨 등 거둔 곡식을 멍석에 널어놓은 농촌에서는 가을 소나기는 호랑이보다 무섭다고 했다. 깨를 널어놓은 둥주리를 들고 돌아서려는데 뒷덜미에서 번갯불이 번쩍하더니 하늘에서 '우르르쾅' 천둥소리가 온 천지를 울렸다. 비는 오지 않았으나 연방 번개를 쳤다. 텃골 아짐씨는 혼자 있기가 무서웠다.

"어째서 이리 아무도 안 온다냐?"

이때쯤 식구들이 돌아오지 않은 것은 예삿일이지만 오늘은 괜히 짜증이 났다. 집에 있는 식구래야 영감 김 면장과 머슴 정석수, 그리고 부엌심부름을 하는 순금이랑 네 사람뿐이었다. 큰아들 사일과 딸 예일은 서울과 광주에서 직장에 다니고 있었다. 고등학생인 막내아들 공일도 읍내 외가에서 다닌다. 집을 나간 둘째 아들 무일까지 모두 네 사람이 뿔뿔이 객지에 나가 있었다.

마침 그때 순금이 돌아왔다. 김 면장도 무거운 발걸음으로 사립문을 들어섰다.

"고사 준비는 다 됐소."

퉁명스러운 텃골 아짐씨의 말에 김 면장은 가는 한숨만 쉬었다.

어두운 얼굴 미간에 작대기 세 줄의 내 천자가 뚜렷하면 뭔가 못마땅한 심기의 내색이었다. 텃골 아짐씨는 어선의 출항준비가 순조롭지 않다는 것을 짐작하고 그만 입을 다물었다. 40년을 함께 살면서 남편이 언짢다 싶으면 피하는 게 현명하고, 침묵은 만사 무탈이었다.

해방 전 전남어업조합연합회의 계장으로 재직하다 불의의 사건을 겪고 낙향한 김운용金雲龍, 그는 그 지방 어업조합의 명예직인 조합장으로 선출되더니 그 후 초대 민선면장에 당선되어 고장의 향반으로서 신망을 받았다. 유학을 숭상하고 보수적인 성격인 그는 가족에게는 항상 원님이나 된 듯 권위를 앞세운 사람이었다. 가끔 불호령을 내리면 가족들은 동짓달 물구덩이에 빠진 강아지마냥 벌벌 떨었다. 그러나 나이 차이가 다섯 살이나 아래인 부인에게는 '여보'라고 부르며 깍듯이 존댓말을 쓰고 함부로 대하지는 않았지만 모든 것을 자기 마음대로 하는 성격이었다.

모두가 텃골 아짐씨라고 부르는 유말녀 부인은 왠지 남편이 항상 신혼 살이 때처럼 어렵고 서먹하여 살얼음을 밟듯 긴장하고 살았다. 옳던 그르던, 남편의 말이면 무조건 '예'하고 따르고 인내하며 순종을 여자의 본분으로 여기고 살아왔다. 작달막하고 가냘픈 체구에 말수도 조심스러워 허약하고 어수룩하여 보였지만 사리가 분명하고 매사에 강단졌다. 가족을 위해서라면 불구덩이 속이라도 마다하지 않을 여인이었다.

남편이 정나미가 떨어진 것은 둘째 아들 무일이 집을 나간 뒤부터였다. 그 녀석 생각이 나면 오장이 벌컥 뒤집히고 멱살이라도 잡고 덤비고 싶은 심정이었다.

'무일은 제 애비가 얼마나 무서웠으면 종적을 감추고 영영 집엘 안

돌아오겠냐? 김운용, 이름이 무슨 용자여 독사인 뱀사자, 운사지. 독재자란 말이 딱 맞제.'

텃골 아짐씨는 이렇게 중얼거리면서도 목구멍으로 삼킬 뿐 얼굴에는 내색을 안했다. 얼른 부엌에 나가 손수 밥상을 들고 왔다. 밖에서 뚝뚝 빗방울 떨어지는 소리가 또 들렸다.

"비가 오는가 보오."

"비설거지는 다 해놨소."

투박한 말투는 이미 두 사람 똑같이 버릇이 되어버린 지 오래였다.

"젠장, 내일 고사를 모시려니까 하필이면 비가 오다니…."

김 면장은 투덜거리며 장지문을 열어 보았다. 그러나 빗방울은 다시 멎고 있었다. 아까와는 달리 이번에는 마른번개가 번쩍 빛나면 한참 후에 천둥소리가 들렸다. 빛과 소리의 시차가 있는 것은 번개구름이 멀리 가고 있다는 징조였다. 별학산은 아직 먹구름 사이로 잿빛 윤곽이 뚜렷하게 보였다.

"비는 그치겠소."

말이 떨어지자마자 난데없이 별학산 쪽에서 탕~ 타당 탕…, 쿵 드르륵, 탕, 탕…, 달군 가마솥에서 마른 콩을 볶듯 요란한 총소리가 골짜기를 흔들어댔다. 산봉우리 밑에서 마치 불꽃놀이를 하듯 무수한 불화살이 번쩍이며 날아가는 것이 보였다.

"예 말이요!"

텃골 아짐씨가 다급하게 불렀다. 김 면장도 툇마루로 뛰어 나왔다.

"아무래도 무슨 일이 난 것 같소."

"총소리가 별학산에서 났소."

"공비소탕 같소만, 왜 아직도 여기서 이런 난리가 나는고?"

숨을 헐떡거리고 마당으로 달려든 것은 고사 준비를 도와주러 오던 동주네였다.

"성님, 성님 대체 이것이 무슨 난리라요?"

탕~ 탕~ 타탕… 다시 총소리가 이어졌다. 모두는 마치 날아오는 총알을 피하기라도 한 듯 몸을 움츠렸다. 바로 아랫집에 사는 판길이네도 호들갑을 떨며 뛰어들어 왔다.

"윗다오메, 윗다오메. 콩 볶은 총소리가 난디, 이것이 무슨 일이단가? 겁나 죽겠네."

그러다가 동주네를 흘깃 보더니 입을 삐죽하며 말했다.

"자네는 저 아랫동네에서 얼마나 빨리 뛰었길래 나보다 먼저 왔단가?"

오목하게 들어간 판길이네 입은 가장자리에 주름이 지면서 늘 왼쪽으로 비뚤어졌고 다소 의뭉한 구석이 있었다. 손아래 사촌 동서인 동주네를 다분히 시샘하는 말투였다.

총소리는 오래 계속하지 않았다. 몇 발이 더 나고는 멈췄다. 모두 숨을 죽이고 별학산을 바라보고 있었다. 판길이네 아재, 아랫집에 사는 상동 아재라고 부르는 박명수 영감도 뒷짐을 지고 들어오고 있었다. 텃골 아짐씨는 궁금해서 견딜 수가 없어 순금을 불렀다.

"순금아 너 좀 내려가서 무슨 일인지 알아보고 오너라."

"어떻게 알아 본다요?"

"이장이라도 만나서 물어보면 되제."

"야."

순금이 뛰어 내려갔다. 총소리가 멎은 별학산은 다시 정적이 흘렀다. 별학산의 모습은 서서히 어둠 속으로 지워져갔다. 순금이 돌아왔으나 산속을 뒤흔든 총소리의 정체를 아는 사람은 없는 것 같았다.

낡은 괘종시계가 양철남비 두드리는 소리를 열두 번을 치고도 한 식경이 더 지나고 있었다. 텃골 아짐씨는 좀처럼 잠을 이루지 못했다. 영감이 깰세라 궁싯거림도 조심했지만 김 면장도 잠이 오지 않은 모양이었다. 벌떡 일어나더니 싸구려 건설 담배에 성냥을 그어대 독한 연기를 뿜어냈다. 멀리서 개들이 짖는 소리가 들렸다. 가까이 오는 사람에게 달려들듯 요란하게 짖는 소리가 아니었다. 수놈이 '컹 컹 컹' 짖으면 뜸을 들였다가 암놈도 따라 짖곤 했다. 달이 밝거나 건너편 먼 산길에서 사람소리가 들릴 때 신경이 곤두서면 짖는 그런 소리였다. 눈까풀이 가물거리기 시작한 텃골 아짐씨는 스르르 잠이 들었다.

시아버지가 하얀 도포를 입고 수염을 날리며 무일의 손을 잡고 집으로 들어오고 있었다. 불쌍하고 그립던 아들이었다. 텃골 아짐씨는 놀라서 벌떡 일어났다. 꿈이었다. 무일이 집을 나간 두 달 전에 돌아가신 시아버지가 꿈에 나타나시다니 이상한 일이었다. 가슴이 마구 벌렁거렸다. 꿈이 아니었으면 싶었으나 등이 땀으로 범벅이 되어 있을 뿐 잠을 깬 현실은 허무했다. 아들의 환영이라도 다시 보려고 누워서 눈을 감았다. 꿈과 현실 사이에서 시달린 몸과 마음은 피곤했지만 잠은 멀리 달아나고 그리움이 눈을 적셨다.

§

　지리산의 넓은 등성이에 하얀 이불처럼 덮여있던 눈이 얼룩송아지 잔등이 모양으로 군데군데 녹고 있었다. 양지바른 언덕의 땅속에서는 새싹이 꿈틀거리는 봄의 시작이었다. 겨우내 아지트에 웅크리고 있던 빨치산도 기지개를 켜고 새로운 작전을 짰다.

　지리산은 해발고도 1,915m로 그리 높은 산은 아니지만 전라남북도와 경상남도 3개 도에 걸쳐 많은 고봉과 능선, 계곡이 나무뿌리처럼 얽혀있는 직경 30여 km, 483km²의 광대한 산악이다. 1948년 여순반란사건의 잔여세력과, 6.25전쟁으로 낙동강까지 밀고 내려왔다 패퇴하는 인민군과 좌익들이 숨어들면서 빨치산 투쟁의 본거지가 된 곳이었다. 퇴로를 잃은 빨치산과 인민군의 잔당은 최후의 항전을 계속했다. 밤이면 그 일대에 발호하며 치안을 어지럽히고 있었다.

　휴전협정으로 병력의 여유가 생긴 군부는 후방의 치안에 눈을 돌렸다. 그동안 소탕이 지지부진하던 경찰 대신 신무기로 무장한 정규군을 공비토벌에 투입했다. 날씨가 풀리는 이른 봄부터 군경합동토벌부대 3개 사단 4만여 명의 병력이 지리산을 포위하고 총 공격을 시작했다.

　주능선과 골짜기를 차례차례 점령하고 포위망을 좁혔다. 그때까지 버티던 빨치산의 잔당도 점점 숨을 곳을 잃어갔다. 총사령부의 지휘자들이 하나 둘 전사하여 지휘체계마저 흐트러졌다. 전 같은 유격활동은 엄두를 못 내고 우왕좌왕하며 악착같이 살길을 찾아야 했다.

　이미 사령관을 잃고 여름의 끝자락까지 버티던 전남총사령부가 마침내 국군의 기습 공격을 당했다. 다급한 부대원들은 제마다 뿔뿔이 흩어져 튀었다. 무일은 빗발치는 총탄을 피하여 홍보위원장의 뒤를 정신없이 뒤쫓아 갔다. 급히 뛰는 바람에 발을 헛디뎌 계곡의 깊은 개천으로 굴러 떨어졌다. 다행이 둑이 자연의 방호벽이 되어 총탄을 피할 수 있었으나 다리를 삐어 꼼짝할 수가 없었다. 이를 본 홍보위원장이 위험을 무릅쓰고 포복으로 되돌아왔다. 개천을 통해 무일을 이끌고 간신히 산죽 덤불 속으로 숨어들어 죽음을 모면했다.

멀리서 그들이 숨은 곳을 지켜보는 사람이 있었다. 산 생활을 하면서 무일과 친하게 지냈던 딱새였다. 그는 99식 소총을 들고 도망치다가 어둠이 깔리기를 기다려 산죽 덤불로 찾아왔다. 이미 부대가 풍비박산 나버린 이 세 사람은 지리산을 탈출할 수밖에 없었다. 간신이 죽음의 문턱을 넘은 이들은 야음을 이용해 산길을 타고 백운산으로 향했다. 딱새는 그 지방의 사정을 잘 알고 있었다. 식량을 보급투쟁을 해 오는 등 식음을 해결해 주고 열성껏 잔심부름을 했다. 무일이 발을 다친 데다 신발이 헤어져 칡덩굴로 감발을 하고 다닌 것을 보고 군화를 주어오기도 했다. 섬진강을 건널 때도 물이 얕은 곳을 잘 알고 있어서 쉽게 건넜다.

백운산으로 숨어든 그들은 아지트를 구축할 엄두를 내지 못 했다. 이미 백운산도 토벌작전이 시작되고 있어서 머물 곳이 못되었다. 그곳에서 이들처럼 지리산을 빠져나와 헤매고 있던 전남총사령부 소속의 윤도, 길상이, 다람쥐를 만나 합류했다. 그들은 M1 소총이 있었다. 홍보위원장의 권총까지 무기가 세 자루였으나 먹거리와 방한용 의류 말고는 쓸모가 없었다.

홍보위원장은 젊은 부하들을 살릴 수 있는 길을 찾았다. 쉽고 확실한 방법은 자수였다. 군은 자주 비행기로 자수하면 용서한다는 전단을 뿌리고 있었다. 이는 빨치산에게는 변절이고 죽을죄지만 패잔병인 이들이 달리 안전하게 살아남기는 어려운 상황이었다.

부하들을 모아 놓고 그는 후일을 기하자고 설득하며 자수하기를 권했다. 그들은 결사반대했다. 공산주의 사상으로 무장된 혁명정신이 투철해서만은 아니었다. 반란사건과 전쟁의 소용돌이에 휩쓸리면서 불만이 사이고 원한을 당한 젊은이들이 철없이 날뛰다가 빨치산이란 굴레를 쓰게 된 공동운명체였다. 진한 의리와 동지애가 죽음의 길목에서 오기와 만용으로 변절된 심리상태였다. 홍보위원장이 자수를 하면 따라할 것 같았다. 하지만 그는 자수를 할 수 없는 사람이었다.

유경만, 철저하게 본명과 신원을 숨기는 그들의 세계에서 홍보위원장의 이름을 알고 있는 사람은 외당숙질 사이인 무일뿐이었다. 남노당 핵심 간부인 그는 경찰에게 아버지와 형을 잃었다. 남한 일대가 공산치하가 되자 조선노동당 고흥군당 부위원장, 전남도당 홍보위원장으로 활약하다가 지리산으로 쫓겨 온 것이었다. 그는 부하들을 살리고 자결하기로 결심하고 있었다.

그는 다시 장고를 했다. 월북을 하는 길은 휴전선을 빠져나가기가 거의 불가능할 뿐 아니라 북조선에 대해서는 깊은 배신감을 느끼고 있었다. 휴전협정을 체결하면서 북조선은 남한에서 목숨을 바쳐 싸우다가 전멸의 위기에 처한 유격대에 대해 아무런 보장을 하지 않고 외면해 버린 것이다. 토사구팽, 사지에 무참히 버려진 이들은 북조선에 대하여 천추의 원한이 맺혀있었다.

어렵지만 또 한 가지 길은 해외로의 탈출이었다. 선택의 범위는 일본이나 공산주의 국가인 중국이었다. 일본에는 대학 동기이며 남노당 동지인 권도산이 자리를 잡고 있으면서 몇 번 일본으로 오라는 지령을 보내온 일이 있었다. 그곳으로 가기만 하면 살길이 있을 것이었다. 해상 탈출은 상황에 따라서는 여러 사람이 도리어 유리할 수도 있다는 생각이 미쳤다. 그는 해외 탈출의 결심을 굳혔다.

목적지를 고흥반도 남쪽 끝 별학산으로 정했다. 바다와 맞닿은 산자락에 조용한 항구가 있고 지리를 잘 아는 곳이었다. 홍보위원장은 이곳에서 미리 20일 분량의 식량을 확보하라고 지시했다. 치안이 안전한 지역, 특히 고흥 반도에서는 침투의 흔적이 발견되면 위험하기 때문이었다. 보급투쟁에 능한 딱새가 훔치고 사기도 하여 쌀과 빵, 미숫가루, 소금 등을 비축했다.

낮에는 산속에 은신하여 잠을 잤다. 밤이 되면 각자 식량 등 생활필수품을 나눠지고 행군했다. 어둠속에서 방향을 찾기가 어려웠다. 잘못하여 민가로 접근할 때가 있었다. 경찰이고 민간이고 간에 머리털 한 오라기라도 들키면 끝장이었다. 마을이 가까운 곳은 하루 밤 십 리를 더 나가지 못했다. 찻길을 건널 때가 가장 위험했다.

간신히 고흥반도의 병목을 통과하여 천신만고 끝에 천등산에 도달했다. 주변에 올망졸망 월각산과 벼락산 그리고 별학산을 거느린 주산이지만 겨우 554미터의 높지 않은 산이어서 머무를 곳이 못 되었다. 등성이에서 바로 능선을 따라 별학산으로 행군을 강행했다.

별학산은 해발 350m에도 미치지 못하는 산이지만 산세가 가파르고 험준했다. 바다 가까이 해안 지대에 솟아 있는데다 주변에는 높은 산이 없기 때문에 우뚝선 봉우리의 거대한 바위가 어디에서나 우러러 보였다. 정상에서 동쪽으로는 마치 공룡의 갈기와 같은 바위가 드문드문 박혀있는 능선이 천등산으로 이어졌다. 서쪽 산자락에는 커다란 바윗돌들이 화전의 밭두렁으로 놓여있거나 제멋대로 굴러 있었다. 임진왜란 때 왜군과 피비린내 나는 칼싸움을 벌이던 성터라고 했다. 그 위쪽 계곡에는 맑은 물이 솟는 옹달샘이 있었다. 물맛이 좋아 여름이면 행인들은 잠시 올라가 목을 축이고 갔다.

당천리로 가는 신작로는 별학산의 북서쪽으로부터 허물어진 성곽 사이를 비스듬히 오르다가 왼쪽으로 산허리를 깎아서 돌아갔다. 그 모퉁이에는 일제 때 금을 파다가 팽개친 굴이 흉물스럽게 아가리를 벌리고 있었다. 남쪽으로는 두 줄기의 낮은 산맥이 나무뿌리의 옆가지 같은 산마루와 계곡을 거느리며 뻗어 내려가다 끝이 바다에서 잠겼다. 그 사이에 훤히 펼쳐진 들판 끝으로 파란 바다와 거금도가 그림처럼 내려다 보였다. 그곳 바닷가에는 갯바위에 붙어있는 거북손 같은 오두막들이 옹기종기 모여 마을을 이루고 있었다. 예부터 바위개라 부르던 암포리, 무일이 살던 마을이었다.

조금 더 가면 위쪽 가파른 산등성이에는 소나무가 어둠 같은 숲을 이루고 있었다. 여순반란사건 때 나뒹굴어 있던 영혼들이 흘린 피거름을 빨아먹은 나무들이 무성했다. 길은 천등산 계곡 앞에서 버려진 작은 저수지가 앞을 막는다. 반쯤 말라빠진 흙탕물에 꾸정모기 애벌레만 꾸물대는 그곳은 음산하고 괴기가 느껴져 밤에는 물론이고 낮에도 심약한 사람은 혼자 지나가기를 꺼렸다. 그곳에서 오른쪽으로 벗어나면 들판이 트이고 뭍 끝이 당천항이었다.

여섯 사람의 빨치산은 정상의 바위 근처에 숨어있을 곳을 찾았다. 서북쪽은 정상의 바위 밑부터 급경사인데다 소나무가 칙칙하게 우거져 공격을 하기도 도망을 치기도 어려운 지형이었다. 아래가 잘 내려다보이는 고지라야 공격을 발견하기 쉽고 방어하기에 유리하다. 또 아차하면 재빨리 천등산으로 이동할 수 있는 위치라야 했다.

별학산 정상에서 천등산으로 이어진 능선의 첫 번째 바위 밑으로 아지트를 정했다. 정상 바로 밑의 제법 큰 바위를 등지고 남쪽으로 당천항이 훤히 내려다보이는 곳이었다. 게다가 바위 밑이 은폐하기 좋게 동굴처럼 크게 파여 있어서 비바람을 피하기도 좋았다. 바위 밑을 더 넓게 파서 임시 아지트를 급조했다. 홍보위원장은 곧 회의를 시작했다.

"지금부터 한 명이 4시간씩 24시간 보초를 선다. 순번과 위치는 서로 상의하여 정하고 멀리서 사람의 눈에 띄지 않도록 각별히 주의하라."

새벽이 가까워지고 있었다. 그들은 피곤이 몰려왔다. 모처럼 아지트에 숨어 잠에 곯아떨어졌다. 무일은 이른 아침부터 아지트 뒤쪽의 사방이 잘 보이는 고지에서 몸을 가리고 보초 근무를 했다. 당천항과 바다가 그림 같이 펼쳐지고 쭉 뻗은 황토길이 지도를 보듯 한눈에 내려다 보였다. 가을이 깊어가고 있었다. 벼베기가 한창인 농촌은 평화로워 보였다. 명도가 높은 노란 색으로 물든 산과 들은 세상이 더 밝고 넓게 느껴지고 모처럼 마음이 평온했다. 암포리 마을을 내려다봤다. 텃골의 내 집이 빤히 보였다. 떠난 지 4년, 뛰어가서 어머니를 만나고 싶었다. 장독대에서 간장을 뜨고 있는 어머니의 환상이 눈 속에서 어른거렸다. 자꾸 눈물이 나오려고 했다.

아침식사를 마치고 홍보위원장은 딱새를 불렀다.

"딱새는 당천항으로 가서 내일 새벽에 낚시를 하러갈 배를 대절하라. 씨알 굵은 감생이를 낚으려면 멀리 나가야 하니까 배가 약간 작더라도 동력선이어야 한다. 낚싯대와 낚싯대가방을 두 개씩 사오라.

가방은 총을 숨길 수 있는 큰 것을 사라. 그 다음 계획은 밤에 다시 발표하겠다."

딱새는 홍보위원장으로부터 돈을 받아가지고 바로 산을 내려갔다. 당천항까지는 오리 남짓한 거리였다. 저수지 근처의 숲속에 숨어 있다가 인기척이 없을 때 길로 내려서서 태연히 걸었다. 당천항의 해안에는 낚시점이 두 집이 있었다.

"저…, 친구들과 내일 배낚시를 하고 싶은디 갈 수 있소?"

딱새는 일부러 진한 전라도 사투리로 말했다.

"몇 명인디요?"

"여섯 명이요. 기왕이면 좀 멀리 나가서 씨알 굵은 감생이 낚자고 한께…"

"마침 좋은 배가 있습니다. 독선으로 대절을 해야 쓸 것이요. 내일이라고 했지요?"

다행이 계획대로 쉽게 이루어졌다. 낚시는 내일 새벽 5시에 나가기로 결정하고 선금을 치르고 계약을 했다. 딱새는 낚싯대와 낚싯대 가방을 두 개씩 사고 나머지 낚싯대는 빌리기로 했다. 그는 낚싯대가방 두 개를 매고 가게를 나왔다. 벌써 정오가 가까워지고 있었다. 떠날 준비를 하려면 시간이 별로 없었다. 발걸음을 재촉했다. 누가 미행이라도 하는 사람이 없는지 자주 뒤를 살폈다. 갈 때처럼 저수지 근처에서 산으로 기어 올라갔다.

모두는 둘러앉아 딱새의 보고를 듣고 얼굴에 화색이 돌았다. 살아날 희망이 보이는 것 같았다. 제각기 눈을 감고 하늘을 우러르며 내일의 성공을 빌었다. 홍보위원장이 최후의 계획을 발표했다.

"내일 새벽 4시 반에 출발한다. 빵과 미숫가루 남은 것, 각자 필요한 옷과 도구만 챙기고 나머지는 모두 땅에 묻는다. 낚싯배로 일단 바다로만 나가면 된다. 선장을 위협해 어둠이 깔릴 때쯤 적당히 큰 어선을 납치한다. 내 권총까지 총이 세 자루니 웬만히 큰 어선도 충분히 장악할 수 있다. 배에서 상황을 판단하여 일본이나 중국으로 가되 제일 목적지는 일본이다. 동경에는 일본조선인연맹 간부로 있는 권도산 동지가 있으니 연락만 닿으면 우리를 도와 줄 것이다. 모두 알겠느냐?"

"네, 알겠습니다."

그들은 떠날 준비를 서둘렀다. 다람쥐의 99식소총은 낚싯대 가방에 쉽게 들어갔다. 딱새의 M1 소총은 개머리판이 너무 커서 거꾸로 총대만 쑤셔 넣고 개머리판을 적당히 가렸다. 해가 서산으로 기울어질 때쯤에야 준비가 끝났다. 무일은 오랜만에 허리를 펴고 누웠다. 들릴 듯 말 듯 한 소리로 노래를 불렀다. '날아가는 까마귀야 시체보고 울지 마라…' 잠든 줄 알았던 딱새가 옆에서 따라 불렀다. '몸은 비록 죽었으나 혁명정신 살아있다.'

아직 해는 서산에 걸려 붉은 노을을 피워내고 있었다. 식사 당번인 무일과 딱새는 일찍 밥을 지었다. 인가가 가까운 산에서는 연기가 나지 않는 휘발유 버너를 쓰고 불빛이 보이지 않게 밝은 때 밥을 짓는다. 홍보위원장이 내일 이른 새벽에 출발하려면 바로 저녁식사를 하고 일찍 취침하라고 지시했다. 다람쥐는 보초 교대시간이라고 먼저 식사를 하고 뛰어 나갔다. 나머지 식구는 밥통을 둘러앉아 제각기 그릇에다 밥을 퍼 담고 있었다.

갑자기 험상궂은 도깨비 날씨가 되더니 빗방울이 한두 방울씩 떨어지고 산이 무너질 듯 벼락을 쳤다. 비는 오지 않았으나 바람이 세게 붙었다. 잿빛으로 찌부러진 하늘에는 검은 먹구름이 몰려들고 있었다. 홍보위원장은 변덕스러운 날씨 때문에 내일 일을 그르칠까 불안했다. 밖으로 나가 날씨를 살폈다.

"내일 낚시를 못 하려나?"

하늘을 쳐다보며 걱정스럽게 말했다. 그는 서둘러 식사를 하려고 다시 아지트로 돌아왔다.

"누가 시원한 물을 좀 떠 오너라."

그 말을 기다렸다는 듯이 무일과 딱새가 서로 마주 쳐다보았다. 딱새가 주먹을 어깨 위로 들었다. 무일도 똑같이 주먹을 들었다.

"가위바위보!" 딱새의 짧은 소리에 맞춰 두 사람은 가위바위보를 했다. 딱새가 보를 내고 무일은 바위를 냈다. 무일이 후딱 일어나 야전용 접이식 멀티바스켓을 들고 뛰어 갔다. 그 뒤를 이긴 딱새도 따라갔다. 그러고 보면 가위바위보는 꼭 이기기 위해서 하는 것만은 아닌 성 싶었다.

지리산에서는 생사의 갈림길에서도 가위바위보를 자주 했다. 가끔 토벌군이 불리하여 급히 후퇴를 할 때는 건너편 언덕에 군화를 신은 시체가 뒹굴어 있었다. 동상이 총상보다 무서운 겨울 산에서 군화는 절실하게 필요한 것이다. 군화를 벗기로 가는 임자는 흔히 가위바위보로 정했다.

그것이 가끔은 죽음의 덫일 때가 있었다. 그걸 미끼로 멀리 고지에서 백발백중을 자랑하는 일등사수가 방아쇠에 집게손가락을 걸고 총을 정확히 조준해서 고정시켜 놓는다. 가위바위보에 이긴 사람이 기어가다가 한방의 총소리와 함께 나뒹굴어질 때는 진 사람은 안도의 한숨을 쉬기보다는 미어지려는 가슴을 움켜쥐고 땅에다 머리를 방아질 했다. 가슴을 치고 머리털을 쥐어뜯으며 후회했다. 차라리 자신이 영원히 잠들었으면 좋았을 것이라고 뉘우치고 한탄했다. 그래도 또 그들은 가위바위보를 했다.

전쟁이 없을 때는 전쟁보다 더 무서운 고독과 무료함을 달래기 위한 쉽고 간단하고 재미있는 게임이 가위바위보였다. 무일은 감당할 수 없는 위기에 몰렸을 때 주위에 아무도 없으면 혼자서 가위바위보를 했다. 조건을 정한 다음 오른손과 왼손을 동시에 내는 것이다. 이런 땐 자아의 의식은 잠시 널려있는 시체에게 맡겨두고 무의식중에서 양손을 낸다. 그래야 운명을 가르는 성스러운 거사는 공정했다.

무일과 딱새는 빈 통을 함께 들고 산 뒤쪽의 골짜기로 내려가 성터 위에 있는 옹달샘으로 갔다. 나머지 식구들은 식사를 시작했다. 그 때 다람쥐가 뛰어와서 숨을 헐떡이며 보고를 했다.

"기, 길상이가 근무 위치에 없어요."

"오후에 나와 교대를 했는데 길상이가 없다니?"

윤도가 눈을 크게 뜨고 홍보위원장을 보며 말했다.

"이상하네? 주위도 다 찾아보았는데 안보여요."

다람쥐가 혼잣말을 하면서 주위를 두리번거렸다. 홍보위원장은 고개를 갸웃했다. 왠지 불길한 예감에 온 몸에 소름이 돋았다. 보초가 위치에 없다니 확인해야 할 일이었다. 밖으로 뛰어나가 사방을 둘러보았다. 얼핏 산 아래의 도로에 뿌연 흙먼지를 일으키며 차가 달리는 것이 보였다. 지프차가 당천항 쪽으로 쏜살같이 가고 있었다. 조금 후 또 한 대가 지나갔다. 틀림없는 경찰차였다. 그 순간 홍보위원장은 골짜기에 전류처럼 훑고 지나가는 무서운 살기를 온몸으로 느끼며 머리털이 곤두섰다. 빨치산의 예감은 정확했고 반응은 번개처럼 빨랐다. 홍보위원장이 다급하게 외쳤다.

"빨리 뛰어랏! 천등산으로 빨리!"

모두는 허둥지둥 자리를 박차고 천등산 쪽으로 튀었다. 홍보위원장은 딱새와 새총이 오면 데리고 가려고 머뭇거렸다. 그 사이 다람쥐가 천등산 쪽으로 100m쯤 뛰어갔을 때였다. 갑자기 '탕, 탕 타탕…' 산 아래서 총알이 날아왔다. 윤도도 뛰고 홍보위원장도 반사적으로 천등산 쪽으로 튀었다. 총소리가 계곡을 뒤흔들었다. 앞서가던 다람쥐가 넘어졌다. 권총을 뽑아든 홍보위원장이 총을 맞고 그 자리에서 쓰러졌다. 윤도는 용케 총알을 피하여 쓰러져 있는 다람쥐를 뛰어넘고 달렸다. 능선 쪽에 매복하고 있던 병력이 집중사격을 했다. 그도 꼬꾸라지더니 제물에 몇 바퀴를 굴러 뻗었다.

공격에 가담한 경찰은 불과 9명이었다. 6명의 경찰은 아지트 앞쪽을 반원으로 포위하여 땅거미처럼 기어오르고 있었다. 나머지 세 명은 천등산으로 이어지는 바위 능선에 잠복했다. 공비의 수가 적으므로 일제히 접근하여 총구를 들이대 모두 생포할 계획이었다. 그러나 접근하기 직전에 공비들이 도망치는 바람에 경찰은 당황하여 사격을 한 것이다.

무일과 딱새는 물을 길어서 정상으로 올라오다가 요란한 총소리를 듣고 기겁했다. 그들은 다시 뒤돌아서 아지트 반대편인 북쪽의 숲이 우거진 가파른 산을 구르다시피 뛰어 내려갔다. 나무에 얼굴이 부딪치고 돌에 넘어지고 가시에 할퀴고 땅바닥을 구르면서 도망쳤다.

포위망의 오른쪽 끝에 납작 엎드려서 정상으로 기어오르던 유용석 순경은 총소리를 듣고 벌떡 일어났다. 성급하게 그쪽으로 뛰어가려다 바위에 무릎을 부딪쳐서 넘어졌다. 종아리뼈를 심하게 다쳐 일어쩔 수가 없었다. 누가 도와줄 사람이 없나 뒤를 돌아보았다. 왼쪽 산비탈의 성터로 두 사람이 쏜살같이 뛰어 내려가는 것이 얼핏 보였다. 신작로를 가로질러 건너편 산으로 도망치고 있었다. 분명히 공비였다. 엎드린 채 무조건 카빈총으로 그쪽을 향해 갈겼다. 한사람이 쓰러졌다. 같이 뛰던 사람이 그를 다시 일으켜서 산등성이로 끌고 올라갔다. 가까운 사거리였다. 유용석 순경은 끌고 간 사람에게 총을 조준했다. 총구 끝 가늠구멍 중심에 가늠쇠 끝을 맞췄다. 가늠쇠 위에 사람의 등을 올려놓고 숨을 멈췄다. 떨리는 손을 고정했다. 집게손가락에 걸려있는 방아쇠를 당기면 총알이 튀어나갈 것이다. 심장을 관통하고 등에서 피가 튀면서 사람은 앞으로 꼬꾸라질 것이었다.

'치약을 짜듯이' 사격훈련 때 교관이 방아쇠 당기는 요령을 귀가 따갑도록 가르치던 생각이 났다. 옆에서 '처녀 젖가슴을 만지듯이야' 하던 분대장의 소리도 들렸다. 도망하는 적을 겨누고 있는 다급한 전장에서 웬일인지 그런 생각이 사수의 동작을 방해했다. 나 몰라라 하고 총을 마구 갈겼을 때와는 달리 사람의 뒷등을 빤히 겨누고는 차마 방아쇠가 당겨지지 않아 머뭇거렸다. 처음으로 전투에 참가한 초년병의 겁결인지 아니면 인간 본래의 성정인지 모르지만 웬지 방아쇠에 걸어있는 손가락이 움직이지 않았다.

'내가 사람을 죽이다니…' 손이 떨렸다.

그가 허둥거리고 있는 사이에 두 사람은 가늠쇠 구멍을 벗어나 눈 깜짝할 사이에 산언덕 너머로 사라졌다. 순간 유용석 순경은 총을 겨눈 사람의 뛰어가는 뒷모습이 영락없이 집을 나간 뒤 소식이 없는 친구, 김무일 같다는 생각이 번뜩 스쳤다. 그는 눈을 감았다. 온 몸에서 힘이 빠져나간 것 같았다.

유용석 순경은 절뚝거리며 정상으로 올라갔다. 풀밭에 붉은 피가 낭자한 세 구의 시체가 흩어져 있었다. 그는 차마 보기가 무서워 외면을 하고 있었다. 죽은 시체를 본 것은 난생 처음이었다.

"두 놈이 도망갔어! 빨리 잡아야 해!"

경찰은 주로 천등산 쪽으로 쫓아갔다. 경위 계급장을 달고 있는 경찰이 다리를 절고 있는 유용석 순경을 보고는 짜증스럽게 물었다.

"너 다쳤어? 총상이야?"

"넘어져서 종아리뼈를 다쳤습니다."

"머저리 같은 놈, 이 급한 판국에…."

유용석 순경은 고개를 꾸벅하여 조아리고 나서도 '정말로 무일이었을까?' 도망간 두 사람의 모습이 자꾸 신경 쓰였다. 그는 입을 굳게 다물고 아무 말을 안했다. 그 때 계급장이 없는 한 경찰이 시체가 있는 곳으로 돌아왔다. 그는 엎드려 있는 시체를 얼굴이 보이게 통나무처럼 발로 굴렸다.

"어허, 정 경사, 아무리 공비라도 시체를 발로 그래서 쓰나?"

경위가 나무랐다. 의경이지만 나이가 많고 경력이 있다고 모두들 경사라고 부른 정기만이었다.

"앗! 네, 죄송합니다."

"도망간 두 사람을 빨리 잡아!"

경위가 다급하게 독려했다. 정기만 경사는 굽실하고 천등산 쪽으로 달려갔다. 일본 헌병출신인 그는 총을 잘 쏜다고 자청하여 의용경찰로 들어갔다. 의경은 M1이나 칼빈소총은 차지가 안 되기도 했지만 항상 일본군이 쓰던 99식 총을 들고 다녔다. 비록 단발이지만 99

식 장총이 명중률은 최고였다. 백발백중 총 솜씨를 인정받으려면 헌병시절 손에 익은 명기가 제격이었다.

경찰은 길상의 밀고로 이들의 아지트 위치를 정확하게 파악하고 있었다. 길상은 오후 2시 경계근무 교대를 하자마자 계획했던 대로 망설임 없이 산을 벗어나 당천지서로 가서 자수를 했다. 그들을 절대 사살하지 말고 꼭 생포해 달라고, 마치 자수의 조건인 것처럼 몇 번이고 부탁을 했다.

고흥경찰서는 갑작스런 공비의 출몰에 당황했다. 공비들이 길상이 없어진 것을 알면 바로 도망을 갈 것이기 때문에 시간이 급박했다. 해거름이 되고 어둠이 깔리면 생포는커녕 공격도 하기 어려울 것이었다. 겨우 1개 소대의 병력을 긴급 차출하느라 꾀 시간이 걸렸다. 더구나 아홉 명의 경찰은 암포리에 사는 일본헌병출신 정기만 외에는 거의 전투경험이 없었다. 그 중에는 고등학교를 졸업하고 경찰에 들어간 무일의 친한 친구인 유용석도 끼어 있었다. 경찰은 지체 없이 별학산 남쪽 산자락에 붙어 소리 없이 기어 올라갔었다. 급박한 시간과 적은 인원에다 미숙한 작전계획으로 결국 두 공비를 놓치고 만 것이다. 경찰은 일대를 샅샅이 수색했지만 이미 산에는 어둠이 깔려서 일단 철수할 수밖에 없었다.

구사일생으로 총격을 벗어난 무일은 딱새의 한 팔을 어께에 걸치고 허리를 붙잡아 끌어 산등성이를 넘고 또 넘었다. 총소리의 진동이 멎은 산골짜기는 밤이슬이 내리고 있었다. 사방이 장막을 친 듯 캄캄했다. 밤은 형체가 없는 빈 공간이라도 그 자체가 살육자의 폭력으로부터 약자를 보호해주는 최고의 은폐물이었다. 숲속은 토굴과 같이 포근했다.

용케 총탄은 피했지만 어디로 가야할지 목적도 없었다. 추적을 따돌려야 산다는 생각만으로 딱새를 끌고 걸었다. 높하늬바람이 스쳐가면서 무당이 혼을 부르는 것 같은 소름끼친 휘파람 소리가 가늘고 길게 계곡에서 들려왔다. 딱새가 가쁜 숨을 내쉬며 사정하듯 말을 했다.

"새총, 나는 못 갈 것 같다. 나 때문에 둘이 다 잡힌다. 내 걱정 말고, 너라도 살아야 한다. 나를 그대로 놔주고 어서 떠나라!"

정신없이 도망치던 무일은 딱새의 상처를 살피지 못한 것을 깨달았다. 딱새를 눕히고 상처를 보았다. 손목에 총알이 관통하여 손이 간짓대 끝에 달린 도리깨채처럼 덜렁거렸다. 아직도 동맥에서 피가 흘러나왔다. 무일은 속옷을 찢어서 단단히 팔뚝을 묶어 지혈을 했다. 손목에 나무를 꺾어서 대고 칭칭 동여맸다. 그래도 싸맨 옷 위로 조금씩 붉은 피가 배어나왔다. 무일은 불과 새끼손가락 굵기만한 총알 구멍에서 몸속을 돌고 있는 피가 이렇게 뿜어 나오는 것이 무서웠다. 얇은 살가죽을 믿고 살아 있다고 으스대는 인간이 우습다는 생각이 들었다. 목숨을 부지하고 있는 자기 자신도 허깨비가 아닌가 싶었다.

"딱새야 이제 괜찮을 거야. 손목을 다쳤는데 피만 멎으면 나을 수 있어."

"난 안 돼. 나는 놔두고 가거라. 어서…. 물, 물 좀 마셨으면…."

딱새는 힘겹게 말을 했지만 이제는 자신을 위해서도 눈을 감고 싶었다. 도저히 견딜 수 없는 아픔과 탈진으로 이미 생명에 대한 애착을 잃고 있었다. 새총이라도 살기를 바라는 간절함이 꺼져가는 촛불의 마지막 화염처럼 성화를 부렸다. 무일은 그의 말은 들으려고도 하지 않았다. 꼭 살려야 한다는 생각뿐이었다. 생사를 같이했던 우정이라기보다 가냘프게 꺼져가는 생명을 무참하게 버릴 수 없었다. 전장에서 숱한 죽음을 경험했지만 처음으로 생명의 아까움을 느꼈다. 귀중한 뭇 생명이 전장에서 파리 목숨처럼 사라져 간 지난날의 잔혹했던 지리산 생각이 나서 몸서리가 일었다. 안타깝게 그는 자꾸 물을 찾았다. 많은 출혈이 있을 때 물은 절대 금물이다.

"지금 물을 마시면 안 돼. 조금만 참아. 나는 혼자 갈 수 없어. 우리는 꼭 함께 살아야 해."

어깨에 걸친 딱새의 손은 점점 힘이 빠지고 있었다. 무일도 지쳐서 다리가 꼬였다. 주저앉으려는 그의 허리를 추슬러서 붙잡고 끌고 가려고 안간힘을 썼으나 그 자리에서 주춤거리기만 했다.

"난 안, 안 되겠어…, 으음."

"야 딱새야 정신 차려야해. 자면 안 돼!"

더 이상 걸어갈 수가 없었다. 무일은 딱새를 등에 기대게 하여 간신히 들쳐 업었다. 그의 무게를 실은 발을 떼기 시작했다.

"딱새야. 자지 마! 제발…, 조금만 버텨주라."

"새 새총, 나 나 이름은 강 강창식이야, 강 창 식. 광양읍에 어머니가 살고 계셔. 너, 너는 꼭 살아서 우리 어머니를 만나주라. 아버지, 형 죽인 두 놈 내 손으로 죽였으니 여한 없이 떠 떠났다고…"

딱새는 힘겹게 말을 하고는 이미 성한 손도 누렇게 쉰 오이모양 밑으로 대롱대롱 늘어뜨렸다.

"딱새야! 정신 차려!"

딱새는 숨을 쉬고 있었으나 아무 말이 없었다.

"딱새야 죽으면 안 돼!"

'휘이, 휘이' 캄캄한 산속에서는 여전히 세찬 하늬바람이 흔들거리는 소나무를 스쳐가며 끊임없이 휘파람소리를 불어댔다. 무일은 멀리서 장송곡 소리가 들리는 것 같았다. 검은 보자기를 둘러쓴 유령들이 흔들거리며 장송곡을 부르는 같았다. 모차르트의 진혼곡인지 쇼팽의 장송행진곡인지 분간을 할 수 없는 소리들이 불협화음으로 엉클어져서 애간장을 도려내는 구슬픈 소리를 내고 있었다.

별학산 위로 푸른 달이 떠오르고 있었다. 그도 총을 맞은 건지 오른쪽이 이지러진 반쪽 달이었다. 구름이 지나갈 때마다 달은 서쪽으로 달려가는 것이 보였다. 무일은 엉뚱하게 어려서 본 손오공 만화 생각이 났다.

'현장삼장을 따라 불전을 구하러 서쪽나라 인도로 가고 있는 걸까? 우리도 따라갈 수 없을까? 오행산에 갇혀있던 손오공을 구해준 삼장법사는 어디를 지나가고 있기에 지리산에 갇혀있던 우리는 구해주지 않는 것인가?'

행여 밤길을 걷는 사람과 마주치면 끝장이었다. 산중턱의 나무꾼이나 목동들의 발에 밟혀 희미하게 난 산길을 헤쳐 갔다. 누구도 무일의 고통을 도와줄 사람은 없었다. 반 쪼가리 달도, 검은 보자기를 쓴 소나무도, 어둠 속에서 눈을 깜박이며 술렁이고 있는 별들도 모두 다 근심스런 얼굴로 지켜보기만 할 뿐이었다. 딱새가 말이 없자 무서운 외로움이 몰려왔다. 무일은 돌아가신 할아버지가 가르쳐주던 주문을 외었다.

"옴 자례 주례 준제 사바하 옴마니 반메훔 나무아미타불…"

어느 날 할아버지를 따라서 읍내에 갔다가 어두워져 별학산 모퉁이를 내려 올 때였다. 갑작이 할아버지가 무섭냐고 물었다. 무일은 무어라 대답을 할지를 몰라 잠자코 있었다.

"옴 자레 주레 준제 사바하 옴 마니 반메 홈 나무아미타불. 옴 자레 주레 준제 사바하…"

할아버지는 이렇게 외우고는 무서울 때는 세 번만 외우면 잡귀고 호랑이고 산적이고 모두 달아난다고 가르쳐 주셨다.

주위의 모든 것이 차단된 적막과 암흑 속을 걷고 있었다. 왠지 흙 속에 묻힌 것 같은 밀폐된 공간 같았다. 그 속에서 영원히 벗어나고 싶지 않았다. 시간이 흐르면서 오히려 편안해졌다. 오직 딱새와 내가 살아야 하겠다는 치열한 본능이 등을 떼미는 대로 움직일 뿐이었다.

점점 무일도 지쳐갔다. 비틀거리면서도 오직 죽지 않으려는 집념의 힘으로 걸었다. 꼬꾸라지면 쉬었다가 다시 있는 힘을 다해 걸음을 재촉했다. 등에 포대기처럼 덮여있는 딱새는 몸의 온기가 점점 식어갔다. 무일은 절망이 밀려오고 있었다. 살고 싶은 간절한 열망이 없으면 절망도 오지 않을 것인데 살고 싶었다. 그 열망이 클수록 절망은 더 컸다.

어디로 가야 살 것인가? 살아날 길을 찾으려는 천 가지 만 가지 생각이 머릿속을 맴돌기 시작했다. 딱 부러지게 짚이는 데가 없었다. 그런 무의식중에도 발부리가 암포리 마을 쪽으로 향하여 걸어가고 있었다. 제집을 찾아드는 새와 같은 귀소본능이고 천적으로부터 도피하려는 동물적인 생존본능이리라. 비틀거리면서도 종종 걸음으로 가고 있었다.

자꾸만 딱새의 머리가 한쪽으로 쏠렸다. 무일은 누군가의 도움을 받지 않고 혼자서는 딱새를 살릴 수 없다는 생각을 했다. 어머니가 생각났다. 가장 확실한 내편이었다. 이리 어렵고 두려운 난관을 감당해 줄 의지와 지혜를 가진 사람은 어머니뿐이라고 믿었다. 어머니를 만나서 의지하고 싶지만 집으로는 갈 수는 없었다. 무서운 아버지 말고도 경찰의 추격이 미칠지도 모르는 일이었다.

바위개 마을이 가까워지자 잠시 망설였다. 박대웅 아재에게 가고 싶었으나 마을을 지나야 하기 때문에 위험했다. 번뜻 생각나는 사람이 있었다. 자식들이 모두 출가하고 영감 할멈 둘이서 살고 있는 상동 아재였다. 무일은 산에서 내려와 마을 못 미쳐 텃골로 올라가는 작은 삼거리로 왔다. 가랑이처럼 갈라진 길 위의 둔덕에는 마치 불두덩의 거웃처럼 소나무들이 서있었다. 둔덕 밑에는 사시사철 거울같이 맑은 용천수가 넘쳐흐르는 마을 샘이 있었다. 그는 언덕으로 올라갔다. 길이 파이게 오르내리던 내 집으로 가는 길이었다. 조금 위 언덕 밑에 엎드려있는 초가삼간 오막이 상동 아재네 집이었다. 낮은 돌담장이 둘러 있을 뿐 문조차 없는 뜰로 들어서 방문 앞에서 딱새를 등에 업은 채 주저하고 서 있었다.

늙으면서 밤이면 한두 차례 일어나서 담장 밑의 오줌독 신세를 지는 박명수 영감은 요기에 잠을 깼다. 밖으로 나가려고 담뱃대를 찾았다. 희미한 달빛이 트여 들어오는 방문 창에 사람 그림자가 어른거리더니 조심스럽게 부르는 소리가 들렸다.

"상동 아재…."

야밤에 섬뜩한 예감이 머리털을 곤두세웠다. 다시 귀를 기울었다. 목구멍에서 헛바람과 함께 섞어 나오는 작은 소리가 다시 들렸다.

"아재, 사람 좀 살려주세요."

박명수 영감은 문고리를 잡은 채 방긋이 문을 열고 문틈으로 밖을 내다보았다. 축 늘어진 사람을 들쳐 업고 누군가 허리를 굽히고 서있었다. 소스라치게 놀란 박 영감은 크게 숨을 들이마시며 소리를 냅다 질렀다.

"뉘요?"

"저, 저 무일이에요."

"뭐? 무일이? 무일이라고? 네가 어떻게?"

집을 나간 후 영영 소식이 끊겨 텃골 아짐씨가 기다리다 지쳐서 눈물조차 말라버린 김 면장의 둘째 아들 이름이었다. 어두워서 어렴풋하게 보였지만 모습이나 목소리가 틀림없는 무일이었다. 누군가를 힘겹게 들쳐 매고 겨우 고개를 쳐들어 애처롭게 쳐다보고 있었다.

"상동 아재, 이 사람 좀 살려주세요."

"이건? 이 사람은 누구냐?"

상동 아재라고 부르는 박명수 영감은 쪽마루로 나왔다. 무일은 토방으로 올라서 힘겹게 쪽마루에 걸터앉았다. 박명수 영감은 업은 사람을 얼른 받아서 마루에 눕혔다. 송장이나 다름없이 힘없이 뻗어버린 그를 보고 어안이 벙벙했다. 초저녁 콩 볶는 총소리가 나던 별학산 사태와 연관이 있다는 것을 직감했다.

"상동 아재, 누구에게 들키면 안 돼요. 작은 방으로 들여보내 주세요."

무일이 다급하게 속삭였다. 둘이서 의식이 없이 축 늘어져 있는 사람을 작은 방으로 끌어들였다. 상동 아짐이 자다가 고쟁이 바람으로 나와 무일과 누워있는 사람을 보고 기겁을 하며 놀랐다. 누워있는 사람의 오른손은 감겨있는 천이 온통 벌건 피가 배어서 엉겨있었다.

"무일아, 어찌된 일이냐?"

박명수 영감이 호롱불을 켜려고 등잔을 찾자 무일이가 말렸다.

"들키면 둘이 다 죽어요. 이 사람 손에 총을 맞았어요. 아재, 이 사람 꼭 살려야 해요. 좀 도와주세요."

박명수 영감은 누워있는 사람을 뒤척여 보았다. 어둠 속에서도 얼굴이 백지장처럼 하얗고 숨소리도 들리지 않았다. 그는 생각을 가다듬고 있었다. 키는 작달막하지만 젊어서는 씨름판에서 키 큰 장다리들을 들어 매칠만큼 힘이 세고 대담했고 머리회전이 빠른 사람이었다. 무일과 조금 먼 외척이지만 이웃에 살고 있어서 텃골 아짐씨의 도움을 받고 유독 가까이 지낸 사이었다.

"무일아! 여기에 함께 있으면 둘이 다 잡힌다. 따로 떨어져야 한다. 너는 집에 숨어 있어라. 이 사람은 네가 살려볼 것이니."

"안 돼요 저는 집에 못 들어가요."

"안다. 그러니·너의 아버지 몰래 숨어 있으면 된다. 너의 어머니는 너를 꼭 구해낼 사람이다."

"안 돼요." 무일은 고개를 저었다.

"여기 있으면 둘이 다 잡힌대도. 무일아 내 말 들어라. 먼저 너를 숨겨야 이 사람을 마음 놓고 치료하지. 그리고 설령 이 사람은 붙잡히더라도 중환자라 오히려 치료를 받고 살 수 있어."

박명수 영감이 힘주어 말했다. 무일이 딱새와 헤어지는 것은 동지의 의리를 저버린 양심의 문제가 아니었다. 영영 이별을 한다는 예감에 차마 발을 떼지 못했다. 가슴이 찢어질 것 같이 아팠지만 상동 아재의 말을 따르지 않을 수도 없는 상황이었다.

"이사람 꼭 살려야 해요…."

"여보, 간장을 한 사발 떠다놔. 이 사람 우선 피를 멈춰야 하니까. 그리고 너는 날 따라오너라."

박명수 영감은 옆에서 부들부들 떨고 서있는 상동 아짐을 흘깃 보면서 말했다. 방문을 살며시 열어 바깥을 살피고 나서 뜰로 내려섰다. 무일도 따라나서다가 다시 누워있는 딱새에게로 가서 귀에다 입을 대고 속삭였다.

"딱새야, 걱정 마, 꼭 살 거야. 죽으면 안 돼. 알았지?"

무일은 나가면서 자꾸 뒤를 돌아보았다. 조금 올라가면 길 위에 판길이네, 길 아래에는 꼬막례네 오두막이 나란히 있었다. 두 사람은 밤손님처럼 엉금엉금 발소리를 죽여 지나갔다. 박명수 영감은 김 면장네 집 뒤 담장에 빽빽이 자라고 있는 시누대숲으로 갔다. 주춤주춤 따라간 무일에게 그 속에 들어가 있으라는 손짓을 하며 적은 소리로 말했다.

"무일아, 여기서 숨어 있어라. 날이 새기 전에 어머니가 샘으로 치성을 드리러 나오실 거다. 너의 어머니는 보통사람이 아니다. 다 알아서 할 사람인께. 나는 그 친구를 돌보고 다시 오마."

"아재 죄송해요."

"아니다. 그런 말 말아라. 우리가 어떤 사이인데…"

박명수 영감은 조심스럽게 집으로 돌아갔다. 무일은 시누대숲 깊이 파고들어가 쭈그리고 앉아 있었다. 지리산에서 탈출할 때 비 오듯 쏟아지는 집중사격을 피하여 유경만 홍보위원장과 산죽 덤불 속으로 숨어들어 살았던 생각이 났다.

토방에서 떨고 앉아있던 상동 아짐은 집으로 돌아온 박명수 영감을 보고 떨리는 소리로 속삭였다.

"간장 떠다 놨소."

"그건 무일이 마음 놓으라고 한 소리였어. 자 이 사람 좀 등에 업혀주소."

"어쩔라고요?"

"글쎄 아무 말 말고 어서, 이 사람 살리고 싶지만 어려울 것 같네."

박명수 영감은 상동 아짐에게 입조심을 단속하고 무일이 딱새라고 부른 사람을 업고 나갔다. 등 뒤에서는 가끔 명주 올 같은 가느다란 신음소리가 나올 뿐 숨소리는 들리지 않았다. 나이 벌써 예순셋, 박명수 영감은 공비를 숨겨준 것이 들통이 나는 날이면 당장 경찰서로 끌려간다는 것을 모를 리 없었다. 엄청난 곤욕을 치르겠지만 그런 것은 생각할 여유가 없었다. 연륜은 생명에 대한 절대적 가치를 알고 젊은 사람의 혈기와 힘으로는 당할 수 없는 지혜와 용기가 있었다. 딱새는 눈동자가 흐려지고 피를 많이 흘려 몸이 어린아이처럼 가벼웠다. 그는 여기서는 도저히 살 수 없다고 판단했다. 꺼져가는 생명 앞에서 오래 망설이지 않고 쉽게 살려낼 방도를 생각했다.

"내가 최선을 다해볼 것인께, 자네가 살던 못살던 그것은 자네 운명일세."

박명수 영감은 딱새를 들쳐 업고 힘겨운 걸음을 재촉했다. 그를 살리는 길은 병원 말고는 없다고 믿었다. 어느새 도깨비골 앞을 지나고 있었다. 면소재지에 있는 병원까지 시오리 길이었다. 동이 트기 전까지 갔다 오려면 서둘러야 했다. 밤길을 가는 사람과 마주칠까 봐 앞을 잘 살펴야 했다. 반달이 벌써 중천을 지나 서쪽으로 넘어가고 있었다. 길은 다행히 그늘이 가려 주었지만 앞이 멀리 보이지 않은 곳은 산길로 걸어갔다.

아무도 몰래 병원까지만 가면 되는 것이다. 살며시 내려놓고 병원 문을 두드릴 참이었다. 안에서 인기척이 나면 걸음아 나 살려라 도망 올 생각이었다. 그러나 업고 가는 사람이 점점 시들어가는 것을 느꼈다. 박명수 영감은 지쳤지만 젊은 목숨을 끝까지 살려보려고 이를 악문 채 달리다시피 발을 뗐다. 하지만 조급한 마음만 앞서가고 제자리걸음만 하고 있는 것 같았다.

"이봐 청년? 정신 차려봐."

별학산이 얼마 남지 않는 길 위에 묘지가 있었다. 박명수 영감은 숨이 차고 허리도 아팠다. 잠시 쉬려고 묘지로 들어갔다. 딱새를 내려놓고 살펴보았다. 맥을 짚어 봤으나 감각이 없었다. 가슴에 귀를 갖다 대 보아도 아무 소리가 나지 않았다. 딱새는 죽고 싶지 않았던 것일까? 이미 동공이 퍼진 눈을 멀거니 허공에 뜨고 숨져 있었다. 박명수 영감은 딱새를 다시 들쳐 업고 산으로 올라갔다. 산등성이에 조심스럽게 그를 내려놓았다.

"자네가 친구를 살리려고 서둘러 숨을 거두었네 그려. 여기서 편히 잠들게 쯧쯧, 시국을 잘못 타고난 불쌍한 젊은이…."

그는 딱새의 눈을 쓸어 감긴 뒤 뒤도 돌아보지 않고 그곳을 떠났다. 혹시 새벽장에 가거나 출근을 한 사람과 마주치면 큰일이므로 더욱 앞을 조심했다. 아나나 다를까, 멀리서 사람이 오는 것이 보였다. 얼른 산으로 들어가 풀덤불 뒤에 몸을 숨겼다. 몸을 양쪽으로 흔들고 지나가는 꼬락서니가 약국집 정기만 경사였다.

그는 전투경찰대의 의용경찰로 들어간 뒤 정규 경찰로 발령을 받고 싶어서 안달이 나있었다. 신임을 얻으려고 매일 꼭두새벽에 출근을 하며 부지런을 떨었다. 한숨을 돌리고 집 앞에 이른 박명수 영감은 그냥 지나쳐서 김 면장네 집으로 갔다. 샘가에 쭈그리고 앉아서 조끼 주머니에 꽂고 다니는 곰방대를 꺼내 장수연 부스러기를 꼭꼭 채워 불을 붙여 물었다. 텃골 아짐씨가 샘으로 치성을 드리러 나오기를 기다렸다.

젊음의 반항

시골로 이사를 오면서 무일의 아버지 김운용 씨는 중학교 1학년을 수료한 무일과 초등학교 다니는 공일은 데리고 왔다. 대학 진학을 앞둔 장남 사일과 4학년으로 진급하는 차녀 예일은 그대로 학교를 계속하도록 고모댁에 맡겼다. 억울하게 형무소살이하고 낙향하게 된 처지에 자식을 모두 도시에다 유학시킬 힘이 없었다. 도움을 받을 수밖에 없는 부친에게도 면목이 없었다. 실은 이사 온 고장에는 중학교가 없었다. 다음 해, 읍에 중학교가 설립될 계획이라서 무일은 유급을 하더라도 그 학교에 입학을 시킬 수밖에 없는 형편이었다.

광주에서 명문 중학교를 다니던 무일은 학교에 가지 못하는 불만이 너무 컸다. 그는 할 일도 없는데다 모든 일이 못마땅하고 시골이 싫었다. 무료한 시간이면 꿈 많던 친구들이 그리웠다. 중학교에 입학하였을 때의 기쁨과 희망이 벅차던 감격이 생각나 더 괴로웠다. 특히 사나다眞田 선생이 보고 싶었다. 그와 무일은 다른 학생들보다 유독 친했었다. 우연이라기보다 그의 이름 때문에 운명적으로 맺어진 인연이었다.

입학 첫날, 사나다 선생이 교실에 들어와 담임을 맡게 되었다고 간단히 인사를 했다. 그리고는 학생들을 파악하기 위해 한 사람씩 이름을 불러 세워 얼굴을 익혔다.

"가네모도 다케가즈金本武一!"

이름을 불렀으나 아무도 대답을 하는 학생이 없었다. 모두들 두리번거리고 뒤를 돌아보았다.

"야, 가네모도. 너 이름 아니냐?"

건너편에 앉아 있는 유치원 동기 시라가미가 무일을 일깨웠으나 그는 고개를 저었다.

"나 아니야."

"가네모도 다케가즈?"

선생이 다시 이름을 불러도 역시 대답이 없었다. 선생은 체크를 하고 다른 학생 이름을 계속해서 불렀다. 호명이 끝나고 선생은 고개를 갸우뚱하더니 학생들 수를 세고 있었다. 그때까지도 무일 이름을 부르지 안했다. 그는 울상을 하고 어정쩡 일어섰다.

"선생님! 제 이름은 안 부르셨습니다."

"너 이름이 뭐냐?"

"가네모도 부이치입니다."

"어? 가네모토 부이치?"

선생은 잠시 출석부를 들여다보더니,

"아! 너 가네모도 다케가즈 아니니?"

"아닙니다. 저는 가네모도 부이치입니다."

"어? 아하, 맞다. 네 이름이다. 가네모토 군 이름은 다케가즈라고도 부를 수 있단다."

"다케가즈라고요? 선생님, 아닙니다. 저의 이름은…."

무일은 똑똑하고 주장이 분명했다. 눈을 부릅뜨고 단호한 어조로 항의했다.

"그래, 알았다. 가네모도 부이치 군."

국어를 가르치는 사나다 선생이 일본 한자의 훈訓과 음音 그리고 일본 이름의 고유한 호칭에 대해서 자세히 설명하여 주었다. 그런 인연으로 사나다 선생은 어느 학생보다 가장 먼저 '가네모도 부이치'란 이름을 외우게 되었다. 그로부터 공부시간에나 다른 심부름이 있을 때에도 입에 오른 가네모토 군을 허 참봉이 머슴 부르듯 자주 불러 댔다.

1학년을 마치고 2학년 진급을 앞둔 봄이었다. 아버지가 우리 집은 시골로 이사를 가게 되었다고 말했다. 어린 그는 시골로 가는 것을 별로 대수롭지 않게 생각했다. 그 무렵 세계 2차 대전은 막바지로 치닫고 있었다.

아침 조회시간이었다. 교장 선생이 사나다 지로 선생은 천황폐하의 부름을 받아 전선으로 출정을 하게 되었다고 소개를 했다. 선생들이 전선으로 소집된 것은 자주 있는 일이지만 담임선생이 떠나게 되었다니 무일은 깜짝 놀랐다. 바로 사나다 선생이 높은 교단을 계단을 밟지도 않고 훌쩍 뛰어올라 섰다.

"여러분의 사랑을 받던 이 사나다 지로는,"

거기까지 말하고 오른발을 살짝 들었다가 다시 왼발에다 찰싹 붙이면서 빳빳하게 차렷 자세를 취하고 큰소리로 외쳤다.

"천황폐하의 명을 받고…"

그리고는 다시 자세를 풀고 짤막하게 이별을 고했다.

"전선으로 떠나게 되었습니다. 나는 이 한 목숨을 기꺼이 나라에 바쳐 대일본제국의 승리와 함께 대동아평화의 꿈을 이루겠습니다."

학생들은 인기가 있었던 사나다 선생의 갑작스런 입대 소식에 잠시 침울한 웅성거림이 이어졌다. 곧이어 사나다 선생이 "갓데 구루소토 이사마시쿠…." 이겨서 돌아오겠노라 용감하게…, 이런 '병영의 노래'를 선창했다. 모두 목이 터져라 합창을 했다. 저학년의 학생들은 눈물까지 보였다. 노래가 끝나고 "천황폐하 만세, 만세, 만세." 삼창을 했다. 그런 분위기 속에서 이상하게도 4, 5학년 학생들은 잡담을 하거나 딴전을 피우고 있는 것을 보았다.

담임선생님과 친해진 무일은 선생의 말을 잘 들었다. 국어는 다른 과목보다 더 열심히 공부했다. 방공호를 만들기 위해 근로동원을 갔을 때였다. 산에서 큰 통나무를 메고 '학도근로동원가'를 소리높이 부르면서 내려오고 있었다. 무거워서 쩔쩔매고 있는 그를 보고 선생님이 대신 메 주었던 일이 생각났다. 선생님과 '전차대노래'를 열심히 연습하여 합창대회에서 1등을 한 기쁨은 잊지 못했다. 사나다 선생은 가끔 자기 고향의 자랑을 했다. 일본 관동부의 아름다운 이즈반도伊豆半島의 이토시伊東市에 있는 양난원이라고 소개를 했다. 언젠가 커서 일본에 오게 되면 꼭 들리라고 했다. 그렇게 좋아하는 선생님이 목숨을 바쳐 전장으로 싸우러 간다니 안타깝고 섭섭했다. 무일은 교무실로 선생님을 찾아가 예쁜 카드를 드렸다.

"사랑하는 선생님, 신께 무운장구를 빕니다. 그리고 '루스베루도'와 '자지루'를 꼭 포로로 잡아서 무사히 돌아오셔요."

이렇게 카드에다 편지를 쓴 무일은 일본이 미국과 영국을 꼭 이겨야 한다고 믿고 있었다. 만약에 지면 모두 죽는 것으로 알고 있었다. 국민학교에서도 한국말을 하면 당장 퇴학을 당할 만큼 철저히 일본식 교육을 받은 어린 소년은 반은 일본사람이 되어 있었다. 사나다 선생은 무일의 손을 잡고 흔들면서 다정하게 말했다.

"가네모도 군 고맙다, 암 꼭 선생이 '루스베루도'와 '자지루'를 잡아 오고말고…, 참 너 시골로 전학을 간다지? 너는 곧 2학년이 될 것

이니 어디를 가던 열심히 공부하여야 한다. 그래야 훌륭한 사람이
되지."

꾸벅 절을 하고 돌아서는 무일의 눈에는 눈물이 고여 있었다. 그
는 울보라고까지 말할 수 없었지만 눈물이 헤픈 편이었다. 그리고 시
골로 이사를 왔다.

시골은 중학생인 무일과 말상대가 될 만한 학생이나 함께 놀만한
친구가 없었다. 같은 또래는 매일 소를 먹이고 꼴을 베고 일을 했다.
틈이 나더라도 배들이 고파서 뛰어노는 것을 달가워하지 않고 말이
통하지 않았다. 마을의 유일한 상대는 외척인 오촌 박대웅 아재였다.
나이가 스무 살인데도 국민학교 6학년에 다니고 있어서 학교로 치면
무일의 후배인 셈이었다. 그는 건장하고 대가 찬 청년이었다. 삼각형
모양의 두툼한 입술은 웬만큼 입을 다물지 않으면 커다란 앞니 두
개가 하얗게 드러났다. 눈가에는 주름이 세 줄 고양이 수염처럼 뻗
쳐있어서 항상 웃고 있는 것처럼 보였다. 시시콜콜하고 자질구레한
일은 잘 거들떠보지 않는 이를테면 선이 굵은 성격이었다. 마을뿐만
이 아니라 면에서도 또래의 우두머리로 손색이 없을 만큼 인기도 있
고 힘도 있었다.

그는 조카인 무일을 가끔 불러내서 데리고 다녔다. 놀고 있는 것
이 안타까운 텃골 아짐씨가 넌지시 부탁을 했는지도 모르는 일이
었다. 하루는 대웅 아재가 무일에게 산으로 송진을 캐러 함께 가자
고 꾀었다.

"송진이 뭔데요?"

"따라가 보면 알아. 재미있을 건께."

박대웅은 바지게를 지고 야산을 오르내리면서 송진이 든 나뭇가

지나 뿌리를 찾아 괭이로 캐고 톱으로 잘라서 모았다. 무일은 왜 그 것을 캐러 다니는 지 알 수가 없었다.

"이런 걸 가져다가 무엇에 쓰는데요?"

"아 글쎄 쪽발이들이 전쟁에 물자가 달리니까 이걸 솥에 넣고 불로 다려서 비행기 기름으로 쓸려고 하는 모양이제. 학교에서 무조건 삼십 관씩 가져오라고 족치니 안 할 수가 없단께."

"쪽발이라니요?"

"너는 쪽발이도 몰라? 누구는 누구야 왜놈들, 일본놈들이제."

무일은 흠칫하고 주위를 둘러보았다. 주위에는 아무도 없는 것을 확인하고 나서 소리를 죽여 말했다.

"아재, 왜 우리 일본사람 욕을 해요?"

"하 하…, 광주 학교에서 우리 조카를 완전히 일본사람 만들어 버렸구나…. 도회지는 완전히 일본 물이 들어버린 모양이여."

갑자기 비행기 소리가 나서 말을 멈추고 하늘을 쳐다봤다. 파란 하늘에 비행기 한 대가 높이 떠서 두 줄의 구름 같이 하얀 비행운을 길게 뿜으며 날아가고 있었다. 무일은 광주에서도 높이 뜬 비행기가 비행운을 그리며 넓은 학교 운동장을 유유히 가로질러서 가는 것을 본적이 있었다. 선생과 학생들이 모두 나와 미국 B29라며 격추시켜야 한다고 외치면서 하늘에다 주먹질을 했었다.

"아! B29닷! 저건, 저건 고사포로 격추시켜야 해!"

손가락으로 비행기를 가리키며 무일은 흥분했다. 박대웅은 그의 말은 아랑곳하지 않고 하늘을 향하여 손을 흔들며 큰소리로 외쳤다.

"야, B29! 일본 땅에다 항아리만 한 폭탄 좀 꽝꽝 때려라!"

"아재!"

다분히 항의를 하려는 무일이 말을 무시하고 박대웅은 엄숙한 표정이 되더니 잔잔한 어조로 말했다.

"무일아 너 왜 우리가 이렇게 가난하고 힘들게 사는지 모르제? 다 일본 때문이야. 일본 놈들이 우리 애국자들을 다 죽이고 우리나라를 억지로 빼앗은 거야. 그리고 식민지로 삼아서 논밭이며 집이며 차근차근 자기네들이 차지해버린 거야. 게다가 전쟁을 벌여 놓고 젊은 사람들을 강제로 끌고 가서 일을 시키거나 전쟁터로 내몰아서 억울한 죽음을 당하고 있는 거야. 곡식과 심지어 놋그릇까지 모든 것을 죄다 빼앗아 가버린 통에 모두 이렇게 배를 곯고 사는데 너는 분하지도 않냐? 우리는 나라가 없는 서러운 국민이야. 너 우리말을 하면서도 그것을 글로는 못 쓰제? 우리는 훌륭한 글이 있는데도 쓰면 잡아가고 말도 못하게 하니 우리는 빨리 나라를 찾아야 해."

무슨 말인지 무일은 이해가 되지 않았다. 그의 진지한 표정에 눌려 대답을 못 했다. 박대웅은 일본말을 웬만큼 하는데도 도시 안 쓰는 이유를 알 것 같았다.

산을 오르내리면서 그는 으름이나 산딸기, 머루를 따서 무일을 즐겁게 해주려고 했다. 밀밭에서는 주인 몰래 풋밀을 베다가 불을 피워 끄슬려서 비벼먹었다. 도시를 떠난 후 군것질이 옹색해진 무일에게 지금까지 알지 못했던 새로운 농촌의 맛이었다.

어떤 때는 바다로 가서 함께 낚시를 했다. 파도소리가 요란한 갯바위에서 웅변도 가르쳐주었다. 틈이 나면 운동도 했다. 소나무 중등에다 새끼를 칭칭 감아놓고 주먹과 손칼로 군살이 배기도록 그걸 때리고 서로 대련도 했다. 눈을 감고 앉아서 미간에 생각을 모으고 정신통일 훈련도 했다. 섣불렀지만 가라테였다. 그럭저럭 무일은 시골생활에 조금씩 익숙하여 갔지만 과거의 쓰라린 역사 때문에 지금까지 내가 함께 살아온 일본을 미워해야 한다는 이야기에 점점 뭐가 뭔지 가닥을 잡지 못했다. 그러나 우리나라와 일본이 뭔가 꼬여 있다는 사실만은 어렴풋이 느끼면서 마음속에 갈등이 일기 시작했다.

마을 동각 마당에 어른 들이 모여 있는 틈에 가끔 무일이 끼어 있는 것을 볼 수 있었다. 시골 사람에게는 생소한 도시이야기며 그가 읽은 소설 등을 어린이 같지 않게 신나게 이야기하고 있었다. 어떤 때는 읍까지 삼십 리 길을 걸어서 유경만 삼촌을 찾아갔다. 실은 외당숙이었지만 삼촌이라고 불렀다. 서울서 대학교를 졸업한 유경만은 나이가 서른다섯 살이나 됐는데도 장가도 가지 않고 빈둥빈둥 놀고 있었다. 잘생기고 대학교를 나왔고 키도 훤칠한 그가 왜 방지기 생활을 하고 있는지 알 수 없었으나 집에 가면 많은 책, 신문 그리고 라디오가 있었다. 그리고 유경만은 때론 공부도 가르쳐주고 일본이 우리나라를 빼앗았다는 이야기며 또 이상한 노래를 가르쳐주기도 했다.

'높이 들어라 붉은 깃발을 그 밑에서 전사하리라. 비겁한자여…'
'캄캄한 이 세상… 돈도 명예도 사랑도 다 싫다…'
'날아가는 까마귀야 시체보고 울지 마라…'

맨 이따위 노래였다. 무일은 삼촌이 좋은데 전사, 시체, 이런 기분 나쁜 노래는 무섭고 소름끼치고 별로였다. 또 일본을 욕하는 이야기도 싫었다.

밖에서는 명랑하고 활달한 무일이 집에서는 전혀 딴사람이었다.

아무것도 하기를 싫어했다. 실어증에 걸린 사람처럼 말도 없고 항상 찡그린 얼굴로 변해갔다. 친하던 동생과도 별로 어울리려고 하지 않았다. 학교에 가지 못하고 있는 불만 못지않게 아버지가 형과 차별하는 것이 못마땅했다.

김운용 씨는 무일이 놀고 있는 꼴을 보면 이래저래 속이 상했다. 가끔 밭일이라도 시키려고 해도 엉덩이에 뿔 난 송아지마냥 마음대로 부릴 수가 없었다. 아버지의 말이라면 눈앞에서는 소처럼 고분고분했다. 그러나 눈 밖으로 벗어나거나 집을 나서면 전혀 딴 얼굴의 야생마였다. 자꾸만 삐뚤어져가는 무일에게만 잘못이라고 탓할 수 없는 일이었다. 사춘기에 접어든 소년의 반항적인 소갈머리는 자연과 사람을 지배하는 환경의 변화가 영향을 끼친 것이었다. 그런데도 김운용 씨는 자주 매를 들었다.

"그대로 두었다가는 사람 못 돼…."

눈물이 헤프던 무일은 매를 때려도 울지 않았다. 이러한 부자간의 악순환은 점점 빨라졌다.

"저 아배 오늘 자식하나 잡네."

무일이 매를 맞으면 부엌에서 가슴을 조이고 있던 텃골 아짐씨는 밖으로 뛰쳐나와 전에 없던 악바리로 변해갔다.

"그만 좀 하시요! 아들 죽일 작정이요?"

배를 움켜쥐고 허리를 구부려서 배에다 있는 힘을 다 주어 소리를 내질렀지만 가는 허리에 두른 치마끈만 흘러내려갔다. 별로 고함을 질러본 일이 없는 텃골 아짐씨의 목소리는 언제나 크기와 높이와 음색이 한결같아서 악을 쓴다고 더 크게 나는 것이 아니었다.

"얼른 내빼라. 왜 병신같이 맞고 있는고!"

발을 동동 구르며 애를 태우다 못해 도망을 치라고 외쳐도 무일은 끝까지 맞고 있었다. 아무리 때려도 잘못했단 말을 안했다. 그대로 참고 맞으면서 황소 같은 뚝심으로 버텼다. 오기로 이른 바 비폭력 저항 같았다. 김운용 씨는 그것이 더 화가 났다.

"얼른 잘못했다고 해라 제발!"

옆에서 가슴을 두드리며 재촉을 해도 잘못했단 말을 안했다. 때리다 지친 김운용 씨도 잘못했다고 살살 빌어주기를 바랐다. 비는 놈 뺨 때릴 수 없다고 용서해달라고 한 마디만 들으면 매를 놓고 싶었다. 어린 자식일지라도 일상도 심리도 꿈도 모두가 비틀려 꼬이면 강압과 권위도 무의미하다는 것을 그의 아버지는 미처 깨닫지 못했다. 이미 그 품을 떠난 어머니로서도 마음대로 다스리기에는 힘이 부쳤다.

텃골 아짐씨는 옷깃을 잡아끌며 소리를 질렀다.

"얼른! 얼른 잘 못했다고 해!"

그때서야 들릴 듯 말듯 소리가 나왔다.

"잘못했어요."

드디어 김운용 씨는 침을 '퉤, 퉤.' 뱉으며 매를 던지고 방으로 들어갔다. 하늘을 찌를 것 같았던 호랑이 같은 노기를 어느 누구도 말릴 수 있을 것 같지 않더니 잘못했다는 말 한마디가 스르르 녹이는 위력이 있었다.

텃골 아짐씨는 셋을 모두 유학을 시키지 못하는 남편의 입장도 이해가 되었다. 그러나 더 큰 문제는 장남의 편애였다.

"맨 놈의 형이야, 형만 제일이야."

가끔 이렇게 무일이 투덜거리는 소리를 들은 텃골 아짐씨는 애가 탔다.

"전생에 무슨 원수였기에 저렇게 둘째 꼴을 못 본단가."

남편은 말끝마다 장남 사일이고 공부고 고등고시고 칭찬이었다. 장남은 큰소리로 야단을 친 일이 없었다. 말도 어찌 그리 다정하게 하는지 닭살이 돋을 지경이었다. 무일은 불만이 더 클 수밖에 없었다.

손자들이 모두 객지에 있으니 할아버지는 함께 사는 무일을 예뻐했다. 심부름도 잘해주고 가끔 말동무가 되었다. 읍에 갈 때는 데리고 다니기도 했다. 무일도 할아버지가 집에 있을 때는 아버지가 매를 때리는 일이 없어 좋았다. 무일은 그런 할아버지가 지게를 지는 일을 시키면 질색이었다.

운동을 좋아하는 무일은 지긋지긋한 집 울타리를 벗어나 자주 당천리로 넘어갔다. 일본사람인 기무라 사장 집 넓은 뒤뜰에 따가운 햇볕을 견디며 놀고 있는 탁구대가 늘 무일을 유혹했다. 그 고을에서 탁구대가 있는 곳이라고는 기무라물산 사장 저택뿐이었다. 달리 소일거리가 없는 농촌에서 친구들과 탁구를 치고 노는 일은 무일에게 가장 재미있는 생활이었다.

날씨가 몹시 더운 여름날 친구들과 탁구를 하고 있었다. 조금 먼 발치서 등 뒤에 사각형의 넓은 깃 둘레에 흰줄이 선명한 세일러복을 입은 여학생이 구경을 하고 있었다. 멋진 드라이브가 성공하여 모두가 함성을 지르면 그 여학생도 소리 나지 않게 손뼉을 쳤다. 한번은 세게 날아온 공이 엉뚱한 곳으로 튕겨나가는 바람에 그걸 받으려던 무일이 엉덩방아를 찧고 넘어졌다. 친구들이 모두 웃었다. 그 여학생도 손등으로 입을 가리고 웃었다. 그리고 앞으로 굴러온 공을 주어서 들고 있던 라켓으로 쳐서 보내주었다.

"어? 라켓을 가지고 있었네?"

무일이 탁구를 멈추고 물었다.

"예, 너 탁구 칠 줄 아냐?"

"?"

대답 대신 눈을 크게 뜨고 의아한 표정을 짓고 있었다.

"예! 너 일본 애야?"

"?"

"너 닛뽄징이냐구?"

무일은 다시 일본말로 물었다.

"하이."

하얀 이를 드러내 밝게 웃으면서 대답했다. 어려서부터 혀가 길들여진 무일의 일본말은 일본사람과 거의 다름이 없을 만큼 발음이 정확했고 표준어였다. 따르던 담임이 국어 선생이어서 국어공부는 더 열심히 했다. 소설을 좋아해 아버지의 책장에 꽂혀 있는 많은 책을 읽은 덕분이었다. 무일은 일본말을 하고 싶어 입이 근질근질하던 참에 예쁜 일본 여학생을 만났으니 얼마나 반가운가.

"어디 사냐?"

여학생은 뒤를 돌아보고 턱으로 저택을 가리켰다.

"응 이 집 딸이었구나. 너, 탁구 칠 줄 알아?"

"하이!"

고개를 끄덕였다.

"이름이 뭣이여?"

"나오코, 기무라 나오코."

"나오코 어디 너 탁구실력 좀 보자. 용석아 너 좀 양보해주라."

"잘 해봐."

용석이가 웃으면서 물러났다. 무일은 라켓을 고쳐 잡고 방어 자세를 취했다.

"나오코, 어서 덤벼."

나오코가 먼저 서브를 넣었다. 공이 둘이 사이를 오가면서 나오코는 소녀답지 않게 침착해졌다. 똑같은 속도와 거리로 얌전하게 공을 받아넘겼다. 그때 무일이가 강한 드라이브를 때렸다. 나오코는 빠른 공도 똑같이 받아넘겼다. 항상 공은 드라이브를 때리기 좋은 자리에 떨어져서 알맞은 높이로 튀었다. 몇 번 때리던 무일이가 제물에 아웃이 됐다. 무일은 아무리 해도 이길 수가 없었다.

"나오코 너 탁구선수냐?"

나오코는 고개를 끄덕였다.

"이 앙큼한 요것이! 감쪽같이 날 골탕을 먹이려고 벼렸구나."

"하 하 하 하~, 인제야 알았냐?"

용석이가 웃자 무일도 나오코도 모두가 웃었다. 광주에서 국민학교 5학년에 다니고 있는 나오코는 탁구선수였다. 방학을 하고 집에 와도 탁구를 같이할 상대는커녕 말상대도 없었다. 적적하던 참에 그들과 탁구를 하게 되어 재미가 있었다. 나오코는 다른 친구들보다 일본어가 유창한 무일과 친했다. 무일도 친구들과 재잘거리던 일본말을 할 상대도 기회도 없어 실어증에 걸린 듯 우울하게 지내다가 얼굴에 생기가 돌았다. 그런데 유용석이 나오코를 은근히 좋아하는 것 같았다. 무일은 진심으로 용석과 나오코가 서로 친해지기를 바랐다. 집이 가난하여 놀고 있는 용석하고는 둘이서 신세타령을 하기도 하고 또 함께 미래에 대한 꿈을 이야기하는 가장 가까운 친구였다.

방학을 하여 대학교에 입학한 장남 사일과 딸 예일이 집에 왔다. 대학생이 집에 오자 김운용 씨는 활기가 솟아나는 것 같았다. 더욱 위축된 무일은 날이 갈수록 불만이 눈덩이가 굴러가듯 점점 커졌다. 그 것은 봄에 내리쪼이는 따뜻하고 부드러운 햇볕이나 훈훈한 바람이 녹여줄 것이었다. 불행히도 바윗덩이만 하게 커진 불만의 눈덩이는 응달진 담벼락으로 굴러가 처박혀 있는 꼴이었다.

부모에게 큰아들이란 사랑스럽기보다는 대견하고 든든한 존재였다. 텃골 아짐씨는 기회를 보다가 사일을 불러 앉혀 놓고 당부했다.

"사일아, 네 아버지는 무일이 꼴을 저렇게 못 보고 무일은 아버지를 싫어만 하니 암만해도 내가 피가 말라 죽겠다. 네가 무일에게 아버지 말 잘 들으라고 좀 조용히 타일러줘라."

"어머니가 무일보고 공부하라고 족치셔야 해요. 공부 안 하면 취직은커녕 아무 쓸모가 없는 사람이 되고 말아요."

사일은 공부부터 들고 나왔다. 텃골 아짐씨는 씁쓰레한 입맛을 다시며 돌아앉고 말았다.

여름이 막바지에 이르고 있었다. 이를 아쉬워하는 왕매미가 시끄럽게 울어대고 나뭇잎들은 축 쳐져서 낮잠을 잤다. 멀리서 춘향가 판소리의 긴 가락이 구슬프게 들리고 있었다. 춘향이가 사또 앞에 끌려가서 참담한 꼬락서니로 수절을 고집하며 몽룡을 그리는 대목이었다. 참외밭을 지키는 열네 살짜리 꼬막례가 부르는 소리였다.

"저 꼬막례 소리 좀 들어보시오. 촌구석에서 나만 듣기 아깝제. 임 방울한테 붙여 놨으면 명창 될 것인디…."

텃골 아짐씨는 아랫집에 사는 꼬막례의 노래 소리가 유일한 낙인 지 노래 소리를 들을 때마다 탄복했다.

집에 왔던 사일과 예일은 방학이 끝나서 다시 광주로 돌아갔다. 텃골 아짐씨의 서운한 마음이 가시기도 전인 열흘쯤 되어서였다. 한 국은 해방이란 새로운 역사를 맞았다. 8월 15일 정오, 드디어 일본 의 왕 히로히토裕人가 종전을 선언했다는 외침이 들렸다. 드디어 일 본은 세계 제2차 대전에 패망한 것이다.

나라를 되찾게 된 한국은 온 국민이 기쁨에 겨워 방방곡곡에서 독립만세를 불렀다. 이런 분위기에 휩싸여 해방이 뭔지도 모르는 아 이들도 신이 나서 마을을 뛰어다녔다. 당천리에서 이를 축하하는 군 중대회를 열 모양이라서 준비를 하느라 법석이었다. 무일은 일본이 졌다고 저렇게 좋아하는 것이 이해가 되기도 하고 뭔가 아쉽기도 했다.

마을 어른들이 까맣게 때가 절은 작은 궤짝을 신줏단지 모시듯 양손으로 소중하게 받쳐 들고 텃골 김운용 씨 집으로 왔다. 김운용 씨는 그걸 두 손으로 받아 툇마루에 놓고 엄숙히 묵례를 한 다음 조 심스럽게 뚜껑을 열었다. 그 순간 상자 안에서 마치 엷은 향연이 피 어오르는 느낌에 모두는 긴장하고 지켜봤다. 텅 빈 궤안에는 바닥에 하얀 한지로 넓게 싼 것이 있었다. 아지랑이처럼 아른거려 보여 범할 수 없는 정기가 서려 있는 것 같았다. 한지에 싼 것을 들어냈다. 그 속에는 다시 얇은 한지로 싼 것이 있고 그걸 펼치니 네 벌로 접어놓 은 흰 천이 나왔다.

진주 같은 오색영롱한 빛이 은은하게 나는 하얀 비단이었다. 김운용 씨가 펼치려하자 비단이 바람에 나부끼듯 저절로 펄럭이며 펴진 것 같았다. 고운 바탕에는 아무것도 그려있지 않았다. 누르스름한 색이 기다림의 세월이 지난 흔적임을 말하고 있었다. 아니면 한탄의 입김이 서린 것인지도 몰랐다. 비단은 두 겹이었으나 바느질이 보이지 않았다. 두 장을 포개서 가장자리를 손바느질로 곱게 뜸을 떠서 뒤집은 것이었다. 명주를 잿물에 삶아 익히고 물에 빨아서 백조의 속털보다 희고 부드럽게 만든 숙고사를 홍두깨에 감아 두들겨 펴서 인두로 곱게 다린 정성스런 손길이 서려보였다. 가로의 한쪽 위아래 두 모서리에는 끈이 달려 있었다. 기의 바탕임을 알 수 있었다. 모두는 한동안 들여다보고 있을 뿐 말을 잊고 있었다. 무일은 백기를 보고 깜짝 놀랐다.

　'웬 백기를 만들어 놓았담. 항복? 일본이 졌으니 우리도 따라서 항복을 하는 것일까?'

　넋을 잃은 듯 들여다보고 있는 어른들에게서 무슨 말이 나오는지 귀를 기울였다. 나이가 많은 신 노인이 겨우 입을 뗐다.

　"비단이시, 참 이렇게 곱게 만들어서 감춰두셨다니…"

　"선조들이 이런 날을 짐작하고 계셨구먼."

　"나라를 사랑하신 선조들이 후손들 다치지 않게 백지로 보관해두신 지혜와 정성이 눈물겹네."

　"여기에 태극을 그리기만 하면 되는 것이제?"

　경건한 조상의 민족혼과 가르침이 거문고의 가락처럼 모두의 심금을 울리고 있었다. 먼발치에서 훔쳐보고 있던 무일은 그제야 그것이 국기를 그리기 위한 바탕임을 알았다. 어른들의 말을 듣고 옛 조상들이 빼앗긴 나라를 되찾을 날을 얼마나 바라고 기다렸는지 어렴풋이 짐작이 갔다. 아리송했던 박대웅 아재의 이야기가 조금은 이해가 되었다.

"무일아!"

거기에 정신이 팔려 있던 무일은 아버지가 부르는 소리에 번뜩 정신을 차리고 앞으로 나섰다.

"너, 그림물감 있지야?"

"예, 수채화 물감 있어요."

"그것 가지고 오너라. 그리고 이것 좀 그려봐라."

"어떻게요?"

"물감만 얼른 가져와. 내가 시키는 대로 그리면 된다."

무일이 그림물감과 팔레트를 가져와서 펼쳐 보였다. 김운용 씨는 명주 바탕 가운데다 연필로 희미하게 큰 원을 그리더니 그 원을 구부러진 모양으로 나누었다.

"태극 모양이 된 것 같은가?"

"이성의 태극이 분명하시."

지켜보고 있는 나이가 많은 신 노인이 옳다고 대답을 했다

"이 색이 맞제?"

김운용 씨는 팔레트의 자주색을 가리키며 물었다.

"조금 더 붉었던 것 같네만…."

신 노인이 고개를 옆으로 살짝 젖히며 대답했다.

"그럼 너 그 색을 조금 더 붉게 만들어 봐라."

무일은 자주색에다 붉은 물감을 조금 더 섞었다. 신 노인은 고개를 끄덕였다.

"된 것 같네."

"너 이 위쪽만 이 색으로 잘 칠해라."

무일은 무서운 아버지가 시키는데다 장엄한 기운이 감도는 곱디 고운 비단에 물감으로 그림을 그리자니 주눅이 들었다. 마음도 손도 떨리고 진땀이 났다. 선조의 엄숙한 기품이 풍기는 명주 바탕에 잘 못 그리면 벌을 받을 것만 같았다. 가장자리가 삐뚤빼뚤 삐어져 나 오기는 했지만 크게 번지지는 않았다. 다행히 비단에서 울어나고 있 는 고풍스런 분위기는 그대로 살아있었다.

일본이 지고 해방이 된 우리나라의 국기를 그리고 있는 무일은 야 릇한 감정이었다. 자기의 나라를 잘 몰랐던 그에게 어떤 계시 같이 느꼈다. 동그라미의 아래쪽 반은 군청색으로 칠했다.

"팔괘 중에 건乾, 곤坤, 감坎, 리離 사괘만 그리면 된 것 같은데, 팔괘의 방위가…?"

신 노인은 방위를 외우고 있지 않은 모양이었다. 들고 왔던 역서를 펴서 팔괘와 방위도를 보여주며 사괘만 그리면 된다고 했다. 무일은 가르쳐 준 대로 사괘를 그리고 뒤쪽도 앞의 그림이 밴 그대로 색을 덧칠했다.

"잘됐네. 홍은 양陽이고 동動이며, 청은 음陰이고 정靜이라. 태극 은 우주만상의 근원이며 인간생명의 원천임을 나타낸 것이여. 사괘 는 사방과 사절기와 천지와 우주 현상을 나타낸 것이고…"

신 노인이 감개무량한지 눈을 지그시 감고 태극을 그린 무일에 게 설명을 해주었다. 그러고 나서 이제 우리글을 배워야 한다고 언 문諺文이란 것을 가르쳐 주었다. 무일은 처음 보는 그 글을 한 시간 도 채 안 되는 시간에 익히고 말을 줄줄 쓸 수 있었다. 참 신통한 글이라는 생각을 했다.

당천리의 국민학교 운동장에는 별학산 남쪽의 모든 부락민들이 모였다. 해방을 기뻐하고 독립을 다짐하는 군중대회가 열린 것이다. '해방' '자주독립' '자유' 등 갖가지 글을 쓴 플래카드와 태극기가 물결처럼 나부꼈다. 무일도 덩달아서 태극기를 든 박대웅을 앞세운 마을 어른들을 따라갔다.

부락마다 들고 온 많은 태극기 중에서 암포리의 태극기는 조금 달라보였다. 색도 좀 다르고 모양도 약간 달랐다. 다른 태극기들은 선명한 빨강과 파랑이 똑같은 크기로 판에 박은 듯 깔끔하게 그려져 있었다. 알고 보니 군청에서 각 부락으로 태극기의 모양과 규격을 설명한 공문이 하달되고 태극기도 배급을 한 모양이었다. 무일은 산골짜기인 암포리에는 전달이 되지 않은 것인지 어른들이 일부러 조상이 숨겨둔 비단 태극기를 들고 나온 것인지 아리송했다.

헤일 수 없이 많이 펄럭이는 태극기 중에서도 암포리의 태극기는 서투르게 그렸는데도 불구하고 단연 도두보였다. 오랜 옛 조상이 만들어 숨겨 놓았던 비단 태극기답게 창연한 고색에 숭고한 정기가 어려 보였다. 무일은 어느 부락에서 가지고 나온 기를 보고 깜짝 놀랐다. 일본 국기인 빨간 히노마루 위에다 파란색의 태극모양만 덧칠하고 사괘를 그린 것이었다. '저런! 저건 안 되는데?' 거북하고 불쾌한 마음이 오래도록 찜찜했다.

어느 사람이 교단으로 올라가서 연설을 시작했다. 먼저 해방을 축하하고 임시정부가 목숨을 바쳐 싸운 독립운동 이야기를 했다. 미국과 영국의 고마움도 말했다. 이젠 우리는 자유를 찾았다고 외쳤다. 마지막으로 만세를 선창했다. 모두 따라서 목이 터져라 대한독립 만

세를 불렀다. 그 다음에 단상에 오른 것은 김운용 씨였다. 무일은 뜻
밖이어서 뒤에서 숨을 죽이고 귀를 기울였다.

"드디어 우리는 빼앗긴 나라를 다시 찾았습니다."

김운용 씨의 연설은 첫마디부터 우렁찼다. 열변은 한참동안 이어
졌다. 연설이 끝나자 많은 박수가 쏟아졌다.

"일본 놈들!"

해방, 김운용 씨는 나라를 찾은 기쁨과 함께 개인적으로도 통쾌
했다. 일제 치하에서 각 기관의 요직은 일본사람이 차지하고 한국사
람은 모두 그들의 부하였다. 상사인 사나다 과장은 그를 배신하고 일
본으로 떠나버린 통에 그는 신세를 망친 사람이었다. 무고한 자신
을 죄인으로 몰아가던 경찰이며 검사며 재판관 모두가 일본 놈들이
었다. 그들을 저주하며 낙향하여 잡아 죽이고 싶도록 분함을 참고
치를 떨고 살았다. 그들이 패망하여 엎드려 떨고 있는 꼬락서니를
상상하면 가슴에 맺힌 응어리가 터지는 것 같았다.

"인제 자유라네."

"인제 곡식 빼앗아갈 놈 없어졌쓴께."

"일본 놈 다 때려죽여야 해!"

"해방 만세! 대한독립 만세!"

여기저기서 고함소리가 터져 나왔다. 무일은 밉고 무섭던 아버지
가 오늘은 훌륭해 보였다. 그러나 일본을 너무 나쁘게 이야기하는
것이 마음에 걸렸다. 게다가 꼭 이겨야 한다고 생각했던 미국과 영국
이 도리어 승리하여 우리가 해방이 되었다니, 뭔가 거꾸로 돌아가는
요지경 같은 세상일이 어리벙벙했다.

갑자기 요란한 꽹과리 소리와 징소리가 울려 퍼졌다. 고깔 쓴 북잡

이의 북 놀이가 벌어졌다. 엎드려서 사타구니 밑에서 북을 한번 치고는 다시 높이 들어 춤을 추듯 끼가 넘치게 돌리며 굿거리장단을 어울렀다. 사람들은 이에 맞춰 덩실덩실 춤을 췄다. 해방의 감격과 기쁨을 마음껏 누리고 있었다. 한편에서는 술판이 벌어져 술에 취해 비틀거리는 사람도 많았다. 무일은 이 사람 모두가 정말로 이렇게 기쁜 것인지 이해가 되지 않았다. 무일 자신은 모두가 기쁘다니까 그저 기쁘지 전쟁에 져서 망한 일본에 대해서도 안 됐다는 생각이 들었다. 그러니까 무일은 그 중간의 애매한 입장에서 마음의 혼동이 일고 있었다. 그 때 누군가가 크게 외치는 소리가 들려왔다.

"신사를 태워버리자! 신사에 불을 질러라!"

"신사로 가자!"

"가자!"

신사는 학교 바로 뒷산의 중턱에 있었다. 군중들은 서로 앞서거니 뒤서거니 신사로 올라가는 높은 돌계단을 두 단씩 뛰어 달려갔다. 서로 먼저 도착하려고 경주하는 것 같았다. 누군가가 종이에 불을 붙여 신사 안에다 던졌다. 불길이 솟더니 금세 검은 연기와 불꽃이 충천했다. 그 불을 맨 먼저 지른 사람은 박대웅 같았다.

"만세! 만세!"

불꽃을 본 군중들은 흥분했다. 검은 연기가 치솟으면서 그걸 쳐다보는 사람의 마음도 겉잡을 수없는 열기에 휩싸였다. 무일은 전쟁에 지면 이런 것이구나 생각하면서 뒤에서 물끄러미 구경을 했다.

"기무라 집으로 가자!"

"가자! 가자!"

갑자기 군중들 속에서 누군가가 외치자 여기저기서 맞장구를 쳤다.

"기무라를 잡으러 가자!"

한패의 군중들은 태극기를 흔들며 기무라의 저택으로 몰려갔다. 무일은 해방의 들뜬 분위기에 휩쓸려 나오코를 까맣게 잊고 있던 자신을 깨닫고 정신이 번쩍 들었다. 신사처럼 기무라네 집에 불을 지르면 나오코와 그 식구들은 어떻게 될 것인가? 그때서야 와락 겁이 났다. 있는 힘을 다해 그 곳으로 뛰어갔다. 일본사람인 기무라는 당천리에 정착하여 기무라물산이라는 회사를 경영하는 일본사람이었다. 그곳 어업조합이 수매하는 김을 독점하여 제법 재산을 모았으나 비교적 점잖은 사람이었다. 기무라네 집에 이른 군중들은 고함을 지르고 있었다.

"기무라 나와!"

"부수고 들어가자!"

"불을 질러버려!"

흥분한 군중들이 기무라의 저택 안으로 들어가려고 현관문을 몽둥이로 때리기 시작했다. 그 때였다.

"이러시면 안 돼요."

양팔을 벌리고 헌거로운 기세로 가로막는 사람이 있었다. 키는 훌쩍 컸지만 동안의 무일이었다. 물론 당천리 안통에서 그를 모르는 사람은 없었다.

"아니! 네가? 너 김운용 씨 둘째 아니냐?"

모여 있는 사람들이 기무라 집 문 앞에 가로막고 서 있는 무일을 알아보고 한마디씩 했다.

"어? 네가 웬일이냐?"

박대웅도 무일을 보고 어이가 없는지 웃으면서 물었다. 그러자 무일 옆에 친구 유용석이 함께 가로막고 섰다.

"너희들은 비켜라!"

"이러시면 안 돼요."

"비키지 못 햇!"

"비켜! 비켜!"

여기저기서 고함을 질러댔다. 군중심리란 옳고 그르고 간에 회오리바람에 소용돌이치며 날아가는 낙엽처럼 선동과 분위기에 마음과 몸이 휩쓸리기 마련이었다. 무일은 나이에 비해 정의감과 당돌함이 있었다. 해방을 기뻐하는 것은 좋지만 집을 때려 부수거나 불을 지르는 따위의 올바르지 못한 행동이나 사람을 때려죽이는 짓은 막아야 한다고 생각했다. 더구나 집 안에는 나오코가 벌벌 떨고 있을 지도 모르는 일이었다. 틀림없이 흥분한 군중들은 몽둥이찜을 할 것이고 이런 기세로는 때려죽일 것만 같았다. 무일은 눈을 부릅뜨고 다급하게 외쳤다.

"이러시면 안돼요! 사람이 사는 집을 부수거나 불을 지르면 안돼요. 사람이 다치면 안 됩니다. 질서를 지켜야 해요."

그러자 또래로 보이는 한 애가 앞으로 나섰다.

"야! 너희들이 먼데 막아?"

"어! 삼기야, 질서를 지켜야 해."

당천리에서 사는 삼기는 아는 사이지만 서로 친하게 지내지는 않은 또래였다. 그는 평소에 떼 몰려다니며 외지서 나타난 애들이나 만만한 애들을 괴롭히기는 했어도 감히 무일에게 시비를 거는 일은 없었다.

"질서? 임마, 비키지 않으면 끌어낸다."

"저 새끼, 지금 왜놈 계집에 때문이야!"

옆에서 다른 애들이 고춧가루를 뿌리고 부채질을 해댔다.

"뭐얏?"

분위기가 살벌해지자 또 다른 몇 애들이 무일 옆으로 늘어섰다. 무일과 친한 친구들이었다.

"너희들 무일이 용석에게 손대면 가만두지 않는다."

"뭣이 어째?"

삼기가 무일의 멱살을 잡으려 했다. 무일이 뿌리치자 주먹이 날아왔다. 무일은 잽싸게 그 주먹을 피했다. 그동안 공부는 안했지만 가라테로 단련된 날쌘 몸동작이었다.

"너 정말이냐?"

무일이 외치자 삼기가 두 번째 주먹질을 했다. 무일이 날쌔게 피하더니 옆차기로 삼기의 턱을 걸어찼다. 삼기가 나가떨어졌다. 그는 다시 일어나서 달려들었다. 주춤하고 둘러서있던 삼기의 패거리가 모두 합세했다. 용석을 비롯한 무일이 친구들도 일제히 덤벼들었다. 삽시간에 패싸움으로 엉키고 아수라장이 됐다. 박대웅은 가라테를 가르친 조카 무일의 당찬 행동이 대견스러웠다. 다른 어른들도 모두가 동네 아이들이 서로 싸우는 것이 재미있었다. 비켜서서 구경만 하고 있을 뿐이었다.

"이놈들 그만두지 못해!"

갑자기 우레 같은 고함소리에 모두 싸움을 멈추고 그쪽을 돌아보았다. 뒤따라온 김운용 씨였다.

"이게 무슨 짓들이냐? 아니, 네가?"

김운용 씨는 무일을 보고 놀란 순간, 무일은 아버지를 보자 호랑이 같았던 기세가 고양이 앞에 쥐 같이 쪼그라졌다. 어른들에 맞서 당당하게 팔을 벌리고 있던 그는 뒤로 돌아서 고개를 푹 숙이고 죽은 듯이 웅크리고 서 있었다.

"집을 부수고 불을 지르려고 하니까 무일이 그러면 안 된다고 질서를 지키자고 막았어요."

무일 친구 유용석이 대신 말했다.

"아니야, 제가 이 집 딸 나오코에 반해서 쫓아다니더니만 지가 뭔데 일본 놈 편을 들어?"

삼기가 나서 김운용 씨 들으라고 큰소리로 빈정댔다. 술기운이 벌겋게 달아오른 김운용 씨는 눈을 부릅뜨고 금방 한 대 쥐어박을 듯 주먹을 불끈 쥐었다.

"이게 다 무슨 소리냐? 왜 쓸데없이 주제넘은 짓만 하고 돌아다녀! 장군 되라고 무일이라 이름을 지어주었더니 싸움질이나 하고… 쯧쯧."

"무일이 그른 일 안 했구먼, 이쯤 고정하시지요."

당천리 어촌계장이 김운용 씨의 등을 떼밀며 말리고는 다시 큰소리로 군중들을 설득했다.

"기쁠수록 모두들 자제하고 질서를 지켜야 합니다. 모두들 냉정을 찾읍시다."

몇 사람이 잠긴 문을 뜯고 기무라네 집으로 들어가 보기로 했다. 기무라네 가족은 이미 소개를 하고 가재도구도 없는 텅 빈 집이었다. 무일은 숨어서 안도의 한숨을 내 쉬었다. 기무라네 가족이 무사하기를 빌었다.

군중들은 학교 운동장에서 밤을 지새워 축하행사를 벌였다. 김운용 씨는 술이 얼큰해서 집에 돌아왔다. 쓰고 갔던 고급 보터 맥고모자는 그걸로 북을 쳤던 모양이었다. 가운데가 뻥 뚫린 챙만 들고 왔다. 텃골 아짐씨는 모자를 받으면서 왜 버리지 않고 들고 왔는지 알 수가 없었다. 눈만 끔벅끔벅하다가 혼잣말이 한숨과 함께 섞여 나왔다.

"우리 집은 언제 해방이 되려는고?"

해방이 된 후의 새로운 소식도 듣고 싶어 무일은 읍내로 유경만 삼촌을 찾아갔다. 유경만은 9월 2일 미조리호 함상의 항복조인식 이야기를 들려주었다. 일본정부를 대표해서 외상 시게미스 마모루重光葵와 우메스 미치로梅津美治郎 육군참모총장이 항복문서에 서명했고 승전국인 미국을 대표하여 맥아더 장군, 그리고 중국, 영국, 소련, 오스트레일리아, 캐나다, 프랑스, 네덜란드, 뉴질랜드 대표들이 모두 서명하였다고 말했다.

프랑스는 전쟁 초반, 독일에 항복을 하여 승전국으로서 크게 기여한 것이 없었다. 그럼에도 불구하고 영국으로 망명하여 자유프랑스군을 이끌던 드골이 프랑스 대표로서 승전국의 지위를 얻어내 참석하였다고 했다. 우리는 참전을 하려고 우물쭈물하다가 일본이 항복을 해버리는 바람에 참전국 지위를 인정받지 못했다고 혀를 찼다. 게다가 외교적인 힘이 없어서 그 자리에 끼지도 못했다고 손바닥으로 책상을 치면서 통탄했다.

유경만은 서울로 떠나려고 짐을 챙기고 있었다. 무일에게 당분간 못 볼 것이니 공부 잘하라고 했다. 데리고 가면 안 되냐고 문자 표정으로만 웃어 보였다. 그러나 더 이상 묻지를 못할 만큼 굳게 다문 입과 천정을 응시하고 있는 매서운 눈초리에서 어떤 비장한 각오가 엿보였다.

해방이 되고 새로운 나라가 수립되는 과정은 모든 것이 어설펐다. 정부와 사회는 새롭게 조직을 이루어야 했으므로 여러 방면의 많은 인재가 필요했다. 엉뚱한 사람이 벼락출세를 하는 기회의 시대이기도 했다. 어중이떠중이가 한자리 차지하려고 날뛰고 있었다.

친일파다 애국자다 서로 헐뜯고 좌다 우다 갈라져서 싸우다가 나라는 차차 남과 북 두 동강으로 쪼개져갔다. 지도자들의 암살이 이어지는 혼란 속에 일단 남한에도 정부가 수립되어 안정이 되는가 싶었다. 그러나 혼돈의 역사는 되풀이되고 있었다. 갑자기 김구 선생이 총격을 받고 서거하였다는 비보가 온 국민을 충격과 슬픔에 빠뜨렸다.

"우리 고장을 위해서 조합장만은 꼭 맡아주셔야 합니다."

당천어업조합은 완도와 더불어 우리나라 김 생산량의 70~80%를 점하고 김 수매량 실적은 전국에서 가장 많았다. 이를 원활하게 소화하기 위해서는 도와 중앙에 손이 잘 닿아야했다. 그 고장에서는 전남어업조합연합회 계장을 역임하여 수산계에 발이 넓은 김운용 씨가 적임자였다. 당천어업조합 조합원들은 김운용 씨를 조합장으로 추대했다. 그 역시 은근히 바라던 자리었다.

해방이 되고 달포가 지나자 암포리 마을만 해도 징용에 끌려갔던 사람이 다섯 사람이나 돌아왔다. 네 사람은 징용으로 끌려갔고 약국집 아들 정기만은 징병으로 갔었다. 그는 약삭빠르게 만주 헌병학교로 들어가 헌병 오장하사까지 하다 돌아왔다. 두 사람은 끝내 돌아오지 못해 유족들의 가슴에 한을 심었다.

무일이 집을 내려오면 언덕 아래서 꼬막례 아버지가 일본말로 말을 걸었다.

"메시 굿다까?"

그는 징용으로 끌려가 규슈에서 노역을 하다 해방이 되어 연락선을 타고 돌아왔다. 오십이 가까워진 꼬막례 아버지는 일본말이 통한 무일을 보면 반가웠다. 웬만큼 일본말을 배운 사람도 밥을 '고항'이라고는 알아도 '메시'를 아는 사람은 그리 흔치 않았다. 현장에서 마구잡이로 배운 '노가다' 투의 서투른 일본말이었지만 무일은 잘 알아들었다. 말수가 적어진 무일은 일본말을 듣자 금방 얼굴에 생기가 돌았다.

"예, 밥 먹었어요."

꼬막례 아버지와 무일이 만나면 일본말로 대화하는 일이 많았고 서로 즐거워서 각별히 친해졌다. 각박한 농촌에서 두 사람의 일본말 속에는 재미있고 그립고 한스러운 많은 이야기가 담겨있었다. 그것은 이미 추억이고 현실보다 소중하고 아름답게 각색되어 가끔 가슴과 망막에 그리움으로 떠오르는 것이었다.

"끌려가서 고생이 많으셨지요?"

"고생은 했어도 그것도 팔자소관 아니겠어? 안 죽고 살아온 것만도 다행이제. 그래도 나는 고생 안 한 편이여. 소속에 따라 다른디 장교나 높은 간부들이 일시키고 감독을 한데는 지독한 고생을 해도 민간이 시키는 곳은 가혹하게 굴지는 않았어, 근메말시, 그놈의 나라가 문제지 사람들이야 인정도 있고…"

그놈의 나라, 나라 하는데 나라가 뭔지 무일은 정확하게 알지 못했다.

'전쟁에 진 일본은 지금 어떻게 되고 있는 것일까? 기무라 나오코는 어떻게 지내고 있을까?'

무일의 마음은 일본과 한국 사이에서 희비의 쌍곡선을 넘나들며 줄넘기를 하고 있는 꼴이었다. 마치 괴나리봇짐 하나 달랑 어깨에 짊어지고 쌍갈래의 갈림길에 서서 갈 길을 몰라 망설이고 있는 먼 길 떠나는 나그네 같기도 했다.

마을의 동각 마당에는 마을사람들이 둘러서서 뭔가를 구경하고 있었다. 헌병으로 근무하다가 돌아온 약국집 정기만이 바지게 작대기를 들고 휘두르면서 신나게 자랑을 하고 있었다.

"일본 군인도 헌병을 보면 벌벌 기었어. 조선사람 중에 헌병 '고죠하사'까지 올라간 사람 별로 없었지. 내가 '닛뽄도' 차고 99식 들고 나타나면 모두들 차렷 자세를 하고 바라보았단 말이여."

어른들 틈을 헤집고 그 꼴을 본 무일은 어처구니가 없었다. 지금 해방이 되어 일본사람 죽이라고 야단인 때였다. 그게 무엇이 자랑이라고 나발을 불고 있는 건지 정신 나간 사람 같다는 생각이 들었다. 딱히 당천리에서 당한 자기처럼 몰매를 맞을 소리였다. 정기만은 점점 신이 나서 입에서 침이 툭툭 튀어나오도록 지껄였다. 그리고는 바지게 작대기로 총을 쏘는 시늉을 했다.

"나한테 99식 한 자루만 맡겨봐. 저기 날아가는 고니고 노루고 탕탕 한방씩이면 끝내버려. 그리고 말이야 헌병은 이걸 잘하지."

그는 갑자기 기합 소리를 내며 찌르는 동작을 했다.

"얏!"

"억! 오메."

옆에서 구경하던 어린 학생이 작대기 끝에 가슴을 찔렸다. 벌렁 나자빠졌다. 모두가 놀라고 정기만도 당황했다.

"어! 미안하다, 미안하다. 다쳤냐?"

"괜찮아요."

다행이 아이는 엉덩이를 털고 일어났다. 대답은 괜찮다고 했지만 찔린 곳이 아픈지 자꾸 가슴을 만졌다.

"내가 총검술을 잘하니까 다행이었지 서투른 사람 같았으면 큰일 났을 거야."

무일은 어린 학생을 다쳐놓고도 뻔뻔스럽게 자기 자랑을 하는 그가 얄미웠다. 그 때 김 조합장이 나타났다. 무일은 재빨리 뒤로 돌아서 죽은 듯이 쪼그리고 앉았다.

"조합장님 밤새 편안하셨습니까?"

모두들 인사를 했다. 정기만도 고개를 끄떡하며 인사를 했다.

"오랜만입니다."

"약국 어른신도 안녕하신가? 그런데 거 위험한 장난 하지 말게."

"장난이 아니고 총검술입니다."

"지금이 어느 땐데 일본군 총검술이여?"

김 조합장은 나무라듯 말꼬리가 치켜 올라갔지만 한마디하고 그냥 지나갔다. 정기만은 아니꼽다는 듯 멀어지는 김 조합장의 뒷모습을 꼬락서니 사나운 얼굴로 흘겨보며 낮은 소리를 뱉었다.

"흥! 이 마을 임금 행세를 하려고 드네."

무일이 그 소리를 들었다. 눈을 부라리고 나섰다.

"아저씨 지금 뭐라고 말했소?"

정기만은 당황했다. 금방 얼굴이 하얗게 질리더니 다시 벌겋게 상기되면서 도리어 핏대를 올렸다.

"아, 아니…. 무슨 별말도 아닌데 어린 것이 어른에게 버릇없이 대들어?"

무일도 지지 않았다.

"당신이 어른에게 버릇없는 말을 했구만요."

"뭣이? 이놈이!"

"이놈이라니요?"

정기만은 무일이의 뺨을 철석 때렸다. 순간, 무일은 성난 황소처럼 머리를 정기만의 배에 처박고 뒤로 밀쳤다. 갑작이 당한 정기만은 뒤로 밀리다가 발이 논 언덕으로 빠지면서 발라당 뒤로 넘어졌다. 무일은 길바닥에서 김이 모락모락 나는 물컹한 큰 소똥을 집더니 얼굴에다 철벅 때리고 도망을 쳐버렸다.

질퍽한 논에 나자빠진 정기만은 온 얼굴에 소똥이 범벅이고 옷은 흙탕물에 흠뻑 젖었다. 털고 일어난 그는 창피에서 어쩔 줄 몰랐다. 어린애에게 당한 것도 그렇지만 동네 웃어른에게 못할 소리를 했으니 무일이 집으로 쫓아갈 수도 없는 노릇이었다. 쇠똥을 뒤집어 쓴 얼굴을 감싸고 그 자리를 피했다. 그는 한동안 무일을 만날 수가 없었다. 이 사건으로 말미암아 두 사람은 악연이 이어졌다.

그 무렵 고흥읍에 공립초급중학교가 설립되었다. 신설학교는 1학년의 신입생을 모집했다. 무일은 창피해서 못 다닌다고 떼를 쓰다가 또 아버지에게 잔뜩 매를 맞고 입학을 했다. 무일은 유용석에게 함께 다니자고 꾀어서 그도 입학을 했다. 그 이야기를 들은 텃골 아짐씨는 집안이 가난한 용석이의 입학금을 내주었다. 무일은 양치리로 넘어가서 용석과 함께 버스를 타고 통학을 했다. 어떤 때는 삼십리 길을 걸어서 다녔다.

 이미 배운 1학년 공부를 다시 듣는 것은 고역이었다. 함께 다닌 친구가 있어서 큰 다행이었다. 그렇지 않았으면 이틀에 하루는 당천리에서 어정거렸거나 바다에 가서 낚시를 했거나 읍내 장터를 어정거리고 학교에 가지 않았을지 모른다. 돌아올 때는 용석과 함께 양치리에서 내려 해가 지는 것도 잊고 서로 앞날에 대한 이야기를 했다. 기무라 나오코 이야기도 했다. 그러나 집에 와서 책가방을 신문 배달하듯 토방에다 팽개치면 공부하고는 남이었다. 다음 해는 공일도 이학교에 입학했다.

운명의 함정

한반도는 다시 6.25전쟁의 참화에 휩쓸리고 있었다. 남북의 동족 끼리 밀고 밀리는 처절한 전쟁이었다. 짧은 기간에 세상이 뒤바뀌는 통에 여순반란사건 때처럼 이쪽 저쪽편의 동족이 서로 죽이고 죽는 참상이 벌어졌다. 만석꾼이었던 최 씨 집안은 많은 사람이 다쳤지만 김 면장 집안은 다행히 큰 피해가 없었다. 주위에서 삼백구십구 석 의 땅을 지킨 할아버지가 축재를 자제한 현명한 처신 덕분이라고들 말했다. 그는 전쟁이 잦은 나라에서 그보다 많은 땅은 자손들이 다 친다고 늘리는 것을 마다했었다. 전쟁의 피해는 아니었지만 그해 할 아버지는 몸이 좋지 않았다. 양노당에서 기거하고 있다가 세상을 떠 났다. 가장 슬퍼한 것은 무일이었다.

할아버지의 장례를 치루고 두 달쯤 지난 늦가을 날이었다. 가을걷 이가 끝난 공허한 들판은 삭풍이 불어와 더욱 황량했다. 청명한 하 늘에는 북쪽에서 한 무리의 기러기 떼가 ㅅ자형으로 줄을 지어 날아 오고 있었다. 맨 앞의 어미기러기는 가족을 이끌고 만 리 먼 길의 이 땅에 먹이를 찾아 온 것이리라. 기러기가 '끼럭 끼럭' 울면 산골짜기 에 하얗게 핀 억새꽃이 서로 다정하게 도란거리다가 손을 흔들었다.

아침 일찍 일어난 김 조합장이 온 방을 뒤지면서 뭔가를 부산하게 찾고 있었다.

"여보 여기 문갑 속에 넣어둔 돈 못 봤소?"

짜증이 버물어진 물음에 텃골 아짐씨는 조심스러웠다.

"무슨 돈인데 그러시오?"

"돈이 없어졌소."

성미 급한 김 조합장은 문갑이며 장롱의 서류나부랭이를 모두 꺼내서 잔뜩 끓어오르는 신경질을 방바닥에 팽개치고 있었다.

"천천히 잘 찾아보시구려."

"없어, 없어졌어. 무일이 어디 있소?"

"왜 또 무일이요…. 학교 갔지요. 설마?"

"학교 갔다고요? 그 녀석 짓이 틀림없소."

"또 생사람 잡지 마시오. 그 예는 생전 그런 짓은 안한 애요."

"아니요. 그럼 여기다 둔 돈이 어디로 갔겠소? 발이 달렸겠소. 날개가 달렸겠소. 이거, 자식 놈이 인제 도둑질까지 하다니…. 이 녀석을 어떻게 가르쳐야 사람을 만들꼬?"

텃골 아짐씨는 정말 무일이가 가져간 것인지, 아니면 남편의 착각인지 또는 다른 사람의 손을 탄 것인지 어떤 확신이 없었다. 부들부들 떨기까지 하는 남편에게 더 이상 말대꾸를 못 했다. 김 조합장이 나간 후에도 하루 종일 안절부절못하며 사립문 쪽만 신경을 쓰고 있다가 해가 저물었다.

김 조합장이 잔뜩 찌푸린 얼굴로 돌아왔다. 저녁식사가 끝나고 날이 어두워서 무일이 학교에서 돌아왔다. 사립문으로 들어선 그를 텃골 아짐씨는 집 뒤뜰로 끌고 갔다.

"너 혹시 아버지 돈 손댔냐?"

"아니? 무슨 돈을…? 나는 몰라."

"정말로 몰라?"

텃골 아짐씨는 가슴에 맺혀있던 응어리가 내려갔다. 무일을 데리고 큰방 앞으로 갔다.

"예 말이요, 무일은 그 돈 손대지 않았다요."

"뭐요? 그러면 누가 가져갔겠소? 너 바른대로 말해라. 그러면 용서해 주마."

이미 선입관에 얽매어버린 김 조합장은 서슬이 퍼런 눈으로 무일을 노려보며 죄인으로 몰고 갔다.

"저는 몰라요."

무일은 기가 죽은 몰골로 시무룩하니 있다가 목구멍으로 넘어간 소리로 말했다.

"이놈! 인제 도둑질하고 애비한테 거짓말까지 해?"

아집에 사로잡힌 김 면장은 국문을 하듯 무작정 다그치기 시작했다.

"……?"

무서운 아버지가 고래고래 소리를 내지르는 호통에 무일은 기가 질려 어찌할 바를 몰라 대답이 나오지 않았다.

"이놈! 너 암만해도 사람 못되겠다. 뉘우치고 바른대로 말하지 않으면 이번에는 가만두지 않겠다. 너 따라오너라."

김 조합장은 무서운 기세로 토방을 내려서 집을 나섰다. 텃골 아짐씨는 옆에서 손을 앞으로 모아 잡고 떨고 있다가 불안한 마음을 주체하지 못하고 간신이 물었다.

"어디를 가게요?"

"빨리 따라오지 못해?"

겨울의 날씨는 벌써 어두운 초저녁이었다. 텃골 아짐씨의 말은 들은 척도 않고 버럭 재촉하는 고함소리에 무일은 엉거주춤 따라나섰다. 마치 도살장으로 끌려가는 소 같았다. 김 조합장은 별학산 쪽으로 길을 따라 갔다. 산마루와 골짜기들을 지나서 한참을 가다가 도깨비골이라고 부르는 응달진 골짜기로 들어갔다. 여기저기 독다말이 있었다. 어린애나 처녀 총각이 죽으면 독에다 넣어서 그 위에 돌을 쌓아 놓는 돌무덤이었다. 이 산골 저 산골 안방처럼 드나든 소먹이들도 음산한 이 골짜기는 오기를 꺼리는 곳이었다. 캄캄한 어둠 속에서 계곡을 따라 졸졸졸 개울물이 재잘거리듯 소리를 내면서 흘렀다. 풀숲에서 새어나오는 풀벌레들의 구슬픈 울음소리들이 개울물 소리와 어우러지고 있었다.

"여기 꿇어앉아라. 여기서 눈을 감고 반성을 해라."

오솔길 옆에 희미하게 보이는 돌을 가리키며 다그쳤다.

"아버지 정말 저는 돈 안 가져갔어요."

"아직도 정신을 못 차려? 그래도 거짓말을 해! 얼른 꿇어앉지 못해!"

무일은 더는 말을 못하고 단두대 앞의 사형수처럼 제정신을 잃고 바위 위에 꿇어앉았다.

"여기서 눈을 감고 잘못을 뉘우칠 때까지 앉아 있어라. 반성을 하고 앞으로 절대 그런 짓 안 하겠다고 약속을 하겠으면 집으로 와서 빌어!"

김 조합장은 '퉤' 마른침을 뱉고 총총걸음으로 가버렸다. 무일은 꿇어 앉아 울지도 않고 입을 악물고 있었다. 산에서 푸드득 뭔가 놀라서 날아가는 소리가 났다. 그리고 다시 적막 속을 개울물과 벌레 소리만이 무일을 대신해서 가냘프게 흐느끼고 있었다. 무일은 늦가을의 찬바람 말고도 싸늘한 냉기를 등 뒤에 느꼈다. 처녀 귀신이 뒤에서 덮칠 것만 같은 두려움에 몸을 움츠리고 눈을 꼭 감았다. 몸이 부들부들 떨렸다. 멀리서 새끼고라니가 우는 소리가 밤공기를 찢고 들려왔다. 무일은 가끔 새끼고라니의 울음을 들은 적이 있었다. 어미를 잃었는가싶어 불쌍한 생각을 했었다.

"옴 자레 주레 준제 사바하 옴 마니 반메 훔 나무아미타불…"

할아버지가 가르쳐준 주문을 외었다. 할아버지가 살아계셨으면 말려주셨을 거라고 생각했다. 아무리 생각해봐도 어처구니가 없는 일이었다. 돈을 훔쳐가기는커녕 보지도 못했다. 아무리 공부가 싫고 빈둥빈둥 놀아도 돈을 훔치는, 말하자면 도둑질은 한 일도 없고 해서는 안 될 것으로 알고 살아왔다. 그런데 나를 도둑질했다고 여기에다 혼자 앉혀두고 가버리다니….

무일은 그제야 흐르기 시작한 눈물을 옷소매로 훔쳤다. 아버지의 노여움을 어떻게 풀어야 할지 암담했다. 앞으로 살아가야 할 일이 막막했다. 차라리 죽고 싶었다. 무일은 어느새 무서움 같은 것은 저 멀리 사라지고 절망을 벗어나려고 허우적거리고 있었다.

텃골 아짐씨는 김 조합장이 혼자 집으로 오는 것을 보고는 가슴이 덜컹 내려앉았다.

"왜 혼자 오요? 죽여버렸소?"

절규에 가까운 외침이었다.

"어디다 죽여 놓았소?"

뒤를 이은 절망이 밤하늘에 메아리쳤다.

"뉘우칠 때까지 도깨비골에 앉혀 놓았소. 사람이 되려면 올 것이요."

"당신 정말 독한 사람이요. 어찌 어린것을 이 밤중에 그 무서운 독다말 골짝에다 혼자 앉혀두고 온다요."

전에 없이 발악적으로 대들었다.

"나도 가서 함께 죽어버려야 쓰겠소."

텃골 아짐씨가 집을 나섰다. 순금이 얼른 뒤를 따랐다.

"저러니까 자식을 올바로 가르치지 못하제 쯧쯧….."

김 면장의 그런 핀잔이 들리지도 않았다. 텃골 아짐씨의 눈에는 쌍불이 켜져 있었다.

"너는 올 것 없어!"

텃골 아짐씨는 맨맛한 순금에게 소리를 지르더니 팔을 크게 내저으며 달리다시피 걸어갔다. 순금은 멀찌감치 뒤를 따랐다. 도깨비골로 들어서면서 텃골 아짐씨는 아들을 불렀다.
"무일아~ 무일아~"

그러나 가냘픈 소리가 목구멍으로 기어 들어가서 무일이가 들을 것 같지가 않았다.

"무일아~"

이번에는 순금이 창창한 목소리로 불렀다. 산골짜기에 길게 메아리쳐 되돌아온 소리는 잃어버린 새끼를 부르는 어미고라니의 울음소리 같았다. 그러고 다시 적막이 소리를 삼켰다. 순금이 계속 부르면서 골짜기를 올라가다 개울 옆에 희미하게 사람 모습이 보였다. 무일이 눈을 감고 돌부처처럼 앉아 있었다.

"무일아!"

텃골 아짐씨는 엎드려서 무일의 한 손을 잡고 일으켜 세우려 했다. 그러나 그는 얼어붙은 어름조각처럼 꼼짝도 하지 않았다. 입을 악물고 울지도 않았다.

"가자 어서 일어나거라."

텃골 아짐씨가 손을 잡아끌어도 일어나지 않았다.

"어서 가자니까…."

무일이 내리덮고 있는 바윗돌을 밀치듯이 무겁게 입을 열었다.

"여기서 반성하고 잘못을 뉘우치면 오라고 하데만, 나는 반성할 것도 없고 잘못도 없는데 어떻게 간데요."

"가서 나하고 아버지한테 빌자. 어서."

"어머니, 나는 절대 돈 안 가져갔어요. 빌 일이 없어요. 그러니까 아버지가 데리러 올 때까지 나는 절대 안 갈 것이요."

텃골 아짐씨가 아무리 사정을 해도 부들부들 떨면서도 일어서지 않았다. 텃골 아짐씨는 고집을 꺾다 못해 그의 뚝심을 아는지라 순금에게 돌보도록 맡기고 돌아갔다. 옆에 서있는 순금이 혼자 훌쩍거렸다. 순금은 갯것 하러 다닐 때 입는 두꺼운 솜옷을 벗어서 무일이 어깨에 걸쳐주었다.

"무일아 나하고 집에 가자."

그리고 옆에 앉아 등을 토닥이며 달래도 무일은 고개를 옆으로 젓기만 했다.

집으로 돌아간 텃골 아짐씨는 김 조합장에게 사납게 대들었다.

"당신이 가서 데리고 오시오. 반성인지 뉘우쳤는지 당신이 와서 가자고 하기 전에는 절대 안온다요."

김 조합장은 무일이가 반성을 했다는 것으로 알아들었다.

'허 험.' 큰기침을 하고는 뒷짐을 지고 도깨비골로 갔다.

그때까지 무일은 쪼그리고 앉아 있었다.

"반성을 했으면 가자."

김 조합장이 태연히 말하면서 앞장을 섰다. 순금이가 부축을 해서 무일을 겨우 일으켜 세웠다. 오랫동안 바위 위에 꿇고 앉아 있던 다리가 저리고 쥐가 났다. 절뚝이며 뒤처져서 뒤를 따랐다. 순금은 텃골 아짐씨에게 온다는 소식을 얼른 전하고 저녁밥을 굶은 무일에게 밥을 차려주려고 먼저 달려갔다. 두 부자는 한동안 말이 없이 걸었다. 한참을 가다가 김 조합장이 위엄을 부려 입을 열었다.

"사람의 가장 중요한 덕목은 정직이다. 정직하지 못한 사람은 아무리 출세하고 돈이 많이 있어도 결국에는 불행하게 된다. 알았느냐?"

김 조합장은 아무 기척이 없어 뒤를 돌아다보았다.

"?"

무일이 보이지 않았다. 한참을 기다려도 오지 않았다. 따라오겠지 싶어 먼저 집으로 돌아왔다. 텃골 아짐씨는 순금에게 오고 있다는 말을 미리 들어서인지 영감이 돌아와도 아랑곳하지 않았다.

'부자간에 꼬인 이 악연을 어떻게 풀어야 할꼬…'

방구석에 우두커니 앉아 작은 불꽃이 간들거리며 타고 있는 호롱불을 멀거니 바라보며 파도처럼 밀려오는 시름을 달래고 있었다.

무일은 다리가 저려 느릿느릿 따라가다가 멈춰 섰다. 뭐가 잘못된 것 같다는 생각이 들었다. 아버지는 무일이 뉘우친 것으로 알고 온 것 같았다. 그렇다면 집으로 가서 없어진 돈을 내놓아 할 것이었다. 돈을 훔치지 않았으니 내놓을 돈이 있을 리가 없었다. 아무리 뉘우쳤다 하고 또 잘못했다고 용서를 빈들 잃어버린 돈, 즉 증거물을 내놓지 않으면 모두가 거짓말이 되는 것이다. 돈이 없다면 쓴 곳이라도 둘러대야 할 터인즉 그렇지도 못하면 이번에야 말로 더욱 혹독한 벌을 받을 것이었다. 무일은 집으로 갈 수가 없었다. 아버지가 정나미가 떨어지고 집도 싫었다. 시시한 학교도, 모든 것이 다 싫었다.

'어차피 누명을 벗지 못할 바에야….'

무일은 뒤로 돌아서 걷기 시작했다. 별학산 모퉁이를 돌아 삼십 리 길의 읍으로 걸음을 재촉했다. 6.25사변이 터지고 인민군이 내려오고 나서 유경만 삼촌이 서울서 돌아왔다는 소식을 들었었다. 우선 그를 만나서 의지하고 싶었다. 그는 기구한 운명의 소용돌이 속으로 걸어가고 있었다.

읍내에 들어설 무렵에는 날이 뿌옇게 밝아오고 있었다. 피곤과 굶주림과 잠이 한데 몰린 눈을 반쯤 감고 걸었다. 무일은 자꾸만 비틀거리는 발길을 재촉해 겨우 유경만 삼촌 집에 이르러서 문을 두드렸다. 할머니가 자다가 나왔다. 뜬금없이 나타난 무일을 보고 눈을 크게 뜨고 물었다.

"아니? 무일이 아니냐. 이 새벽에 웬일이냐?"

"삼촌 계셔요?"

"삼촌? 광주로 가게 됐다고 일찍 나갔다. 아직 안 떠났는지 모르겠다. 삼촌을 만나려면 얼른 군당으로 가봐라."

"군당이요?"

"군청 말이다. 지금은 군당인가 뭐란다."

"네, 가볼게요. 안녕히 계셔요."

꾸벅 절을 하고 무일은 정신이 번쩍 들어 군청으로 뛰었다. 군청은 6.25 후 인민군이 내려와서 조선노동당 고흥군당위원회로 간판이 바뀌어 있었다. 큰문이 열려있어 뛰어 들어갔다. 뜰 현관 앞에 군용 스리쿼터 트럭이 한 대 서있고 사람들이 모여 있었다. 완장을 찬 사람이 장부를 보면서 한 사람씩 차에 태우고 있었다. 무일은 그 사람에게 물었다.

"저…, 유경만 씨를 뵈러 왔는데요."

"부위원장님을 왜 찾아?"

"삼촌이에요. 급히 뵐 일이 있어서요."

"삼촌? 저기 사무실로 들어가 봐."

막 사무실로 들어가려는데 유경만이 가방을 들고 나오고 있었다. 무일은 뛰어가서 인사를 했다.

"어? 무일아. 여긴 왜 왔느냐?"

"저 광주에 가려구요."

"광주? 웬 일로?"

"광주 고모랑 누나랑 있잖아요. 다녀오려고요."

"집에서 어머니가 걱정하신다."

"어머니가 갔다 오라고 하셔서 가는 거에요."

"그럼, 광주 고모 집에 간다고?"

"네, 광주까지만 데려다 주세요."

유경만은 인원을 점검하던 사람에게 이 애를 태우라는 손짓을 했다. 완장을 찬 사람은 턱짓으로 뒤에 붙은 짐칸을 가리켰다. 무일은 재빠르게 차로 올라탔다. 유경만은 운전석 옆 조수석에 타는 것이 보였다. 사람들이 모두 타고나서도 차는 꾸물대고 있다가 해가 떠서 출발했다. 전시라서 정기버스 같은 교통편이 없었다. 학생 등 도시로 가야하는 사람들은 이렇게 관청의 차에 편승하여 갈 수밖에 없는 시대였다. 궁하면 통한다더니 집을 뛰쳐나온 그는 감쪽같은 거짓말로 광주행 차를 탔다.

트럭은 재를 넘고 산을 돌아 덜컹거리는 신작로를 굴러갔다. 벌교에서 잠깐 머물고 또 보성군당에 들렸다. 점심때가 훨씬 지나서 겨우 화순 너릿재 밑에 이르렀다. 길가에 있는 작은 주막이 있었다. 모두들 밥을 시켜 먹고 가자고 했다. 어제 저녁부터 굶은 데다 잠도 자지 못한 무일은 물이라도 실컷 마시고 싶었다. 한 시간을 기다려서 삼촌이 시켜준 밥 한 그릇을 단숨에 먹어치웠다. 냉수를 한 사발 마시고는 겨우 생기를 찾았다. 겨울 해는 벌써 서쪽으로 기울고 있었다.

차는 다시 가파른 너릿재를 엉금엉금 기어 올라갔다. 일반 버스나 트럭은 보통 도중에 서너 번은 멈춘다. 또 펑크가 나면 몇 시간을 지체했다. 군용 스리쿼터는 멈추지는 않았지만 갈지자로 구불구불한 잿길을 넘느라 꽤 시간이 걸렸다. 차에 탄 사람들은 요람처럼 흔들리며 식곤증이 몰려왔다. 무일은 몸이 으슬으슬하더니 눈까풀이 감겼다. 짙은 안개 속에서 그를 부르는 어머니가 어슴푸레 보이는 것 같더니 이내 깊은 잠에 빠졌다.

누군가 흔들어 깨워서 무일은 눈을 떴다. 사람들이 차에서 내리고 있었다. 이미 캄캄해서 어딘지 알 수 없어 옆 사람에게 물었더니 전남도당이라고 했다. 유경만이 차에서 내리는 것이 보였다. 완장을 찬 군인 같은 사람이 와서 경례를 하고는 그를 어디론가 안내했다. 무일은 어디로 가야할지 막연했다. 그냥 유경만을 뒤 따라갔다. 홍보위원회라고 쓴 작은 간판이 걸려있는 사무실로 들어갔다. 허술한 사무실 안에는 버려진 종잇장이 어지럽게 흩어져 있었다. 가운데에 있는 조금 큰 책상에는 홍보위원장이란 명패가 놓여있고 큰 작업대 같은 것도 있었다. 한쪽에는 야전침대가 있었다. 안내를 한 군인은 구내식당으로 가시자고 말했다. 유경만은 무일에게 저녁을 먹고 가라고 했다.

식사를 하고나서 유경만은 무일에게 고모 집으로 가라고 말하고 어디론가 바삐 갔다. 무일은 고모집에 가 봤자 당장 아버지에게 전보가 날아갈 것이 빤했다. 혼자 다시 사무실로 들어갔다. 잠이 쏟아져 야전침대에 걸터앉아 꾸벅꾸벅 졸았다. 잠시 후 무일은 깊은 잠에 골아 떨어져버렸다.

아침 일찍 사무실로 출근한 유경만은 무일을 보고 놀랐다. 왜 가지 않았느냐고 빨리 가라는 말을 던지고는 몹시 바쁜 듯 다시 사무실을 나갔다. 유경만은 조선노동당 전남도당 홍보위원장으로 취임한 것이었다. 무일은 갈 곳이 막연했다. 우물우물하고 있으면서 어떻게라도 여기서 붙어있을 궁리를 했다.

유경만 홍보위원장은 정신없이 들락거리다가 한참 만에 돌아오기도 했다. 이번에는 종이를 한 아름 들고 오더니 숨넘어간 소리를 했다.

"어? 무일이 너 아직 안 갔구나. 마침 잘 됐다. 급한 일이라서 너 이것 좀 도와주고 가거라. 등사할 줄 알지?"

"가르쳐만 주세요. 할 수 있어요."

유경만 홍보위원장은 등사판에다 기름종이를 붙이더니 등사를 하기 시작했다.

"자, 이렇게 종이를 놓고, 덮개를 덮은 다음 롤러에 잉크를 고르게 묻혀서 망사 위를 이렇게 밀면 된다."

"예, 할 수 있어요. 저 주세요, 제가 할게요."

무일은 가르쳐준 대로 신경을 써서 등사를 했다.

"됐다. 이 종이 모두 다 해주라. 곧 직원이 배정 될 것이니 그때까지만 좀 도와주어야 하겠구나."

문서는 '동지 여러분…'으로 시작하는 무슨 선전문 같았다. 무일은 읽어볼 겨를도 없이 부지런히 등사판에 롤러를 밀었다. 한참 후 유경만 홍보위원장은 또 종이를 가져 왔다.

"이것도 해야 하는데…."

"걱정 마세요. 제가 다 해 드릴게요. 밥만 먹여주세요…."

"알았다 알아. 부탁한다."

유경만 홍보위원장은 또 휑하니 나가버렸다. 무일은 점점 일이 많아졌다. 직원이 와서 함께 했지만 일이 밀려서 쩔쩔맸다. 열심히 하면 붙어있을 것 같아 쉬지 않고 롤러를 밀었다.

훌쩍 1주일이 지났다. 유경만 홍보위원장을 비롯한 사람들의 움직임이 빨라지고 심상치 않은 분위기가 감돌았다. 함께 일하던 직원도 갑자기 보이지 않았다. 바로 다음날 식당도 어수선하고 별로 사람이 없었다. 저녁식사를 하고나서였다. 유경만 홍보위원장이 들이닥치더니 숨 가픈 소리로 말했다.

"무일아! 너는 빨리 고모 집으로 가거라. 나는 또 다른 곳으로 떠나야 한다."

갑작이 복도가 시끌벅적했다. 사람들이 마구 뛰어다녔다. 무일은 뭔가 위급한 일이 벌어지고 있다는 것을 직감했다. 유경만 홍보위원장이 전화 수화기를 들고 손잡이를 망가질 듯 세게 돌렸다.

"교환, 고흥, 고흥군당 빨리!"

다급한 목소리로 교환에게 소리쳤다.

"서기장 동무요? 나 부위원장인데 위원장은? 벌써? 최씨네 집 지하실에 가둬놓은 반동들은? 뭐, 벌써 처형을 했다고? 그럼 서류들 모두 불태우고 빨리들 떠나시오. 알았지요?"

수화기를 던지다시피 내려놓고 유경만 홍보위원장은 손가방을 들고 허둥지둥 뛰어나갔다. 무일은 무작정 그를 뒤쫓아 갔다. '사람을 죽였다니' 겁이 덜컥 났다. 이미 캄캄한 마당에는 여러 대의 트럭이 줄지어 있었다. 큰 트럭에는 짐칸마다 사람들이 타고 있었다. 올라가려고 몸을 걸치고 버둥대는 사람도 있었다. 짐만 가득 실은 차도 있었다. 유경만 홍보위원장은 어느 트럭의 앞좌석에 탔다. 무일은 삼촌을 놓칠세라 날쌘 동작으로 빽빽이 타고 있는 사람들을 헤집고 그 트럭의 짐칸에 올라탔다. 삼촌만 따라가면 된다는 생각뿐이었다. 따발총은 든 사람도 섞여 있고 완장을 찬사람, 여자들도 여러 사람 보였다. 많은 사람이 찌부러지게 타고 있었다.

차가 출발하자 앞뒤로 쪼이던 사람들이 흔들리면서 제물에 간격이 골라졌다. 차는 어딘가로 덜컹거리며 계속 달려갔다. 점점 인가가 없는 산속으로 들어갔다. 차에 탄 사람들은 모두 벙어리처럼 앉아 있었다. 차에 흔들리면서 어두운 얼굴로 고개를 숙이고 있었고 불안한 기색이 감돌고 있었다. 무일도 어디가 어딘지 알 수도 없고 뭐가 뭔지 모르는 불안한 마음을 움켜쥐고 가는대로 몸을 맡긴 채 쭈그리고 앉아 있었다.

차는 밤중이 넘어 어느 산골짜기에서 멈췄다. 어두워서 잘 보이지 않았지만 거기에는 잔뜩 짐이 쌓여있고 총을 든 사람까지 많은 사람들이 모여 있었다. 유경만 홍보위원장은 차에서 내려 간부들로 보이는 사람들이 모여 있는 곳으로 갔다. 뭔가 심각하게 수군대고 있었다. 이윽고 군복을 입은 사람이 앞으로 나서서 큰 소리로 지시를 했다.

"여러분, 이제부터 목적지로 출발합니다. 선도대를 따라 1열종대 4보 간격으로 행군합니다. 낙오하지 않도록 간격을 유지하여 주십시오."

간부들이 상당히 무거운 짐을 하나씩 나누어 주면서 지고 가라고
했다. 행렬은 계곡을 건너고 산을 넘었다. 별빛만 반짝이는 어두운
하늘아래 산봉우리가 아스랗게 보이는 깊은 골짜기로 들어갔다. 무
일은 벌써 짐을 짊어진 어깨가 뻐근하고 다리도 아프고 발뒤꿈치가
까져서 쓰리기 시작했다. 절뚝거리며 이를 악물고 한 시간이 넘게 더
걸어 올라갔다. 사방이 높은 산으로 둘러싸인 반반한 등성이에서 행
군이 끝났다. 거기에는 더 많은 사람들이 모여 있었다. 무일은 거기
에서 유경만 홍보위원장과 마주쳤다. 어둠속에서 무일을 알아보고
깜짝 놀랐다.

"아니, 이런? 네가 어떻게 여기까지…"

그때 아주 멀리서 총소리가 들려왔다. '쿵'하는 대포소리도 들렸다.
누군가가 "홍보위원장님!" 하고 유경만을 다급하게 불렀다. 그는 급
히 달려갔다. 무일은 자신이 생각지도 못했던 지리산으로 들어오고
만 것이다.

무일이 집을 나 간 다음 날부터 텃골 아짐씨는 무일을 찾으라고 공
일과 머슴 정석수 그리고 순금을 읍으로 당천리로 쫓았다. 서울과
광주에는 전보를 띄웠다. 만사를 젖혀놓고 백방으로 찾아보라는 편
지를 직접 써서 다시 부쳤다. 여기저기 친척들에게도 무일을 보면 연
락을 해 달라고 부탁편지를 띄웠다. 유용석도 뛰어다녔으나 모두 고
개를 옆으로 저었다.

텃골 아짐씨는 무일이 하던 말을 곱씹어보았다. '반성할 것도 없고
잘못도 없는데 어떻게 간데요. 어머니, 나는 절대 돈 안 가져갔어요.'

무일이 그런 상황에서 제 어미에게 거짓말을 할 리가 없었다. 텃골 아짐씨는 잠이 오지 않았다. 눈의 초점을 캄캄한 허공에다 묻은 채 꼬박 또 한밤을 지새웠다.

"예 말이요. 제발 당신이 학교에 좀 가보시오."

텃골 아짐씨는 남편에게 애원을 했다.

"그런 놈은 뒈지든지 말든지 내버려 두시오."

"예 말이요. 내가 이렇게 빌겠소. 혹시라도 학교에는 무슨 소식이라도 있었는지 알아보시오"

"나 참, 그냥 잊어버리란 말이오."

김 조합장은 짜증을 냈지만 텃골 아짐씨의 성화에 못 이겨 벌떡 일어났다. 그도 무일이 돌아오지 않자 은근이 불안했다. 주섬주섬 옷을 입었다. 학교에 가볼 참이었다. 넥타이를 매고 나서 웃옷을 걸치다가 안주머니에서 무엇인가 부스럭거리는 것이 있었다. 주머니에 손을 넣어보았다.

"어? 이건…?"

김 면장은 마술에 홀린 듯 정신이 멍하고 가슴이 꽉 막혔다. 그 도깨비 같은 돈 봉투는 김 조합장과 짓궂은 숨바꼭질을 하고 있었다. 술래를 골탕 먹이고 곰살궂은 무일을 지리산까지 쫓아버린 운명의 장난을 즐기며 김 조합장의 안주머니 속에 고스란히 숨어있었다. 김 조합장은 온몸의 힘이 쭉 빠져나가고 앞이 캄캄했다. 몸을 지탱하고 서 있을 만큼의 다리 힘도 없었다. 그 자리에 털썩 주저앉았다. 그리고 텃골 아짐씨를 불렀다.

"여보, 여보."

목 속으로 기어들어가는 모기 같은 소리를 텃골 아짐씨는 듣지 못했다. 김 조합장은 엉금엉금 쪽마루로 기어 나왔다.

"여보!"

"왜 부르시오."

"돈, 돈이 여기 있소."

김 조합장은 얼굴이 백지장처럼 하얗게 질려 있었다.

"뭐요? 돈이 있어요?"

"내 주 주머니에, 안주머니에 넣어둔 것을 깜박 잊고…."

차마 끝말을 더 보탤 염치도 힘도 없어서 얼버무렸다.

"아이고 저런? 어째 이런 일이 다 있다요?"

텃골 아짐씨도 다리가 후들거려 마당에 주저 앉아버렸다.

"우리 무일은 어쩐단가."

김 조합장은 정신없이 학교로 어디로 찾아 다녔지만 헛수고였다. 경만이네 당숙모집에도 들려보았다. 운명의 장난은 끝까지 심술을 부렸다. 당숙모는 데리고 있던 막내아들 경만이 광주로 떠나자 그날 광양 큰아들 집으로 갔고 집은 굳게 잠겨있었다. 어디서도 무일을 보았다는 사람이나 소식을 들은 사람이 없었다. 김 조합장은 별학산 모퉁이를 돌아 바위개 길로 내려섰다. 그러나 집으로 들어갈 수가 없었다. 상심한 부인을 보기가 딱할 뿐만 아니라 순금도 머슴 정석수도 모두 다 보기가 민망했다. 지치고 실망에 젖어 걷기도 힘들었다. 길가에 있는 한적한 묘지의 잔디에 주저앉았다.

"주머니에 돈 넣어놓고 자식보고 도둑질했다고 야밤에 추운 골짜기에 꿇어 앉혀 놓고 다그쳤다니…. 자식을 무슨 낯으로 보며, 뭐라고 말을 할꼬. 만나야 미안하다고 말이라도 하지."

혼자 중얼거렸다.

"아니야, 아니어. 어떻게 자식에게 미안하다고 해. 지도 잘못한 거여. 그랬으면 애비가 알아듣게 엎드려서 울면서라도 사정사정 말을 했어야지. 입 딱 다물고 무언의 반항을 해? 흥, 사람이 실수할 때도 있는 것이지. 내가 돈을 바로 찾았으면 왜 그랬겠어. 제 놈이 항상 그렇게 보였으니까 의심을 할 수밖에…. 나는 지를 낳은 애빈데. 지가 애비를 욕해서는 천벌 받지."

김 조합장은 실성한 사람 같았다. 자기의 잘못을 덮으려는 별별 구실을 중얼거리고 있었다. 그까짓 일로 아비의 체면을 잃는다는 것은 말이 안 된다고 했다. 그러다가 갑자기 땅을 치며 탄식을 했다.

"바보 멍청이 같은 놈, 이 애비에게 거짓으로라도 잘못했다고 빌었으면 내가 안 그랬을 것 아니여! 죄가 없으니 며칠 지나면 지가 돌아오겠지…."

김 조합장이 집으로 간 것은 동이 트기 시작한 새벽이었다. 유용석은 무일이 없자 외롭고 그리웠다. 가끔 텃골 아짐씨를 찾아가서 소식을 묻고 위로하고 갔지만 무일은 깜깜무소식이었다.

§

달구리도 전인데 집에서 조심스럽게 장지문 여는 소리가 났다. 텃골 아짐씨가 치성을 드리려고 샘으로 나왔다. 곰방대를 물고 샘가에 쪼그리고 앉아있던 박명수 영감은 낮게 헛기침을 했다. 인기척을 느낀 텃골 아짐씨와 눈이 마주치자 입에다 손가락을 세워 대고 그녀의 소매 깃을 잡아서 한쪽으로 끌었다.

자초지종을 들은 텃골 아짐씨는 기절할 뻔했다. 몽둥이로 뒤통수를 얻어맞은 듯 멍하여 발이 비틀거렸다. 요동치는 심장을 감당하기 벅차 숨을 가쁘게 몰아쉬며 간신히 몸을 버티고 서있었다. 얼른 작은 부엌에 딸린 큰광으로 갔다. 문고리를 잡은 손이 떨려서 덜그렁거리는 소리만 났지 얼른 문을 열지 못했다. 들어가서 한쪽을 치우고 우선 빈 가마니 한 장을 좁은 바닥에다 깔았다.

박명수 영감이 사립 밖 시누대숲에서 무일을 불러냈다. 딱새가 병원으로 데리고 가던 중에 죽었다는 말을 했다. '불쌍한 딱새….' 눈물에 아롱거리는 무수한 별들 속에서 딱새의 환영이라도 찾는 것일까? 무일은 캄캄한 어둠 속에서 넋을 잃은 듯 하늘을 쳐다보고 서 있었다. 박명수 영감은 무일의 팔을 잡아끌고 살금살금 광으로 데리고 갔다. 만약 들키게 되면 김 면장은 산에서 내려온 무일을 당장 경찰서로 끌고 갈 사람이었다. 잔뜩 긴장하고 있는 무일을 광으로 들여보내 놓고 그는 아무 일 없었다는 듯 자기 집으로 내려갔다.

애간장이 녹아버린 4년, 불쌍하게 헤어져 생사를 모르던 아들과 어머니가 만나는 순간이었다. 텃골 아짐씨는 광으로 들어오는 아들을 보려고 눈을 깜박여 캄캄한 어둠을 헤쳤다. 그리운 아들 무일이 틀림없었다.

"오마 무일아!"

텃골 아짐씨가 먼저 불렀다.

"어머니!"

텃골 아짐씨도 무일도 속삭이듯 간신히 들리는 소리였다. 텃골 아짐씨는 아들의 두 손을 꼭 잡았다. 무일은 어머니의 손이 의외로 차디차고 겨울날의 앙상한 참나무 가지처럼 딱딱하고 거칠었다. 길가에 숨어 피는 수줍은 물망초 같은 곱디곱던 어머니가 시골로 오면서

부터 풍상에 깎이고 말라빠진 나무 등걸이 되어있었다.

"어머니…."

얼마나 그립고 그리운 사람이던가. 두 사람의 눈에서는 장마철에 물레방아에서 넘쳐흐르는 봇물처럼 눈물이 줄줄 흐를 뿐 더는 말도 울음소리도 나지 않았다. 텃골 아짐씨는 두 손으로 무일의 얼굴을 감싸고 눈물에 굴절되어 어른거리는 그립던 얼굴을 오랫동안 들여다 보았다. 어둠 속에서도 머리는 텁수룩하고 입 둘레에 거무레하게 수염 자욱이 있는 성숙한 어른으로 변해 있었다. 한참만에야 겨우 입을 열었다.

"세상에, 네가 살아있었구나."

"어머니, 죄송해요."

"아니다. 우리가 너의 신세를 이렇게 만들었어. 무일아 내가 미안하다. 너의 아버지를 내가 더 말렸어야 했는데…."

"아니에요. 어머니."

"글쎄 네가 떠난 이틀 뒤에 아버지 주머니에서 돈이 나왔지 뭐냐."

"그럴 줄 알고 있었어요."

"너의 아버지는 용이 아니라 독사여, 인간이 어떻게 그리 독할 수가 있다냐. 하지만 아비인 것을 어쩌겠냐. 네가 용서해야지?"

"자식이 어떻게 아버지를 용서한데요. 아버지도 다 나 잘되라고…. 제가 잘못했어요. 평소에 제가 말을 잘 안 들었으니까 저를 의심하셨겠지요. 산에서 아버지가 많이 생각나고 보고 싶었어요."

무일은 하염없이 눈물을 흘리고 있었다. 이윽고 그는 지리산에서 유경만 삼촌과 함께 별학산까지 왔고 토벌대의 습격을 당한 일들을 이야기했다. 경만 삼촌은 아마 죽었을 것이라고 했다.

"어쩔거나 쯧쯧. 경만이가 죽었어? 불쌍해서 어쩐다냐. 장가도 안 가고 제 어미 속을 그렇게 썩이더니 끝내 어미 가슴에 못을 박고 갔구나. 너 신세까지 이렇게 망쳐놓고…."

"경만이 삼촌 탓 아니에요. 광주까지 내가 억지로 따라갔어요. 산에도 삼촌 몰래 갔어요. 삼촌이 나를 살리려고 얼마나 애썼는데요."

"그랬더냐. 당숙모가 얼마나 기가 막힐꼬. 영감 자식이 모두 비명에 갔으니 남들 눈이 무서워 초상이나 제대로 치르겠냐? 내가 가볼 수도 없구나."

무일은 유경만 삼촌 생각에 말을 더 잇지 못했다.

"이 좁은 땅에서 어디 숨을 곳이 있다고, 하필이면 별학산으로 도망을 와?"

"경만이 삼촌이 배로 중국이나 일본으로 도망가려고 했어요. 일본에 친구가 있다고…."

일본이란 말에 텃골 아짐씨는 머릿속에 번득 떠오르는 것이 있었다. 1.4후퇴 때 김 면장이 사일을 데리고 배로 일본으로 피난을 가려고 계획을 했던 일이었다.

"오냐, 바로 그것이단께. 배로, 일본…."

텃골 아짐씨는 입속으로 중얼거리더니 대뜸 무일에게 말했다.

"무일아, 너 일본으로 가거라."

"……?"

뜬금없는 말에 무일은 대답을 못 했다.

"자수하면 형무소에서 몇 년 살다 나오겠지만 너 여기 있어봤자 빨갱이라고 손가락질이나 받고 살 것인께. 그리고 너의 아버지하고는 상극이라 같이 살면 또 이런 일이 난다."

"어머니, 저 절대 빨갱이 아니에요. 저는 지금도 공산주의가 뭔지도 몰라요. 하지만 나도 여기서 살기 싫어요."

"그러게, 이놈의 골짝에서 살아서 뭣하게. 죄 없는 너까지 산사람을 만든 이 세상이 무슨 미련이 있겠냐. 이리 시끄럽고 서로 사람 죽이는 험한 땅 훨훨 떠나서 살 거라."

"어떻게요? 갈 수가 있어야지요?"

반어와도, 역설과도 같은 이 물음은 바로 여섯 동지가 해외로 도피하려다 실패한 간절한 미련이었다. 일본으로 가고 싶은 무일의 마음을 확인한 텃골 아짐씨는 불쌍한 아들을 기어코 일본으로 보내기로 마음을 다짐했다.

"울지 마라. 아무 걱정 말고 며칠 만 여기서 참아라. 내가 다 알아서 기어코 보내줄 텐께 너는 시키는 대로만 해라."

텃골 아짐씨의 말은 단호했고 눈물이 어린 눈에는 굳은 결심이 내비쳤다.

"일본으로만 가면 경만이 삼촌 친구를 찾아가면 될 거에요."

"누군지도 잘 모르는 사람을 어떻게 찾아?"

"그 사람 찾을 수 있어요. 일본조선인연맹 간부라고 했어요. 북조선 쪽 단체라 저 같은 사람 잘 도와줄 거에요."

"가만있어라 뭐? 북조선 뭐여? 북쪽 단체라고? 안 된다, 그 사람들은 안 된다."

"권도산이라는 사람이에요. 삼촌이 그 사람만 만나면 잘해줄 거라고 했어요."

"절대 만나서는 안 된다니까! 너는 그 사람들 진절머리도 안 나냐? 또 이 꼴 된다. 절대로 만나지 마라. 내가 알아서 할텐께 시키는 대로만 해라. 알았제?"

 텃골 아짐씨가 광문에 묵직한 자물쇠를 채우고 나온 때는 벌써 먼동이 트는 동녘에 별학산이 시커멓게 솟아있었다. 혼자 우두커니 쪽마루에 걸터앉아 생각에 잠겼다. 일본으로 탈출하고 정착하는 일은 쉬운 일이 아니지만 텃골 아짐씨는 믿는 구석이 있었다. 그 것은 삼십 년 동안 인연을 소중하게 여기며 소홀히 하지 않았던 인척과 주위 사람들이었다. 잘못되면 아니 가는 것보다 불행할 수도 있었다. 여러 경우의 안전한 길을 가늠해보느라 오랫동안 자리를 뜨지 않고 있었다.

 일 년만큼이나 긴 하루 밤이 밝았다. 김 면장은 출항을 앞둔 어선 흥양호의 고사를 지내기 위해 아침 일찍 집을 나섰다. 그러나 별학산 사건으로 당천항은 모든 배의 출항이 금지되었다. 텃골 아짐씨는 흥양호 박 선장에게 긴히 상의할 일이 있으니 고사를 끝내고 밤에 박명수 영감 댁으로 조용히 와달라고 기별을 했다.

 동이 트기도 전인 캄캄한 새벽이었다. 선잠으로 밤을 지새운 텃골 아짐씨는 김 면장이 깨지 않도록 살며시 일어났다. 샘으로 치성을 드리러 가는 척 나가서 광으로 갔다. 무일도 이미 일어나 있었다.

 "별학산에서 경만이 삼촌들은 몰살을 당했단다. 한 사람을 놓쳐서 잡아야 한다고 배들을 모두 출항금지 시킨 모양이다. 박 선장이 단속이 심해지기 전에 빨리 배에 숨어있어야 한다고 일찍 오랬다. 어서 서둘러라."

 이미 짐작을 하고는 있었지만 그 말은 듣는 순간 무일은 감전을 한 것과 같은 충격을 받았다. 몸이 떨리고 두려웠다. 텃골 아짐씨는 무일이 옷을 갈아입히고 손수 바느질해 만든 전대에다 돈을 넣어 허리에 채워주었다. 그리고 편지 한 통을 주었다.

"이 돈은 네가 일본에서 쓸 돈이다. 부산에 가거든 남찬 형을 만나 이 편지를 전하여라. 형이 돈도 바꿔줄 것이다. 일본에 당도하면 형이 가르쳐준 주소로 아키코 누나를 찾아가야 한다. 요즘 군대 안 갈려고 일본으로 밀항하는 사람이 많아서 일본도 단속이 심하단다. 일본에 당도하면 옛날 너의 일본이름으로 행세해라. 선장 아재 말을 잘 듣고 조심해야 한다. 조금 내려가면 상동아재가 기다리고 있다. 아버지 일어나실라. 어서 떠나거라. 몸조심해라 와."

"어머니…."

무일이 부른 어머니란 소리에는 인생의 가치와 보람은 자식이라는 만고의 진리가 들어있었다. 어머니와 탯줄이 이어졌던 자식만이 그 존엄한 이름을 부를 수 있는 존재였다. 무일은 어머니의 차디찬 손등을 뺨에다 비볐다. 텃골 아짐씨는 떠나보내는 아들에게 조그마한 주머니를 손에 쥐어주었다.

"이건 내가 시집올 때 받은 금가락지다. 품속에 잘 간직하고 있다가 긴요할 때 써라. 무일아, 부디…."

텃골 아짐씨는 끝말을 잇지 못했다. 무일은 눈물을 흘릴 정황도 없었지만 눈물을 짜기 시작하면 어머니의 눈에서는 피눈물이 쏟아질 것이었다. 생사를 몰라서 애가 타다가 4년 만에 만난 자식이었다. 깜깜한 광속에서 겨우 이틀 밤 몰래 만나고 다시 헤어져야 하는 모자는 서로 손을 꼭 한번 잡고는 광을 나왔다. 무일은 뒤를 돌아보지도 못하고 사립문을 벗어났다.

바로 집 아래에서 박명수 영감이 기다리고 있었다. 무일에게 옆에 세워둔 지게를 지라고 했다. 짐 위에 우장 같은 너풀거리는 것을 얹어 놓아 얼굴을 가려주었다. 두 사람은 총총걸음으로 언덕을 내려갔다. 짐은 무겁지 않았지만 뒤뚱거려서 힘이 들었다.

'할아버지가 이럴 때를 생각해서 나에게 지게를 만들어 주셨던가?'

제법 쌀쌀한 새벽바람은 이틀 동안 광에 숨어있다 밖으로 나온 무일에게는 상쾌했다. 동쪽으로 어두운 하늘에 우람한 별학산의 윤곽이 거무스름하게 보였다. '동지의 목숨을 삼킨 저 산!' 무일은 짐짓 외면을 했으나 진저리를 쳤다. 배가 정박해 있는 당천항까지 무사히 갈 수 있을지 마음이 조마조마했다. 마을 샘에는 벌써 두어 사람의 아낙네가 재잘거리며 바가지로 물동이에 물을 퍼 담고 있었다. 샘 윗길을 지나가는 그들을 쳐다본 어느 아낙네가 말했다.

"텃골 배가 나가는 가보네."

무일은 들킬 것만 같아 불안했다. 짐이 무거운 척 몸을 웅크리고 고개를 푹 숙인 채 걸어갔다.

"텃골 배가 나간다요?"

나이가 든 아줌마가 큰 소리로 물었다.

"조금 더 있어야 출항할 것이요 만, 객지에서 온 선원들은 배에서 밥을 해 먹어야 한께 식량을 가져가요."

앞서가는 박명수 영감이 태연하게 말했다.

"저건 누구다냐…?"

"뱃사람인 것이구먼."

두 사람은 그런 소리를 뒤로하고 걸음을 재촉했다. 다행이 새벽의 어스름이 깔린 먼발치에서 머리가 덥수룩한 지게꾼을 무일로 의심하는 사람은 없었다. 마을을 피해 논길을 가로질러 갯가로 갔다. 개안에는 바닷물이 쏴악 쏴악 소리를 내면서 밀려왔다.

"너물 때라 물이 한참 들고 있구나."

밀물이 덜 차오른 갯벌은 아직 어스름이 가시지 않았는데도 벌써 청둥오리 한 떼가 날아와 있었다. 넘실거리는 물과 펄의 경계를 넘나들면서 납작한 주둥이를 펄에 처박고 부지런히 먹이를 찾고 있었다. 낮은 파도가 여러 줄의 평행선으로 종종걸음 쳐서 달려와 심술을 부리듯 청둥오리의 발을 적시면 살짝 뛰면서 줄넘기를 즐기는 듯 했다.

방파제로 가서 작은 목선에 타고 닻을 걷어 올렸다. 슬슬 노를 저어서 아직 잠을 덜 깬 짙푸른 바다의 가슴을 흔들었다. 잔잔한 바닷물 위에는 하얀 고니가 너덧 마리 한가하게 떠 있었다. 해마다 겨울철이면 북쪽나라에서 날아오는 낯익은 철새들이었다.

'일본에도 들려왔을까? 아무 나라나 마음대로 날아가서 머물다가는 저 새 가족은 행복하겠구나.'

무일이가 물끄러미 고니를 바라보고 있는 것을 박명수 영감이 보고는 혼잣말을 했다.

"저 고니 정기만이 봤으면 영락없이 잡아서 찌개 끓여먹었을 것인디."

"찌개라니요?"

무일이 듣고 눈을 동그랗게 버팅기면서 그를 쳐다봤다.

"정기만이가 경찰에 들어가더니 가끔 총을 들고 와서 고니, 노루, 기러기 닥치는 대로 잡아서 찌개 끓여 먹는단다."

무일은 더 이상 할 말을 잃었다. 행복해 보이던 고니가 지리산에서 총탄을 맞고 쓰러져 일어서려고 안간힘을 쓰던 여자 간호병으로 아른거렸다.

'행복하게 보이는 저 고니 가족도 항상 무서운 총부리가 겨누고 있다니…. 저렇게 아름다운 새가 무슨 죄가 있다고…. 어미 새가 총에 맞아 죽으면 어미 잃은 새끼들은 다시 북쪽나라로 돌아갈 수 있을까?'

옛날 새끼가 줄줄 딸린 까투리를 잡았던 회한이 다시 떠올랐다. 불쌍한 마음에 훌훌 날려버리고 싶었지만 경찰과 술래잡기를 하고 있는 상황이라서 입을 다물었다.

'남의 목숨을 쉽게 앗으려고 만든 총이 자연의 동물과 총을 만든 자신의 생명을 앗는다는 것을 알고 총을 만들었던 것일까.'

무일은 지리산에서 처음에 주검을 보았을 때는 토악질을 했다. 무서워서 밤에는 혼자 있질 못했다. 차차 날이 지나면서 널려 있는 시체를 보고도 길가에 죽어있는 말라빠진 쥐를 보듯 약간 눈살을 찡그릴 뿐이었다. 그러나 점점 체온이 식어가는 딱새를 등에 업고 촛불처럼 꺼져가던 의식을 일깨우지 못하고 그를 보내고는 새삼스럽게 목숨이 아깝고 주검이 무서웠다.

바람이 없는 날의 가을 바다는 거울처럼 물이 맑았다. 배는 당천항 뒷산 줄기가 바다로 뻗어 내려온 북바위 모퉁이의 여울목을 돌아 천천히 나갔다. 팔뚝만 한 숭어가 힘자랑이나 하듯 펄쩍 뛰어오르더니 풍덩 물을 튀기면서 떨어졌다. 노를 악어 꼬리처럼 이리저리 흔들어 저으면 삐그덕 삐그덕 소리가 어둑새벽의 정적을 깨뜨리며 멀리 퍼져나갔다. 상동 아제도 신경이 쓰이는지 마찰 부분에 물을 부어 소리를 죽였다. 작은 해수욕장이 있고 백사장을 지나 다시 얕은 산자락을 돌아가면 바로 당천항의 방파제가 길게 뻗어있었다. 방파제에는 홍양호가 정박하고 있을 뿐 다행히 사람은 보이지 않았다.

'저 배가 우리 배란 말인가?' 배도 초조한지 가만히 있지 못하고 널을 뛰듯 고물과 이물이 위아래로 출렁이고 있었다. 배에서 박 선장이 기다리고 있다가 살짝 손을 들었다. 와도 좋다는 신호였다. 전마선이 옆구리에 닿자 무일을 배에 오르게 하여 재빨리 배 밑의 창고 속으로 데리고 들어갔다.

제법 넓은 창고 안에는 빈 고기상자가 가득 쌓여 있었다. 중형어선은 뒤편의 고물 밑이 선원들의 침실이고 앞쪽의 넓은 이물 갑판 밑은 큰 창고였다. 그물을 당겨서 고기를 갑판에 쏟으면 선원들은 익숙한 솜씨로 크고 작은 고기를 골라서 상자에 담아 창고와 갑판에 쌓는다. 다음날 새벽 객주가 운반선을 타고 오면 고기상자를 모두 옮겨 싣고 다시 빈 상자를 받아놓기 때문에 많은 상자를 싣고 다닌다.

"저기 상자 뒤에 작은 틈새를 만들어 놨으니 뚫고 들어가서 누워 있어라. 별학산 사건으로 배는 모두 출항이 금지되어 있은께 조금만 참고 있어야 한다. 지금 밖에는 검문검색이 심하다. 누가 불러도 이 아재가 아니면 대답을 하지 말고 나오지도 않아야 한다. 알았제? 가방도 잘 간수하고. 밥은 틈을 봐서 넣어 줄 것이지만 못줄 때는 이빨으로 견뎌야 한다."

무일은 속삭이는 소리를 귀담아 들으며 고기상자 속으로 비비적거리고 들어갔다. 박 선장은 그 틈새를 다시 감쪽같이 메워놓고 창고 뚜껑을 쾅하고 덮고 나갔다. 암흑이었다. 잔뜩 긴장했던 그는 안도의 한숨을 내쉬었다. 일단 무사히 배에 숨어든 것이다.

그 시간 고흥경찰서에는 길상이가 독수리의 억센 발톱에 낚아 채인 산토끼처럼 눈만 끔벅거리며 잔뜩 웅크리고 앉아 있었다. 사찰계 최 형사는 날카로운 눈으로 그를 쏘아보며 취조를 했다.

"너 이름 정말 고범민 틀림없어?"

"네 정말입니다."

"주소는?"

"제주도 남제주군 서귀포읍입니다."

"부모는?"

"아버지는 돌아가시고 어머니는 물질하고 삽니다. 해녀요."

"왜 자수했지? 솔직히 말해봐."

"살고 싶어서요."

산에서 길상이라고 부르던 고범민은 살고 싶어서 자수를 했다는 말이 틀린 것은 아니지만 진심은 달랐다. 외국으로 가버리면 남혜심을 영영 만나지 못할 것이 차라리 죽는 것보다 더 괴로웠다. 죽을 때까지 기다리고 있겠다는 그의 목소리가 귀에 들리고 있었다.

그녀와는 어머니들이 함께 물질을 하는 이웃이었다. 오빠 동생하고 부르며 남매나 다름없이 친하게 지내다 사랑이 깊어졌고 결혼을 약속한 사이였다. 그녀가 목포에 취직이 되었다고 떠나고 나서 미쳐 소식이 오기 전이었다. 제주도에 4.3사태가 일어났다. 그 난리 통에 고범민은 아버지가 살해되는 불행을 겪었다. 억울하고 분하고 두려워 그는 무작정 서귀포를 벗어나 목포로 갔다. 얼핏 들은 회사 이름으로 쉽게 그녀를 만날 줄 알았는데 도무지 찾지를 못했다. 길바닥에 떨어진 먹이를 찾아다니는 개처럼 고범민은 여기저기 헤매고 다녔으나 허사였다.

실의에 빠져 유달산 바위 위에서 누더기 같은 삶을 훌훌 벗어던지려고 자포자기했을 때였다. 하늘의 도움이었는지 남혜심을 만났다. 자취를 하며 어느 수산회사에 다니고 있었다. 절망에 빠져있던 고범민을 포근히 감싸주었다. 그들은 자취방에서 동거를 하면서 밝은 삶의 희망을 꿈꾸었다.

6.25가 나고 목포에 인민군이 내려왔다. 고범민은 제 세상 만난 줄로 알고 완장을 얻어 차고 아버지 복수한답시고 펄펄 날뛰었다. 세상이 다시 뒤바뀌는 바람에 지리산으로 도망친 것이다. 그는 산속에서 토벌군에 쫓기거나 잠에 곤드라졌을 때 외에는 눈망울에 남혜심의 얼굴이 지워진 적이 없었다. 살아야 하겠다는 삶에 대한 끈질긴 집착은 오직 사랑하는 남혜심을 만나기 위해서였다.

"그리고 또…, 솔직히 말해봐."

최 형사의 심문은 끈질기게 이어졌다.

"그 것뿐입니다."

"민가나 경찰서를 몇 번이나 습격했어?"

최 형사의 목소리가 취조실의 유리창이 울릴 만큼 컸다.

"쫓겨 다니느라 습격한 적도 총 한번 쏜 일도 없습니다."

형사가 사람의 심리를 요리하여 숨기고 있는 사실을 토로케 하는 노련한 취조 기술은 어르고 겁박하는 적절한 타이밍과 강약의 조화에 있다.

"그럼 처음부터 다시 쭉 말해봐."

심문은 무언가 캐내려는 알맹이가 있기 마련이다. 최 형사는 겁박을 했다가 질문을 빙글빙글 돌리고 또 살살 어르기도 했다. 그는 길상이, 고범민에게 담배 한 개비를 주고 불을 붙여주었다. 고범민은 담배를 한 모금 길게 빨았다. 한숨과 함께 연기를 품고 나서 지리산에서 도망하여 백운산에서 홍보위원장 패를 만난 일부터 이야기하 듯 털어놓았다.

"세 사람이 지리산을 탈출하여 백운산에 숨어 있다가 홍보위원장과 딱새, 새총을 다시 만났습니다."

최 형사는 책상을 짚고 반쯤 엎드려서 귀를 쫑그리고 자수할 때까지의 모든 사실을 들었다. 그는 다시 간지럽도록 부드러운 말씨로 물었다.

"너는 오후에 보초를 서자마자 바로 별학산을 이탈해서 당천지서로 갔단 말이지?"

"네."

"그럼 시체가 없는 한 사람이 새총이라고?"

"예, 새총과 딱새의 시체가 없었다고 들었습니다."

"딱새는 시신이 발견 됐다지 않아? 그러니까 새총 말이야, 계 본명은 몰라?"

이번에는 최 형사가 조금 짜증스럽게 다그쳤다.

"예, 전혀 모릅니다."

"고향도 몰라?"

"모릅니다. 산에서는 서로 숨기니까요."

"그럼 새총의 특징을 자세히 말해봐."

"나이는 한 스물 댓 살 되어 보이고 키가 작달막하고 얼굴이 가무잡잡해요."

"어디말씨를 썼어?"

"경상도 말씨도 같고 전라도 사투리도 같고 잘 모르겠어요."

"그럼 하동이나 사천 들먹인 적 없었어?"

"예 없었습니다."

최 형사의 취조의 핵심은, 놓쳐버린 새총을 찾아내기 위해 그의 신원을 알아내는 데 있었다. 고범민은 그들이 모두 사살을 당했다는 것을 알고 죽은 동무들에 대한 죄책감으로 유치장에서 뜬눈으로 밤을 지새웠다. 양심이 가슴을 후벼 뜯고 감전된 사람처럼 사지가 절리고 목이 탔다. 자수를 하면 모두를 살릴 수 있을 것으로 믿었다. 모두 생포하기로 다짐을 받고 장소와 계획까지 모두 털어놨고 경찰도 그렇게 하려고 했다. 그러나 경찰의 수가 적은데다 전투경험이 부족한 군 단위의 전경들이라서 작전도 서툴렀다. 결국 총격으로 마무리가 됐고, 또 한 사람도 놓치고 만 것이다.

빨치산의 형벌 1순위인 밀고의 배신을 저지른 고범민은 어느 면에서는 새총이 살아있는 것이 두려웠다. 그러나 도망한 새총만이라도 잡히지 않기를 바라는 그들 세계의 뿌리 깊은 의리가 남아 있었다. 고범민은 새총의 용모를 반대로 말했다. 또 홍보위원장과 같은 사투리를 썼고 서로 친척인 것 같다는 사실을 어렴풋이 눈치 채고 있었지만 그에게 불리한 사항은 끝까지 입을 봉했다.

사찰과의 한쪽 구석에서 정기만 경사는 최 형사가 고범민을 취조하는 꼴을 흘금거리고 있었다. 가슴이 답답해서 터질 것 같았다.

'저것이 무슨 취조야. 몽둥이로 책상을 탕 치고 다음은 어깨를 내리치고 그래도 안 불면 손가락을 깨야지. 마지막엔 대가리를 4분만 물통에 처넣고 있어봐. 술술 불게 돼 있어'

일본 헌병의 근성이 사람냄새를 맡은 거머리처럼 꾸물꾸물 기어나왔다. 자기에게 맡겨만 준다면 바로 고범민의 얄팍한 입술에서 새총의 정체를 사실대로 술술 불게 만들 것이고 당장에 잡아올 자신이 있었다. 입이 근질근질하여 참을 수가 없었다.

"최 형사님! 그렇게 다루셔서는 못 캡니다요."

정기만 경사의 말이 떨어지자 최 형사의 일그러진 얼굴이 눈을 부라리고 정기만 경사를 돌아보았다.

'아차' 정기만 경사는 최 형사의 표정만으로 주제넘은 혀를 놀린 것을 후회했지만 뱉어버린 말은 이미 허공에 맴돌고 있었다.

"아니? 저 사람 의경 아니야? 당신 왜 여기 들어왔어? 네가 뭔데 취조에 끼어들어? 건방지게…. 너 나가지 못해?"

고함 소리가 취조실을 울렸다. 고수들이 두고 있는 장기판 옆에 쪼그리고 앉아 구경하던 하수가 섣불리 훈수를 하다 뺨을 얻어맞는 일은 흔한 일이다. 의례 맞은 놈은 얼굴을 붉히고 다시 앉아 구경을 했지만 이 상황은 달랐다. 사찰계의 사상범에 대한 취조는 상사라도 함부로 간섭하지 못하는 시국이었다. 하물며 감히 의경 따위가 끼어들어 혀를 날름거렸으니 취조하는 형사의 자존심이 개똥 밟듯 뭉개진 것은 차치하고라도 규칙으로도 이건 겨우 얻은 의경자리가 날아갈 판국이었다.

정기만은 사찰과 밖으로 쫓겨나와 담배에 불을 붙여 물고 연방 연기를 빨아댔다. 모처럼 발붙인 의경자리를 쫓겨나면 큰 낭패였다. 이를 모면하기 위해서는 실수를 만회할 만한 실적을 세우는 것만이 유일한 방도라고 생각했다.

'꼬투리만 잡히면 자신이 있는데 말아야!'

그는 하늘에다 연기를 '푸―'하고 품으면서 무엇인가 골똘히 생각하고 있었다.

풍남낚시점 주인과 낚싯배를 운영하는 선주는 몇 번 경찰서에 불려가 조사를 받았으나 혐의가 없었다. 그리고 고범민은 광주 공비포로수용소로 넘겨졌다.

비린내가 코를 찌르는 어창 속에서 무일은 오랜만에 밤낮을 모르고 잠을 잤다. 사흘이 지난 뒤였다. 출항금지가 해제되었다는 통보가 있었다. 김 면장은 객주에게 출항을 서둘러 달라고 부탁했다. 그러나 객주는 밀린 빚을 일부라도 갚지 않으면 배를 못 보낸다고 딱 잘라 거절했다. 객주란 배가 잡은 고기를 운반하여 판매를 해주고 출어용품의 조달이나 입출항 수속을 대행하는 등, 어선의 제반 편의를 제공하고 그에 대한 수수료를 챙기는 업자다. 영세한 선주는 의례 배 돛대를 가리키고 객주에게서 배의 출어자금을 얻어 쓰기 마련이고 항상 밀린 빚을 갚지 못해 쩔쩔맸다. 객주가 출항증을 내주고 허락을 해야 배가 떠날 것인데 김 면장은 객주와 옥신각신하다 하루를 넘겼다.

"성님 세상에…. 글쎄, 객주가 돈 안 갚으면 배를 못 보낸다고 고 고집을 부리고 있다요."

텃골 아짐씨는 안테나인 동주네가 시시각각 달려와 흥양호가 출항을 못하고 있다는 소식을 전할 때마다 애간장이 녹았다. 다음날도 김 면장은 아침부터 객주에게 가서 사정을 하고 있었다.

"글쎄 이번에 갔다 오면 죄다 갚을 것인께 한번만 봐 주소."

"안 돼, 네 목에 칼이 들어와도 갚지 않고는 못 보내!"

선창에는 여러 사람이 출항할 준비를 마치고 김 면장을 애타게 기다리고 있었다. 김 면장의 셋째 아들인 공일도 주말이 되어 배가 떠나는 것을 보려고 순천에서 왔다. 그는 객주를 만나러 간 아버지가 오래 동안 돌아오지 않은 까닭을 짐작했다. 전처럼 객주와 옥신각신 하고 있을 것이었다. 그는 객주 집으로 뛰어갔다.

"내가 이렇게 사정을 하네, 한번만 봐주소."

"허, 허. 이사람 염치도 좋네, 일부라도 갚지 않고는 절대 못나간 다니까!"

문밖에서 아버지가 애걸하고 있는 소리를 들은 공일은 피가 끓었다. 그는 문을 확 열어 제치고 방으로 들어갔다.

"객주 어르신, 제발 배를 보내주십시오. 지금 여러 사람이 애타게 기다리고 있습니다."

"흐흥, 이제 부자간에 쌍끌이 작전으로 나오는구나. 네가 뭘 안다 고 주제넘게 참견을 해?"

객주가 빈정대자 김 면장이 공일에게 소리쳤다.

"공일아 너는 나가있어! 상관할 일 아니다."

공일의 얼굴이 일그러졌다.

"아버지! 아버지가 왜 이렇게 사정을 하셔야 됩니까? 객주 어르신, 주제넘다니요. 너무하시네요. 그럼, 이건 영업방햅니다. 빨리 배를 보 내주세요. 출항증 주십시오."

"이것 봐라! 너 이놈, 보자보자 하니 어린 것이 버릇없이 누구 앞 에서 협박을 해! 영업방해라?"

"빨리 출항증 주시라고 했습니다."

"못 내놓겠다. 이제 강제로 빼앗으러드네. 안 주면 어쩔래?"

"못 줘요?"

"너는 나가래도!"

젊은 혈기는 김 면장의 말조차 아랑곳하지 않고 이성을 잃었다.

"지금 이틀 동안 몇 사람이 선창에서 애타게 출항을 기다리고 있는지 압니까? 이런 나쁜 사람! 박살을 내버릴까보다."

"뭣? 너 뭐라고 했냐, 이자식이 뭐? 내 해골쪽박을 깨버려? 이놈!"

"그래요? 박살내주지요."

"뭣이? 이놈!"

객주는 공일의 멱살을 움켜잡았다. 그리고 쥐어박기 시작했다. 공일은 대항을 않고 도리어 머리를 들이밀며 맞고 있었다. 얼굴은 그리 맞은 것 같지도 않는데 코에서 빨간 피가 흘렀다.

"어이 이러면 안 돼! 참소 자네가 참아, 내가 잘 못했네. 너는 나가! 나가래도!"

김 면장이 뜯어 말리자 공일은 멱살을 잡은 객주의 손을 뿌리치고 방바닥에 꿇고 앉았다.

"객주 어르신, 제가 잘못했습니다. 나를 여기서 죽이고 대신 배를 보내주십시오."

뻘건 피가 방바닥으로 뚝뚝 떨어지고 있었다. 피를 본 객주는 와락 겁이 났다.

"어허 피, 너 피 닦아!"

공일의 연극이었다. 전번처럼 또 질질 끌리고 있으니 객기를 부려서라도 내가 해결을 하겠다고 마음을 단단히 먹고 온 터이었다. 공일이 고개를 숙인 채 뚝뚝 떨어지는 피를 흘리고 그대로 앉아 있자 객주가 수세에 몰렸다.

"이 녀석, 피를 닦으래도!"

"공일아 아디 보자!"

김 면장도 놀라서 공일을 살피려 했다.

"제가 잘못했습니다. 저를 죽여주세요. 여기서 죽겠습니다."

"이 놈아! 피를 닦자. 응? 피를 닦아야지…."

객주는 겁이 나서 벽에 걸린 수건을 공일의 코에다 대고 머리를 젖혀 뒷목을 또닥이고 있었다.

"객주 어른 제발 배를 보내주십시오."

"그래, 그래 알았다. 보내 줄 것인께 싸게 피 좀 닦아라."

보내준다는 말이 떨어지자 공일은 수건을 코에 대고 일어서더니 객주에게 넓죽 큰절을 했다.

"보내주신다고요? 감사합니다. 정말 감사합니다. 객주 어르신."

삼국지에서 조조를 감쪽같이 속인 황개를 뺨치는 공일의 고육지책은 적중했다.

"김 면장, 자식 한번 자알 됐네, 자아, 출항증 가져가게."

"고맙네, 내 샘등 닷 마지기 논 내 놓았은께 팔리면 죄다 갚음세."

"걱정 말고 고기나 많이 잡아오라소."

황 객주와 김 면장은 어려서부터 함께 자란 동갑내기 친구였다. 돈 욕심만 부릴 일 아니면 둘은 허물없고 친한 사이었다. 배를 떠나보내려고 함께 선창으로 나갔다. 출항 신고를 받고 풍남지서 주임이 얼룩덜룩한 위장 무늬의 전투복장을 하고 찾아와 경례를 했다.

"면장님! 안녕하십니까? 황 객주도 나오셨군요."

"오랜만입니다. 주임님이 여기까지 웬일이십니까?"

"네, 본서에서 모든 어선들은 출항 때 철저히 검색을 하라는 지시가 내려왔습니다. 죄송합니다만 홍양호를 검색하도록 양해하여 주십시오."

"검색을요? 대관절 이번 사건은 어떻게 된 겁니까?"

"이번 별학산에 출몰한 공비들은 배를 탈취하여 도망하려고 계획했던 것 같습니다. 다행이 한 사람이 자수를 한 통에 탈출을 막았습니다. 모두 사살했는데 한 사람을 놓쳤습니다. 아직 잡지를 못해 전군이 경계를 하고 있습니다. 관내에서 출항하는 모든 배는 철저히 수색을 하라는 지시이니 양해하여주십시오."

"네, 당연히 그러셔야지요."

"감사합니다. 그럼…."

지서주임을 따라온 경찰이 배로 올라갔다. 좁은 고을이라 모두 안면이 있는 김 순경이었다. 그러나 박 선장은 마음이 조마조마해서 제정신이 아니었다. 여기저기 안내를 하면서 무일이 들으라고 일부러 큰소리로 말을 했다.

"김 순경님, 우리 갈치 잡으러 간께 기대하고 있으시오."

"목적지가 부산이네요?"

"예, 부산 다대포에서 잡거나 철이 늦으면 기장에서 잡소. 기장갈치가 맛은 그만이제. 그런데 이번 사건은 한 사람이 자수를 해서 모두 사살했다고요? 천만다행이네요."

"네, 다행이 한 사람이 자수를 하여 탈출을 막았습니다. 그런데 한 사람을 놓쳐서…."

김 순경은 박 선장의 안내를 받으며 여기 저기 배를 수색했다. 선원들이 자는 뒤창은 물론 고기상자를 넣어둔 앞창과 조타실과 주방까지 모두 샅샅이 살펴봤다. 선창가에 쭈그리고 앉아 연방 입에서 뻐금뻐금 담배 연기를 품어내고 있던 황 객주가 배를 긁적이면서 뚜벅뚜벅 배로 올라가더니 이제는 생색이라도 내듯 김 순경에게 새살거렸다.

"김 순경, 내가 배를 오래 잡고 있어서 선원들 한태 미안하구만, 얼른 해주소."

"네, 다 잘 아는 밴데요 뭘. 박 선장님, 이번엔 만선하여 돌아오십시오."

다행이 무일은 들키지 않았다. 김 순경은 인원점검을 한 뒤 주임에게 이상이 없다고 보고를 했다. 박 선장은 소리를 죽여 길게 숨을 내쉬어 가슴에 고여 있는 경기를 토하고 저린 오금을 폈다.

"모처럼 만났으니 우리 주막으로 가십시다."

김 면장은 황 객주와 화해주를 한잔할 겸 주임에게도 가기를 권했다.

"면장님, 협조해 주셔서 감사합니다. 같이 갔으면 좋겠는데 오늘은 다른 배들도 수색을 하고 있어서 저는 이만 실례해야 되겠습니다."

지서 주임과 헤어지고 김 면장은 황 객주와 주막으로 갔다.

"자네 막둥이 한번 자알 두었데, 내 딸 있었으면 그 녀석 사위 삼을 걸 그랬네."

술이 거나해지자 황 객주는 농담이 술술 나왔다. 캄캄한 밤이 되어서 김 면장이 얼굴이 불그레하여 주막을 나왔다. 공일은 근처에서 술자리가 끝나기를 기다리고 있었다. 비틀거리기는 안했지만 얼른 아버지의 팔을 부축하고 걸었다. 밤낮 한집안에서 얼굴을 쳐다보는 가족은 사랑스럽다가도 때로는 밉기도 하지만 외부로부터 침해가 있을 때는 똘똘 뭉치는 것이었다. 나라가 외침을 당했을 때도 똑같았다. 김 면장은 막둥이 덕에 쉽게 배가 출항하게 되고 팔을 의지하고 가면서 기분이 좋았다.

"공일아, 이래서 우익이 좋다는 것이다. 우익, 깃 우자, 날개 익자.

자식 말이다. 그래서 자손이 떼거지처럼 많으면 아무도 감히 무시를 못하는 법이여."

공일은 무섭기만 하던 아버지가 오늘은 팔을 꼭 붙잡고 싶을 만큼 애처롭게 보였다. 김 조합장, 김 면장으로 존경받던 아버지가 그 배를 부리기 시작한 뒤로 빚 때문에 체통 깨지고 권위는 땅바닥에 떨어져 어깨가 축 처져 있었다. 돈에 쪼들려서 비굴해 지는 것이 가슴 아팠다. 차라리 무서운 호랑이 아버지 그대로 살아주면 좋을 것 같았다.

부자는 당천리 뒷산의 잿길을 힘겹게 넘어섰다. 내리막길에서는 멀리 텃골 집에 켜놓은 밝은 불이 빤히 보였다. 특별한 때만 켜는 카바이트 칸델라 불빛이었다. 홍양호의 출항 소식을 듣고 싶어 애가 타들어가는 텃골 아짐씨가 김 면장과 공일이 오기를 목이 빠지게 기다리는 눈빛이었다.

길 위의 깜깜한 소나무 숲에서 '부엉, 부엉' 부엉이가 울었다. 김 면장은 졸려서 눈을 반쯤 감고 걸었다. 구두바닥에 밟힌 잔돌이 구르면서 몸의 균형이 출렁거렸지만 공일이 붙잡은 덕에 비틀거리기만 했지 용케 넘어지지는 안했다. 다행인 것은 바다에서 갯냄새를 품고 불어오는 바람이 얼굴을 스치면서 졸음을 벗겨가고 있었다. 저기 불 깜박이는 깊은 산골 초가집, 가족이 기다리는 내 집, 고달픈 몸을 누일 수 있는 우리 가족의 보금자리를 찾아 부자는 부지런히 가고 있었다.

텃골 아짐씨는 그들이 돌아오는 기척을 듣고 버선발로 뛰어나왔다. 김 면장은 아무 말 없이 방으로 들어갔다. 텃골 아짐씨는 공일에게 속삭이듯 다급하게 물었다.

"배는 잘 떠났다냐?"

"예, 이제 곧 떠날 거에요"

"휴~ 첩첩 험산, 많은 고비를 다 어찌 넘을란고."

"넷? 고비라니요."

"아니다. 너희 아버지 형편이 하도 어려운 것 같아서다."

텃골 아짐씨는 어둠에 묻혀 형체가 보이지 않는 별학산 쪽을 넋이 나간 사람처럼 바라보고 있었다.

§

배를 떠나보내고 돌아온 김운용은 내 집이 너무 편안했다. 그가 태어난 곳이었다. 부친이 가난을 벗으려고 고을 이방을 맡으면서 읍내에다 사랑채가 딸린 오칸 겹집을 지어 이사하기까지 어린 시절을 보낸 정든 옛집이었다.

김 씨 집안의 셋째 아들인 그는 서른 살이 되어 유 씨 집안의 막내딸 유말녀와 백년가약을 맺었다. 고을에서 내로라하는 양대 가문의 꿍꿍이가 맞아떨어져서 정한 이른바 정략혼이라고 해도 틀린 말이 아니었다. 당사자의 의사니 사랑이니 하는 것들은 어른들이 막걸리 잔에 타서 마셔버리고 그들이 정한 날짜에 시키는 대로 결혼했다. 그것이 사람의 도리고 숙명이라 여기고 살다가 차차 정으로 익어간 부부였다.

군청 서기로 일하던 김운용은 도시로 나가고 싶었다. 위로 아들 둘을 내리 잃고 서른 여섯, 만년에 얻은 맏아들이 좋은 학교와 큰 병원이 있는 도시에서 공부하여 고등고시에 합격하는 것이 꿈이었다. 큰아들의 이름을 벼슬사자, 한일자 사일仕一이라고 지은 것을 봐도 그의 뜻을 알만했다.

그의 간절한 소망이 이루어진 날이 있었다. 광주에 있는 전라남도 어업조합연합회에 전직이 된 것이다. 그는 흥분을 감추지 못하고 기뻐했다. 그는 연합회 어업지도과 주임으로 보직을 받았다. 그의 직속 상사인 과장은 사나다 이치로眞田一郞라는 일본사람이었다. 김운용 주임보다 나이가 여덟 살이나 아래였으나 메이지대학 경제과를 나온 엘리트로 관료적인 풍모의 단정한 모습에 성격도 온화하고 겸손하여 인격이 훌륭한 사람이었다.

그는 조선사람인 김운용 주임이 매사에 원칙을 중시하고 일머리를 잘 알아서 열심히 업무를 처리하는 능력을 인정했다. 중요한 계획은 그와 상의하고 직접 맡기기도 했다. 김운용 주임 부부도 한국생활이 처음이고 상사인 사나다 과장 부부에게 가끔 한국 음식을 대접하거나 무등산 증심사 같은 곳을 함께 구경하는 등 성심껏 돌보아 주었다. 서로가 신뢰하고 존경하는 상사와 부하의 좋은 인연을 맺었다. 덕택에 김운용 주임은 비교적 빨리 계장으로 승진하여 안정된 생활을 했다.

태평양전쟁을 일으킨 일본은 더욱 내선 일체를 주장하고 황국신민화 정책을 강화했다. 조선사람에게 창씨개명, 즉 성과 이름을 일본식으로 고치라고 집요하게 강요했다. 김운용 계장도 눈치보고 망설이고 미루다가 개명했다. 내키지 않았지만 공공기관에 다니면서 개명을 하지 않고서는 점점 버티기가 어려웠다. 솔직히 말하면 사회 분위기도 이제 조선은 영원히 일본의 지배에서 벗어나지 못할 것이라는 쪽으로 기울고 있었다. 사형제가 머리를 맞대고 의논을 한 끝에 성을 가네모도金本로 작명했다. 김 씨가 본이라는 의미의 글자를 조합하여 김 씨 성을 지켰다는 논리로 자곡지심을 덜었다.

큰아들 사일이 중학교 4학년이 된 어느 날이었다. 사나다 과장이 여느 때와는 달리 직접 가네모도 계장 자리로 와서 어딘가 어색한 미소를 띠며 뜬금없는 말을 했다.

"저는 일본으로 돌아가게 되었습니다."

가네모도 계장은 벌떡 일어났다. 나른한 봄날 잠이 덜 깬 사람 같이 정신이 몽롱하고 온몸의 힘이 쭈욱 빠져나갔다. 사나다 과장은 두 형제가 모두 한국에 와있었다. 실은 중학교 교사로 있는 동생 사나다 지로는 무일의 담임선생이었다. 그런 사실을 아무도 모르고 있었다. 일본에서 홀로 지내는 연로한 아버지가 자식을 못 잊고 무척 외로워하기 때문에 어쩔 수 없이 귀국을 결정했다고 말했다. 가네모도 계장은 기대고 있던 뒷벽이 무너지고 버팀목이 부러지는 것 같았다. 그러나 어쩔 수 없는 일이었다.

연합회에서 중요한 자리에 있던 그가 떠나게 되자 돌아가면서 그를 위한 송별회를 베풀었다. 거래관계로 연합회에 드나들던 수산물 도매상인 목포물산 아라이 히대기치新井秀吉 사장도 저녁식사 자리를 마련했다. 그는 가네모도 계장에게 꼭 합석하여 달라고 부탁을 했다. 사나다 과장도 함께 가기를 원하였으므로 그리 친한 사이는 아니었지만 세 사람이 식사를 하게 됐다.

조선사람인 아라이 사장은 이름을 바꾼 지 얼마 안 된 탓으로 박수길 사장이라고 부르는 사람이 더 많았다. 명문대학교 법과를 졸업한 젊은 사업가인 그는 업계의 평판이 그다지 좋지 않았다. 일종의 수산물 브로커였는데 돈 되는 일이라면 먹이를 쫓는 늑대처럼 악착

같은 사람으로 소문이 나있었다. 어떤 사람은 노골적으로 사기성이 있는 질이 좋지 않은 사람이라고 흉을 봤다. 그러나 목포수산은 연합회의 공매에 입찰하여 수산물을 소화해주는 큰 손이었기 때문에 연합회로서는 무시할 수 없는 고객이었다. 가네모도 계장은 그와 두어 번 식사를 한 일이 있었다. 업무적인 관계는 공정하면 되는 것이므로 누구나 원만하게 지냈다. 그러나 단둘이서 식사를 하는 경우는 일부러 피했었다.

실은 그 무렵 아라이 사장은 회사가 부도에 몰리고 있었다. 부도를 막으려면 말할 것도 없이 돈이 필요하지만 더는 한 푼도 조달할 수 없는 지경에 처한 것이었다. 여러 가지로 부도를 모면할 수 있는 길을 찾던 중 목포어업조합이 보유하고 있는 김 5만 속을 낙찰만 받으면 살아날 방법이 있었다. 어떻게 던 김을 낙찰 받을 계획으로 송별회를 명분으로 사나다 과장과 회식자리를 마련한 것이다. 비록 떠날 사람이지만 전남어업조합연합회의 실세인 그는 관내 어업조합이 무시할 수 없는 영향력이 있었다.

회식 자리가 무르익으면서 우연히 사나다 과장은 아버지가 도자기를 좋아해서 작은 전시장을 갖고 있다는 자랑을 했다. 그 이야기를 귀담아 들은 아라이 사장은 송별회가 끝난 며칠 후 사나다 과장을 사택으로 찾아갔다. 들고 간 보자기에서 조심스럽게 꺼낸 것은 예쁜 모란무늬가 상감된 자그마한 고려청자 항아리였다. 귀국 선물이니 부친의 전시장에 전시하여 주시면 고맙겠다고 했다. 사나다 과장은 이런 귀한 선물은 받을 수 없다고 정색을 하고 거절을 했다. 아라이 사장은 그동안 정리로 드린 것이니 선물로 받아달라고 간청을 했다. 사나다 과장은 완강하게 거절하다가 그렇다면 기왕 가져온 것이니

정당한 값을 주고 사겠다고 말했다. 그도 귀국선물로 아버지가 평소에 구하고 싶어 하던 고려청자를 사가지고 갈까 생각을 했었다.

아라이 사장의 계획은 적중했다. 청백한 사나다 과장이 고려청자 선물을 거절할 확률이 많다는 것을 예상했다. 만약 받는 다면 청탁을 할 수 있을 것이고 그렇지 않으면 팔아도 목적을 달성할 수 있는 양면의 경우를 노렸다. 그 도자기는 진품과 구별을 할 수 없을 만큼 정교하게 만든 모조품이었다.

아라이 사장은 가져갈 수도 없고 돈을 받을 수도 없다고 난감한 척하다가 어쩔 수 없다면서 도자기는 5백엔에 산 것이라고 값을 말했다. 사나다 과장은 월급의 세 곱이나 되는 값이 부담스러웠으나 어차피 전시실의 컬렉션이므로 약속어음을 끊어주고 도자기를 샀다. 아라이 사장은 친한 사람에게서 특별히 싸게 구한 것이라고 생색을 내기까지 했다. 그러면서 목포어업조합의 김 5만 속을 목포수산이 낙찰을 받고 싶은 데 도와주면 좋겠다고 사정을 했다.

사나다 과장은 단호하게 거절하며 도자기를 가져가라고 화를 냈다. 청탁이 도저히 통할 것 같지 않다는 것을 느낀 아라이 사장은 바로 무리한 청탁을 한 것을 사과했다. 그는 화제를 바꾸어 어업지도과 주무인 가네모도 계장은 성격이 너무 냉정하므로 사나다 과장이 떠나면 연합회와 일하기가 어렵다고 푸념을 했다. 앞으로 활발하게 거래하기 위해서 과장께서 가네모도 계장에게 앞으로 자기와 서로 잘 지내라고…, 그 정도로 한번 말씀이나 잘해주시라고 부탁을 했다.

부도에 몰린 사람에게 오후 4시는 무자비한 시간의 횡포였다. 아라이 사장은 은행의 전표마감시간이 되면 돈 이외에는 아무 것도 보이는 것이 없었다. 돈이라면 뻘겋게 불이 단 쇠토막이라도 집어삼킬 만큼 다급한 심정이었다. 그는 연달아 돌아오는 수표의 결제를 막으려고 별별 수단으로 돈을 끌어다가 줄타기를 하듯 아슬아슬하게 버티어 나갔다. 일본으로 떠나버리면 그만이란 심보로 사나다 과장에게 가짜 도자기를 떠맡기고 돈을 챙길 만큼 타락했다.

아버지의 선물로 고려청자를 장만한 사나다 과장은 마음이 흡족했다. 저녁때 동생 지로를 불러서 자랑을 했다. 도자기에 대해서 조금은 지식이 있는 그는 고개를 갸우뚱했다. 값도 그렇고 감정서가 없는 것도 이상했다. 도자기 골동품상에 가서 감정을 해 보았다. 그 것은 가짜라는 것이었다. 사나다 과장은 어처구니가 없고 기가 차고 분이 머리끝까지 치밀었다.

당장 아라이 사장에게 전화를 걸어 가짜를 속였다고 추궁했다. 바로 도자기를 보내겠으니 즉시 돈을 돌려주지 않으면 사기로 고소를 하겠다고 다그쳤다. 뻔뻔스러운 사람은 변명도 고려청자 수준이었다. 그는 진품이라 말한 적이 없다고 했다. 그것은 도자기 명인이 고려청자를 정교하게 재현한 복제품이기 때문에 그만한 가치가 있는 것이라고 했다. 한술 더 떠 진품이라면 그 정도 값으로는 구경도 할 수 없노라고 도리어 큰 소리를 쳤다.

사나다 과장은 두 번 다시 아라이 사장의 꼴을 보기가 싫었다. 가네모도 계장에게 대단히 미안하지만 개인적인 심부름을 해달라고 부탁했다. 오늘 오전 중으로 아라이 사장을 만나 이 도자기와 영수증을 전해주고 돈을 줄 터이니 받아다 주면 고맙겠다고 말했다. 자세한 이야기는 창피해서 하지 않았다.

일본사람에게 잘못 걸리면 당장 쇠고랑을 차는 시대였다. 아라이 사장은 다방에서 가네모도 계장과 만났다. 도자기와 영수증을 받고 돈을 돌려주었다. 아라이 사장이 돈을 받았으니 간단히 영수증을 써 달라고 했다. 가네모도 계장은 별 생각 없이 명함에다 돈을 받았다는 메모를 해주었다. 그리고 바로 사나다 과장에게 가서 돈을 전했다.

사나다 과장이 귀국하고 난 며칠 후였다. 가네모도 계장은 아라이 사장으로부터 전화를 받았다. 사나다 과장이 떠나면서, 목포어업조합과 김 5만 속 전량을 목포물산이 낙찰 받도록 조정하여 가네모도 계장에게 인계하였으니 그리 알고 추진하라고 했다면서 차질 없이 낙찰이 되도록 부탁한다고 했다. 가네모도 계장은 엉뚱한 전화를 받고 어리둥절했다. 그는 사나다 과장이 떠난 후 당분간 그의 직무를 대행하고 있었지만 목포어업조합과는 관계가 없고 더구나 낙찰 건은 관여할 입장도 아니었다. 그는 정중하게 거절을 하고 전화를 끊었다. 아라이 사장은 다음날 다시 전화를 걸어왔다. 이번에는 낙찰을 받지 못하면 가만있지 않겠다고 협박을 하는 것이었다.

아라이 사장은 결국 부도가 나서 고발이 되고 구속 직전의 벼랑 끝에 몰려있었다. 변호사가 불가항력의 사정으로 부도가 난 경우, 예를 들면 입찰을 받아야 하는데 현저한 업무 방해가 있었다든지 사기를 당하여 부도가 났다는 등을 입증하면 구속을 면할 수 있고 기소유예도 가능하다고 했다. 구속을 모면하기 위해서는 누군가 그러한 대상을 일단 끌어들여야 했다. 아라이 사장은 자기 요구를 칼로 베듯 거절한 가네모도 계장이 괘씸한데다, 도자기 대금을 돌려주면서 받았던 명함 영수증을 빌미로 그에게 죄를 뒤집어씌우기가 쉬울 것 같았다. 그를 희생양으로 삼기로 작심했다.

가네모도 계장이 목포어업조합 김을 낙찰 받도록 추진하는 데 필요한 비용을 요구하여 5백엔을 준 사실이 있으며, 결국 낙찰을 받아주지 않고 그 돈을 착복한 것으로 위계를 꾸몄다. 가네모도 계장이 명함에 써준 메모 외에, 도자기 대금은 아라이 사장이 사나다 과장에게 직접 반환하고 받은 것으로 가짜 영수증을 만들었다. 그 외에도 가네모도 계장에게서 돈을 받은 일이 없다는 사나다 과장의 진술서까지 교묘하게 위조했다. 그리고 가네모도 계장을 사기 횡령죄로 고발했다.

가네모도 계장은 결백함을 항변했으나 교묘하게 꾸민 모함과 빈틈없이 위조한 증거로 꼼짝없이 죄를 뒤집어썼다. 결국 구속이 되었고 반대로 아라이 사장은 구속을 모면했다. 가네모도 계장은 무고함을 입증하려고 발버둥을 치고 백방으로 힘을 썼다. 그러나 곧게만 살아온 그로서는 좁은 감방에 앉아 치밀한 계획으로 옭아맨 오랏줄을 빠져나가기에는 역부족이었다.

결국 그는 푸른 미결수복을 입고 콩밥 신세를 졌다. 재판은 질질 끌어 해를 넘기다가 다음해 집행유예로 풀려났다. 구겨진 체면은 고사하고 알뜰히 저축한 예금은 바닥이 난데다 전과자의 낙인이 찍혀 직장도 가질 수가 없는 신세가 됐다.

눈이 뒤집히고 환장속이 된 그는 아라이 사장은 물론이지만 사나다 과장의 악랄한 배신행위에 치를 떨었다. 죄의 증거가 된 사나다 과장의 영수증과 진술서 등이 위조한 것임을 알 턱이 없었다. 두 사람이 무엇을 주고받고 하더니 아라이 사장과 서로 잘 지내라고 했던 말도 수상한 구석이었다. 서로 이권을 챙기고는 들통이 날 것 같으니까 공모를 해서 자기에게 죄를 뒤집어씌우고 떠나버린 것이라고 단정했다. 일본에 있는 사나다 과장이야 당장 어쩔 수 없지만 아라이 사장을 어떤 방법으로라도 무고임을 밝히고 앙갚음을 하려고 벼렸으나 가네모도 계장은 이미 그럴 힘이 없었다. 게다가 아라이 사장은 다른 사기사건으로 구속이 되어 있었다.

빈털터리가 되어 실의에 빠진 김운용은 모든 사람이 무섭고 일본 사람은 꼴도 보기가 싫었다. 도시도 정나미가 떨어졌다. 당장 살길이 막막하여 고향의 부친과 상의하여 낙향을 하기로 결정했다. 홀로 사는 부친은 큰아들과 재산문제로 불화하여 읍내에 있는 본가에서 나와 암포리에 있는 옛집과 읍내에 있는 양로원을 오가며 기거하고 있었다. 김 노인은 효자인 셋째아들과 마음씨 착한 며느리가 고향으로 들어온다니 새로운 인생을 살 것 같이 반가웠다.

유말녀 부인은 도시에서 호강 좀 하나 싶더니 남편의 예기치 못한 형사사건을 겪고 남쪽 땅 끝으로 이사를 왔다. 바닷가에 옹기종기 모여 사는 암포리란 작은 어촌이었다. 별학산 아래턱의 신작로에서 오른쪽 밑으로 비스듬히 갈라진 오솔길로 내려서면 오른쪽으로는 작은 산등성이와 골짜기가 이어지고 왼쪽으로는 들판이 펼쳐있다. 오리 남짓 걸어 동네 어귀에 이르면 마지막 골짜기가 텃골이었다. 바로 마을의 뒷동산 너머라서 바다는 바로 보이지 않지만 아늑한 터전이었다.

옛날에는 바위개라고 부르던 이 마을은 김운용의 외척인 반남박 씨의 집성촌이었다. 이사 온 날, 앞산 넘어 신작로로 짐을 나르러 모여든 외사촌들이 형수인 유말녀 부인을 텃골 아짐씨라고 부르면서 그녀의 이름이 되어버렸다. 유말녀 부인도 시숙들을 부르기 편하게 두루 아재라고 불렀다. 사실상 마을 남자들은 모두가 아재고 형님이고, 여자들은 아짐이고 조카였다.

모내기를 앞두고 모판의 벼가 금잔디처럼 곱게 자라고 있는 5월이었다. 시골로 온 가족은 무일과 그의 아버지 김운용, 어머니 유말녀, 그리고 데리고 살던 순금이 네 식구였다. 집에는 할아버지가 기다리고 있다가 반갑게 맞았다. 하얗고 긴 구레나룻이 바람에 날리는 위엄이 가득한 노인이었다.

집 마당에는 아름드리 감나무가 서 있었다. 집 뒤 울창한 시누대 담장 너머 산언덕에도 똑같이 생긴 감나무가 마주 보고 있었다. 언제 심었는지는 알 수가 없지만 같은 날 같은 사람이 같은 괭이로 구덩이를 파서 씨를 심은 형제 아니면 부부나무일 것이었다. 나뭇가지는 중둥이 부러진 것 옆으로 뻗은 것 하늘로 뻗친 것 제멋대로 자라서 우람했지만 노목이라 잎이 그리 무성하지 않았다. 그런데도 초롱 같은 작은 돌감꽃이 하늘의 별들처럼 촘촘히 매달려 있었다. 하얗고 주둥이가 노란 귀여운 꽃은 하나 둘 뚝 소리를 내며 끊임없이 땅으로 떨어졌다. 오랜 옛날부터 짚신과 고무신 갓신 나막신의 무수한 발자국이 다져서 비 한 방울 스며들지 못할 성 싶은 단단한 마당에서 때굴때굴 굴렀다. 눈물 나고 웃고 노래 부르고 춤을 추었던 애환이 얽힌 이 집의 옛이야기를 들려주고 싶은 모양이었다.

유말녀 부인, 텃골 아짐씨는 농촌생활이 처음이었다. 당장 어디서부터 손을 쓰고 어떻게 살림을 꾸려나갈지 심란하여 마치 귀양살이를 온 것 같았다. 초가치고는 꽤 큰 집이었으나 키가 작은 안주인도 문지방에 번번이 이마를 찧기 일쑤였다. 부엌은 그을음이 온통 시커멓게 찌들어 대낮에도 캄캄해서 문 앞에서 잠시 눈동자를 익혀야 들어갔다.

물은 마을 어귀 텃골로 올라오는 갈림길에 있는 마을 샘에서 길러다 먹어야 했다. 순금이가 물동이 이는 법을 배우고, 머슴의 물장군을 만들어오기까지 한동안 인심 좋은 이웃 아짐들이 길러다주는 동냥 물에 의지했다. 아낙네들은 길쭉한 동이에 물을 가득 채워서 물이 출렁거리지 않도록 바가지를 엎어서 띄운다. 머리에 똬리를 얹고 매달린 끈을 입으로 물었다. 무거운 물동이를 들어서 머리에 일 때 똬리가 흘러내지 않기 위해서였다. 물동이가 머리에 얹히면 그 다음은 양 팔을 뒷짐 진 채 엉덩이를 흔들면서 아장아장 언덕길을 올라간다. 물이 조금씩 넘치면 한손으로 연방 동이 밑바닥에 흐른 물을 쓸어냈다. 그걸 처음 본 텃골 아짐씨는 혀를 내둘렀다.

시골은 살풍경이고 농민들의 생활은 비참했다. 가뭄으로 흉년이 들어 배를 곯고 있었다. 산에는 소나무가 드문드문 껍질이 벗겨져 하얀 속살을 드러내고 있었다. 소나무 껍질 안쪽의 속살을 얇게 벗기거나 바다에서 해초를 뜯어다 죽을 쑤어 끼니를 이어갔다. 찬거리라고는 고작 개펄에서 작은 꽃게나 찔기미라고 부르는 게를 잡아다 소금에 절여 먹었다. 일이 없을 땐 허기를 견디고 체력을 아끼느라 양지바른 언덕 밑에 우두커니 앉아 햇볕을 쬐며 말도 잘 하지 않았다.

"왜놈들이 잡곡식까지 몽땅 빼앗아가버린께…"

전쟁이 막바지에 이른 일본은 집집마다 뒤져서 씨나락까지 깡그리 빼앗아 갔다. 농민들은 이를 갈며 일본을 원망하고 인심이 흉흉했다. 이런 어려운 시기에 시골 살림을 하게 된 텃골 아짐씨는 마을 사람들과 어떻게 잘 어울려 살아갈 것인가가 첫 번째 숙제였다. 홀시아버지를 잘 모시는 일도 중요했다.

모든 것이 불편하고 어려웠지만 이 집의 새 안주인은 얼굴에 불평하는 내색이 전혀 없었다. 도리어 억울하게 불운을 겪고 낙향한 남편의 마음이 불편하지 않도록 신경을 썼다. 주위의 텃밭에 오이와 가지, 부추, 호박 등 갖가지 채소를 가꾸는 일도 스스로 감당했다.

우선 놉을 사서 이것저것 씨를 뿌려 놓았으나 해가 길어지면서 잡초가 가장 골칫거리였다. 서로 키 재기나 하듯 하루가 다르게 쑥쑥 자라서 어린 채소들은 그 속에서 자라지 못하고 녹아버렸다. 손수 김을 매보려고 텃밭에 나갔으나 호미자루도 잡아본 일이 없는 텃골 아짐씨에게 농사란 그렇게 호락호락한 일이 아니었다. 순금이도 틈만 나면 도왔지만 밥하고 물 기르고 빨래하랴 감당을 할 수가 없었다. 그렇다고 품삯을 드려서 김을 맨다는 것은 차라리 사먹는 것보다 못할 짓이었다. 성이 가시던 차에 동주네가 갯바구니와 작은 보따리를 들고 왔다. 이사를 온 후 가장 뻔찔나게 들리는 외사촌 동서였다.

"성님! 낙지를 쬐끔 잡았길래 아저씨 해드리라고 가져왔소."

고개를 살짝 숙이고 옆으로 돌리면서 헤벌어진 입에서 나오는 말씨부터가 벌써 십년지기처럼 허물없고 싹싹했다.

"자네들이나 묵지 아짐찬하게 한사코 가져왔는가."

"성님! 떡 본 짐에 제사 지내드라고 아무리 생각해도 어려운 부탁 하나 해야 쓰갔소. 성님이 저 재봉틀로 적삼 한 벌만 들들 박아주시오. 그럼 대신 내가 뜰 앞 두 마지기 밭 지심 몽땅 매 드릴란께."

텃골 아짐씨에게는 귀가 번쩍 뜨이는 제안이었다. 엄두가 나지 않던 채소밭 잡초 해결하고 생색 쓰는 일이었다.

"그까짓 것 뭐 어려울 것이 있겠는가, 솜씨는 없어도 내가 박아주고말고."

이윽고 집 바로 아래 사는 육촌 판길이네가 뒷짐을 지고 아장아
장 대문을 들어섰다. 동주네가 지나가는 것을 보고 뒤따라 온 것이
분명했다.

"무엇하러 또 온고?"

손아래인 동주네가 그에게 흘깃 눈길을 주더니 다시 본체만체 고
개를 외로 돌리면서 말을 걸었다.

"도대체 언제 왔다고 또 온다고 한가?…. 자네는 왜 또 왔는디?"

"나야 성님네 텃밭 지심 매주려고 왔제."

"나는 자네보다 진작 작정하고 있었구만. 성님, 저에게 밭떼기 하
나 맡겨주시오."

"무슨 지저분한 바느질을 맡기려고?"

"자네는 무슨 지저분한 바느질 맡겼는가? 모를 줄 알고?"

두 사람뿐만이 아니었다. 사촌 오촌들 외에도 텃골로 줄줄이 바느
질감을 가져와서는 아양을 떨고 사정을 했다. 마을에 재봉틀이 있
는 집이 없었다. 손바느질로 지어 입던 젊은 아낙네들은 맵시 좋은
재봉틀 옷을 입고 싶어 했다. 궁하면 통한다더니 채소밭의 잡초는
단번에 해결되었지만 그 대가는 수월치 않았다. 텃골 아짐씨는 밤낮
으로 싱거제 앉은뱅이 재봉틀 손잡이를 장마철에 물레방아 돌아가
듯 끊임없이 돌려야 했다. 품일도 많았지만 선심 길쌈도 적지 않아
어깨가 빠지도록 바느질에 매달렸다.

더러는 배고파서 오는 사람도 있었다. 그런 사람에게는 조금씩이
라도 도와주고 싶었다. 그러나 시아버지의 눈치를 봐야 했다. 시아버
지는 분수도 알고 인정도 있었지만 절약을 가장 중요하게 여기는 사

람이었다. 한 달 치로 정해놓은 장수연 담배가 달을 채우지 못하고 떨어지면 담뱃대를 선반에 올려놓고 다음 달까지 참았다. 어제는 손자 무일을 앞에 앉혀 놓고 돈을 안 쓰는 법을 가르치고 있는 것을 들었다.

"무일아, 돈을 어떻게 모아야 하는지 아느냐?"

"모른대요?"

"돈을 모으려면 돈을 꼭 써야 할 때다 꼭 안 쓰는 법이다."

텃골 아짐씨는 며느리가 들으라고 일부러 크게 말씀하시는 거라고 여겼다. 그렇지 않더라도 흉년이 들어 인심이 흉흉할수록 살림단속을 잘해야 한다고 생각했다. 작은방 부엌에 딸린 큰광 열쇠는 치마끈에 다 꼭 매달고 다녔다.

하루는 시아버지가 마을의 목수에게 부탁하여 세 아들의 지게를 하나씩 만들어 왔다. 텃골 아짐씨는 어이가 없었다. 지방 특유의 공대말로 조심스럽게 물었다.

"아버님, 손자들에게 지게를 지우실람꺄?"

"자식들을 너무 가르치려고 하지 마라. 지식이 부모보다 많이 배우면 부모 품을 떠나는 법이니라."

"······?"

"그리고 세 형제 중에 누구던 한 자식은 여기를 지켜야 한다."

"예···, 그래이라."

텃골 아짐씨는 대답을 했지만 목 속으로 기어들어가듯 나온 대답이었다. 엄한 시아버지에게 더 이상의 말대꾸는 할 수 없었다. 꾹 눌러 참고 이런 일은 비켜갈 궁리를 했다.

'저러니 많은 재산 두고 자식들을 가르치지 않으셨을 수밖에···.'

텃골 아짐씨는 남편이 좀 더 배웠더라면 분명히 큰 사람이 되었을 것이라고 믿고 있었다.

'만약 그랬다면 나하고 만나지 않았을지도 모르지…'

이런 생각을 하면서 쓴웃음 짓곤 했다.

둥지를 찾아

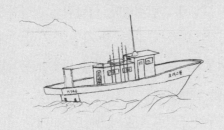

조국이여 안녕

　서산에 걸린 해가 노을을 피어내는 즈음에 흥양호는 방파제에 매놓은 닻줄을 풀고 서서히 항구를 빠져나갔다. 유리같이 맑은 가을바다를 미끄러지듯 달렸다. 배에 숨어있던 무일이 들키지 않고 탈출에 성공한 것은 천행이었으나 십 년은 감수한 것 같았다. 그 통에도 누군가 자수를 하여 공비의 탈출을 막았다는 소리를 듣고 조마조마하여 쪼그라졌던 심장에서 피가 끓어올랐다.

　'자수를 한 놈이 누군가?' 무일과 딱새가 물을 길러 갈 때 그 자리에 없던 사람은 길상과 다람쥐였다. 다람쥐는 길상과 보초교대를 하려고 바로 뛰어갔으므로 자수를 한 사람은 길상이다. '음, 길상 이자식! 반드시 너를 잡아서 홍보위원장을 비롯한 동지들의 원수를 갚고 그들의 원혼을 달래리라.'

　비좁은 창고 속에 쪼그리고 앉아 배신자에 대한 치미는 분노를 감당하기 어려웠다. 무일은 사선을 넘어온 참담한 고통과 죽은 동지들의 생각에 슬픔이 밀려왔다. 앞으로 겪어야 할 밀항에 대한 두려움, 그리고 미지의 일본에서 어떻게 살아남을 것인가 여러 가지 잡념이 머리를 어지럽혀 좀처럼 마음이 안정되지 않았다.

　흥양호가 여수반도 앞바다를 지날 때는 넓은 바다에 어둠이 짙게 깔려 있었다. 무일은 일단 위기를 넘겼다는 안도감에 긴장이 풀리면서 깜박 잠이 들었다. 얼마나 지났을까, 헛기침 소리에 놀라 눈을 떴다. 박 선장이었다.

"무일아, 나다, 아재다. 나와도 된다."

5일 동안을 창고에 숨어있던 무일은 밖으로 나왔다. 숨을 크게 들이마셨다. 상쾌하였지만 초겨울 바람이 몹시 추웠다. 눈의 동공이 조절되기까지 잠시 눈을 깜박이며 어두운 하늘에서 반짝이는 별을 바라봤다. 주방 옆 갑판에는 전등을 훤히 켜놓고 선원들이 둘러앉아 있었다. 식사시간인 모양이었다. 모두 젓가락을 들고 침을 꼴깍 삼키고 있었다. 선원들은 밖으로 나온 선주 아들인 무일을 보고 반가워하면서도 다른 말을 별로 묻지 않았다. 박 선장이 미리 이야기를 한 것 같았다. 박 선장은 또 한 번 둘러대는 말을 했다.

"군대를 갔다 와버리면 좋을 것인데 군대 안 갈려고 서울서 숨어 다니다 이제 돌아와서 부산 특무대에 있는 사촌에게 간다네."

주방의 화장이 큰 양판에 김이 모락모락 나는 하얀 밥을 가득 퍼 담아왔다. 고소한 밥 냄새가 코를 자극했다. 며칠 동안 밥을 제대로 먹지 못한 무일은 허리가 꼬부라드는 허기를 참지 못하고 선원들 틈을 비비고 들어가 앉았다. 지리산에서 끼니를 거를 땐 하루 삼시 세 끼니를 누가 정했느냐며 불평을 했다. 불을 피우지 못하면 생쌀을 씹으면서 먹기 위해서 사는지 살기 위해서 먹는지 모른다는 농담을 했었다. 지금 생각으로는 동물은 분명 살기위해서 먹는다는 말이 맞는 성싶었다.

"어이, 무일이 많이 먹소. 젊을 때는 한 그릇 먹고 돌아앉아 또 한 그릇 해야 배가 차제."

배에서 장작불을 지펴 지어낸 고슬고슬하고 기름기가 흐르는 하얀 쌀밥은 찰지고 달콤했다. 어머니가 담가준 듯싶은 김치에 무일은 밥 두 그릇을 개 죽사발 핥듯 비웠다.

홍양호가 부산에 도착한 것은 햇살이 넓은 바다 위로 부챗살처럼 펼쳐진 아침이었다. 무일은 갑판으로 나갔다. 많은 사람이 오고 가서 마치 시장처럼 북적대는 피난수도 부산 영도의 선창이 바라보였다. 갈매기소리 뱃소리, 사람소리, 자동차소리가 시끄럽게 들려왔다. 홍양호는 나란히 늘어선 배들 사이로 비비적거리고 들어가 다른 배 옆구리에 정박했다. 선원들은 담배나 술, 장갑 등, 배에서 쓸 물건과 개인이 필요한 것을 사려고 모두 하선을 서둘렀다.

박 선장은 무일을 미군특무대에 근무하는 사촌에게 대려다 주는 것이 급했다. 기관장에게 배에 남아서 객주와 연락 등 뒷일을 봐주도록 부탁했다. 박 선장과 무일이 김치동이와 가방을 나누어 들고 가려는 때였다. 너덧 명의 젊은 녀석들이 배로 올라왔다. 짧은 머리에다 어깨가 넓적한 검정 양복을 걸친 꼬락서니들이 조폭들이었다.

"누구여!"

박 선장이 소리쳤다.

"누구는 누구여, 영도 창구지. 고기 좀 얻으러 왔다 아이가."

"오랜만이요, 그런데 어쩌지? 이제 막 왔는데…. 고기를 잡아야 주지."

"야박하게 그러지 마이소. 마른 것이라도 조금만 얻어 가입시다."

"잡지도 않은 고기가 어디 있겠어. 언제는 안주든가?"

"아따 배어서 먹을 거라도 좀 내놓이소, 쓸데가 있다 아이가."

박 선장 뒤에 서 있던 무일은 손에 든 가방을 슬며시 내려놓고 방어태세를 취했다. 어선은 주방 벽에 고기를 손질할 때 쓰는 큰 칼들을 줄줄이 꽂아 놓는다. 무일은 흔들리는 몸을 부지하는 척 벽에 걸린 칼자루에 오른손을 짚고 서 있었다. 그들은 박 선장과 안면이 있기는 한 모양인데 상습적으로 고기를 약탈하는 조폭들 같았다. 한 두 놈이면 맨손으로 해치우겠지만 너덧 놈이나 되기 때문에 만약을 위해 대비했다.

"글쎄 있으면 주제. 다음에 오면 꼭 준다니까."

"그럼 언제 오면 줄낀데?"

"내일 기장으로 갈치잡이 간께 조금에는 돌아오제."

"OK! 기장갈치 좋았어. 그럼 조금에 올끼요. 그런데 저마는 누꼬?"

"아, 네 조카여, 학생이여."

창구는 뒤돌아서 배를 내려가면서 말했다.

"아이들이 칼 같은 거 함부로 만지면 손 벤다 카이소."

박 선장이 돌아보았다. 무일은 그들이 내려가자 칼을 집고 있던 손을 슬그머니 놓고 있었다. 박 선장은 창구를 큰소리로 불렀다.

"참, 창구 씨 전마선 타고 왔제?"

"타고 왔으면 한 배 줄란기요?"

"아니, 뱃삯 톡톡히 줄 것인께 우리 송도까지만 실어다 주소. 이 김치동이가 무거워서 그런 것이여."

"얼마 줄낀데."

"달라는 대로 줄 것인께 좀 실어다 줘."

"OK! 대신 조금에 오면 고기 많이 줄끼요?"

무일과 박 선장은 김치동이와 가방을 들고 배에서 내렸다.

"저마도 함께 갈낀가?"

"하믄, 조카 대려다 주려고 가는 거제."

"좋십니다. 가입시더."

창구는 화끈하게 승낙했다. 옆으로 나란히 붙여놓은 배를 몇 척을 건너서 선창에 내렸다. 창구는 앞서 가다가 한 젊은 청년이 쪼그리고 앉아 있는 작은 전마선을 가리켰다.

"두껍아! 이분들 송도까지 태워다 드리고 와라."

창구는 큰 소리로 말하고 그냥 가버렸다. 두 사람은 배에 올랐다. 두꺼비는 아무 말이 없이 삿대로 선창에서 배를 빼더니 노를 저어 갔다. 해는 이미 중천에 떠 있었다. 영도에서 서쪽으로 향하면 바로 오른쪽으로 부산 시내가 펼쳐져 있었다. 전란 중 인민군의 침공을 면한 부산은 서울을 비롯한 각처에서 어중이떠중이 피난을 온 사람들로 분비고 있을 것이지만 멀리서 바라보이는 시가는 그림같이 한가하게 비쳤다. 그러나 그 앞바다 남항은 많은 배들이 왕래하고 있어서 작은 전마선은 이리저리 큰 배를 피하며 서서히 나갔다. 자갈치시장을 지나 바다로 뻗어 내려온 연남동 산등성이 끝의 작은 거북섬을 돌아가면 바로 송도해수욕장의 백사장이었다. 선창에 무일을 내려주면서 박 선장이 낮은 소리로 말했다.

"이틀 후. 그러니까 모래 낮 12시에 홍양호가 정박했던 선창에서 만나기로 하자. 거기가 영도 선창이니까 전차 타면 찾아오기도 쉽다. 나는 바로 돌아가서 객주도 만나고 네 일을 봐야 한다."

박 선장은 타고 왔던 배로 되돌아갔다. 무일은 김치동이와 가방을 양손에 들고 송남찬 소령 집을 찾았다. 김치동이가 꽤 무거웠지만 그까짓 것 산생활 때는 이보다 더 무거운 것 들고도 산등성이를 토끼보다 빨리 뛰어야 살아남았다. 다만 새끼로 잘 얽어맸는데도 김치동이가 금이 갔는지 국물이 흐르고 김치 냄새가 나서 곤혹스러웠다.

주소에 적힌 힐하우스는 송도 해수욕장에서 미군부대 앞을 지나

언덕을 약간 오르면 바다가 내려다보이는 나지막한 산기슭에 있었다. 옛날 일본사람들의 별장 같았다. 작은 방갈로형의 똑같은 집 두 채가 나란히 있는데 오른쪽 집에 송남찬 소령이 살고 있었다. 형수 이추월 여사가 무일을 반갑게 맞았다.

"도련님, 오시느라 수고가 많으셨어요. 우리 도련님 아주 미남이 되셨네."

무일은 해방이 되던 해 김말순 고모의 외아들인 송남찬 형과 부인 이추월 형수를 본 적이 있었다. 싱가포르에서 돌아와서 텃골로 인사를 왔었다. 이추월 여사는 나이가 마흔을 넘었고 허드레옷을 입고 있었는데도 고흥이나 광주에서 흔히 보지 못한 미인이고 세련된 서울 말씨였다. 용모와는 달리 손수 김치동이에서 김치를 꺼내서 다른 항아리에 옮겨 담고 있었다.

송남찬 소령은 다섯 시가 넘어서 집에 왔다. 무일은 어머니의 편지와 돈을 전했다. 편지를 읽고 난 송남찬 소령이 무일을 나무라듯 물었다.

"네가 둘째 무일이지? 너는 무엇하러 일본을 갈려고 하는 거냐?"

"공부도 하고 또 일도 배울 것이 있어서요."

무일은 작은 소리로 겨우 둘러댔다.

"너는 그동안 어디가 있었더냐?"

"서울요."

"그러면 어머니에게는 연락을 했어야지, 너의 어머니가 얼마나 애를 태우고 찾으셨는데. 숙모님이 꼭 보내고 싶다고 간절히 원하시니까 가라마는 괜찮을지 모르겠다."

송남찬 소령의 말을 받아 이추월 여사가 편을 들어주었다.

"아니에요. 그 숙모님은 달라요. 고흥으로 뵈러 갔을 때 다른 친척 분과 다르게 좋은 말씀을 많이 해주셨어요. 구시대에 태어나셨지만 현대를 아시는 신식 분이셔요. 도련님, 지금은 그렇게 아니면 일본에 갈 길이 없잖아요. 새롭게 발전하는 일본으로 진출하시는 것은 잘 하신 일이에요."

무일로서는 밖에 나와 처음 듣는 위안이고 희망이었다.

"숙모님이 또 김치를 한 동이 보내주셨어요."

"김치를 보내주셨어? 너의 어머니가 담그신 김치는 어디에서도 맛 볼 수 없다. 고마운 숙모님을 내가 잊으면 안 되지. 우리 아버지 어머니가 일본으로 살러가면서 수속 때문에 7살인 나를 숙모님에게 맡겨놓고 가셨었다. 4년간이나 나를 길러주신 은인이셔."

이추월 여사는 일본에서 고등학교를 졸업한 일본통이었다. 방바닥에는 읽다 놓아둔 일본 여성잡지의 화려한 표지가 눈길을 끌었다. 그녀는 가끔 유창한 일본말을 섞여가며 이런저런 이야기를 실타래처럼 끊이지 않고 걸어왔다. 무일은 엉뚱한 질문을 하거나 행여 말실수를 할까 봐서 긴장을 하고 이야기를 들었다.

저녁식사는 지금까지 먹어보지 못한 색다른 음식이었다. 미군부대 PX에서 가져왔다는 햄과 쏘시지, 버터와 빵 그리고 스테이크라는 고기였는데 아주 맛이 있었다. 그리고 커피라고 하는 씁쓸한 차도 처음 마셔봤다. 무일은 마치 딴 세상에 온 것 같았다.

"도련님, 부대에서 저녁에 가족들 영화 보여 준대요. 함께 가요."

무일은 이추월 여사와 함께 조카 보영이를 데리고 부대로 내려 갔다. 육군소령인 송남찬이 통역장교로 배속되어 있는 미군606특무 대였다. 대학생으로 보이는 여자가 다가와서 이추월 여사에게 인사를 하며 보영이 머리를 쓰다듬었다.

"보영이도 왔구나?"

이추월 여사는 그녀에게 무일을 소개했다.

"참 소개할게요. 여기는 미스터 김무일, 우리 시댁 도련님이에요. 이 미모의 아가씨는 이화여대 대학원의 재원 미스 한묘향, 우리 옆집 최 소령님의 처제예요. 방학을 하여 언니 집에 놀러 온 거예요."

"그럼 보영이 삼촌?"

난생처음 인사를 하게 된 숙녀에게 무일은 무어라 인사를 해야 할지 몰랐다. 어색하여 고개만 까닥했다. 그와 달리 한묘향은 명랑하고 활달했다. 무일을 뚫어지게 바라보며 밝은 미소로 답했다. 그들은 함께 영사실로 들어갔다. 미군과 한국인이 반반쯤 섞여 앉아 있었다. 그들은 네 자리가 있는 곳을 찾아 나란히 앉았다.

실내의 불이 모두 꺼졌다. 갑자기 스크린에 격렬한 함포사격이 시작됐다. 섬광이 명멸하면서 작렬하는 포탄의 소리가 진동했다. 이윽고 'SAIPAN'이란 영화 제목이 클로즈업되었다. 2차 세계대전의 기록영화였다.

미국은 제5함대를 주축으로 엄청난 포탄을 퍼부었다. 해병대의 상륙작전을 앞두고 해안 방어선을 무력화시키기 위한 정지작업이었다. 구축함과 순양함 등이 쏘아대는 함포사격 외에도 엔터프라이즈호를 비롯한 항공모함에서 발진한 수백 대의 전투기들이 폭탄을 퍼부어 섬 전체가 불바다로 변했다.

이어 적의 저항이 약해진 틈을 타서 미군 해병대가 상륙을 했다. 막강한 화력을 앞세워 고지를 향해 차근차근 진격했다. 일본군은 참호 속에서 악착같이 저항했으나 역부족이었다. 결국 바위동굴 속으로 후퇴하여 섬을 사수했다. 마침내 미군은 저항하거나 숨어 있는 동굴마다 강렬한 화염방사기로 불을 뿜어대 초토로 만들었다. 사이판을 방어하던 3만 명이 넘는 일본군은 최후의 1인까지 항복을 하지 않고 거의 전원이 옥쇄한 처절한 광경이었다.

무일은 영화를 보고 나서도 한참동안 처참한 광경들이 눈에서 지워지지를 안했다. 국기를 흔들고 만세를 부르면서 비참하게 불에 타죽어간 일본 군인들이 너무 불쌍했다. 자신도 살육의 전장에 발을 딛었다가 죽음의 문턱에서 살아났지만 사이판에서 전사한 젊은 일본군은 예정된 소모품이나 다름이 없었다. 어린애가 보아도 이미 승패가 결정이 난 전황이었다. 지휘자가 인간이었다면 당연히 항복을 했어야 옳았다. 그것이 국가와 천황을 위한 장렬한 옥쇄라는 것이라면 할 말이 없었다. 아니라면 어떤 권력이 대의란 계급장이 달린 군복을 입혀 죽음으로 몰아넣은 것이리라. 그 답은 죽어가는 병사의 가슴속에 있을 것이었다.

무일은 중학교 때 단체로 극장에 가서 자주 보았던 비슷한 영화가 생각났다. 일본 가미가제 특공대의 비행기가 급강하 돌진하여 적함에서 불길이 솟으면 손바닥이 아프도록 손뼉을 쳐댔고 환호성도 지르고 발까지 굴었다. 그는 그 시절 학교에서 부르던 하늘의 용사라는 군가를 기억하고 있었다.

'사은의 담배를 받아 피우고, 내일은 목숨을 바치기로 정한 밤은, 광야의 바람도 피비린내 나고, 매섭게 노려본 적의 하늘에, 별이 반짝인다 둘 셋.'

지금 생각하면 이는 바로 죽음의 행진곡이었다. 꽃 같은 나이에 특공대로 뽑힌 젊은이들이 애기와 함께 적함에 몸을 던지러 가면서 부른 노래였다. 자신 같았으면 스스로 적함에 몸을 던지지 못했을 것이다. 어머니가 낳아준 귀중한 생명을 그렇게 지푸라기처럼 함부로 버릴 수 없는 것이다. 명색이 혁명전사로서 자랑할 일은 못되지만 그는 지리산의 피비린내 나는 싸움터에서도 총을 쏜 일이 없었고 한 번도 적을 죽이지 못했다. 그의 임무는 문서를 등사하여 전달하는 일이었다. 전투를 하거나 이동할 때는 총대신 등사기를 메고 뛰었다. 새총을 만들어 항상 허리춤에 꽂고 다녀서 이름이 새총이 된 것이었다.

전장에 내몰린 일본의 젊은이는 실체 즉 본질이라면 특공대는 전쟁의 현상일 뿐이다. 그들에게 특공대라는 명분을 씌워 죽음으로 몰아간 부추김은 '하늘의 용사' 같은 노래일 것이다. 또는 천황의 담배일 수도 있고 누구의 강제일 수도 있고 그 당시의 분위기일 수도 있지만 분명한 것은 인간인 그들은 제정신을 빼앗긴 것이다. 전쟁놀이의 최면에 걸린 것이라고 생각했다. 그리고 전장에서 전우가 쓰러지고 작렬하는 화염을 보면 자신의 존재와 이성을 잃고 광기에 휩싸였을 것이다.

"보영이 삼촌, 영화 어땠어요?"

함께 걸어 나오던 한묘향이 불쑥 던진 질문에 영화 장면에 골몰하던 무일은 현실로 깨어났다. 그는 망설임 없이 대답을 했다.

"글쎄요. 잔인하고 무모하데요."

"잔인하고 무모하다는 게 무슨 뜻이에요?"

"미국은 잔인하고, 일본군은 장렬했지만 바보같이 무모하고 불쌍하데요…"

"그런 말이 어디 있어요. 미군은 용감했어요. 일본군은 최후의 발악을 한 거고 전멸한 것은 인과응보지요."

"최후의 발악이고 인과응보라⋯."

"네. 일본은 선전포고도 없이 하와이를 급습하여 쑥밭을 만들고 많은 사람을 희생시켰어요. 그리고 우리를 침략하여 얼마나 잔인한 짓을 했어요. 그 대가가 아닌가요?"

"글쎄요⋯."

"어머나 '글쎄요'라는 대답이 뭐예요? 보영이 삼촌은 역사 공부도 안 하셨나?"

한묘향은 웃음을 띤 얼굴로 곱게 눈을 흘겼다.

"나는 우리 역사를 깊이 모르고 또 정치가도 아니고 학자도 아니라서 나라 일은 아직 판단할 능력이 부족해요. 그렇지만 인간적인 입장에서, 양쪽 다 펄럭이는 국기를 앞세우고 싸우고 있었는데 미국군은 스스로의 의지로 싸우는 것 같았고 일본군 병사는 자기의 의지가 아니고 광기라고 느꼈어요."

"그걸 어떻게 알아요?"

"선전포고도 없이 하와이 진주만을 무참하게 급습했던 일본의 최후의 발악이라고 하셨지요? 바로 그거예요. 하와이를 공격한 건 일본의 군벌이 강행한 전쟁이라고 알고 있어요. 인간이란 게 어떤 강제가 아니면 외딴 섬에서 빤히 죽을 걸 알면서 그렇게 무모하게 버티지 못하는 겁니다. 도망치거나 그렇지 못하면 항복을 했어야죠. 국가적 차원에서는 용감하고 장렬하겠지만 개인, 가족 또는 인간이란 측면에서 보면 아깝고 불쌍한 목숨이지요.

남의 뺨을 때리는 사람보다 맞은 사람의 분노는 더 큰 법이에요. 나라가 선전포고도 없이 기습 공격을 당하고 많은 목숨을 잃은 미국 국민은 치솟는 분노와 나라를 지키겠다는 결의로 분연히 일어나 싸운 것이에요. 마지막, 고지를 점령한 미국 해병들이 세차게 부는 바닷바람에 나부끼는 성조기를 세우는 장면이 그걸 말해주는 것 같았어요. 미국의 상징 성조기, 바로 승리란 그런 것이 아니겠어요? 쟁취한 승리를 진정 조국과 국민에게 바치고 싶은 그런 모습이었어요."

한묘향도 무일만큼 장황하게 반론을 폈다.

"저는 국민이 국가고 국민의 의사가 국가의 정책이라고 생각해요. 사이판에 남아 최후까지 항전한 일본군 지휘관은 바로 제1항공함대 사령관으로서 진주만 습격의 총지휘관이었던 해군 제독 나구모 주이치南雲忠-였어요. 그는 중부 태평양 방면 함대 사령관으로 승진하여 사이판의 미군상륙을 저지하라는 명을 받고 충성과 죽음을 바꾼 거지요. 진주만에서 많은 부하를 비참하게 잃은 레이몬드 스프루언스 제독은 제5함대 사령관으로 이 해전에 참가하여 부하들의 원수를 갚겠다고 필사적으로 싸웠어요. 이 두 숙명의 원수가 외나무다리에서 만난 거지요. 결국 나구모 제독은 20여일을 버티다 57세의 나이로 자결하고 사이판을 내주었어요.

제2차 세계대전 때 일본이 점령하고 있는 마리아나군도의 사이판섬은 미국이 일본을 이기기 위해서는 반드시 확보해야 하는 요충이었지요. 1944년 6월, 많은 희생을 치루고 사이판과 티니안섬을 점령한 미국이 얻은 보상은 당연하고 값진 것이었어요. 비행장을 복구하여 이듬해 봄, B29의 비행거리인 도쿄에 네이팜탄을 퍼부었고 원자탄을 떨어뜨려 일본을 항복시킨 거점이 되었으니까요. 이것이 인과응보 아닌가요?"

일행은 자연스럽게 부대 앞에서 해안 쪽으로 걷고 있었다.

"젊은 미남 미녀의 토론이 길 것 같으니 나는 먼저 들어가겠수다. 둘이서 잘 해보아요."

이추월 여사는 삐죽 웃으며 의미 있는 말을 던지고 어린 보영이를 데리고 먼저 집으로 갔다. 한묘향은 침을 꼴각 삼키고 말을 이어갔다.

"저는요, 역사 공부를 하고 있거든요. 근대사를 연구하면서 일본의 침략과 우리나라의 독립운동에 대해서 연구하고 있어요. 특히 유관순 언니는 우리학교 선배지 않아요? 대학원에 진학하여 유관순 언니에 대해서 논문을 쓰고 있는 중이에요."

한묘향은 갸름한 얼굴이 여리고 얌전한 인상이었지만 초롱초롱한 눈은 영리해 보였다. 작으면서도 윤곽이 뚜렷한 입에서는 역사 강의가 청산유수처럼 흘러나왔다. 무일은 어설픈 시골학교에서 배운 둥 만 둥했던 한국역사에 대해서 많은 귀동냥을 했다. 그런 걸 아는지 그녀의 역사 이야기는 끝이 없었다.

"그런데 공부를 할수록 일본이 미워지는 거예요. 남의 나라 국모인 명성황후를 일개 낭인을 시켜 시해한 나라가 이 세상에 어디에 또 있겠어요. 제나라 찾겠다고 평화적으로 시위한 삼일운동 때는 얼마나 많은 사람을 희생시켰어요? 자기들이 전쟁을 일으켜 놓고 우리 젊은이들을 전장으로 끌고 가서 목숨을 잃게 하고 보상이나 사과는 커녕 그런 사실조차 인정을 하지 않고 있으니 말이에요."

"이야기를 듣고 보니 나도 분한 생각이 들어요. 그러면 우리가 어떻게 해야지요? 당장 분통을 풀고 앙갚음을 하려면 우리도 하와이처럼 도쿄만을 기습공격을 해야 마땅하네요."

무일은 앞의 말은 진심이고 뒤의 말은 억지로 해본 소리였다. 이해관계로 서로 충돌하여 적이라는 이름으로 살육하고 먼저 많은 적을 살육하는 편이 이기는 무자비한 인간들의 놀음인 전쟁은 증오하고 있었다. 무력은 안 된다는 역설이었다.

"전쟁은 안 돼요."

한묘향도 전쟁을 반대하는 것은 마찬가지였다.

"나도 서로 싸우고 죽이고 하는 것은 지긋지긋한 사람이니까, 그렇다면 묘향 씨는 전쟁을 하지 않고 어떻게 하면 일본에 앙갚음을 하고 분을 풀 수 있는지 그걸 연구해 주었으면 좋겠네요."

무일은 내가 가야 할 나라, 일본과 우리나라가 이렇듯 껄끄러운 역사가 얽혀있다면 어떻게 거길 가서 의지할 것인지 그의 기대가 어두운 안개 속으로 빠져들고 있었다.

"어려운 문제예요. 그러나 우리에게 꼭 필요한 과제예요. 깊이 연구해 보겠어요."

두 사람은 걷다 말고 바닷가 반반한 갯바위에 나란히 앉았다. 초겨울바람이 시원했다. 밀려온 파도가 철썩철썩 바위에 부딪치는 소리가 낭만에 젖게 했다. 시대적인 어려운 과제를 떠안긴 한묘향은 무일이 역사에 대해서 별로 흥미가 없다는 것을 알고 화제를 바꾸었다.

"참 보영이 삼촌 노래 잘 부르세요?"

"노래 잘 못 해요."

"이런 노래는 아시겠지요? 넓고 넓은 바닷가에 오막살이 집 한 채…."

한묘향은 나직이 콧노래를 부르기 시작했다. 무일이 노래를 따라 부르지 않아서 인지 노래를 그치더니 하필이면 학력을 들먹였다.

"무일 씨 전공은요?"

"대학교를 못 갔습니다. 취직을 하려고요."

"그래요? 일찍 직장을 갖는 것도 좋은 일이에요."

"김무일 씨는 애인 있으시죠?"

"없는데요. 묘향 씨는요?"

"사귀는 사람이 있어요. 아직 결혼까지는 생각하고 있지 않지만…. 우리 친구해요. 내년 여름방학 때 또 올 거예요. 그때 무일 씨도 꼭 오세요."

"네…, 꼭 오지요."

잠시 대화가 끊겼다. 두 남녀가 그 이상의 진전은 고비가 있는 법이었다.

"자, 집에서 기다리겠어요. 이만 들어갈까요?"

두 사람은 집 앞에서 서로 손을 흔들며 헤어졌다. 무일은 그녀가 집으로 들어간 뒤에도 잠시 그쪽을 바라보고 서 있었다. 마음에 느낀 신선한 기분을 지우고 싶지 않았다.

다음날 퇴근한 송남찬 소령은 무일에게 편지와 환전한 돈을 주었다.

"자, 이걸 봐라. 숙모님이 주신 돈 모두 일본 돈으로 바꿨다. 그리고 이것은 내가 보태주는 것이다. 그리고 너는 거기에 적힌 주소로 아키코 큰누나를 찾아가서 이 편지를 주어라. 하루코 누나는 결혼을 해서 시가에서 살고 있으니 만나지 마라. 그 애는 인정머리가 좀 없어. 아키코 누나는 양딸이지만 인정이 많고 효녀였느니라. 너에게도 잘해줄 것이다."

"고맙습니다. 내일 아침에 영도로 가겠습니다."

이튿날 오전 11시 정각에 미군 지프차가 집 앞에 대령했다. 박 선장과 약속을 한 날이었다. 정모에 계급장을 단 정복까지 입은 송남찬 소령이 차를 몰고 나타났다. 호의겠지만 자기 과시로도 보였다. 뒷좌석에 타려는 무일에게 옆 지휘관석에 타라고 했다. 이추월 여사와 보영이 그리고 한묘향도 나와서 배웅을 했다. 한묘향이 책을 한 권 주었다.

"보영이 삼촌, 저의 선물이에요. 시간 나실 때 꼭 읽어 보시라구요. 겨울방학 때 꼭 오세요."

"고맙습니다. 네, 겨울방학 때 만나요. 잘 있어요."

책은 '한국근대사'였다. 한묘향은 역사를 그리 잘 모르는 무일이 답답했던 모양이었다. 좀 더 한국사를 이해하기를 진심으로 바라는 선물이었다. 손을 흔드는 그들을 뒤로하고 차가 출발했다.

지프차는 연남동 고개를 넘어 남포동과 광복동을 지나고 있었다. 미군 606특무대, 북한을 대상으로 정보수집과 첩보활동을 하는 특수부대였다. 좌익들은 그 이름을 듣기만 해도 치를 떨었다. 범퍼에 606이 찍힌 지프차의 앞좌석에 국군 소령과 빨치산 병사가 나란히 타고 거리를 달리는 기분이 무일에게는 묘한 감상을 주었다. 그는 모처럼 살맛이 나는 성 싶었다. 허리를 쭉 펴서 등받이에 등을 기대고 거만하게 앉아있었다. 좌, 우익 두 진영의 거물이 휴전이라도 하고 부산 시내를 퍼레이드 하는 것 같은 기분이었다. 광복동의 번화한 거리를 달릴 때는 피난생활에 찌들은 거리의 인파가 빨치산의 귀환을 환영하고 있는 것이라고 엉뚱한 상상에 젖기도 했다.

차는 시청 앞에서 영도다리를 건너 선창으로 갔다. 송남찬 소령은 외국에서 오래 살다 와서 그런지 무심했다. 헤어지면서도 정다운 웃음이나 따뜻한 말도 없었다. 무일을 내려주고는 잘 가라는 한 마디뿐, 차는 붕하고 되돌아갔다. 주위를 두리번거리고 있는 무일에게 박 선장이 다가왔다.

"형이 차로 데려다 주더구나. 아버지가 오시면 그 형이 가끔 갈치를 얻으러 오니까 알제. 자, 가자. 준비는 다 되었제? 좀 빠르지만 밥을 먹자."

박 선장은 근처에 있는 허름한 국밥집으로 들어갔다. 안쪽에서 손을 들어 여기라는 신호를 보내는 사람이 있었다. 박 선장은 나이가 50대가 넘어 보이는 그 사람에게로 가서 앞자리에 앉았다. 무일에게도 앉으라고 눈짓을 했다.

"오랜만입니다."

"오랜만이올시다. 그동안 부산에는 자주 못 오셨는기요?"

"예, 이번에는 고깃배 가지고 갈치 잡으러 왔습니다."

"그런데 왜 날 보자고 했는기요?"

"꼭 부탁이 있어서⋯. 예, 내 조칸데 좀 보내 주이소."

박 선장은 말을 낮췄다.

"또 군댑니꺼? 다 가 삐리면 그럼 누가 나라를 지키노?"

그 사람은 슬쩍 무일을 보면서 들으라는 듯 말했다.

"아이고 왜 이러십니까?"

"아, 농담이고, 급한 기요?"

"급한 건 아니지만 어차피 갈 바에야⋯."

"요즘 많이 달랩니더."

"김 사장님이 잘 알아서 해주시오. 나는 김 사장님만 믿으니께."

국밥이 나왔다. 세 사람은 식사를 하면서 이야기를 했다. 구수하고 톡톡한 것이 아주 감칠맛이 나는 맛있는 국밥이었다.

"이 집, 이래보여도 국밥 유명한 집이여. 많이 먹어."

두 사람의 대화를 짐짓 못 들은 척 말없이 국밥만 훌쩍거리고 있는 무일에게 박 선장이 김 사장의 대답을 기다리면서 양념으로 하는 말 같았다.

"저녁 7시경에 여기서 만납시더. 내 알아보고 오겠십니더. 박 선생님만 나오시면 됩니다."

"아이고 감사합니다. 김 사장님만 믿겠습니다."

다음날 박 선장은 국밥집에서 김 사장을 다시 만났다. 돈을 건네고 계약이 끝났다. 내일 오후 8시 정각에 갈 사람만 낚시꾼 차림으로 영도항의 어선 선창에 돌고래호란 낚싯배가 있을 것이니 그 배에 타라고 했다. 홍양호가 정박해 있는 바로 그 선창이었다.

홍양호가 떠난 바로 다음날 텃골 집에는 아침에 뜬금없이 정기만 경사가 왔다.

"안녕하십니까?"

일본헌병 티가 나는 거만한 태도였다. 깡마른 얼굴에 화색이란 찾아볼 수가 없었다.

"아니, 약국댁 미자네 아빠가 웬일이시오?"

그는 텃골 아짐씨가 묻는 말은 들은 척 만척하고 실눈으로 눈깔만 이리 저리 굴려 집안을 기분 나쁘게 훑어봤다.

"댁의 둘째아들은 지금 어디 있습니까?"

난데없이 무일의 행방을 물었다. 텃골 아짐씨는 가슴이 철렁 내려앉고 오금이 자지러지게 놀랐으나 연륜은 침착함을 잃지 않았다.

"새삼스럽게 무일을 왜 들먹이오?"

"어디 있는지 좀 알아볼 일이 있어서 묻습니다."

"소식이 없는 자식을 난들 어떻게 알겠소."

"이상하네?"

"집 나가서 소식이 없는 건 세상 사람이 다 아는데 뭐가 이상하단 말이요?"

"혹시 요사이 소식이 없었습니까?"

"소식이라니요? 제발 알면 나 좀 가르쳐주구려. 그 애 때문에 가슴속이 녹아버린 사람한태 염장을 지르는 거요 뭐요."

"아, 좋습니다. 그러면 서로 한번 나오시도록 하지요."

"뭐? 경찰서요? 이 양반 갈수록 태산이네. 아니 듣자 듣자하니 무례하구려"

"네 그럼 실례했습니다. 안녕히 계십시오."

아무리 경찰이고 공무라 하더라도 시골 마을사람의 손위 어른에 대한 인사성하고는 너무 건방졌다. 그보다는 무슨 냄새를 맡고 그러는가 싶어 심장이 방망이질을 해대는 통에 불안해서 견디기가 힘들었다. 식은땀이 등에 후줄근하게 배고 힘이 빠져 다리가 후들거렸다. 별학산에서 무일이 도망쳐서 밀항한 사실을 아는 사람은 상동아재 내외, 순금이, 박 선장 밖에 없는데 혹시라도 누군가가 자발머리없이 입을 놀렸으면 큰일이다 싶었다.

정기만은 일단 모든 사건을 혐의로부터 물고 늘어지는 일본 헌병의 끈질긴 근성과 개 같은 후각이 아직 살아 있었다. 4년 전 무일이 가출한 것은 누구나 다 아는 일이다. 한마을에 사는 정기만은 별학산에서 사살된 유경만이 무일의 외당숙이라는 것도 알고 있다. 그렇다면 때와 인물과 상관관계를 종합해 볼 때 도망간 한 사람이 무일이라는 추정이 충분히 가능했다. 수사를 하여 만약 그것이 사실로 맞아떨어지면 경찰로 특채가 될 것이었다.

텃골 아짐씨는 불안하고 걱정스러워 종일 일손이 잡히지 않았다. 저녁 늦게 김 면장이 집에 들어오자 정기만이 다녀간 이야기를 죄다 일러바쳤다. 난데없이 찾아와서 무일을 찾더니 무례하게 꼬치꼬치 묻고 방자하게 굴더라는 말을 낱낱이 말했다. 김 면장은 무일이란 말에 깜짝 놀라서 물었다.

"그럼 혹시 무일에 대한 무슨 소식을 들은 건 아니요?"

"그게 아니고 찾는 눈치 같습디다. 소식이 없느냐고 묻더니 경찰서로 부른다고 합디다."

김 면장이 행여 무일이 일을 눈치챌까봐 텃골 아짐씨는 자초지종을 이야기하면서도 말을 조심했다.

"아니, 그자식이 당신한태 그렇게 버릇없이 굴어요? 그런 놈을 가만히 두었소? 그 자식 평소에 나한테도 그렇게 거만해서 한번 혼을 내주려던 참이었소."

아니나 다를까. 며칠 후 유말녀 앞으로 경찰서에서 참고인으로 출두하라는 통지서가 날아왔다. 김 면장은 이를 보더니 얼굴이 벌겋게 달아올랐다. 서장을 직접 만날까 생각했으나 요즘은 서릿발 같은 서장에게 일개 면장은 아무런 힘이 없는 시국이었다. 서장에게 머리를 숙이느니 이튿날 면에 출근을 했다가 읍으로 가서 유국범 씨를 만났다.

"아이고 김 면장이 어쩐 일이단가?"

유국범과 김 면장은 어려서부터 절친한 친구였다. 김운용이 그의 한 학렬 아래의 족친인 유말녀, 즉 텃골 아짐씨와 결혼을 하면서부터 더욱 가깝게 지냈다. 대가 차고 호기가 넘치는 그는 나이 들면서 그 지방의 재력가요 유지로 대성했다. 여당의 지역구위원장이며 중앙에 든든한 인맥이 있는 그는 군정에도 큰 영향력을 행사했다. 김 면장은 꼬아 받치듯 하소연했다.

"다름이 아니라 마을에 일본 헌병을 하던 정기만이란 녀석이 의경으로 들어가 있네. 느닷없이 집사람한테 와서 아주 불손하게 집나간 둘째 놈이 지금 어디 있느냐고 추궁을 하더라네. 그러고 나서 글쎄 경찰서에서 집사람을 참고인으로 출두하라는 통보가 왔지 뭔가. 위원장 아시다시피 집사람이 둘째 일로 애간장 다 녹은 사람 아닌가. 혹시 그 애 소식이라도 있다면 반가운 일이지만 그렇지 않다면 아무리 경찰이 힘이 있는 세상이라도 죄도 없는 명색이 면장 부인을 경찰서로 오라 가라니 이거 말이 되는가? 원, 기가 막혀서…"

"어, 어, 어이 알았네. 그 녀석들이 그런 일로 우리 조카를 감이 왜 불러?"

유국범 위원장은 전화기 손잡이를 부서져라 돌렸다.

"나 유국범이다. 서, 서장 바꿔라."

"장 서장, 암포리에 사는 유, 유말녀 내 조카를 왜 불렀소?"

그는 성질이 불꽃같아서 급하고 열 받을 때는 말을 더듬었다.

"모, 모르다니 서장이 모르면 누가 왜 불렀는지 알아보고 확실한 죄가 없는 일이면 당장 취소하고 사과하라 하시오. 그리고 헌병하던 놈이 왜 의경으로 있는 거요? 그, 그런 여석 대리고 있으면 문제가 생겨요. 당장 내보내는 것이 장 서장에게도 좋을 것이요."

호통에 가까운 말을 내뱉고 화가 난 듯 수화기를 부서져라 '딸깍'

놓으면서 김 면장을 슬쩍 돌아봤다. 김 면장은 자기 들으라고 일부러 더 허세를 부리고 힘을 과시하는 그의 성격을 잘 알고 있었다. 그러나 그는 분명히 그런 힘이 있는 인물이었다.

김 면장이 유국범 위원장의 권세를 실감한 것은 그 뒷날이었다. 정기만은 의경을 해임 당했다. 그는 눈에다 쌍불을 켰다. 별학산에서 도망친 한 사람을 무일로 추정한 이상 일본 헌병 출신의 집요한 끈기는 사건을 파헤치기 시작했다. 무일이 가출한 시기와 빨치산의 활동이 시작된 시기가 같고, 유경만과 무일이 당숙질 간이라는 관계, 그리고 도망친 공비 중에 한 명이 죽어 있는 곳이 별학산에서 암포리 쪽이었다는 사실은 별학산에서 도망친 한 사람이 무일이라는 확신을 갖기에 충분했다. 그렇다면 탈출 방법은 당천리에 입항하여 있는 무일의 아버지 소유인 홍양호가 가장 가능성이 크다는 판단에 이르렀다.

정기만은 당장 당천리로 달려갔다. 그러나 홍양호는 이미 출항을 한 뒤였다. 지서에서 출항계의 목적지가 부산이라는 것을 알아가지고 여수를 거쳐 여객선을 타고 부산으로 쫓아갔다. 끈질긴 그는 운반선을 타고 기장 앞바다서 갈치를 잡고 있는 홍양호까지 찾아갔다. 박선장의 양해를 얻어 배 선창까지 수색하였으나 무일을 찾지 못했다.

§

시각이란 천기의 운행으로 움직이는 것이다. 급하다고 빨리 가는 것이 아님에도 무일과 박 선장은 시계를 들려다보며 바늘을 쫓고 있었다. 드디어 8시 정각, 선창으로 나가 배들을 살폈다. 어둠이 깔린 선창은 희미한 가로등불이 옹기종기 정박하고 있는 배들을 비추고 있었다. 돌고래호라고 쓴 배가 바로 눈에 띄었다. 배를 확인한 박 사장은 먼발치에서 헤어졌다. 사람의 눈을 피하는 밀항꾼에게 거슬릴 필요가 없었다.

"잘 아는 사람인께 맘 놓아도 될 것이다. 꼭 성공하여라. 몸조심하고…."

박 선장은 무일이의 등을 앞으로 밀었다. 멀고 험한 길을 힘차게 헤쳐 나가라는 격려의 뜻이었다.

"아재, 정말 고맙습니다."

이제 정작 떠나는 것인가? 무일은 가슴이 설레고 흥분이 일었다. 배는 길이가 겨우 홍양호의 반 정도밖에 되지 않는 것 같았다. 무일은 정말로 이 배로 일본까지 갈 수 있을지 의심스러웠다. 돌고래호라고 쓰인 이름을 다시 확인하고 배에 올랐다. 조타실 옆에 낚싯대가 몇 개 세워져 있을 뿐 아무도 보이지 않았다. 어둠만이 덮인 텅 비어 있는 갑판에서 망설이고 있었다. 갑판에 있는 편편하고 네모진 상자 같은 뚜껑이 들썩이더니 누군가가 얼굴을 내밀었다.

"여기, 이리 들어 오이소."

무일은 뚜껑을 재끼고 네모진 입구로 내려갔다. 희미한 꼬마전구가 밝히고 있는 선실은 앉아서도 허리를 꼿꼿하게 세우면 머리가 닿을 만큼이나 천장이 낮았다. 마치 지리산의 아지트 같은 분위기의 아늑한 공간이었다.

"여기서 두세 시간쯤 가면 바다 가운데서 일본 배로 올라탈 겁니다. 그 다음부터는 일본 어부가 알아서 잘 안내해 줄 거니까예 걱정 마이소. 일본말은 잘합니까?"

"네, 잘합니다. 저는 김무일이라고 합니다. 잘 부탁드립니다."

"아, 네. 우리는 이름을 대지 못 한기라예. 양해 하이소. 그냥 물개
라고 부르이소."

"네, 물개 씨."

무일은 이들이 철저하게 신원을 감추고 일을 하는 사람들이라는
것을 알고 약간 겁이 나고 불안한 마음이 일었다. 박 선장이 배 가까
이 접근하지 않고 멀리서 헤어진 이유였다.

"그냥 물개라면 됩니다. 그럴 일 없지만 혹시 일본순시선한테 걸리
면 부리 낚시 왔다 카이소. 큰 방어, 부리 말입니다. 알겠지예? 뱃사
람 한사람 더 오면 떠날 낍니다. 다른 때는 세 사람도 가는데 오늘은
형씨 혼자라예. 한꺼번에 많이 보내야 버는 것 아입니꺼?"

그때 밖에 인기척이 났고 갑판을 걸어오는 발걸음 소리가 들렸다.

"푹 한잠 자이소."

물개는 구명조끼와 작은 담요 한 장을 꺼내주고는 전등을 끄고 밖
으로 나갔다. 바로 엔진의 발동을 거는 소리가 나고 배가 서서히 움
직였다. 조금 뒤에는 엔진소리가 요란하게 높아지더니 배가 심하게
진동하며 달리기 시작했다. 배 이물이 위로 불끈 쳐들면서 바닷물
이 배를 두들겨 부술 것처럼 철썩철썩 뱃전을 때렸다. 홍양호와는 비
교를 할 수 없을 만큼 엄청난 속력으로 달리며 위아래로 미친 듯이
요동쳤다. 무일은 캄캄한 선실에서 한 쪽에 붙어있는 손잡이를 잡
고 매달려서 옆으로 비스듬히 누워있었다. 긴장이 되어 잠은 오지도
않았지만 미지의 세계로 실려 가면서 정신을 똑바로 차리고 있어야
했다. 1시간쯤 되었을까 선원이 들어왔다. 물개가 아닌 다른 사람이

었다.

"형씨 멀미 안 하는 기요? 담배 피우실라카면 여기 있십니더."

"아, 아니 담배를 못 피웁니다."

그는 담배를 꺼내서 입에 무는가 싶더니 라이터를 켜서 불을 붙였다. 그 순간 라이터 불에 비치는 그 얼굴을 보고 무일은 소스라치게 놀랐다.

"아니? 창구?"

부산에서 홍양호에 올라와 고기를 내놓으라던 조폭 창구가 아닌가? 하마터면 창구! 하고 소리를 내지르려다가 꾹 입을 다물었다. 이름을 밝히지 않는다는 물개의 말이 그때까지 귀에 머물러 있었다.

"나를 아는 기요?"

창구가 눈알을 옆으로 굴려 무일의 놀란 얼굴을 훔쳐보는 것 같더니 한 손으로 라이터 뚜껑을 '탁'하고 닫으며 물었다.

"아, 아니에요."

창구는 다시 라이터에 불을 켰다. 그리고 무일의 얼굴 가까이 불을 비춰보았다. 무일은 햇빛에 노출된 두더지처럼 몸을 웅크리고 눈이 부신 척 고개를 옆으로 틀었다. 다행히 창구는 라이터 불을 끄고 별다른 표정 없이 화제를 돌렸다.

"병역 때문에 가는 기요? 가는 사람마다 병역 때문에 간다 아이가."

"공부하러요."

"공부라, 팔자 좋으십니더."

무일은 창구가 몰라본 것 같아 다행으로 생각했다. 그는 생각보다 굼슬거워 보였으나 불안의 찌꺼기가 방정맞은 생각을 몰아왔다. '조폭들인 밀항꾼은 만일 내가 그들의 정체를 알아차려서 자기들이 노출된 것이 불리할 땐 한 사람쯤 이 망망한 바다에 던져버릴 수도 있을 것이다. 금방 상어 떼가 달려들 것이고 그다음에는 뼈도 안 남기고 뜯어먹어 치우면 이 몸은 가뭇없이 사라질 것이 아닌가. 그리고 일본 땅에 내려주고 왔다 한들 누가 알 수 있겠는가?'

그 때, 밖에서 물개가 다급하게 부르는 소리가 났다. 창구가 뛰어나갔다. 갑자기 배가 급선회하는 바람에 그 원심력으로 무일은 몸이 밀리면서 뱃전에 부딪쳤다. 배는 더 속력을 내는지 엔진이 굉음 소리를 내고 배가 공중으로 붕붕 뜨면서 날아가는 것 같았다. 30분쯤 지나서 창구가 들어왔다.

"아이 참, 오늘은 재수 옴 올랐다 아입니꺼. 일본 순시선이 우릴 보고 따라오는 통에 도망치고 있심더. 걱정 마이소. 따돌리고 가보던지 안 되겠심 내일 갈 수밖에 없십니다."

창구는 맥 빠진 소리로 말했지만 무일에게 간덩이가 떨어질 것 같은 충격이었다. 지금 이들이 속임수를 쓰고 있는 것 같기도 하고 밀항이 실패할 것도 같은 의구심으로 가슴이 두근거리기 시작했다. 저세상으로 떠난 유경만 홍보위원장과 딱새와 다람쥐와 윤도 생각이 났다. 지금 그들의 원혼을 가슴에 안고 혼자서 외롭게 바다를 건너고 있는 자신은 꼭 살아남아야 했다. 그들이 삶의 벼랑 끝에서 탈출하려고 안간힘을 쓰던 그곳으로 가야 한다. 언젠가는 다시 돌아와 길상을 잡아 죽이고 힘이 닿는 데까지 그들이 바라던 좋은 세상을 위해서 살고 싶었다. 지금 목숨을 부둥켜안고 발버둥치고 있지만 어디 사람의 목숨이 내 마음 대로이던가? 지리산에서 빗발치는 총알을 피해 나뒹굴고 있는 숱한 주검을 넘고 뛰던 그때처럼 운명에 맡길 수밖에 없었다. 그런 건 나몰라라는 듯 '돌고래호'는 전속력으로 계속 달렸다.

"잡히면 어찌합니까?"

무일은 자기에 대한 질문이면서 다른 한편으로는 사항을 판단해 보려고 그렇게 물었다.

"절대 잡히지는 안십니더. 이 배 엔진이 머큐리 500마력인기라. 우째 덩치 큰 일본 순시선 지가 우릴 따라잡을 수 있을라꼬."

그 말에 조금 진정성이 느껴지면서 불안한 마음이 다소 가셨다.

'지리산에서 까마귀밥이 될 번한 고비를 몇 번을 넘었는데 이쯤이야…, 까짓것 혹시 잘못되면 상어 밥이나 되고 말지 뭐.'

무일은 이렇게 마음을 달래고 있는 사이에 창구는 쥐구멍을 들락거리는 생쥐처럼 분주하게 움직였다. 그의 잔뜩 찡그린 얼굴 표정을 눈여겨 살피다가 실망스런 소리에 놀라 몸을 곧추세웠다.

"안 되겠심더. 따돌리기는 했구만은 이런 날은 다시 가봐야 일본 배도 만나기 어렵심니더. 돌아 가입시더 내일 책임지고 보내드릴 거니게 믿고 양해 하이소."

창구의 말에 무일은 입이 붙은 채 열리지 않았다. '실패하고 마는 것인가? 속은 건 아닌가? 어떻게 하면 좋을까?' 살며시 허리에 차고 있는 전대에 손을 대보았다. 몸에 힘이 쭉 빠지고 불안이 밀려왔다. 요사한 것은 사람의 마음이라더니 불안과 믿음이, 자위가 다시 불안으로 시시각각 변하고 있었다.

"오늘은 부산으로 들어가지 않고 거제도 장승포항으로 갈낍니더. 거기서 기다렸다가 밤 9시 다시 출발할 긴께 걱정 마이소."

무일은 창구가 자세한 상황을 자주 친절하게 설명해주는 걸로 보아 속은 것 같지는 않았다. 그러나 이러다가 못 가고 마는 것 아닌가 하는 생각에 별학산에서 좌절을 겪은 처참한 비극의 악몽이 머리에 떠오르며 부르르 몸을 떨었다. 기력이 해이되어 자꾸만 자포자기에 빠지려는 실의를 일깨우며 용기라는 것을 내보려 안간힘을 썼다. 그 럴수록 망망대해에 떠있는 조각배의 좁은 밑창에 웅크리고 있는 속수무책인 상황이 몸을 옥죄일 뿐이었다. 이런 때는 스스로 절망을 극복하는 것만이 그가 할 수 있는 절대적 용기였다.

창구가 나가고 한참 시간이 지난 후, 배의 엔진소리가 낮아지더니 속도도 느려졌다. 밖에서 다른 기관 소리도 들려왔다. 창구가 출입구에 얼굴을 거꾸로 들이밀고 소리를 질렀다.

"다 왔심더, 가방 가지고 나오이소."

무일은 조심스럽게 밖으로 나와 사방을 살폈다. 그리 크지 않은 항구였다. 아직 깜깜한 밤인데도 부두에는 출항하는 어선들로 분비고 있었다. 무일은 그들을 따라갈 수밖에 없었다. 세 사람은 작은 식당으로 여관으로 옮겨 다니며 시간을 보냈다. 창구와 물개는 주로 낮잠을 잤다. 무일은 잠깐씩 설 잠을 자다가 다시 일어나서 초초하게 시계를 들여다보았다. 장승포의 하루는 지루하다 못해 짜증이 났다. 무일도 차차 긴장이 풀리고 피곤이 몰아와서 마침내 코를 골기 시작했다. 누군가 깨우는 소리에 깜짝 놀라 다시 잠을 깼다. 밤 9시, 무일은 허둥지둥 그들을 따라 배에 올랐다. 바다는 어제보다 파도가 거칠었다.

"바람이 괜찮겠는기요?"

물개가 창구를 보며 걱정스런 표정으로 물었다.

"괜찮을 기다."

창구는 무슨 하얀 알약을 꺼내서 무일에게 주었다.

"바람이 세면 배가 많이 출렁거릴 거라예. 이거 먹어 두이소. 멀미약입니더."

무일은 선뜻 먹지 않고 손에 그대로 쥐고 있었다. 창구는 무일의 마음을 읽고 있는 듯 말했다.

"멀미 안 할 자신 있으면 먹지 마이소."

무일은 지리산에서 잡히면 입에 털어 넣으라고 주던 양잿물 같은 반투명의 하얀 비상 생각이 났다. 무일은 물론 그걸 먹을 기회가 있었다면 이 자리에 있을 리도 없었다. 고기 맛을 볼 수 없는 산에서 겨울이면 간부들 몰래 콩에다 구멍을 뚫고 그것을 집어넣어 꿩을 잡아서 동료들과 구어 먹었다. 새끼가 줄줄이 딸린 까투리가 죽은 뒤로는 그 짓을 집어치웠다.

"멀미 안 할 겁니다."

무일은 창구가 주는 멀미약을 비상으로 의심을 하는 것은 아니었으나 그래도 먹지 않았다. 빨치산에게 총을 든 적보다 더 무서운 제3의 적은 은밀하게 침투한 경찰의 프락치였다. 그들의 치밀한 공작으로 위계와 음모가 난무하는 전장에서 살아남으려면 자신 외에는 어느 누구도 믿지 않아야 한다. 멀미약을 먹고 싶지 않은 것도 철저하게 길들여진 방어본능이었다.

이번에도 배는 있는 대로 속력을 내서 바다를 달렸다. 2시간쯤 지났을 때였다. 배의 엔진 소리가 낮아지더니 밖에서 창구가 무일을 불러냈다. 배는 속력을 멈추고 파도를 따라 그 주변을 서서히 선회하고 있었다. 칠흑 같은 바다는 작은 불빛이 멀리 깜박이는 것이 보일뿐 그 공간을 헤아릴 수 있는 것은 하늘에 반짝이는 별과 시원하게 불어오는 바람뿐이었다. 물개가 무일에게 낚싯대를 주었다.

"지금부터 여기에 앉아 낚시를 하이소."

"낚시요?"

"대물 방어 한 마리 낚아보이소. 일본가는 밑천 뽑을 낍니더. 인조미끼도 가끔 무는 눈 먼 방어가 있심더. 여기서는 낚싯배로 보여야 할 것 아입니꺼."

무일은 고향에서 바다낚시를 따라다니면서 단련이 된 덕분인지 다행히 멀미는 하지 않았다. 물개가 가르쳐준 대로 낚싯대를 바다에 드리웠다. 창구는 제법 큰 망원경으로 먼 바다의 불빛을 훑어보고 있었다.

"물개야 오늘이 수요일아이가? 다로호하고 우찌마루호가 나왔을 끼다. 불 안 보이나 잘 좀 봐라."

"아직 안 보이네예."

물개는 이마에다 손을 대고 바다를 살폈다. 배가 물살을 타고 조금씩 흘러가면 다시 엔진을 높여서 제자리로 와서 선회했다. 오늘도 허탕인가? 시간은 조류를 따라 흘러갔고 초조함이 파도와 함께 출렁거리고 있었다.

"OK!, 왔다. 다로호다. 다로호가 틀림없다 아이가."

"어디 예?"

갑작이 창구가 소리를 치더니 물개에게 망원경을 건네주었다. 창구가 손으로 가리키는 쪽을 살피던 물개도 찾고 있던 배를 확인한 것 같았다.

"맞십니더. 다로호 불빛입니다. 다로호 맞아예. 형씨! 오늘은 성공할 깁니다. 다로호 영감님 참 좋은 사람입니다."

"램프 켜라. 서둘지 말고 슬슬 접근해라."

배는 망원경으로 바라보던 쪽으로 서서히 움직여 갔다. 조타실 뒤에 세워져 있는 높지 않은 마스트에 작은 등을 하나 내달았다. 무일은 그 불빛이 신호인 것을 짐작할 수 있었다.

"형 씨! 준비를 하이소. 저 배와 옆구리가 다면 구명조끼 입은 그대로 재빨리 그 배에 올라타이소. 알았지예? 조심하이소. 빠지거나 가방 놓치면 끝장입니다. 글로 우리하고는 빠이빠입니더."

창구는 무일을 똑바로 보며 진지하게 말했다. 순진해 보이는 무일과의 짧은 만남을 인연으로 여긴 듯 얼굴에 석별의 아쉬움이 엿보였다. 무일은 그에게 뭐라고 인사말을 해야 하겠지만 그보다는 일본 배로 실수 없이 건너뛰어야 할 마음의 부담에 잔뜩 긴장이 되어 고개만 끄덕였다. 그리고 왼손에 가방을 들었다.

접근하는 배의 불빛을 보고 무일도 그 배가 다로호인 것을 알았다. 다른 배와 달리 타고 온 돌고래호와 같은 무지개색이 나는 등을 달고 있었고 배의 크기도 비슷했다. 이윽고 배가 가까워지고 두 배의 불이 모두 꺼졌다. 두 배의 옆구리가 서로 스쳤다가 다시 떨어지더니 다시 쿵 하고 닿았다. 물개가 삿대로 다로호의 난간을 걸어서 붙잡고 외쳤다.

"빨릿!" 소리와 함께 무일은 먼저 가방을 던졌다. 동시에 용수철에 튀긴 듯 다로호로 건너뛰었다. 창구도 마대자루 같은 것을 다로호로 던졌다. 서로 말이 없었다. 난간을 붙잡고 무일은 창구를 향해 한 손을 저었다. 창구도 손을 흔들고 있었다. 벌써 배는 서서히 멀어지고 있었다. 캄캄한 허공 속에서 외치는 소리가 바람결에 들려왔다.

"성공하이소, 칼잡이 친구!"

"알고 있었구나. 멋진 사나이!"

무일은 가슴에서 우러나오는 말을 낮게 뇌었다. 숯가마 속처럼 깜깜한 바다 한가운데서 출렁대는 파도를 버티면서 창구 모습이 묻힌 어둠속을 망연히 바라보고 있었다.

현해탄의 한가운데, 한국과 일본의 경계에서 탈출에 성공했다는 안도감과 낮 서른 일본땅을 어떻게 헤쳐가야 할건가, 나는 영영 일본 사람으로 변신을 해야 하는 것인가. 언젠가는 한국으로 다시 돌아올 수 있을 건가 하는 생각들이 스쳐갔다. 그의 귀에 세차게 불어오는 바닷바람을 거슬러 일본말이 들려왔다.

"오나마에와?"

이름을 묻는 소리에 무일은 정신을 차렸다. 목소리도 허리가 꾸부정한 일흔 살쯤 되어 보이는 노인이었다. 배에는 또 한 사람의 선원이 타고 있었다.

"가네모도 부이치입니다."

"아! 일본말 잘하는군. 가네모도 군, 반가워요. 나는 마츠모도야. 이제 안심해도 돼."

"하이."

대답과 동시에 배는 속력을 내기 시작했다. 불을 밝히고 일본땅을 향해 현해탄을 가로질러갔다. 별과 바람과 어둠만이 널린 현해탄은 뼈아픈 식민지의 역사가 묻혀 있고 많은 사람들의 눈물과 한이 맺힌 비극의 바다였다. 비명횡사하여 잠들어 있는 원혼을 바다 깊이 감추고 흔적조차 없는 시커먼 현해탄을 아무 것도 모른 무일은 마음도 몸도 쏜살같이 건너고 있었다. 이름 그대로 검고 거친 바다 위에서 죽음을 건너뛰어 간절하게 바라던 일본땅으로 간다는 기대에 가

슴이 벅찰 뿐이었다. 그러나 옛날이 된 1938년, 임화의 시 '현해탄'은
이렇게 그의 앞길을 읊고 있었다.

이 바다 물결은
예부터 높다.
그렇지만 우리 청년들은
두려움보다 용기가 앞섰다.
산불이
어린 사슴들을
거친 들로 내몰은 게다.

이제부터 가네모도 부이치란 탈을 써야 할 김무일은 선실로 들어
가지 않고 조타실에서 아무 것도 보이지 않은 깜깜한 현해탄을 응시
하고 있었다. 모두 말이 없는 채 배는 달리기만 했다. 얼마나 달렸을
까. 무일은 시름이 풀리면서 가물거리는 눈을 버티고 있는 시야에 멀
리 수평선 너머로 불티만큼 작은 불빛이 드문드문 보이기 시작했다.
빛은 깜박이면서 여기가 작은 포구이고 사람들이 살고 있다는 것을
말하고 있었다.

다시 불빛은 멀리 사라지고 얼마큼 또 달렸다. 아직 사방을 분간
할 수 없는 캄캄한 바다 저쪽에 한 무더기의 불빛이 다시 가까워지
고 있었다. 앞쪽에 반짝이는 샛별이 보였다. 그 아래 어슴푸레 시커
먼 산이 다가오고 있었다. 일본땅이었다.

배는 속력을 줄이고 작은 해안으로 서서히 접근했다. 파도소리마
저 고요하고 사람은 그림자도 보이지 않았다. 선창에 배를 대고 마

츠모도 노인은 먼저 내려서 무일의 손을 잡아 내리는 것을 도와주었다.

"유끼나가군, 배 대놓고 망태기 좀 들어다 주렴. 아침밥은 집에 와서 함께 먹자."

마츠모도 노인은 무일을 돌아보며 물었다.

"가네모도 군 이제 어디로 갈 것인가?"

미쳐 마음을 가다듬기도 전에 갑작스레 갈 곳을 묻는 소리에 무일은 당황했다. 엉겁결에 수없이 외운 대답이 튀어나왔다.

"고치입니다. 시고꾸 고치시."

그러나 이름도 모르는 이국의 해변, 깜깜한 이 밤에 꿈속 같은 그곳을 어떻게 찾아가야할 것인지 망연하여 어쩔 줄을 몰랐다.

"거긴 꽤 멀고 길이 복잡해. 일단 우리 집으로 가지."

무일은 당장 캄캄한 길거리를 헤매야 하는 난관을 모면한 안도의 한숨이 절로 나왔다. 앞장서 걷는 마츠모도 노인을 묵묵히 따라갔다. 그는 작은 마을로 들어서 골목으로 걸어갔다. 길가에 울담도 없이 나무살의 현관문이 들어나 있는 작은 집에 이르렀다. 문 옆에는 앙증스럽게 잘 다듬어진 작은 소나무 한그루가 서 있었다. 마츠모도 노인은 문을 옆으로 밀쳤다. 문에서 '땡그랑'하고 종소리가 맑게 울렸다.

"오도오상?"

기다리고 있었던 듯 할머니가 아버지예요? 하고 불으며 종종 거름으로 현관 복도로 나와 그들을 맞았다.

"손님이 왔어."

"잘 왔어요. 어서 올라와요."

부인인 듯싶은 할머니는 할아버지 뒤에 서 있는 무일을 보고 반갑게 맞았다. 그리고 방으로 안내를 했다. 다다미가 넉 장 쯤 깔린 작은 방에는 두꺼운 요와 이불이 반듯하게 펴놓아 있었다. 목욕탕은 복도 끝에 있다고 가리켜 주었다. 그 속에 들어가서 몸을 푹 담그고 있으면 피로가 풀릴 것이라고 했다. 무일은 겉옷을 벗고 목욕탕으로 갔다. 작은 욕실에 있는 큰 나무통에는 뜨끈뜨끈한 물을 가득 채워놓고 뚜껑이 덮여있었다.

목욕을 하고 나니 무일은 마음과 몸의 피로가 가시고 기분이 상쾌했으나 곧 졸음이 몰려왔다. 할머니가 찻잔을 들고 왔다. 무일은 잠을 쫓고 다시 정신을 차렸다. 그녀는 무릎을 꿇고 녹차를 따라 권했다. 파랗게 울어난 녹차 속에는 단정한 예절과 친절이 가라앉아 있고 접시 옆에 소꿉장난처럼 두 개가 달랑 놓여있는 과자에는 절제된 축소의 문화가 들어나 보였다.

"고맙습니다."

무일은 옛날 어릴 때 익힌 일본식 예의대로 무릎을 꿇고 엎드려 절을 했다. 할머니는 무일을 한참동안 유심히 바라보고 있었다. 이름을 물었다. 잘 자라는 말을 남기고 나가면서 또 무일을 돌아봤다.

무일은 굳은 팔 다라를 쭉 펴고 긴장을 풀었다. 그러나 아직도 목적지까지는 밀항자라는 꼬리표를 달고 단속을 피하며 첩첩 심산과 파도가 넘실대는 바다를 건너야 하는 긴 여정이 남아있었다. 그는 찻잔 접시에 있는 과자를 보자 시장기를 느꼈다. 한개 집어 먹으려다가 함부로 흩뜨리기 어려운 정돈된 차림새에 망설였다. 그러나 인간들이 너나없이 챙기는 체면은 그보다 상위본능인 식욕을 이겨낼 수 없었다. 눈도 없는 문 쪽을 슬쩍 한번 훔쳐보고 나서 조심스럽게 하나를 집어서 입에다 물었다. 짭짤한 것이 입맛을 더 자극하므로 남은 하나를 마저 먹고 자리에 누웠다.

꿈이 아니기를 바라는 일본, 이국의 밤은 모든 것이 생소하고 신기했다. 마음이 설렜다. 지나온 날들이 주마등처럼 눈 속을 스쳐갔다. 어머니가 생각났다. 이제부터 가야할 고치라는 곳은 어떤 곳일까? 아키코 누나는 나를 도와 줄 것인가. 동이 트고 있었다. 무일은 잡념 속을 헤매다가 잠이 들었다.

"아침식사 할 건데, 더 자고 싶으면 그대로 자요."

할머니의 소리에 무일은 벌떡 잠을 깼다. 아침이었다. 커다란 미닫이의 창호지에 아침 햇살이 밝게 퍼져있었다.

"아닙니다. 일어나겠습니다."

"그럼 이러나서 얼른 세수해요. 함께 식사해요."

거실인 듯, 약간 넓은 방의 중앙에 놓인 네모난 탁자에는 벌써 아침밥이 차려져 있었다. 마츠모도 할아버지 옆에 어제 배에서 봤던 유끼나가도 와서 앉아 있었다. 무일은 할머니가 가리킨 곳에 무릎을 꿇고 앉았다. 마츠모도 할아버지는 유키나가를 소개했다.

"이웃집 젊은인데 나를 따라서 낚시를 배우고 있어. 인사하지."

"유끼나가입니다. 잘 부탁합니다."

"가네모도 부이치입니다."

둘은 간단히 인사를 했고 할머니는 공기에 밥을 담아주었다.

"자, 어서들 들어요. 반찬은 별로 없지만…."

할아버지가 젓가락을 든 것을 기다려 무일도 젓가락을 들고 상을 보았다. 밥그릇은 물론이고 모든 반찬도 똑같은 것이 네 개씩인 것을 알았다. 망설이고 있는 그에게 할머니는 한가지씩의 반찬을 좁혀서 경계를 만들어 주고는 이것이 네 것이라는 듯 미소를 보냈다. 그리고 상에 놓인 빨간색의 생선회를 가리키며 일러주었다.

"어제 잡아온 부리예요."

어제 창구가 낚아보라던 방어였다. 무일은 마츠모도 할아버지가 드는 것을 기다렸다가 한 점 집어서 그와 똑같이 간장을 찍어 입에 넣었다. 부드러운 살집이 입에서 살살 녹는 것 같았다.

식사를 마치고 차를 마시면서 무일은 거실 한쪽의 작은 장식탁자 위에 놓인 사진액자가 눈에 띠었다. 군복을 입고 이마에 작은 별이 붙어 있는 전투모를 쓴 애티가 나는 군인이었다.

"내 아들이야."

묻지 않았는데 불쑥 말하는 것으로 보아 마츠모도 할아버지는 아들을 소개하고 싶어 기회를 엿보고 있었던 것 같았다.

"네에…, 아드님이시군요. 군대에 갔었을 때 사진이에요?"

"나라에 받쳤지."

"넷! 나라에요?"

놀라서 반문했다. 무일은 그 뜻을 바로 이해했다.

"나라에 바치기는 누가 바쳐요? 나라가 빼앗아갔지."

할머니가 들어오면서 약간 거친 말투로 할아버지 말을 반박했다.

"허! 또 그 소리야? 입 다물지 못해!"

할아버지가 버럭 소리를 질렀다.

"내가 거짓말 했소? 두 사람이 와서 내 아들 다로를 데리고 갔다우. 몇 번이고 뒤를 돌아봤어요. 마치 끌려가는 것 같았다우."

'다로? 아, 배이름! 전장에 나가 전사한 아들 이름이었구나…'

무일은 다로호란 배 이름의 내력을 알고는 숙연한 마음으로 다시 사진을 바라보았다.

"허 허! 조용히 하래두!"

마츠모도 할아버지는 할머니를 쏘아보며 화를 냈다. 그녀는 앞치마로 코를 훔치더니 마녀처럼 매서운 눈으로 할아버지를 흘겨보고 나갔다. 무일은 군국주의 나라에서 신의 대의와 민의 본질이 충돌하는 것을 보고 있었다. 명분과 실상의 대립이었다.

"전사했군요?"

"응 나라를 위해서 끝까지 싸우다 옥쇄했어. 사이판도에서….."

"넷? 사이판?"

"사이판을 아는가?"

"아, 네. 오기 전에 우연히 사이판 전쟁의 기록영화를 봤습니다. 일본군이 끝까지 항복을 거부하고 용감하게 싸우다 장렬한 최후를 마치는 것을 보았습니다."

무일은 망막 속에서 부산에서 본 영화 '사이판'의 장면들을 다시 되돌려 봤다. 일본군의 처참한 시체 속에 다로가 있었을 것이라고 생각하니 사이판의 참상이 더 가슴 아팠다. 영화를 보고 나서 일본 군인들의 죽음은 병사 스스로가 선택한 것이 아닐 것이라는 그때 생각을 이 집 할머니가 아들 다로의 이야기를 통하여 실증해주고 있었다.

젊은 그들은 전장으로 떠나면서, 또는 전장으로 보내는 가족 친지들은 옛날 사나다 선생과 똑같이 '이겨서 돌아오겠노라 용감하게, 맹세하며 나라를 떠나가서는, 공훈을 세우지 않고서 죽을까 보냐…' 이런 병영의 노래를 불렀을 것이다. 3절의 가사는 이러했다. '…잠간 풀을 베고 노영의 잠, 꿈에 본 아버지의 죽어서 돌아오라 격려를 듣고,

깨어서 노려본 적의 하늘' 내 아들에게 죽어서 돌아 오라라고 격려를 하는 아버지가 어디에 있을 것인가. 이것은 전쟁의 광기가 아니고 무엇이랴.

마츠모도 할아버지는 자꾸만 아들 이야기를 하고 싶은 모양이었다.

"야스쿠니신사에 잠들어있어. 가을이면 한 차례씩 동경에 가서 아들을 만나보지."

"아들 한 분…?"

마츠모도 할아버지는 말이 끝나기 전에 대답했다.

"아니야. 딸이 있어. 출가해서 후쿠오카에 사는데 몇 년 돼야 한 번씩 만나."

화재가 바뀌면서 아들의 생각에서 깨어났는지 무일에게 물었다.

"아, 참 가네모도 군은 고치까지 간다고 했지?"

"네 고치시입니다."

"말했지만 고치는 가려면 멀고 교통이 복잡해. 음, 그래 내가 거기까지 데려다 주지."

"아닙니다. 혼자 갈 수 있습니다."

"아무 말 말아. 모른 길 찾아가다가 걸리면 끝장이야. 이 노인하고 같이 가면 안심이야."

"바다에 나가셔야 하지 않아요?"

"매일은 힘들어서 못 나가. 1주일에 두어 번 나가지. 요즈음은 고기가 잘 잡히지 않고 생계가 힘들어서 이런 일을 하고 있지만 여기오는 젊은이들을 볼 때면 좋은 일인 것도 같아서…"

"저도 큰 도움을 받았습니다. 새 인생을 살도록 데려다 주셔서 정말 고맙습니다. 그럼 같이 가주시면 사례는 하겠습니다."

"사례한다면 안가. 보통은 집에 잘 데려오지 않고 선창에 내리면 헤어지거나 역까지 바래다주는데 군을 보는 순간 우리 다로를 만난 것 같았어. 그냥 못 보내겠더라구."

마츠모도 할아버지는 왠지 무일을 혼자 보내기가 딱했다. 아들 같은 그를 밀항자에게는 멀고 위험한 길인 고치까지 대려다주고 싶었다. 무일은 마츠모도 할아버지에게 돌아가신 할아버지를 만난 것만큼 정을 느꼈다.

'부모에게 있어 아들이란 그런 것인가? 마츠모도 할아버지도 얼마나 아들이 그리웠으면 나를 아들처럼 생각했을까. 매정했던 우리 아버지도 마음속으로는 나를 그리워하고 계시는지, 그리고…' 잃어버린 아들을 그리워하다 지쳤을 어머니 생각이 나서 잊으려고 도리질을 쳤다.

다음날 떠나기로 하고 할아버지와 무일은 선창가로 바람을 쏘이러 갔다. 수평선이 아스라이 보이는 넓은 바다에서 시원한 바람이 불어 왔다. 박 선장이 사준 일본지도를 펼쳐보았다. 동해에 연한 시마네켄島根縣 이마다시에 속한 스미우라 마치라는 작은 어촌이었다.

'동해, 저 건너가 우리나란데…' 무일은 버리고 온 조국이지만 다시 애착을 느끼고 있었다.

"할아버지는 여기서 오래 사셨어요?"

"조상 대대로 살아왔지. 나는 여기가 좋아. 도시에 살았으면 전쟁 통에 어떤 화를 당했을지 모르잖아?"

"네, 할아버지 낚시 오래 하셨어요?"

"오래 했지. 옛날에는 고기가 잘 잡혀서 돈도 많이 벌었어. 지금은 옛날 같이 않아서…. 그래서 나 같은 일을 하는 집이 몇 집 돼. 조선하고 국교가 없으니까 돈 없고 힘없는 사람이 일본에 오려면 이런 방법밖에 없다더군. 비행기도 배도 없다면서? 더구나 조선은 전쟁을 하고 있어선지 이렇게 일본으로 오는 사람이 꽤 많은 것 같아."

"할아버지. 지금은 조선이 아니고 한국이에요."

"아, 참. 한국 맞아. 다른 청년도 한번 그러던데."

집에 돌아와서 저녁을 들고 난 후 할머니가 방으로 와서 녹차를 손수 우려주고는 작은 상자를 주었다.

"이거 변변치 않은 것이지만 선물로 받아줘요. 언젠가 다로 주려고 샀던 허리띠인데…. 어쩌면 이렇게 다로 모습이람…."

할머니는 무일을 뚫어지게 바라보고 있었다. 눈에는 눈물이 고여 있었다. 마치 아들을 만나고 있는 꿈속을 헤매고 있는 것 같았다.

"고맙습니다. 할머니, 아드님 생각이 나시는군요."

"그렇다우, 유골이라도 모셨으면 한이 덜 하련만…."

잠자리에서도 무일은 사이판에서 어머니를 그리워하다 죽음을 맞았을 다로 생각이 얼른 지워지지를 않았다.

다음날 무일은 아침 일찍 할아버지와 집을 나섰다. 마츠모도 할머니는 흰머리가 반도 넘게 섞인 머리카락을 바람에 날리며 마을 어귀를 돌 때까지 손을 흔들고 있었다. 무일은 이들이 서로 다른 나라 사람이란 격차를 추호도 느낄 수 없었다. 할머니가 오랫동안 마음속에 그대로 남아 있었다.

기차역까지는 20분쯤 걸면 되는 거리였다. 작은 역의 허술한 대합실은 천정 구석에 걸린 스피커에서 귀에 익은 일본의 옛날 노래 '사쿠라'가 고토琴의 맑은 소리에 실려 은은하게 흘러나오고 있었다. 무일이 좋아했던 노래였다. 무일뿐만 아니라 한국의 아리랑처럼 일본 사람들이 모두 좋아하는 노래였다. 말도 간판의 글도 풍광도 노래도 새로운, 일본의 작은 어촌 스미우라 마치 역에서 무일은 먼 옛날 즐거웠던 학생시절로 돌아간 듯 착각에 빠져있었다.

さくら さくら やよいの空は 見わたす限り かすみか雲か 匂いぞ出ずる いざや いざや 見にゆかん.

탁구공 같은 며느리

가족 한 사람의 빈자리는 너무 컸다. 무일이 없는 텃골 집은 허전하다 못해 적막했다. 텃골 아짐씨는 넋이 나간 사람 같았다. 마치 육신을 떠난 혼불이 허공을 떠돌듯 정신이 오로지 작은아들을 찾아 산천을 헤매고 있는듯했다. 설상가상으로 딸처럼 데리고 살던 순금이가 뚜렷한 이유도 없이 집을 떠났다. 그리고 정석수 마저 가을걷이를 끝내고는 장사를 하겠다고 머슴살이를 그만 두었다. 텃골 아짐씨는 외딴 산골짜기에서 의지하며 살던 그들마저 줄줄이 떠나버린 허무함에 상심이 너무 컸다. 나중에 알고 보니 둘이는 눈이 맞아 결혼을 한 것이었다. 시켜 달랬으면 딸이나 다름없는 앤데 어련히 잘 보냈을까. 모든 사람이 다 야속했다.

텃골 아짐씨와는 달리 김 조합장은 무일이 생각이 나는 틈이 조금씩 길어져 갔다. 김 조합장은 무일을 잃은 상처의 골이 텃골 아짐씨보다 깊지 않기 때문이겠지만 그보다는 애써 잊으려고 했다. 어디 가서 살아있던 설령 죽었건 모두 타고난 제 팔자라고 운명에 탓을 떠넘겼다. 그보다는 바라고 바라던 사일이 졸업 후에 치른 고시에 또 낙방을 했다는 소식을 듣고는 그 실망이 이만저만이 아니었다. 그로 인해 신경이 예민해지고 엉뚱한 일에 자주 화풀이를 했다. 당장 서울로 뛰어가고 싶어 안달이었다. 그렇다고 옛날처럼 가족들이 벌벌 떨 만큼 화를 내지는 않았지만 속으로 짜증을 삭히느라 얼굴을 찡그리고 마른침을 탁탁 뱉으면서 서류 같은 것을 팽개치는 것을 옆에서 보기가 민망했다.

해가 바뀌고 계절은 벌써 앞뜰에 화사하게 피었던 복사꽃이 지고 있었다. 산과 들은 초록색으로 물들어갔다. 밭에는 흰 배추나비가 분주히 날고 뒷산에서는 뻐꾸기 소리가 구성졌다. 여고를 졸업하고 은행원으로 근무하던 예일이 결혼을 했다. 예식은 텃골 신부댁에서 구식으로 거행했다. 결혼식이라기보다 남정네들의 호사로운 잔치판 같았다. 삼현육각에다 기생까지 불러다 시조대회가 신행날까지 이어 졌다. 딸을 보내면서 텃골 아짐씨는 흐르는 눈물을 주체할 수가 없 었다. 경사스러운 날 방정맞게 여편네가 울고 있는 것이 민망했지만 딸을 보내는 섭섭함과 함께 그동안 싸인 서러움이 장마철 개천의 보 처럼 터진 것이다. 가슴속에서 감당하기가 고통스럽던 잃어버린 작 은아들 무일의 그리움과 남편에 대한 야속함이 서러움으로 넘쳤다. 지난 세월 참고 참았던 한이 눈물에 녹아 쏟아지는 통에 떠나는 가 마를 붙들고 소리 없이 오열했다.

"그만 우시란 말이요"

김 면장의 섣부른 제지가 되레 범종을 치는 당목처럼 텃골 아짐씨 가슴의 당좌를 건드렸다. 흐느낌이 지금까지 누구도 그녀에게서 들 어본 적이 없는 통곡으로 울렸다. 누가 말릴 수도, 말릴 수 있을 것 같지도 않은 울음소리가 아기의 혼을 담은 에밀레종소리의 여운처럼 길게 맥놀이를 하며 골짜기를 감돌았다. 산을 넘어 산천초목과 사람 들의 가슴에 공명을 일으키며 퍼져갔다. 가마 속의 예일도 울고 있 는지는 가마 문이 내려져 있어 알 수 없었다. 가마를 덮고 있는 호담 요에 그려진 호랑이만 얼굴을 거꾸로 쳐들고 개구지게 웃고 있었다.

그 뒤를 따르는 가마에는 신랑이 앉아 가마 문을 활랑 열어 제치고 장모의 통곡은 아랑곳없이 싱글벙글 웃으면서 떠났다.

예일의 결혼식에 왔던 사일은 아버지의 면전에서는 취직을 하겠다는 말이 입 밖으로 나오지 않았다. 서울로 돌아가서 장장문의 상서를 띄웠다. 보내주신 생활비로는 살기가 어려우니 취직을 하고 싶다는 사연이었다. 편지를 받아 본 김 면장은 몹시 화가 나고 속이 탔다. 고시 합격 후에 취직하라고 호통을 써서 답서를 보내고 싶었지만 참았다. 평소에도 아버님 전 상서로 시작한 사일의 편지가 올 때면 겁이 덜컥 났다. 서두는 어느 문장에서 따다 붙였는지 감탄사가 절로 나오는 미사여구를 나열해 놓았다. 말미에는 어김없이 생활비가 떨어졌으니 조금이라도 보내주시라는 호소로 끝나는 것이었다.

토지개혁으로 많은 땅을 거의 다 내주고 대신 받은 토지증권은 치솟은 인플레와 화폐개혁을 거치면서 휴지조각이나 마찬가지였다. 나머지 논밭도 누에가 야금야금 뽕잎 갉아먹듯 한 마지기 두 마지기 팔아서 감당을 해 왔으니 이제 남은 것이라고는 집에서 먹을 식량도 부족할 판이었다. 뒷바라지를 제대로 못 해주면서 고시만 고집을 할 수도 없는 노릇이었다. 아쉽지만 직장을 갖더라도 고시공부를 계속하기로 다짐을 받고 취직을 허락했다.

명문대학을 좋은 성적으로 졸업했고 고시공부를 한 시일은 규모가 큰 무역회사에 쉽게 입사했다. 더구나 일본말 실력이 뛰어나서 일본과 본격적인 거래를 계획하고 있는 회사로서는 사일에게 기대가 컸다.

"미스터 김, 현대사회는 고시가 제일이 아닙니다. 우리 회사에서 마음껏 꿈을 펼쳐보세요."

면접 때 고시공부를 하고 있다는 것을 들은 사장은 출근 첫날 이렇게 격려를 했다. 사일은 무역부에 보임이 되어 주로 의류를 수출했다. 수출실적은 곧 그 회사의 실력이고 간판이고 자산인 시대였다. 수출이 되는 것이라면 잡화상 못지않게 무엇이든 취급했다.

사일은 회사에 잘 적응하여 자리가 잡혀가고 있었다. 사무실 창문으로 바라보이는 남산은 가을 색으로 바뀌고 있었다. 노란색과 주황색, 빨간색 거기에다 초록색과 파랑, 검정 물감을 어린이가 제멋대로 칠해 놓은 것 같았지만 자연의 질서는 오묘하게 조화를 이루는 것이어서 아름다웠다.

동이 트기도 전에 일어난 사일은 방안에서 문틈으로 대문을 지켜보고 있었다. 회사에 근무하면서 틈틈이 공부하여 자신에게 이번이 마지막이라고 선언하고 치른 행정고시의 합격자 발표 날이었다. "신문이요!" 소리와 함께 대문 너머로 운명을 가를 묵직한 종이비행기가 날아와서 토방 앞에 툭 떨어졌다. 사일은 얼른 달려 내려가 신문을 주워들었다. 가슴이 두근거리고 머리가 쭈뼛쭈뼛하여 펼쳐보기가 두려웠다. 그러나 어차피 결과는 알아야 할 것이었다. '설마 이번에는…' 사일은 신문을 펼쳤다. 하숙집 좁은 뜰에 깔려있는 잿빛의 미명에서는 종이 위에 깨알같이 박혀 있는 이름들이 잘 보이지 않았다. 방으로 가서 불을 켜고 다시 신문을 들여다보았다. 60와트의 전등불이 짜증스럽고 작은 활자가 야속했다. 침침한 눈을 부라리고 보고 또 훔치고 보아도 어른거리는 이름들 속에 '김사일'은 보이지 않았다. 그 자리에서 벌렁 드러누워 버렸다.

아홉 시를 기다렸다가 우체국으로 가서 공중전화로 회사 강 부장에게 전화를 걸었다.

"부장님, 저 김사일입니다. 몸이 좀 불편해서 오늘 결근해야 할 것 같습니다. 죄송합니다."

"아, 미스터 김, 그래요, 오늘은 푹 쉬라고. 미스터 김, 인생은 말이야 벼룩이 같은 거야. 벼룩이가 튀면 자신도 어디로 떨어질지 모르거든. 재수가 좋으면 말이지, 처녀 고쟁이 속이고 재수 없으면 방구석에 놓인 요강 속으로 빠지는 거야. 하, 하 하. 알겠어?"

"네? 아…."

강 부장은 웃으면서 알쏭달쏭하고 밑도 끝도 없는 말을 했다. 사일이 고시에 집착하는 것도 이번 낙방한 것도 알고 하는 소리 같았다. 사일은 다시 다이얼을 돌렸다.

"여보세요?"

"사일아! 전화 기다리고 있었어. 실망하지 마. 인생은 고시가 다 아니라고 말했지 않아. 우리 만나. 퇴근 때 글로 갈게."

"애리야, 나 회사 안 나갔어."

"왜 안 나가? 그럼 지금 갈게 나와."

사일은 그녀와 자주 만나는 다방으로 가서 커피 한잔을 시켜 놓고 천정을 바라보고 앉아 있었다. 천정에는 수도 없이 '고시' 자가 어른거렸다. '김사일' 이름이 두 겹 세 겹으로 떠돌아 다녔다. 눈을 감아버렸다. 눈꺼풀 뒤의 어둠 속에도 무수히 '고시' 자가, '김사일' 자가 나타났다. 자신의 앞길보다 아버지의 상심이 더 걱정이었다.

"뭐 하고 있어?"

나애리의 밝고 명랑한 소리에 눈을 떴다. 나애리는 환하게 웃으며 앉자마자 위로를 하는 것이 아니라 불난 집에 부채질을 해댔다.

"미안하지만 나는 솔직히 아침에 신문을 펼치면서 너 이름이 없기를 바랐어. 난 공무원이 싫어. 이사관 아니라 장관이래도 나는 별로야. 뭐야, 매일 시계추처럼 사무실만 왔다갔다 하고, 하루 종일 책상에 앉아 서류나 만지작거리고 도장이나 꾹꾹 눌러 찍고, 상사 눈치나 보고. 세상은 글로벌 시대로 가는 거야. 나는 네가 행정과인 것부터 싫었어. 융통성도 없고 발전도 없고 월급도 쥐꼬리만 한 공무원보다 이제 마음 고쳐먹고 회사일 열심히 해. 그래서 넓고 넓은 세계로 눈을 돌리란 말이야."

"흠…."

사일은 신음에 가까운 소리를 냈다. 항상 그렇듯이 또 시작이구나 하고 듣고만 있었다. 그러나 항상 애리의 조잘대는 소리를 듣고 있는 것이 싫지가 않았다. 다만 오늘은 빙긋이 웃지 않은 것이 평소와 달랐다. 나애리는 사일과 사귀면서 매사를 선배처럼 주도했고 사일은 끌려 다니는 체질이었다. 사일은 모든 것을 알아서 척척 해나가는 나애리가 편했고 그녀는 말 잘 듣고 하자는 대로 따라와 주는 그가 좋았다. 함께 점심을 먹으면서 애리가 목소리는 낮았으나 힘을 주어 말했다.

"너 우리 아빠한테는 고시 합격한 것으로 해야 돼!"

"뭐라고? 아니야! 그건 안 돼."

"너 그러면 나하고 끝이야."

"안 돼, 난 너의 아빠한테 그런 거짓말 못 해."

"이런 바보. 우리 아빠는 너의 아빠보다 더 고시라면 사족을 못 쓰시는 양반이야. 너 고시 합격할 거라니까 만나도 아무 말 없으셔. 고시 낙방한 줄 알면 끝이라니까. 알았지?"

"나는 몰라. 나는 너의 아빠 안 만날 거니까…."

"그럼 너, 나하고 결혼 안 할 거야?"

"내 참, 그런 말이 어디 있어."

"그럼 어떡해. 언제 던 울 엄마와 울 아빠는 만나야 할게 아니야."

"좀 시간을 두고 생각해 보기로 하자. 응?"

사일과 애리는 서로 결혼을 하기로 마음먹고 있었다. 의상디자인을 전공하는 애리는 얼굴도 예쁘고 몸매도 날씬했다. 머리도 좋고 항상 기발한 아이디어가 넘쳤다. 현대감각이 번득이고 패션은 화려하면서도 격조와 품위를 잃지 않았다. 항상 멋과 조화가 잘 이루어진 세련된 옷을 입고 다녔다. 다만 외동딸답게 당돌하고 자기주장이 강했지만 사일은 그런 데가 좋았다. 한마디로 말하면 귀한 거나 품위나 의상이나 재잘거리는 것이나 짝을 독점하려는 것이나 콧대가 높은 것 모두가 아마존 정글속의 깃털이 화려한 금강앵무 같은 여자였다.

그렇지만 사일은 집에다는 사귀고 있는 사람이 있다고 말할 수 없었다. 아버지의 보수적인 사상을 너무 잘 알고 있었다. 여자를 사귀고 있다는 것을 알면 펄쩍 뛰실 것이고, 당장 천등산에 있는 금탑사에다 옭아맬 것이 빤했다. 더군다나 매번 낙방한 책임을 고스란히 애리가 뒤집어쓰게 되리라는 것은 생각하면 소름이 끼쳤다. 소가 밟아도 깨지지 않을 만큼 단단한 옹고집이 뱃속에 들어있는 아버지에게는 뜸을 들였다가 몸이 달아서 결혼을 독촉할 때쯤 서서히 애리를 등장시키는 것이 쉽게 무너뜨릴 수 있는 방법이라고 생각하고 있었다.

낙방의 실망을 달래고 싶어 사일은 어디론가 바람을 쏘이러 가고 싶었다. 그 말을 듣고 나애리도 사일을 위로하고 싶어 찬성했다.

"그럼 우리 한강, 뚝섬으로 가자."

"남산이 어때?"

산과 물, 서로 다르게 타고난 남과 여의 성이 여기에서도 다른 생각으로 작용했다.

"산은 따분해. 올라가기도 힘들고… 나 하이힐 신었지 않아?"

"그래, 그래. 그럼 우리 뚝섬으로 가자."

그들은 항상 이런 식이었다.

하숙집에 돌아온 사일은 아버지의 전보가 기다리고 있었다. 갑자기 날아온 전보를 보고 가슴이 덜컥 내려앉았다.

'부 야간열차편 상경. 명일 오전 5시 서울역으로 마중 바람.'

사고의 소식이 아니라서 다행이었지만 고시에 낙방을 한 것을 알고 오시는 것 같아 안절부절못했다. 혹독한 질책보다 한탄하는 아버지의 모습을 보는 것이 더 괴로운 일이었다.

우리나라에 지방자치단체 제도가 시행되면서 처음으로 읍 면장 선거가 실시되었다. 김 조합장은 면장을 하고 싶은 뜻이 없었다. 주위 사람들이 부추기고 법석을 떨어 출마를 하지 않을 수 없게 몰고 갔다. 김 조합장은 생각지도 못했던 초대 민선면장에 당선됐다. 집안에서는 독재자 말을 들었지만 밖에서는 대인관계가 원만하여 인심이 좋은 결과였다.

들판의 가을걷이가 끝날 즈음이었다. 북쪽에서 불어오는 소슬바람에 실려 김 면장에게 뜬금없이 기쁜 소식이 날아왔다. 상공부 수산국 한문국 어로과장으로부터 한일어업회담 대표로 위촉되었으니 수락하여 주시고 동경에서 열리는 회담에 참석해 달라는 전화가 온 것이다. 꿈과도 같은 반가운 소식이었다. 군이나 도의 일이 아니라 외교에 관한 일로 나라가 부른 것이라 생각하니 요동치는 흥분을 억제할 수 없었다. 잠시 눈을 감고 상기된 얼굴을 식히면서 곰곰이 생각을 가다듬었다.

'어떻게 누가 날 발탁했을까? 얻기 어려운 자린데…' 고개를 갸우뚱하고 차근차근 관련이 있을만한 사람을 더듬어 봤다. 그러나 알 수가 없었다. 한문국 어로과장은 해태 업무와 관계가 있어서 조합 공무상 가끔 접촉하지만 한일어업회담 대표로 추천해 줄만큼 가까운 사이는 아니었다.

막상 상경을 하려니 옷이 마땅치 않았다. 새로 맞춰 입을 시간도 없을 뿐더러 경제사정도 여의치 않았다. '아무리 옷이 날개라고 한들 사람 나고 옷인 거지' 자긍심으로 극복했다. 군청에 들어갈 때 단골로 입은 밤색 옷을 그냥 입고 가기로 했다.

면사무소까지는 평소 출근과 다름없이 자전거를 타고 갔다. 절정을 이룬 단풍잎이 한 잎씩 힘없이 떨어져 쌓이고 있는 앞산 오솔길을 나서 자전거 페달을 힘차게 밟았다. 가슴이 부풀고 서울까지 그대로 달리고 싶은 기분이었다.

밤새 궁싯거리다 잠을 설친 사일은 이른 새벽 아버지를 마중하러 서울역으로 나왔다. 주머니에 양손을 꽂고 떨리는 몸을 진정시키려고 가볍게 제자리걸음을 하며 초조하게 기차가 도착하기를 기다리고 있었다. 그 꼴이 추워서 보다는 불안하고 걱정스러운 마음이 더 큰 것 같았다.

개찰구를 나오는 김 면장의 표정은 사일의 염려와는 달리 밤차에 시달린 피곤한 기색도 없고 몹시 기분이 좋아보였다. 김 면장은 식사를 하자고 근처 식당으로 들어갔다. 식사를 하면서도 사일에게 많이 먹으라고 권할 뿐 고시에 대한 이야기는 하지 않았다. 발표한 것을 모르는 것 같았다. 그렇다면 무슨 일로 상경을 했는지 사일은 궁금해서 안달이 났다. 어쩐 일로 갑자기 오셨느냐고 조심스럽게 물었다. 김 면장은 목에 힘을 주어 '으흠'하고 헛기침을 하더니 위엄이 있게 대답했다.

"나, 일본 좀 갈 일이 있어서 왔다."

가는 이유는 도마뱀 꼬리처럼 잘라버리고 거기에서 입을 다물었다. 잘린 도마뱀 꼬리가 요란하게 꼬불대며 사일의 궁금증을 더 볶아댔다. 그는 토끼눈을 하고 무슨 일로 가시는지를 또 물었다. 김 면장은 또 헛기침을 하고나서 나랏일로 간다고 했다. 사일은 고개를 갸우뚱하고 다음 말을 기대했으나 자신에 관한 질문이 나오자 입을 닫고 긴장을 했다.

"너 직장은 어떠냐?"

"잘하고 있습니다. 회사도 잘 되고요."

"전번 본 고시는 아직 발표 안했냐?

"네, 아직…"

나도 모르게 거짓말이 참지 못한 헛방귀처럼 나와 버렸다.

"이번에는 꼭 합격해야 되는디, 자신 있제?"

어차피 사실이 밝혀지겠지만 당장은 숨긴 것을 잘했다고 생각했다. 사일은 대답대신 화제를 바꿨다.

"아버지 무일이 소식은 아직도 없어요?"

"……"

사일이 알고 싶어 물었지만 김 면장이 가장 꺼리는 이야기였다. 입

막음을 한 샘이었다. 김 면장은 대답이 없었다. 사일도 더 이상의 이야기는 묻지 않았다. 김 면장은 서울에 출장을 올 때마다 단골로 묵는 종로 비원 앞의 한옥 여관에 들었다. 사일은 부득불 회사를 하루 더 쉬기로 하고 아버지를 수행하여 상공부 수산국을 방문했다. 한문국 어로과장이 반갑게 맞았다.

"김 조합장님! 잘 오셨습니다. 참, 면장에 당선 되셨다구요? 축하드립니다."

"여러 가지로 감사합니다. 이렇게 부족한 저를 어업회담 대표까지 발탁해 주시고…."

"별말씀을…, 해태생산자대표자격으로 위촉되셨습니다. 그런데 일본의 사나다 이치로라는 분과는 잘 아시는 사입니까?"

난데없이 한 어로과장 입에서 철천지원수 이름이 튀어나왔다.

"네? 사나다 이치로?"

김 면장은 사나다 이치로라는 이름 소리를 듣자 머리털이 솟구치고 온몸에 소름이 돋았으나 감정을 억제해야 할 자리였다.

"아, 네. 아는 사람입니다만…."

"잘 됐습니다. 가끔 조합장님의 근황과 안부를 묻습니다."

"네…? 그 사람이 제 안부를요?"

"네 이번에 일본 가시면 만날 것입니다."

"만나다니요?"

"그분도 어업회담 일본 대표입니다."

"대표라구요?"

어처구니가 없었다. 피가 끓는 분노가 치밀었지만 목소리는 밖으로 내뱉을 수가 없었다.

'사나다 이치로, 내 인생을 망쳐놓은 원수! 양심이 찔려 괴로운 모양이지? 병 주고 약을 줘? 원수는 외나무다리에서 만난다더니, 만나만 봐라 목덜미를 잡고 도리깨질을 쳐줄텐께.'

그런 사실을 알 턱이 없는 한 어로과장은 한술 더 떴다.

"네, 일본전국해태·패류어업협동조합연합회 참사입니다. 연합회의 핵심간부지요. 일본의 김 수입 쿼터량과 수입가격 등은 모두 그곳에서 주도합니다. 사나다 참사를 아신다니 기대가 됩니다."

'허! 참.' 김 면장은 내 신세를 이렇게 만든 원수 사나다 이야기가 나오자 한일어업회담 대표로 일본을 간다는 보람과 기대가 가슴에서 썰물처럼 밀려나가려고 했다. 간신이 낙담을 붙들고 상공부를 나왔다.

"아버지가 한일어업회담 대표로 일본에 가신다구요?"

"그렇게 됐다. 허 험!"

김 면장은 사일의 물음에 원수 생각은 잠시 안주머니에 접어 두고 다시 목에다 힘을 주고 어깨를 쭉 폈다. 사일은 상공부에서 낡은 양복을 입고 있는 아버지의 초라한 모습이 눈에 거슬려 마음이 언짢았다. 아직은 직장 초년생의 처지라 마련해 드릴 엄두가 나지 않았다. 사일은 아버지 곁에 있어봤자 다시 고시타령을 들어야 할 것 같아 회사에 간다는 핑계를 대고 꽁무니를 뺐다. 나애리를 만나 자랑도 하고 싶었다.

"애리야, 우리 아버지 한일어업회담 대표로 내일 일본에 가신다아."

"뭐라고? 아버지가 한일회담 대표로 일본 가신다고? 그럼 나하고 아버지를 잠깐 뵈러 가자."

무엇하러 네가 아버지를 뵈러 가느냐고 싫다고 했다. 그녀는 막무가내였다. 뵐 일이 있으니까 가자는 거라고 우겼다. 아버지에게 애리가 노출되는 일은 어쩌면 기회일 수도 있지만 잘못되면 큰 파탄이 나는 모험이 아닐 수 없었다. 사일은 내키지 않았으나 애리의 고집을 꺾지 못했다. 할 수 없이 함께 여관으로 갔다. 뜰에 들어서 김 면장이 묵고 있는 방 앞에서 사일이 아버지를 불렀다.

"저 사일입니다. 제가 다시 왔습니다."

김 면장은 잠옷 바람으로 누워서 신문을 보다가 사일이 소리에 엎드린 채 방문을 밀쳤다. 그 옆에 함께 서 있는 여자와 눈이 마주쳤다. 누구도 다른 말을 꺼내기 전에 애리가 먼저 인사를 했다.

"안녕하세요? 저 사일이 친구 나애리예요."

"?"

김 면장을 깜짝 놀라 문을 다시 닫고 얼른 옷을 입었다. 문을 다시 열었을 때는 이미 나애리가 토방으로 올라서서 방으로 들어가려고 문이 열리기를 기다리고 있었다. 방으로 들어간 나애리는 엎드려서 큰절을 했다.

"뉘시라고?"

"사일이 학교 친구 나애리예요. 아버님이 오셨다고 해서 인사드리러 왔어요."

"오, 사일이 학교친구? 그래 같이 고시 공부하는 친군가?"

"아, 아닙니다. 저는 디자인을 공부하고 있어요."

"디자인? 뭐 그럼 과학 계통인가?"

"아니에요 디자인, 도안 그런 것 있잖아요?"

"아, 데사인. 도안 같은 것 그리고 색칠하고 하는 거? 내가 구식

사람이라 일본식 발음이 돼서…"

"네 맞아요. 저는 의상 디자인이에요."

"의상이면 옷을 만든다 그건가?"

"네, 옷의 유행을 연구하고 멋진 옷을 창안해서 새로운 작품이 나오면 그림을 그려서 만들게 하는 거예요."

"아니, 학교에서 비싼 수업료 받고 그런 것도 가르친단 말이여?"

"아버지 지금 대학교 의상학과가 얼마나 인긴데요? 경쟁률이 높아서 입학하기 힘들어요."

구식 촌 면장인 아버지가 공무원, 판사, 고시만 알지 새 시대의 물정에 어두운 것이 민망해서 사일이가 거들었다.

"아버님 내일 한일회담 대표로 일본에 가신다면서요?"

"응 나라가 부르니까 일해야제."

"사일이 아버님은 너무나 훌륭하세요. 민선면장에다 한일어업회담 한국대표까지…"

"처자, 부친은 무엇을 하시는고?"

"처자가 뭐에요? 그냥 애리라고 부르세요."

"애리 아버지는 공무원이세요. 행정부 고위공무원요."

애리가 대답을 하기 전에 사일이가 다시 끼어들어서 거짓말을 대신 둘러댔다.

"호…, 행정부 고위공무원?"

행정부 공무원, 그도 고위공무원이란 소리에 김 면장은 감탄을 꿀꺽 삼켰다. 나애리는 벽에 걸린 김 면장의 옷에 눈이 갔다.

"아버님, 저기 걸린 옷 일본 입고가실 옷이에요?"

"응 그렇네만…"

"아버님 저는 옛날 옷에 대해 연구하고 있어요. 직업의식이에요. 잠깐 치수를 재보겠어요."

나애리는 핸드백에서 줄자를 꺼내더니 능숙한 손놀림으로 옷을 쟀다. 그렇지 않아도 옷이 꺼림칙한데 흉이라도 잡힐까 싶어서 김 면장은 딱한 얼굴로 쳐다봤다. 사일도 민망하여 외면을 하고 있었다. 옷을 재고 나서 나애리는 사일에게 가자는 눈짓을 했다.

"아버님, 오늘은 제가 저녁 식사 대접을 해드리면 안 될까요? 모처럼 친구 아버님이 오셨는데…."

김 면장은 나애리가 아버지면 몰라도 아버님, 아버님하고 부르는 것이 어쩐지 거슬리고 거북했다.

"아니여, 내 걱정은 하지 말고…."

"그럼 아버님이 사주시던가요. 저희들 잠깐 나갔다가 저녁 식사하러 다시 오겠어요."

천방지축이요 막무가내인 나애리는 말릴 수도 거절할 틈도 주지 않았다. 김 면장은 면에서 월급을 가불해온 노자라 여유가 없었다. 처음 만난 사일이 학교 친구를 소홀히 대접할 수도 없는 노릇이라 사주기도 부담이고 얻어먹기도 부담스러워서 난감했다. 그러나 김 면장도 사일처럼 자신도 모르게 애리에게 끌려가고 있었다.

나애리는 사일과 백화점으로 갔다. 김 면장의 양복과 구두, 넥타이, 와이셔츠, 중절모자까지 고급품으로 일습을 샀다. 사일이 말렸으나 듣는 척도 하지 않았다. 한편으로는 상공부에서 느꼈던 아버지의 꾀죄죄한 양복이며 꼬질꼬질한 모자며 뒤축이 다 닳은 구두까지 촌스런 모습을 생각하면 무방하다 싶기도 했다.

사일과 애리가 여관으로 갔을 때는 이미 김 면장은 옷을 입고 기다리고 있었다. 나애리는 가져온 보따리를 풀면서 수선을 떨었다.

"아버님 옷을 렌탈해 왔어요. 일본 가실 때 이걸 입고 가세요."

"아니? 옷을 렌탈이라니? 렌탈이 뭔데?"

"옷을 전문적으로 빌려주는 데가 있어요. 제가 의상학과잖아요? 잘 아는 곳에서 빌려 왔어요."

"아니? 왜 꺼림칙하게 남의 옷을 빌려 입어? 이 사람들아, 좋으나 궂으나 내 옷 두고…."

"아버님, 아버님은 한일어업회담 한국대표세요. 지금 한일관계는 심각한 상황이지 않아요? 더구나 제주도 근해에는 일본 어선이 불법으로 침범하여 고기를 싹쓸이해가는 바람에 정부도 골치를 앓고 있어요. 이번 어업회담도 저네들은 틀림없이 우리의 평화선을 무시하고 공해 자유의 원칙을 주장할 것이라서 팽팽한 신경전을 펼칠 겁니다. 옷이 날개란 말 있잖아요? 번들번들한 일본 대표 앞에서 우리나라 대표가 꾀죄죄하여 기가 죽으면 벌써 그 회담은 한 수 지고 들어가시는 겁니다. 이 옷도 제 개인이 빌려드리는 것이 아니고 범국가적인 응원이에요. 아버님, 아무 말씀 마시고 입고 다녀오세요. 그리고 국가와 저의 국민을 위해 이번 회담 꼭 성공시키고 돌아오세요. 이 옷은요, 최근에 유행한 새 옷이에요. 설령 상하더라도 상관없어요. 그럴 경우를 위해서 보험에 가입되어 있거든요. 걱정 마시고 입고 다녀오세요."

"아버지 그렇게 하십시오."

사일까지 거들 필요 없이 나애리의 설교는 가히 따발총과 견줄만한 속사포였다. 어디서 그렇게 많이 주어 듣고 다니는지 하나도 틀림이 없는 지식이요 옳은 논리였다. 한국대표라고 비행기를 태우더니 꼭 나라와 국민을 위해 성공하고 돌아오시라는 격려와 함께 범국가적인 응원이란 명분으로 김 면장을 꼼짝 못 하게 밧줄로 칭칭 동여 매 놓고 옷을 입지 않을 수 없게 몰고 갔다. 회오리바람 같은 현기증이 일어날 지경이긴 해도 실은 김 면장도 서울로 나서면서 낡은 양복이 마음에 걸렸었다. 하여간에 어리벙벙한 정신으로 우선 식당으로 갔다.

나애리가 안내한 곳은 여관 근처인 종로의 한 아담한 양식집이었다. 식사는 정식 코스 요리였다. 양식을 별로 먹어본 적이 없는 김 면장은 매너고 뭐고 잘 알리가 없었다. 어리떨떨하고 있는 그의 곁에 나애리가 앉았다.

"아버님, 한국사람이 누구는 처음부터 양식을 먹는 법을 알았겠어요? 포크랑 나이프는 가장자리부터 들고 쓰시면 됩니다. 그리고 다드시면 쓰신 것은 접시에다 올려놓으시면 되셔요."

완전히 주눅이 들은 김 면장은 나애리가 시키는 대로 할 수밖에 없었다. 그녀는 옆에서 가르쳐주며 보들보들하고 매끈한 손으로 김 면장의 손을 잡아서 고기를 썰어주기도 했다. 딸이나 부인, 아니 누군들 이렇게 자상하고 친절할 수가 있으랴. 그 모습이, 남이 보기에는 정 많고 의좋은 부녀간이거나 시아버지와 며느리 사이 같았다. 나애리는 촌 면장이 모처럼 현대로 탈바꿈한 서울에 나타난 이 기회에 보수의 옹고집 덩어리를 흐물흐물 녹이고 어르신 눈 속으로 쏙 들어가려고 벼른 모양이었다.

한일어업회담 대표들은 상공부에 모여 어업회담을 위한 작전회의를 마쳤다. 출발하는 날, 김 면장은 아침 일찍 여의도 비행장으로 나갔다. 한 어로과장을 비롯하여 동행할 대표들이 제각기 번질번질하게 차리고 나왔다. 서로 옆 사람들의 옷차림을 은근히 훑어보는 낌새였다. 김 면장은 대학교 의상학과의 센스 있는 패션 전문가가 마련해준 옷차림이라 그들에게 꿀릴 것이 없었으나 시골에서 햇볕과 해풍에 그을린 검은 얼굴만은 촌티를 지울 수가 없었다. 만약 꼬질꼬질한 옛날 옷을 그대로 입고 왔으면 얼마나 창피하고 기가 죽었을 가 생각을 했다. 나애리가 새삼 심덕이 깊고 고마운 처자라고 느꼈다.

한일어업회담 대표 일행을 실은 비행기는 동경을 향하여 힘차게 하늘로 솟아올랐다. 몸이 둥실 뜨는 기분이더니 하얀 구름사이로 서울 시내가 점점 멀어지면서 모든 잡념이 사라졌다. 김 면장은 비행기를 난생처음 타보았다. 일본은 20여 년 전 부산에서 연락선을 타고 누님 댁에 간 일이 있었다. 조카 송남찬을 데려다 주러 시모노세키를 거쳐 일본의 남쪽 섬 고지현高知縣까지 갔었다. 매부 덕분에 귀로에 아소산, 구마모도성, 하카다, 시모노세키, 나가사키까지 거의 규슈를 돌아봤다. 오사카와 교토, 나라까지 관광했지만 도쿄는 처음이었다. 비행기는 구름을 뚫고 높이 올라갔다. 비행기 아래로 아스라이 멀어지던 산과 바다가 사라지면서 안개 같은 구름을 뚫고 올라갔다. 아래는 하얀 운해가 끝없이 펼쳐졌다.

'아! 이게 창공인가, 천상인가, 우주ㄴ가?'

항상 우주의 섭리와 천지의 오묘한 이치에 심취한 김 면장은 사일의 편지마다 두서에는 꼭 무구한 우주를 향한 꿈을 앞세웠다. 촌 면장은 손바닥만 한 비행기 창에서 오래도록 눈을 떼지 못했다.

도쿄에 도착한 수석대표를 비롯한 수산국 한 어로과장 등 열네 명의 대표단은 다음날 아침 일본 수산청이 보내준 버스를 타고 회담장으로 갔다. 거리를 지나면서 김 면장은 몹시 놀랐다. 세계 제2차 대전에서 패하기 전인 3월, 도쿄는 사이판을 비롯한 마리아나 군도에서 발진한 344대의 B29 폭격기가 3시간 동안 2,400톤의 네이팜탄을 쏟아 부어 20만 명이 사망하고 시가는 불바다가 된 것으로 알고 있었다. 그런데 6.25전쟁으로 폐허가 된 우리 서울의 모습과는 비교할 수 없을 정도로 도시의 규모가 크고 거리도 깨끗이 정돈되어 있었다. '우리는 우리끼리 부수고 짓밟고 죽이고 불 지르고 그것을 복구할 돈도 없으면서 아직도 서로 으르렁거리고 있지를 않은가?' 한탄이 절로 나왔다.

수산청에는 이름 위에 수산청과 일본전국해태·패류어업협동조합연합회의 소속이 적힌 명찰을 단 두 사람의 안내자와 주일한국대사관에서 부영사와 참사 등이 나와 대표단을 맞이했다.

"원로에 수고가 많으셨습니다."

차에서 내리는 김 면장은 한국대표라는 막중한 직책에다 사나다 이치로와 언제 마주칠지 몰라 잔뜩 긴장이 되었다. 대표들은 정중한 안내를 받으며 5층으로 올라가 바로 회의장으로 들어갔다. 양국대표의 인사말과 의제에 대한 기조발표가 있었다. 회의는 어로선, 어업, 해태 3개 분과위원회로 나누어 각 위회마다 3명씩의 담당 대표와 이들을 돕기 위해 실무자, 그리고 주일 대사관에서 파견된 통역이 1명씩 배정되어 회담을 진행했다.

해태분과위원회 회의장인 작은 별실로 옮겨와 자리에 앉으려던 김 면장은 회의탁자 맞은편에서 손을 내밀며 미소를 짓는 파트너를 보는 순간 몸이 얼음장처럼 굳어버렸다. 옛 상사였고 꿈에서도 이를 갈던 원수 사나다 이치로였다.

"오랜만입니다. 반갑습니다."

의전을 중시하는 국제회의석상이었다. 국가대표가 개인감정이 있다고 상대방 대표가 첫 대면의 인사로 내미는 손을 뿌리칠 수는 없는 노릇이었다. 어정쩡한 태도로 굳은 손을 내밀어 말없이 사나다의 손을 잡았다. 사나다는 그 위에 다시 왼손을 덮고 꼭 쥐는 것이었다. 김 면장은 소름이 끼치고 닭살이 돋는 것을 애써 참느라 짐짓 외면을 한 채 이를 악물었다.

해태분과위원회의 실무자로는 한 어로과장이 참석했다. 의제는 내년 일본의 한국산 해태 수입 쿼터량을 책정하고 수입가격을 조정하는 일이었다. 어로선이나 어업분과위원회는 한국이 평화선이란 든든한 기둥을 기대고 주도권을 잡고 있었지만 해태분과위원회는 우리가 상품을 파는 입장이어서 일본 측에 주도권이 있었다. 회의는 까다로운 절차를 생략하고 실무적으로 진행하기로 합의했다. 한국은 상대방의 의중을 탐색하려고 조심스럽게 쿼터량을 20% 늘려줄 것과 수입가격을 대폭 인상하여 주도록 먼저 제안했다.

"좋습니다. 쿼터량은 20%를 늘려 280만속으로 정하겠습니다. 그리고 1개월 이내로 1/4분기 분의 배정절차를 끝내겠습니다. 어떻겠습니까?"

한국대표들은 귀를 의심했다. 김 면장은 어처구니가 없었다. '흥! 인면수심이 따로 없구먼. 두말도 않고 늘려주겠다니 이것이 작전인가? 전략인가? 무슨 꿍꿍이속이란가?'

"수입가격은 $2.40 정도로 생각하고 있습니다만…?"

계속해서 사나다 대표가 생각지도 못한 선심폭탄을 터뜨렸다. $2.40이란 말에 한국대표들은 터져 나오려는 감탄사를 꿀컥 삼켰다. 회담에서는 표정관리를 잘해야 함에도 눈이 커다랗게 멀뚱멀뚱한 채 할 말을 잊고 있었다. 한국대표들은 $1.60 정도를 목표로 작전계획을 짜고 회담에 임한 것이었다. 대표들은 상대방이 제시하는 파격적인 값을 좋아라고 선뜻 받아드리는 것도 우습고 그렇다고 더 달랄 수도 없어 적절한 대답을 찾지 못하고 서로 얼굴만 쳐다보고 있었다.

"아, 예, 예…. 좋습니다. 저희 대표들도 값을 너무 무리하게 요구할 생각은 아니십니다."

회담에 익숙한 간사 한 어로과장이 대표들을 대신해서 대응했다.

"그러시면 대표님들 모두 이의 없으십니까?"

"예, 모두 이의 없습니다."

어느 대표가 쥐 죽은 소리로 대답했다. 김 면장은 눈을 지그시 감고 아무 말을 안했다. 사나다 대표가 더 다른 논의가 없느냐고 물었으나 모두 없다고 대답했다. 이렇게 해태분과위원회는 일사천리로 회담이 끝났다. 대성공이었다.

사나다 대표는 김 면장이 시종 자기를 외면하고 기피하는 것을 의식했다. 자기를 크게 오해하고 있다는 것을 짐작한 것이다. 그는 한국에서 돌아온 후 근무했던 어업조합연합회를 통해서 가네모도 계장이 아라이 사장으로부터 돈을 사취한 사실이 밝혀져 구속되고 재판을 받고 있다는 소식도 듣고 있었다.

'가네모도 계장은 그럴 사람이 아닌데…. 아하, 아라이 사장하고 서로 잘 지내라고 했던 말이 실수였구나. 그리고 가네모도 계장에게 돈 심부름을 시킨 것도 나의 잘 못이었어.'

그 후 가네모도 계장이 낙향을 했다는 소식도, 당천어업조합 조합장이 되었다는 것도 모두 알고 있었다. 그는 한국에 근무할 때 열심히 자기를 도와주었고 서로 정이 들었던 가네모도 계장을 꼭 한번 만나고 싶었다. 그리고 위로를 하고 혹시 오해가 있다면 풀고 아라이 사장과 접촉을 하게 된 빌미를 준 잘못을 사과하고 싶었다. 마침 열리게 된 어업회담이 좋은 기회였다. 업무관계로 긴밀한 교류가 있는 한문국 어로과장에게 김 면장을 대표로 추천을 해주면 좋겠다는 부탁을 했었다. 한 어로과장으로서도 우리 대표가 상대방의 핵심적인 대표를 잘 아는 사이라면 힘이 되는 일이었다.

그렇다고 이번 해태분과위원회는 사나다 대표가 김 면장을 봐서 선심을 쓴 것은 아니었다. 일본은 김 생산량이 부족해서 쿼터량을 늘릴 수밖에 없었다. 제시한 가격은 일본의 물가지수를 감안하여 기존의 수입 가격에서 약간 인상한 것뿐이었다.

그 당시 한국은 몇 개 상사가 김 수출의 독점권을 갖고 있던 관계로 산지의 수매가격이 너무 낮았다. 게다가 수출가격은 비밀에 붙여져 있었다. 이에 불만이 쌓인 전남의 김 생산 어민들이 정부에 직접 수출을 할 수 있도록 강력히 건의를 했다. 대통령까지 나서 당국은 이를 받아들인 것이었다. 따라서 이번 회담에 생산자 대표가 참석하였고 생산자가 직접 일본의 수입가격을 그대로 받게 된 것이다.

회담이 끝나고 사나다 대표는 일본수산청이 베푼 만찬석상에서 김 면장과 이야기를 할 수 있을 것으로 기대했다. 그러나 김 면장은 그를 한사코 피했다. 사석에서 만날 기회도 없었다. 오해를 풀지 못하고 헤어지는 것이 아쉽고 가슴 아팠지만 어쩔 수가 없었다.

김 면장은 동경에서 회의 출장수당을 받았다. 백화점에 들러 텃골 아짐씨에게는 모처럼의 선물이므로 좋은 스웨터를 샀다. 사일에게는 파카 만년필을 사고 가족 모두에게는 그리 비싸지 않은 선물을 마련했다. 특히 나애리는 옷을 빌려준 고마움으로 약간 비쌌지만 빨간 캐시미어 목도리를 골랐다.

돌아오는 비행기에서 사일의 여자 친구 나애리를 생각했다. 벌써 며느릿감으로 저울질을 하고 있었다. 사일에게 관심이 있는 것은 틀림이 없는 것 같은데 그의 발랄하고 명랑하고 톡톡 튀는 말과 행동이 호감도 가고 거부감도 있고, 과연 며느릿감으로 적합한지, 너무 되바라진 것은 아닌지, 행정부 고위직인 그의 부모가 승낙을 할 것인지, 생각할수록 며느리를 고르기란 어려운 일이었다. 그 중에서도 가장 중요한 조건은 궁합이 잘 맞는지 알아봐야 하는 것이었다.

한일회담을 마친 김 면장에게 상공부는 UNKRA 원조 어선 한 척을 배정해 주었다. 김 면장은 천하를 얻은 듯 기뻤지만 훗날 그 어선이 애물단지가 될 줄은 상상도 못했던 일이었다. 물론 그 배가 흥양호, 무일을 탈출시킨 사실도 알리가 없었다.

사일은 아버지가 일본으로 떠난 며칠 후 어머니로부터 편지를 받았다. 무일이 집을 나간 후 만사를 제쳐두고 동생을 찾으라는 편지를 받았고, 평생에 두 번째 어머니의 편지였다. 결혼을 해서 이 어미의 소원을 풀어달라는 간절한 호소였다. 아래하자에다 된소리마다 ㅅ자를 붙인 옛 언문체의 편지는 구절의 첫 자마다 글씨가 진했다. 연필심에 침을 묻혀가며 꼬박꼬박 쓴 흔적이었다. 사일은 콧등이 시큰거리고 눈이 따가웠다. 어머니가 그렇게 원하는 결혼을 해야 하겠다고 생각하지만 당장 무어라 답을 하기가 어려운 문제였다.

서로 사랑하게 된 애리는 대학시절 교정에서 우연히 사귄 친구였다. 앞날에 대한 생각도 안했고 서로 결혼을 약속한 일도 없지만 그들의 만남은 어느새 결혼이 정해진 것이나 다름이 없는 사이가 되었다. 그러나 막상 결혼이란 문제가 현실로 다가오는 것을 느낀 사일은 거기에는 대단히 복잡하고 어려운 문제가 가로놓여 있다는 것을 의식하기 시작했다. 아버지의 보수적인 사상과 나애리의 진취적이고 개방적인 성격이 충돌하지는 않을는지? 사치스러운 도시생활에 길들여진 나애리가 가난한 농촌의 찌든 살림을 하고 있는 시부모와 어떻게 조화를 이룰 수 있을 것인지, 더구나 유교를 신봉하고 기독교를 믿는 양가가 종교적인 큰 벽을 어떻게 넘길 수 있을 것인가를 생각하면 고민이 깊었다. 게다가 고루한 부모의 반대를 피하기 위해서 나애리는 사일이가 고시에 합격했다고 거짓말을 하고 사일은 나애리 아버지가 행정부 고위공무원이라고 속여 왔으니 거짓말 보따리가 터진 날에는 그걸 꿰매는 일도 큰일이었다.

사일은 퇴근 후 나애리를 만나 어머니의 편지를 보여주었다. 그녀는 편지를 한눈에 쭉 읽고는 들릴 듯 말 듯 한 소리를 했다.

"이건 다 익은 감이네."

사일은 애리가 자기의 속사정을 훤히 꿰뚫어보고 있는 것 같아 놀라웠다. 그의 번득이는 지혜로 결혼이란 이 난관을 잘 풀어가 주기를 은근히 바랐다. 그와 달리 나에리는 도리어 그에게 아버지는 어떻게 할 것이냐고 다그치는 것이었다. 사일이 글쎄 하면 예스면 예스, 노면 노지 글쎄가 뭐냐고 답답해서 발까지 굴었다. 그리고 어머니에게 자기가 답장을 하겠다고 나섰다. 사일은 잘못했다간 역효과가 날 테니 조금만 기다리라고 빌듯 살살 달랬다.

"나는 너의 아버지가 더 걱정돼."

"아, 그건 고시 합격했다고 말했으니까 걱정 몽땅 붙들어 매라니까."

눈도 깜짝이지 않고 나애리는 태연하게 대답했다. 사일은 고개를 살래살래 저었다. 그녀는 덤벼들듯이 말했다. 그건 비록 아버지를 속인 것일지라도 아버지에게 해를 끼치는 것도 아니고 좋은 사위 맞아 주려는 일인데 그것이 무슨 상관이냐고 따지고 들었다.

"우리 이러다 싸우겠다. 이러지 말고 애리야, 차근차근 순서를 밟아 부모들을 공략할 작전을 세우자."

"좋았어, 그럼 메모를 하면서 세밀하게 계획을 세우는 거다."

그녀는 핸드백에서 종이와 볼펜을 꺼내 들었다. 한참동안 머리를 맞대고 진지하게 상의를 하더니 이윽고 합의문을 낭독했다.

"1. 나애리는 사일이 아버지에게는 당분간 일체 결혼할 의사가 없는 것으로 행동하여 몸을 닳게 한다.

2. 사일의 어머니가 아버지에게 우리의 결혼을 적극적으로 촉진하도록 부추긴다.

3. 나애리 아버지에게는 사일이 고시에 합격한 것으로 계속 유지하여 신뢰를 쌓는다.

4. 나애리 어머니에게는 나애리와 사일이가 최대한의 호의로 함락한다."

둘이는 메모에 서로 사인을 하고 찻잔으로 건배를 들어 합의 선언을 자축하면서 자기들도 우스운지 깔깔깔 웃었다.

사일은 집으로 돌아와 어머니에게 답장을 썼다. 결혼문제를 걱정하시는 어머님의 마음은 충분히 이해를 하고 있으며, 자신도 사귀는 사람이 있으니 결혼을 하고 싶지만 아버지의 마음은 어머님과 달리

고시에 합격을 한 연후에 결혼을 해야 한다고 고집하실 것이므로 그에 따를 수밖에 없다고 했다. 그리고 결혼만은 저의 운명이 결정되는 일이니 그 때는 제 뜻대로 하겠다고 부언하여 편지를 띄웠다.

손가락 마디만큼도 못하게 짤막한 사일의 답장을 받은 텃골 아짐씨는 실망이 컸다. 허리가 끊어지게 아픈 것을 참고 호롱불 밑에 엎드려 침침한 눈을 부비며 생각하고 또 생각하여 써서 보냈었다 애타게 기다리던 답장은 물탄 동치미처럼 싱겁고 썰렁했다. 자식에게 간절히 애원한 어미의 마음을 이리도 몰라주는 가 싶어 섭섭했다.

사일은 어차피 아버지가 일본에서 돌아오신 후의 수순에 기대를 걸고 있었다. 아버지는 나애리라는 당돌한 처자를 만난 이야기를 할 것이고, 그걸 들은 어머니는 결혼을 시키자고 조를 것이 틀림없었다. 사일이 입장에서는 진시황 같은 아버지보다 당 태종 쯤 되는 나애리 아버지가 더 큰 난관이었다.

어업회담 대표들이 귀국한 날 사일은 나애리와 함께 여의도 공항으로 나갔다. 김 면장은 노랗게 뻔쩍이는 금이빨이 드러나 보이도록 활짝 웃고 출국장 문을 나왔다.

이번에는 사일이가 저녁식사를 뫼셨다. 한옥의 대문에 청사초롱이 걸려있는 아담한 한식당이었다. 방안에는 괘와 문갑이 조화롭게 놓여 있었고 장식장 위의 청자화병이 운치를 더했다. 밥상이 들어오기 전 김 면장은 먼저 나애리에게 고마움부터 표했다

"처자 덕분에 어깨를 쭉 펴고 일본 대표들을 꼼짝 못하게 눌렀어."

김 면장은 말 그대로 어깨를 쭉 펴면서 자랑스럽게 이야기했다.

"신문에 해태분과위원회가 큰 성과가 있었다는 기사가 대문짝만하게 났어요. 축하드려요."

"그래? 신문에 크게 났어? 자 이건 처자에게 내 일본 다녀온 선물인께 받아."

김 면장은 우쭐해서 바로 선물상자를 직접 나애리에게 주었다.

"어느새 제가 처자로 도로아미타불이 됐어요? 이름을 부르세요 아버님. 아이, 선물 감사합니다. 풀어 봐도 되지요?"

"암, 물론이제."

나애리는 상자를 풀었다. 빨간 캐시미어 목도리가 톡톡한 올인데도 질감이 부드럽고 색도 예쁘고 무늬를 넣어 짠 것이었다. 촌 면장이 고른 선물이라고 생각지 못할 정도로 고급스런 목도리였다. 나애리는 그걸 목에다 두르고 감탄사를 연발하더니 김 면장이 듣지 말아야 할 소리를 했다.

"아이 예뻐라. 정말 예뻐요. 아버님 정말 감사해요. 모래 선을 보러 가는데 이 목도리를 하고 갈래요."

"어? 서, 선을 보기로 했다고?"

나애리의 호들갑에 김 면장이 놀라서 되물었다. 사실은 기막힌 애리의 연극에 회심의 웃음을 삼키며 시치미를 떼고 있었다.

"네. 나이 든 딸을 오래 두면 안 된다고 아버지가 선을 보라고 하셔요."

나애리는 능청맞고 천연덕스럽게 대답을 했다. 작전은 딱 들어맞고 있는 것 같았다.

"어떤 총각인데?"

"뭐 회사원이라나. 아버지 동창생 아들인데 크게 내세울 만한 것은 없지만 사람이 착하데요."

"아니? 그래 애리 양은 마음에 들면 결혼할 생각이고?"

낭패와 시샘이 엇갈린 묘한 표정으로 묻는 김 면장의 속마음을 감지한 사일이가 그 봇장을 한 번 더 자극했다.

"아버지, 나애리 부모는 어차피 내년까지는 시집을 보내신데요. 애리도 갈 생각인 것 같고요. 결혼 문제는 그만 하세요."

제법 고루 차린 큰상이 들어오는 바람에 이들의 대화가 잠시 중단 됐다. 사일은 정종병을 들어 아버지께는 큰 잔에, 둘이는 작은 소주잔에 술을 따랐다. 김 면장은 대뜸 술잔을 들더니 한 모금에 훌쩍 마셔버리고 다시 말을 꺼냈다.

"그리고 애리 양, 빌려준 양복 말인데…"

"아버님, 참 양복은 한일회담에 입고 가셨다고 하니까 원가만 주고 입으시라고 해서 사일이 반에 반값 지불하고 사버렸대요."

나애리가 김 면장의 꼬리말을 가로채서 자기 말을 덮었다.

"그건 안 된다. 이번 출장수당도 톡톡히 받았으니 내가 주마."

"아니에요. 아버지께 모처럼 아들이 사드린 옷이니 입으세요."

사일의 말을 듣고 처음으로 아들에게 옷을 얻어 입게 된 김 면장은 기분이 좋아져서 술병을 들었다.

"허허 이제 아들 덕도 보고 팔자 늘어졌구나. 애리 양, 술 한 잔 더 들지?"

"아니에요 저는 술은 입에도 못 대요. 엄한 아버지라서…"

"참으로 얌전한 규수로군, 그런데 애리 양, 아들 친구라 딸처럼 생각해서 하는 말인데 결혼이란 것은 인생에 단 한 번 있는 대사여. 서둘러서는 안 되는 법이여. 아직 나이로 보아 이삼 년 더 있다 가도 괜찮을 것인께. 충분히 생각하고 신중하게 선택을 하고 또 서로 교제를 해보고 결혼하는 것이 좋을 거여. 내 말 잘 새겨들어. 알았제?"

"아버님 말씀 명심하겠습니다."

김사일과 나애리는 마음속으로 쾌재를 불렀다.

집으로 돌아온 김 면장은 사일의 예상대로 텃골 아짐씨에게 나애리 이야기를 자상하게 했다. 무심한 척 눈을 비스듬히 내리깔고 듣던 텃골 아짐씨는 마른 침을 목구멍으로 삼켰다. 김 면장 앞으로 바짝 다가앉아 입을 뚫어지게 쳐다보고 있었다. 결론을 듣고 싶은 눈치였다.

"예쁘고 명석하고 상냥하기는 양귀비 저리 가란디, 너무 맹랑해서 원…."

"양귀비 같으면 됐지, 맹랑하단 말은 또 뭣이라요?"

"너무 똑똑해서 탈이여. 사일이가 꼼짝 못 하겠더란 말이요. 집안에 암탉이 울면…, 글쎄…."

"똑똑하면 좋지요. 예 말이요. 어지간하면 여웁시다."

김 면장은 텃골 아짐씨의 말은 들은 척 만척하고 장고를 시작했지만 사일이가 또 고시에 낙방을 했다는 소식을 들었다. 실망은 마음을 더욱 조급하게 몰아갔다. 사일이 벌써 서른 살 문턱의 노총각이었다. 장가를 갔다고 고시를 못 보는 것도 아닐 것이므로 결혼을 서두르기로 마음을 정했다.

나애리를 며느리 감으로서 구체적으로 따져봤다. 장인자리가 행정부 고위공무원이라면 집안으로나 앞으로 사일이의 장래를 생각해서나 더할 나위 없는 혼처였다. 여자가 너무 똑똑해서 마음에 걸리지만 어린애 며느리쯤 연륜과 덕 있는 시어머니가 시집온 날부터 군기를 잡으면 될 것이었다.

'그까짓 것, 지가 그래도 뻣뻣하면 시어메보고 며느리 속 고쟁이에 다 몰래 똥이라도 묻혀놓으라고 해서 콧대를 꺾으면 될 것 아니어?'

김 면장은 밀고나가기로 작정을 했다. 나애리의 부모는 둘이서 허락을 받도록 맡겨두면 될 것이고 설령 상면을 하더라도 이래 뵈도 내가 초대 민선면장이고 한일어업회담 대표를 지냈는데 크게 꿀릴 것 없다고 자신감을 다졌다. 재산이 좀 없지만 이제는 선주가 되었으니 때운 만나 고기 한 번 만선하면 까짓것 공무원 재산에다 비할 바 아니라는 배짱도 챙겼다. 그는 맞불을 놓는 정공법으로 사일에게 편지를 써서 승부수를 띄웠다. 산전수전 다 겪고 노회한 김 면장은 아들을 어르고 달래서 고시와 결혼을 일거에 얻을 궁리를 했다.

사일仕—이 봉견奉見하라.

구추상강九秋霜降의 전신傳信인 금풍일성金風一聲에 만물萬物은 다시 변화變化하는가 보구나. 유월六月 염천炎天에 시달린 몸을 청상淸爽한 가을에 안식安息할 틈도 없이 어느덧 단황丹黃으로 조락凋落의 계절季節에 접어들더니 너의 실패失敗 소식消息은 낙담落膽과 실망失望 속에서 백감百感이 왕래往來하고 만려萬慮가 몽불매夢不寐하게 하는구나. 허심탄회虛心坦懷 자위自慰의 길을 찾고자 하나 소슬蕭瑟 추풍秋風이란 상심傷心을 배전倍前하여 처연悽然한 마음을 달랠 길이 없다. 유수광음流水光陰 실로 속절없이 늙어가는 것은 백발白髮뿐인가 보다.

그러나 흥진비래興盡悲來요 고진감래苦盡甘來란 옛말은 그른데 없느니라. 운수運數는 순환循環하는 천리天理이니 태양太陽이 운하雲霞에 가려서 실광失光하면 일곡일순—曲—瞬일 것이므로 인내忍耐하고 의지意志를 상실喪失하지 말지어다. 운명運命의 지상至上은 불면不免인 만치 내로서 억제抑制하고 교시敎示할 바 아닌 줄 아나 학업學業은 종료終了도 없고 만족滿足이 없는 것이니 일향—向 목표目標를 위爲하야 더욱 정진精進하고 격물치지格物致知하여 진인사盡人事 대천명待天命할지어다.

그리고 청년靑年은 부중래不重來고 호운好運은 상재常在함이 아니며 결혼結婚은 백행지본百行之本이요 백복지원百福之源이라 했으니 인간人間은 결혼結婚으로서 완성完成되고 인륜人倫이 성립成立하는 것이다. 자식子息을 낳아 가문家門의 대代를 잇고 가족家族을 구성構成하여 얻은 지식知識을 활용活用하고 주어진 사명使命을 다하여 사회社會와 국가國家에 봉공奉公하면서 이 세상世上에 태어난 인생人生의 가치價値를 다 하는 것이다.

지자막여부知子莫如父라고 너의 인생행로人生行路를 짐작컨대 너의 생生의 면상面相에 부딪치는 부질없는 파도波濤는 아무리 잠정暫定시키려 해도 환경環境의 풍랑風浪에 움직이지 않을 수 있으랴. 특特히 혼인婚姻을 전제前提하지 않은 이성異性과의 교제交際는 악희惡戲며 마희魔戲일지니 삼가 할지어다.

근자近者 이곳 향반가鄕班家의 수려秀麗하고 선량善良한 규수閨秀와의 혼담婚談이 진행進行 중中이므로 맞선을 보기로 하면 즉시 하향下鄕하여야 할 것이나 서불진언書不盡言이라 성묘계절省墓季節이니 겸지겸지兼之兼之 하향下鄕하여 조상祖上에게 소원所願을 기구祈求하고 혼사婚事도 논의論議하기를 바라노라.

환절기換節期에 건강健康 유념留念하여라. 부서父書

장문의 하서는 멀미가 날만큼 사일의 머리가 출렁거렸다. 그러나 사일은 눈 딱 감고 회사 업무가 바빠서 하향이 어렵다는 상답서를 보냈다. 고시에 합격할 때까지 결혼은 미루겠다는 뜻도 덧붙였다. 김 면장은 사일의 의외의 반응에 어처구니가 없었다. 다시 독촉 편지를 띄웠다. 부자간 보수와 진보의 수 싸움이 시작된 모양새였다.

사일이 집에 온 것은 김 면장의 두 번째 편지를 받고 한 달 만이었다. 텃골 아짐씨는 사일을 불러 앉혀 놓고 어르고 달래고 있었다.

"그리고 말이다. 올가을 네 아버지 회갑인데 어떻게 할래?"

"넷? 벌써 회갑이세요? 그럼 얼마나 드는데요?"

"누가 돈 달라고 했냐? 어떻게 할 것인가 물었제."

"글쎄요…."

"너의 아버지는 며느리도 없고 손자도 없는디 무슨 회갑이냐고 말도 못 꺼내게 펄쩍 뛰시더라."

"듣고 보니 그렇네요."

"장남이 그런 무심한 소리가 어디 있다냐. 아버지가 네가 사귀는 처녀가 아주 예쁘다고 하시더라. 아주 이참에 혼인날이라도 잡자구나."

"어머니, 감이 아직 떫어요. 아직 덜 익었어요."

"덜 익었으면 소금물 끓여서 푹 담가두면 사흘이면 지가 먹을 수 있제."

"그렇게 억지로 우린 감보다는 저절로 익은 홍시가 더 맛있지라우."

"홍시 좋아하다가 터져버리면 까치 좋은 일 해버린다."

텃골 아짐씨는 지지 않았다. 사일을 모처럼 만난 이 기회를 그냥 놓칠 수가 없었다. 한번 낚시를 물면 놓지 않는 붕장어처럼 집요하게 물고 늘어졌다. 사일은 능글맞게 여유를 부렸다.

"호랑이 아버지하고 상의하세요."

"너의 아버지가 호랑이다냐? 독사지. 너만 의사가 있으면 서울 가서 사돈자리를 만나 보시겠다더라."

"그러니까 싫지요. 만나서 안 한다고 해버리면 저는 어떻게 되겠어요. 그러니까 양가가 서로 하기로 결정을 하고 약혼식 같은 거라면 몰라도…. 아버지 입맛에 딱 맞는 규수가 어디 있을라구요?"

"아무나 엉덩이 크고 애만 잘 낳으면 되는 거제…."

"참 어머니도…."

텃골 아짐씨는 짬을 봐서 김 면장 옆구리를 꾹 찌르더니 눈짓을 했다. 김 면장은 사일을 큰 소리로 불러 앉혀 놓고 결혼 문제를 꺼냈다.

"너도 이제 가정을 가져야 안정이 된다. 아직 계획이 없느냐?"

"네, 저는 아버지 뜻대로 고시에 합격한 다음에 결혼하겠습니다."

사일은 속마음을 감추고 한 자락 깔았다. 지금까지 자라면서 모든 것을 아버지가 결정했고 그는 꼭두각시처럼 따라야 했다. 하지만 결혼은 내가 싫으면 안 되는 것이고 아버지가 마음대로 할 수 없는 일이라는 것을 알만한 철이 든 것이다.

"허, 참. 어느 세월에, 너의 어메 아베 죽고 난 다음에? 그 애린가 하는 처자는 어쩌고 있다더냐?"

"아버지가 자기를 마땅치 않게 생각하시는 것 같아서 마음을 접었나봅니다."

"내가 언제 마땅치 않다고 했다더냐?"

"그럼 마땅하게 여기세요?"

"으, 흠, 글쎄다."

"그거 보세요. 아버지께서 그리 마음이 내키지 않으시다면 편지에 말씀하신 그 규수를 만나보겠습니다."

이제 코밑에 수염이 검실거리기 시작한 사일은 어린애가 아니었다. 편지에 향반가의 규수와 혼담이 진행 중이라는 말은 공갈이란 것을 알고 있었다. 은근히 이참에 아버지의 고집을 꺾고 싶어 억지소리로 역습을 한 것이다. 이를테면 부자가 서로 뿔을 맞대고 밀고 밀리는 소싸움을 하는 형국이었다. 그러나 올해 회갑을 맞는 김 면장은 스스로가 전 같이 기가 펄펄하지도, 힘이 짱짱하지도 않음을 느끼고 있었다. 눈도 연기 속 같이 침침하고 모기소리를 못들을 만큼 가는 귀도 먹어가는 것을 느끼고 있었다. 소싸움에서 힘이 달려서 질성싶으면 꽁무니 빼고 도망을 쳐야 더 큰 봉변을 벗어나는 것이다. 공연히 당하지 못할 것을 알면서 어정쩡하게 덤볐다가는 옆구리를 채여 갈비뼈가 부러진다는 것쯤은 소싸움을 구경하는 아이들도 다 아는 일이었다. 김 면장 역시 이미 한물간 자신의 분수를 잘 아는 사람이었다. 자기도 모르게 슬그머니 한 발을 뺐다.

"참, 답답하구나. 거 애리 그 처자 부모를 한번 만나보면 어떻겠냐?"

"애리 부모를 만나신다고요? 결혼을 어느 정도 마음에 두고 라면 몰라도 새로 선을 보듯 만나서 어찌하시려구요?"

"하여간 한번 만나보자. 내 상경 준비 하마."

사일은 이때다 싶어 있는 힘을 다해 밀어젖혔다. 내킨 김에 빠끔히 벌어지기 시작한 틈에다는 쐐기를 박아야 하는 것이다.

"무턱대고 만나는 것은 싫습니다. 잘못했다간 좋은 친구한테 큰 상처만 주게 될지도 모르니까요."

"그럼 일단 긍정적으로 생각을 하마. 그러나 그쪽도 같아야 하느니라."

사일은 희망이 보였다. 반타작은 한샘이라 속웃음을 삼켰다. 사람이 나이가 들면 검었던 머리가 귀밑에서부터 희끗희끗할 때가 가장 늙기 싫고, 늙는 것이 서러운 마음이 들고 마음이 약해지는 법이었다. 부자간 힘의 균형은 이미 젊은 쪽으로 기울고 있었다.

텃골의 김 면장 댁은 연달아 여러 가지 변화가 있었다. 손아래 동생이 별세하더니 가을에는 종가인 큰댁 형수가 세상을 떠났다. 김 면장은 자진해서 열두 위의 제사를 모셔왔다. 텃골 아짐씨는 기가 꽉 막혔으나 조상 일을 두고 남편과 시비할 수가 없었다. 더구나 우리 무일을 무사히 데려다 주신 조상님의 제사였다. 정성껏 모시기로 고스란히 맡았다. 김 면장은 사례편람四禮便覽을 펴들고 열두 날의 제삿날은 물론이고 정월보름 유두, 백중, 추석, 동지까지 차례를 챙겼다. 1년이면 열일곱 날 차례를 모시느라 텃골 아짐씨의 몸은 골병이 들어갔다. 그렇지만 전과는 달리 모든 일을 더 억척스럽게 주도하려 했다. 남편이 반대하는 일도 끈질기게 조르고 설득했다. 김 면장도 무일을 잃고 열두 위 제사를 맡긴 뒤로부터는 부인의 눈치를 볼 수밖에 없었다. 거기에다 여성의 권리가 차츰 신장하고 있는 시대고 사회였다.

가운이 뒤뚱거릴수록 김 면장은 사일의 결혼을 서둘렀다. 사일에게 상견례는 아니더라도 결혼을 전제로 애리 아버지를 만나고 싶다고 연락했다. 서울에서 바로 날을 정해 왔다.

김 면장은 면장실 벽에 걸린 고물시계가 종소리를 여섯 번을 쳤는데도 아랑곳하지 않고 밀린 결재서류를 부지런히 넘기고 있었다. 상아의 결을 타고 불그레하게 인주가 밴 골동품 도장을 꼭꼭 눌러 찍다 말고 애리를 다시 저울질해 보았다. 이번 상경은 며느리로 결정을 하느냐 마느냐 하는 결말을 내야 할 판이었다.

휴게실에서 똑딱똑딱 탁구 소리가 들렸다. 퇴근한 직원들이 탁구를 하고 있었다. 문득 김 면장은 애리가 꼭 탁구공 같다는 생각이 들었다. 애리는 둥근 공처럼 예쁘고 모나지 않고 희고 깨끗했다. 순진하고 솔직한 것도 똑 같았다. 공의 탄력과 같은 발랄한 성격에다 공이 튀듯 활동성과 건강이 넘치는 것 모두가 영락없이 닮았다고 생각했다. 다만 탁구공은 가볍고 천방지축 어디로 튈지 모르는 것이 결점이었다. 하기야 아무리 순금이라도 99%이고 옥에도 티가 있는 법이며 흠이 없는 보석이 없을 진데 신이 아니고서야 완전한 인간이 어디 있을까. 그까짓 결점은 장점에 비해서 아무것도 아니라는 쪽으로 마음이 굳었다. 거기에다 지금 당장 그의 주위에서 그만한 규수감을 찾을 수도 없었다. 김 면장은 이미 이번 서울에 가면 혼담을 성사시키기로 마음이 기울었다.

서울역에는 사일이 마중을 나와 있었다. 과장으로 승진한 후 독방을 쓰고 있어서 하숙집으로 아버지를 모셨다.

"애리 아버지 행정부에 계신다고 했지?"

"예, 그렇지만 만나시면 직업에 대해서는 묻지 않으신 것이 좋습니다."

"아니, 직업이 가문을 알 수 있는 중요한 건데 왜 안 물어?"

"요즘은 서구적인 사고방식 때문에 직업을 묻는 것을 실례로 생각합니다."

"그놈의 서구, 남녀평등, 민주주의 때문에 삼강오륜이 무너지니까 애들은 버릇이 없고 세상이 삐뚤어지게 돌아가는 거여."

사일은 난감했다. 나애리 아버지가 행정부 고위공무원이란 거짓말이 들통이 날 것이 빤했다. 이를 모면할 궁리를 하느라 사일은 잠을 설쳤으나 뾰족한 수가 생각나지 않았다.

점심때에 맞춰 아버지와 함께 가회동에 있는 한식집으로 갔다. 방에는 아랫목에 십장생을 수놓은 병풍이 둘러쳐져 있고 애리 아버지와 어머니 그리고 애리가 먼저 와서 웃목에 자리하고 있었다. 모두 일어서서 김 면장을 맞았다. 병풍 쪽에 빨갛고 파란 인조비단에 큼직하게 모란꽃을 수놓은 두툼한 방석에 앉기를 권했다. 김 면장은 관직의 계급을 중시하는 사람이었다. 면장인 자기보다는 행정부 고위공무원인 애리 아버지가 당연히 상석에 앉아야 한다고 생각하여 굳이 사양했다. 옥신각신 끝에 연상이고 신랑의 아버지인 김 면장이 앉기로 낙착되었다. 좌정을 하기 전에 김 면장이 두 손으로 명함을 내밀었다.

"처음 뵙겠습니다."

역시 두 손으로 공손히 그걸 받아 든 애리 아버지는 고개를 한번 꾸벅하고 엉거주춤 서있었다. 김 면장은 명함을 건넨 두 손을 내리지 않고 그대로 내민 채 애리 아버지를 쳐다봤다. 명함을 달라는 자세였다. 애리 아버지는 안주머니를 뒤척이더니 지갑에서 명함을 꺼내 김 면장에게 건넸다. 사일과 애리가 서로 쳐다보며 안절부절못하고 무슨 말을 꺼내려다 목구멍으로 침을 꿀컥 삼키는 모양이 될 대로 되라고 자포자기를 하는 것 같았다. 명함을 받아들고 들여다본 김 면장은 눈을 의심했다. 이마가 찌부러지더니 애리 아버지와 애리를 번갈아 보고 또 사일을 봤다. 명함에는 '행정대서사 나판모'라고 크게 쓰여 있었다.

"아니? 행정부에 계신다고 들었습니다만…."

"올해 정년퇴직하시고 대서소를 차리셨습니다."

김 면장의 말이 떨어지기도 전에 사일이 재빠르게 끼어들어 둘러댔다. 나판모는 애들이 일을 저지른 것을 알아챘다. 민망한 입장을 벗어나려고 몸을 낮추고 대신 사일을 추켜세웠다.

"김 면장님, 부족한 제 딸을 고시까지 합격하고 장래가 촉망되는 아드님의 배필로 생각해 주셔서 정말 감사합니다."

"네? 아직 사일은…."

김 면장이 대답하려 하자 이번에는 나애리가 새치기하여 말을 엇막았다.

"아버지, 합격을 한 것이 아니라 이번에 꼭 합격한다니까요."

"응? 그럼 아직 합격을 안 했단 말이냐?"

산전수전 겪으며 긴 세월을 살아온 양가 부모들이었다. 이상하게 돌아가는 자식들의 언행에서 서로의 입장이 이 지경으로 꼬인 원인을 눈치 챘다. 나판모가 천정을 쳐다보면서 독백 비슷하게 말했다.

"알았다 알아, 너희들 참 맹랑하구나. 행정부 퇴물에 예비 고시합격자라."

"이건 피장파장이네요."

부창부수라더니 나애리 어머니가 작은 소리로 꼬리를 달았다. 그리고 입을 삐쭉하게 내밀며 딸을 흘겨봤다. 나판모가 자리를 고쳐 앉으며 정중하게 말했다.

"김 면장님, 애들이 오죽이나 서로 결혼하고 싶었으면 그랬겠습니까. 이해를 하십시다. 요즘 세상에 사일 군과 저희 딸 애리 만한 배필을 만나기도 쉽지 않습니다. 서로 좋아하고 있습니다. 또 제가 이 사람을 서울에서 이름난 사주집에 보내서 궁합을 봤더니 기막힌 찰떡궁합이라지 뭡니까. 솔직히 말씀드리면 저희 부부는 김 면장님만 좋으시다면 짝을 맺어주기로 마음을 정했습니다."

어리벙벙하여 앉아 있던 김 면장은 찰떡궁합이란 소리에 귀가 번쩍 뜨였다. 김 면장이 가장 중요하게 생각하는 궁합이 맞는지 은근히 궁금하던 차였다. 보통 좋은 것이 아니라 찰떡궁합이라고 이리 나오자 피장파장인 김 면장도 거절할 명분도 그럴 제게도 아니었다. 김 면장은 눈을 지그시 감고 깊은 생각에 잠겼다가 마음을 정한 듯 헛기침을 한번 하고 나서 매듭을 지었다.

"좋습니다. 모든 것이 연분이지요. 저도 애리를 예쁘게 보았고 서로 좋은 배필이 될 것으로 믿습니다. 그러나 올해는 살집 문제 등 사정이 좀 어려울 것 같습니다만…."

"일단 정혼을 하면 그런 문제는 당사자들이 직장을 다니고 또 양가가 서로 협조해서 해결하면 될 것입니다."

"그래도 남부끄럽게는 안 살아야지요."

나애리 어머니가 불쑥 브레이크를 걸었으나 차가 멈출 만큼 꽉 밟은 것은 아니었다.

"좋습니다. 그럼 결혼하기로 결정하십시다. 약혼식은 생략하고 되도록 빨리 결혼식 날을 잡기로 하십시다. 감사합니다."

김 면장이 손을 내밀었고 나판모가 굳게 잡았다. 김 면장과 나애리 어머니도 서로 살짝 고개를 숙여 인사를 했다.

"감사합니다."

사일과 애리가 서로 손을 맞잡고 부모에게 다소곳이 인사를 했다.

§

한편, 길상이 고범민은 황새기 비린내가 코에 익은 목포 연안부두의 길바닥을 헤매고 있었다. 남혜심을 찾으려고 살기가 뻗친 쌍눈깔을 부릅뜨고 이리저리 골목을 들쑤시고 다녔다. 그녀가 다니던 목포수산 앞 담 그늘에 숨어서 이를 뿌득뿌득 갈았다. 담배 두 갑을 태우면서 삼일 동안 끈질기게 기다려도 나타나지 않았다.

형무소에서 콩밥 먹다가 설 명절 감형으로 풀려난 그는 서귀포로 가지 않고 목포로 달려왔다. 지난해 형무소로 면회를 와서 7년 만에 만난 어머니는 살팍지던 몸이 소금 절인 오이처럼 늙어있었다. 아직도 물질하고 사는지 곱던 얼굴이 비틀어 짠 걸레처럼 주름투성이였다. 반가워했지만 어딘가 침울한 근심이 내비치고 있었다. 고범민은 맨 먼저 남혜심을 물었다. 그녀는 모처럼 만난 아들에게 남혜심을 찾지 말라고 타일렀다. 이미 팔자를 고치고 아이까지 낳았다는 소문을 들었다고 했다.

'팔자를 고치다니…' 그 말을 들은 고범민은 억장이 무너진 듯했다. 별학산에서 탈출 직전, 남혜심과 헤어지기 싫어 동지를 배반하고 자수를 한 것이었다. 그들의 세계에서 이는 총창으로 찔리는 참형을 당하는 죄였다. 하물며 이로 말미암아 네 동지들이 무참하게 살해를 당했으니 그들의 원혼을 고이 잠재우기 위해서라도 그대로 둘 수가 없었다.

처음 목포로 그녀를 찾아왔을 때처럼, 며칠 동안 헤매도 그녀를 만날 수 없었다. 그러나 날이 갈수록 죽이고 싶은 분통이 차차 그녀를 만나고 싶은 그리움으로 변했다. 마음 한구석에서 배신감보다 그녀에 대한 미련이 점점 커지는 것이었다. 어차피 그늘진 인생, 옛날 실의에 빠져 유달산 바위 위에서 누더기 같은 삶을 훌훌 벗어던지려고 했을 때 자포자기에 빠져있던 자신을 포근히 감싸주고 삶의 희망을 주었던 남혜심이 아니던가. 그녀를 만나서 사랑을 다시 되찾고 싶었다. 고범민은 용기를 내서 그녀가 근무하는 목포수산을 노크했다.

"아, 남혜심 씨 결혼하고 퇴사했어요."

남혜심을 묻는 그에게 회사 사원이 친절하게 대답해주었다.

"언제요?"

"오래 되었어요. 결혼하고 바로. 그러니까 한 3년쯤 됐나?"

"어디로 갔답니까?"

"응? 여기 시내에 살 거예요. 직장은 안 다닌가 봐요."

"목포 어딘지 모르세요?"

"저는 잘 몰라요. 사장님은 아시는데 출장 가셨어요. 한번 들릴 거예요."

고범민은 오래 기다릴 수가 없었다. 회사를 나와서 가슴속에서 황새기 젓 삭듯 부글부글 끓는 울화통을 참느라 선창으로 갔다. 닻줄을 매는 쇠기둥에 엉덩이를 붙이고 담배를 물었다. 후우, 내뿜은 담배연기는 고기비늘이 섞인 흙먼지와 함께 회오리바람이 쓸고 갔다.

'결혼해서 아이까지 낳았어? 그럴 수가, 나하고 헤어지자마자 바로 딴 것하고 붙었군. 요런 패 죽일 년! 요걸 어떻게 찾는다?'

만나면 설득할 수 있으리라는 기대가 다시 증오로 변했다. 찾지 못하는 짜증이 쌓일수록 앙심이 되살아났다. 자신도 오락가락하는 마음을 주체하지 못했다.

'정 수틀리면 지 죽고 나죽으면 그만이지. 까짓것 지리산에서 밤이면 마을, 경찰서 습격하여 몇 사람을 죽인 내가, 그까짓 년 하나…'

여인숙으로 와서 여객터미널에서 뽑아온 목포 관광지도를 펼쳤다. 동리마다 사람이 많이 다니는 입구를 지키자면 두 달도 더 걸릴 것 같았다. 옛날 둘이서 동거하던 유달산 기슭 그 판잣집 생각이 떠올랐다. 그곳으로 뛰어갔다. 인심 좋았던 옛 주인아주머니는 갑자기 찾아간 고범민을 보고 반가워하기 보다는 깜짝 놀란 낌새였다.

"아이고 이거 누구여, 고 선생 아니여? 웬 일이당가? 정말 오랜만이네. 그래 어디 있다 온 거여?"

"간방에서 좀 살다가 왔지요. 혜심이는 결혼해서 잘 살고 있다는 소식은 들었습니다. 한번 만나고 싶다고 해서…. 주소를 깜박 놓고 와서 그러는데 어디 사는지 좀…"

"응, 산정동 시장…, 아, 아니 어디라고 하더라? 나, 나는 어디 사는지는 잘 모르지요 잉."

주인아주머니는 입을 때자마자 고범민의 눈에서 어떤 섬뜩함을 느꼈다. 당황하여 말을 얼버무렸다.

'그렇다, 산정동 시장.' 고범민은 주인아주머니의 입에서 튀어나온 산정동 시장이란 소리를 온몸으로 낚아챘다.

"예 잘 모르시면 다음에 또 오지요. 혹시 들리면 제가 왔더라고 다음에 다시 한 번 온다고 전해주세요."

"아이고 그냥 가시게요? 그럼 또 오이시오."

고범민은 주인아주머니 말을 뒤로 흘리고 산정동으로 달렸다. 시장 어귀의 길가에 있는 건물 모퉁이에 숨어서 지나가는 사람들을 살폈다. 양쪽 주머니에 손을 쑤셔 넣고 눈을 부라리고 서 있었다. 바람이 세게 부는 날이었다. 하늬바람이 길바닥의 흙먼지를 쓸고 갔다. 긴장으로 팔다리가 굳고 몸이 떨려서 점퍼 깃을 세우고 자라목처럼 움츠리고 자리를 지켰다. 숨을 쉴 때마다 입에서는 담배연기 같이 하얀 입김이 뿜어져 나왔다. 유달산이 눈에 들어왔다. 옛날 남혜심과 도시락 싸들고 산에 올라갔던 날이 생각났다. 당근이며 게살, 시금치나물, 단무지, 볶은 김치까지 가지런히 넣어서 장기말뚝 같이 반듯반듯 자른 김밥을 입에다 넣어주고 또 들고 있다가 넣어주던 생각을 했다. 다시 혜심이가 그립고 시장기가 들었다. 몸이 더 부들부들 떨렸다. 근처 구멍가게에서 빵을 사서 뜯어먹으면서도 눈은 지나는 사람을 놓치지 않았다.

5일만이었다. 어느 아주머니가 시장바구니를 들고 오는 것이 보였다. 번뜻 낯익은 얼굴이 눈에 찍혔다. 남혜심이었다. 처녀티는 간 곳이 없고 얼굴은 조금 살이 쪘지만 그가 나혜심을 잘 못 볼 리가 없었다. 길에는 사람들이 다니고 있었으므로 그를 만나기가 거북하여 지나간 뒤를 밟았다. 그녀는 시장에서 반찬거리를 사가지고 그리 멀지 않은 곳에 이르러 파란 페인트칠을 한 대문을 열고 집으로 들어갔다. 집을 확인한 고범민은 바로 연안부두 여객선 터미널로 가서 밤 9시 서귀포행 배표를 두 장을 끊었다.

손목시계는 저녁 8시 반을 가리키고 있었다. 고범민은 문기둥에 매미처럼 붙어있는 까만 초인종을 눌렀다. 누군가가 나왔다. 문틈으로 들여다보니 남혜심이었다. 그녀가 문을 연 순간 고범민은 남혜심의 팔뚝을 움켜잡고 밖으로 끌었다. 남혜심은 소스라쳐서 얼어붙은 듯 움직이지 않고 얼굴에는 흰 창이 뒤집어진 눈만 보였다.

"잠깐 나하고 같이 가자."

강제로라도 서귀포로 데리고 가서 설득을 하고 어머니들과 결판을 내고 싶었다. 그 때 남혜심이 갑작이 고범민을 세차게 밀치고 손을 뿌리쳤다. 그리고 돌아서 갔다.

"이봐, 잠깐이면 되!"

고범민이 쫓아가려는 순간, 누군가가 뒤에서 어깨를 붙잡았다. 중년 남자였다. 뿌리치려하자 다른 손으로 멱살을 잡았다. 고범민은 주먹을 날렸다. 그가 뒤로 나자빠졌다. 그걸 본 남혜심이 다시 쫓아왔다. 고범민은 그녀의 팔을 다시 붙잡아 끌어 당겼다. 그녀는 왜 이러느냐고 소리쳤다. 고범민의 눈에서는 불꽃이 튀었다. 잭나이프 단추를 눌렀다. 악마의 혀처럼 날카로운 쇠끝이 쑥하고 뽑혀져 나왔다.

"나쁜 년!"

욕소리와 동시에 두 사람의 배가 부딪쳤다. 그 순간 남혜심은 뱃속에 바람이 들어오는 것을 느꼈다. 다시 바람이 빠져나가면서 담벼락에 기대려고 안간힘마저, 온몸의 힘을 앗아가 버렸다. 풍선이 쪼그라지듯 땅바닥으로 꼬꾸라졌다. 고범민을 원망스러운 눈으로 쳐다보려다가 힘없이 눈을 내리감았다. 금방 하얗게 바랜 입술이 뭔가 말을 하려고 들썩거리더니 파르르 떨며 고개를 떨어뜨렸다. 바지에서 배어나온 뻘건 피가 땅바닥에 스며들었다. 남자가 일어섰을 때는 고범민은 이미 골목을 빠져나가 부두로 달리고 있었다.

서귀포행 여객선의 개찰구에는 배를 타려는 사람이 줄을 서고 있었다. 돌담 구멍으로 들어가는 뱀 꼬리처럼 서서히 줄이 짧아지고 있었다. 고범민은 두리번거리며 그 끝에 붙었다. 달려오는 사람이 있어 흠칫했으나 다행히 승객인 듯 그의 뒤에 서서 따라오기에 한숨을 거뒀다. 신분증을 보이고 배에 오른 그는 어느 구석으로 들어갔는지 뱃고동을 울리고 배가 서서히 항구를 빠져나갈 때까지도 보이지 않았다.

배는 제 속도를 찾아 바닷물을 가르며 이미 먹물 같은 어둠이 짙게 깔린 목포항을 등지고 동쪽으로 달렸다. 배가 여수에 잠깐 기착한 것은 선창의 가로등도 잠이 든 한밤중이 넘어서였다. 배가 다시 떠났을 때는 고범민은 여수 부둣가의 어두운 그늘 밑을 살금살금 걷고 있었다. 선창에는 내일 또 만선을 꿈꾸는 고깃배들이 깊은 잠에 빠져있었다. 가로등의 희미한 불빛을 헤치면서 어느 배를 찾고 있었다.

이튿날, 목포일보에는 사건기사가 대문짝만하게 실렸다.

'목포시 삼정동 주택가에서 11월 26일 저녁 8시 40분경 남모 여인(30)이 흉기에 찔려 중태에 빠진 사건이 일어났다. 피해자는 병원으로 급송되어 응급치료를 하고 있으나 결과는 더 지켜봐야 알 수 있다고 한다. 경찰은 범행을 직접 목격한 피해자의 배우자가 주소를 서귀포에 둔 고범민이란 자를 범인으로 고발했다고 발표했다. 용의자는 길상이란 가명으로 지리산에서 공비활동을 하다 일본으로 도주할 목적으로 고흥 별학산에 침투했다가 자수하고 복역한 자로 알려지고 있다. 옛날 동거하던 남모가 다른 사람과 결혼한 것에 앙심을 품고 출감 후 바로 목포로 잠입하여 흉기로 살해하려다가 중태에 빠뜨린 것으로 추측하고 있다. 조사 결과 고범민은 범행 후 여객선을 타고 서귀포로 도주한 사실이 밝혀져 경찰은 그를 채포하기 위해 전국에 지명수배령을 내리고 뒤를 쫓고 있다. 피해자의 측근은 피해자가 기르고 있는 아들은 이번 사건 용의자와 낳은 아들이라고 말하고 있다.'

그로부터 고범민을 본 사람은 아무도 없었고 사건은 기소중지 처분이 됐다.

일본 땅의 조센징

마츠모도 할아버지와 가네모도 부이치, 즉 김무일은 기차로 오사카에 도착하여 여관에서 하룻밤을 잤다. 다시 배를 타고 시고쿠四國라는 섬 동남쪽 끝에 붙은 작은 도시 고치高知시에 도착했다. 멀고 긴 여정 끝에 목적지에 왔지만 무일에게는 미지의 이곳이 새로운 희망의 땅일 수도, 살아남기 위해 혹독한 고난을 겪어야 할 생지옥일 수도 있었다.

어렵사리 찾은 집은 양쪽 문기둥에 똑같이 어묵판때기 같은 문패가 걸려 있었다. 왼쪽 문패는 이시다 아키코石田秋子의 문패였다. 글씨를 겨우 읽을 수 있을 정도로 잿빛으로 변해 있었다. 다른 쪽의 문패는 단지 얼마 되지 않은 듯 누르스름한 나무에 이시다 하루코石田春子란 검은색 글씨가 뚜렷했다. 무일은 문패를 보고 고개를 갸웃했다. 일본은 결혼을 하면 여자는 신랑의 성으로 바뀌는 것으로 알고 있었다. 결혼을 하여 딸까지 있다는 하루코의 성이 아키코와 똑같은 이시다로 쓰여 있는 것이 이상했다.

"여기가 맞제?"

뒷짐을 지고 구부정하게 서서 묻는 마츠모도 할아버지는 성취의 기쁨으로 입술이 옆으로 헤벌어졌다. 무일은 문패를 본 채 고개를 끄덕였다. 마츠모도 할아버지는 그를 올려다보며 빨리 초인종을 누르라는 턱짓을 했다. 무일은 밤중에 과부 주인의 방문을 두드리는 머슴의 심정으로 문기둥에 달린 초인종을 조심스럽게 눌렀다. 낮은 문 너머로 집안이 들여다보였다. 정오가 가까워진 중천의 햇빛이 무색하게 작은 뜰에는 여기저기 이끼가 끼어 있었다. 산속의 절 같은 정적이 감돌고 있었다. 먼 여행에 지치고, 한시각이라도 빨리 혈육을 만나게 해주고 싶은 마츠모도 할아버지는 답답한 마음을 억누르지 못했다. 초인종을 직접 길게 누르고는 문을 쾅쾅 두들겼다. 집안의 현관문이 빼꼼 열리는가 싶더니 그 틈을 비집고 나와 문을 열어준 것은 유치원에나 다닐법한 꼬마아가씨였다.

"이시다 아키코상 계시니?" 무일을 제치면서 할아버지가 물었다.

"응 이모? 저기 카페에…."

아직 혀가 여린 말씨의 꼬마아가씨가 고사리 손의 검지를 구부정하게 뻗어 가리킨 것으로 보아 카페는 바로 근방인 것 같았다. 무일은 한눈에 그 꼬마가 하루코 누나의 딸인 것을 알았다. 어딘가 김말순 고모의 모습이 닮아 보였기 때문이다.

"카페가 어딘데? 이시다 아키코상을 만나러 온 거야."

"이리 따라와."

"너 이름은?"

"유리, 무라마츠 유리."

무일은 유리의 성이 무라마츠라면 하루코 누나는 결혼을 했다가 이혼하고 다시 이 집으로 와서 살고 있는 것임을 알았다. 꼬마는 앞장을 서 오리발 걸음으로 아장아장 걸어가다가 뒤를 돌아보았다. 모습뿐만 아니라 행동거지가 너무 귀여웠다. 무일은 내가 삼촌이야 하면서 꼭 안아주고 싶었다. 둘은 서로 쳐다보면서 뒤를 따랐다. 유리는 건너 상가가 늘어선 바로 세 번째 집 앞에 서서 다시 뒤를 돌아다보며 빨리 오라고 손짓을 하고 있었다.

거무스름하게 변한 나무 문살에 불투명한 유리를 붙인 허름한 밀
장지에 'cafe Moon'이라고 쓴 간판이 끈으로 대롱대롱 매달아 있
었다. 합판을 타원으로 오린 간판 외에는 다른 아무 장식도 표시도
없는 작은 카페였다. 유리가 힘겹게 문을 옆으로 밀치고 들어가면서
"이모"하고 불렀다. 무일은 손님이 있을 것이므로 들어가지 않고 밖
에서 기다렸다. 아키코인 듯싶은 여자가 눈을 둥그렇게 뜨고 문을
내다봤다. 무일은 꾸벅 절을 했다.

"누구세요?"

"이시다 아키코 상을 찾아 왔습니다."

"난데요…."

무일이 아키코를 확인하고 나서 송남찬 형이 써준 편지를 내밀
었다. 봉투 뒤에 쓰인 발신인의 이름을 보더니 편지를 뜯어보기도 전
에 두 사람을 번갈라 보았다.

"안으로 들어오세요."

무일은 할아버지를 돌아보며 함께 들어가자는 눈짓을 했다.

"아, 아무도 없어요. 좁은 가게지만 들어오세요."

어두컴컴한 카페는 손님이 없고 조용했다. 아키코는 유리에게 우
유 한잔을 타주고 무일 앞에 앉아 손잡이에 고풍스런 조각이 새겨진
은색 레터 나이프로 조심스럽게 봉투를 뜯었다. 눈을 내리깔고 편
지를 읽는 아키코의 얼굴은 유난히 긴 속눈썹으로 반쯤 가려져 보
였다. 마흔 살이 안 되어 보이는 그녀는 약간 여윈 하얀 얼굴에 큰
눈과 날이 선 코, 보기 싫지 않게 튀어나온 입술이 한눈에 서구풍의
이지적인 미모였다. 눈언저리에 옅은 기미 같은 그림자가 드리워 깊
은 우수가 배어있는 것처럼 보였다. 편지를 읽고 난 아키코는 잔잔한

호수 같은 미소를 띠며 무일을 빤히 바라보았다.

"잘 왔다. 부이치 군. 너를 본 것이 10년도 더 되었으니 못 알아볼 수밖에…. 참 여기 할아버지는?"

이야기를 듣고 아키코는 테이블에 머리가 닿도록 몇 번이고 고개를 숙여 고맙다는 인사를 했다. 할 일을 끝냈으니 돌아가겠다는 할아버지를 붙잡았다. 유리는 카페 종업원인 마루코가 올 때가 되었으니 카페에서 놀고 있으라고 이르고 근처에 있는 소바집으로 가서 점심을 대접했다.

마츠모도 할아버지와 헤어지면서 무일은 가슴이 아팠다. 집을 떠나올 때 어머니처럼 언제나 짧고 길고 간에 사람의 감정의 부등식은 만나서 서로 손을 붙잡는 반가움 보다는 헤어지면서 손을 흔드는 아픔이 훨씬 더 컸다. 짧은 인연에 깊은 은혜를 입었지만 다시 만나지 못할 사람이었다. 거듭 되풀이하는 이별, 고마운 사람, 정든 사람, 사랑하는 사람과 헤어지면서 다시 만난다는 확실한 기약이 없다면 시간이 흐르면서 잊어져가는 사별보다 아쉬움과 애절함이 더 컸다.

여기까지 오면서 마츠모도 할아버지가 적잖이 쓴 돈을 무일이 주려고 했으나 눈을 부라리고 거절을 했다. 무일은 한 손은 뒷짐을 진 채 개발처럼 구부정한 다리를 부지런히 옮겨 놓는 마츠모도 할아버지의 뒷모습을 넋이 나간 사람처럼 바라보고 있었다. 마치 소박한 질감에서 고고한 기품을 내품는 가야의 토기 같은 할아버지였다. 한번도 뒤돌아보지 않고 걸어가더니 길모퉁이에서 잘 있으라는 듯 오른손을 어깨 위로 살짝 들고는 담장 뒤로 돌아갔다. 무일의 시선은 그가 사라진 소실점에 초점이 고정된 채 한참 동안 되돌아올 줄을 몰랐다. 많은 빚까지 안고 그를 배웅하면서 눈물이 나오려는 것을 참았다. 눈에서 멀어지면 마음에서도 멀어진다는 말이 있지만 무일의 마음은 올 때처럼 그를 뒤따라가고 있었다.

　꼬마 유리는 카페에 자주 오는지 한쪽 테이블에 앉아서 소꿉놀이 같은 것을 하고 혼자 놀고 있었다. 그와 조금 거리가 있는 테이블에 자리를 잡고 앉아 아키코는 유리를 흘낏 한번 보고는 이야기를 시작했다. 하루코는 시어머니가 조센징이라고 모진 구박을 하여 견디다 못해 이혼을 하고 돌아왔다고 했다. 데리고 나온 딸 유리는 조선사람을 만들지 않겠다고 자신이 조선사람인 것을 철저하게 감추고, 한국의 어머니와 오빠하고도 연을 끊었다고 했다. 무일을 집으로 데리고 갈 수가 없는 사정이었다. 아키코는 두 손을 감싸 잡고 미안하다고 했다.

　적이 실망스러운 소리를 듣고 무일은 애써 참착함을 잃지 않으려고 아래만 내려다보고 있었다. 아키코는 불편하더라도 당분간 카페에 있는 골방에서 지내달라고 했다. 옛날 가네모도 운류 숙부님과 숙모님이 우리 집에 베푼 많은 은혜를 생각해서라도 일본에서 자리를 잡을 때까지 돌보아 줄 것이니 염려 말라고 위로했다. 무일은 한숨이 절로 나왔다. 섭섭함과 고마움 그리고 미안함이 교차했다. 입을 다문 채 고개만 끄덕였다. 오히려 카페의 골방이 부담이 없고 편할 것 같았다.

　무일은 하루코를 단지 조선사람이라는 이유로 구박을 하고 쫓아낸 시어머니도 미웠지만 그렇다고 딸을 조선사람 만들지 않겠다고 부모와 연을 끊은 하루코가 더 야속했다. 이것이 내가 살러 온 일본사회의 실상인가 생각을 하니 일본이란 나라가 무서웠다. 혼자서 놀고 있는 유리를 바라보았다. 인척을 외면하고 살아가야 하는 현실이 서글펐다.

어찌 생각하면 하루코의 독한 마음도 이해가 되는 구석이 있었다. 종전이 되어 한국에 잠깐 다녀온다고 떠난 어머니는 시끄러운 나라 사정 때문이었지만 영영 돌아오지 않았다. 어머니가 한국으로 가버린 3년 뒤, 건설업을 하던 아버지가 갑자기 쓸어져 세상을 떠났다. 오빠 송남찬은 중학교를 졸업하고 싱가폴의 일본 백화점에 취직이 되어 일본을 떠났다. 아버지의 장례식에 다녀갔을 뿐 지금까지 만나지 못했다. 일가친척 없는 외로운 두 자매가 서로 의지하며 헤쳐온 역정이 순탄치만은 않았을 것이었다.

아키코는 어머니의 소식과 송남찬 오빠의 이야기를 꼬치꼬치 물으면서 눈물을 글썽이기도 하고 미소를 짓기도 했다. 무정한 어머니와 오빠를 지금 어떻게 생각하고 있는지 그 속마음을 알 수는 없었으나 얼굴에는 그리워하는 표정이 가득했다. 무일은 유리에게 삼촌이라고 안 한 것을 다행으로 생각했다. 무일의 그런 마음을 읽고 있는지 아키코도 유리를 바라보며 말을 해주었다.

"엄마가 직장에 나가고 없어도 순해서 저렇게 혼자 잘 놀아. 자기 엄마보다 나를 더 따르고 나도 너무 예뻐서…"

하루코가 직장에 가면 아무래도 집과 카페를 오가며 혼자 놀 수밖에 없는 유리는 이모가 더 친근할 것이었다.

무일은 카페에서 또다시 두더지 인생을 시작했다. 먹고 있는 샘에 침을 뱉을 수는 없는 것이 무일이 지금 처해있는 입장이었다. 말하자면 동냥아치가 들고 다니는 쪽박이 마음에 들지 않는다고 깨버릴 수 없는 그런 처지였다. 카페는 열 시에 문을 열지만 손님들은 주로 오후에 오는 편이었다. 마을 사람들이나 근처 오피스에서 또는 지나는 커플이 들려 차를 마시거나 간단한 스낵을 들면서 이야기도 하고 음악도 듣고 조용히 사색을 하기도 한 장소였다. 평일에는 정오 쯤 기다리다 마루코라는 젊은 아가씨가 나와서 도와주는데 손님이 그리 많은 편이 아니라서 소일거리 삼아서 운영하고 있는 듯했다. 아키코는 마루코나 또는 누구에게도 오키나와에 사는 먼 친척인데 취직을 하러 온 것으로 하라고 당부했다. 조금만 익숙해지면 오키나와 사람정도의 말은 충분하다고 했다.

그런대로 무일은 하루 밤을 편하게 잤다. 이튿날은 일요일이었다. 날씨가 잔뜩 찌푸리고 있었다. 카페는 문을 열지 않고 기다리다 마루코도 오지 않았다. 아키코가 카페로 일찍 와서 식사를 준비했다. 둘이는 느긋하게 테이블에 앉아 함께 아침밥을 들었다.

식사가 끝날 무렵 어느 여자가 찾아왔다. 그녀는 자기 집처럼 아무 말 없이 불쑥 들어왔다. 일요일이기 때문에 손님이 아닐 것이었다. 무일은 아키코보다 약간 젊게 보이는 그 여자가 하루코 누나임을 단번에 알아봤다. 동글납작한 흰 얼굴에 일-자로 그어진 입모습과 반달 같은 눈썹에 약간 작은 눈, 광대뼈가 조금 튀어나온 것까지 김말순 고모를 많이 닮고 있었다.

무일은 반사적으로 일어났다. 고개를 숙여 인사를 했다. 그러나 그녀는 흘끗 쳐다보기만 할뿐 옷깃을 스치고 그냥 지나쳐 가서 아키코와 마주 섰다. 언니인 아키코는 마치 손위 언니를 만난 듯 두 손을 앞으로 모아잡고 있는 모습이 조심스러워 보였다. 반대로 하루코는 아랫사람을 대하듯 다소 거만하고 잔뜩 삐친 표정으로 서있었다. 아키코가 부이치라고 말하는 것이 들렸다. 하루코는 아랫입술을 뚜하게 내밀고 그러냐는 투로 턱을 끄덕이더니 무일을 차갑게 쳐다봤다.

잠시 두 사람 사이는 말소리는 크지 않았지만 서로의 눈길에서 서릿발 같은 찬바람이 감도는 분위기였다. 이윽고 하루코는 문이 부서져라 쾅 닫고는 휑하니 나갔다.

"부이치 하루코를 이해해 주렴."

아키코가 미안한 듯 무일의 등을 토닥였다. 무일은 아무렇지 않다는 표정으로 그냥 웃어 보였다. 어려서부터 하루코는 손위인 아키코에게 주어온 딸이랍시고 버릇없이 굴었고 언니는 친딸인 동생의 비위를 맞추고 뒷바라지를 하면서 자매의 생활 습관이 된 것 같았다.

저녁때가 되면서 비가 세차게 내리기 시작했다. 홀에서 무일은 한 묘향이가 선물한 한국근대사를 읽고 있었다. 조금 떨어진 의자에서 아키코는 뜨개질을 했다. 하루코가 다시 찾아왔다. 카페 문으로 들어선 그녀는 날씨만큼 잔뜩 찌푸러진 얼굴을 하고 있었다. 흠뻑 젖은 우산을 접어서 던지다시피 문 옆에 세워두고 아키코에게로 가서 마주 앉았다. 무일은 분위기도 그렇고 자꾸 자기를 돌아다보는 것이 마음에 걸려서 슬며시 골방으로 들어갔다.

"언니? 어쩌려고 그래?"

"나를 찾아 온 사촌인데…. 우리가 신세를 많이 진 운류 숙부의 아들이지 않아? 내가 돌봐주어야지 어쩌겠어?"

무일은 자기의 이야기가 들리는 것이 민망했지만 앞으로 살아갈 운명이 걸린 문제여서 귀를 기우리지 않을 수 없었다.

"참, 언니는 속이 없어. 유리를 보낼 수 없지 않아? 혼자살기도 힘들어하면서 왜 떠맡아?"

"유리가 뭘 알겠어. 오키나와에서 온 먼 친척이라고 하기로 했어."

"오키나와 좋아하시네. 아무 말 말고 얼른 보내."

하루코는 명령을 하듯 쌀쌀맞게 내뱉었다. 잠시 말소리가 끊기고 정적이 흘렀다. 이윽고 요란한 구두소리에 이어 문이 거칠게 열리는 소리가 나고 하루코가 나가는 것 같았다. 하루코는 골방에 있는 무일이 들으라고 일부러 큰 소리로 말을 한 것이 분명했다. 무일은 어찌해야 할 줄을 몰랐다. 총칼에 쫓겨 나라를 버리고 찾아온 땅, 오고 갈 데 없어 잠시 의지하고 있는 사람을 일본인들은 이렇게 따뜻하게 감싸고 도와주는데 혈육은 내치는 현실이 너무 무참했다. 모처럼 누나집이라고 부지하게 되어 읽기 시작한 '한국근대사' 책을 팽개쳤다. 무일은 책을 읽으면서 예쁜 한묘향을 생각하고 있던 자신이 한심했다. 당장 어디론가 떠나야 하는 절박한 운명에 처한 그는 책이고 뭐고 아무것도 마음 쓸 여유가 없었다.

밖은 초겨울의 찬비가 주룩주룩 하염없이 내리고 있었다. 빗소리는 마치 애달픈 어머니의 목소리처럼 들렸다. 어머니가 보고 싶었다. 아들을 달래는 속삭임도 같고 흐느낌으로도 들려 무일을 슬프게 했다. 여기에서 이제 나는 어디로 가야하는가, 절망이 밀려왔다. 아무리 생각을 해봐도 의지하러 찾아온 이곳 말고 낯 설은 일본 땅에서 아는 사람이라고는 겨우 하룻밤 신세를 졌던 마츠모도 할아버지 댁 밖에 없었다. 또 한사람이 생각났다. 별학산에 영혼을 묻은 유경만 홍보위원장이 친한 친구라고 말한 일본조선인연맹 간부인 권도산이었다. 어머니가 그는 절대 만나지 말라고 다짐했지만 지금 이것저것 가리기는커녕 지푸라기라도 잡지 않을 수 없는 처지였다. 우두커니 천정을 쳐다보고 있는 무일을 본 아키코가 그를 달랬다.

"부이치. 하루코 누나 말 너무 고깝게 생각하지 말아줘. 그렇지 않아도 내가 너의 소일거리랑 잠자리랑 따로 알아보고 있는 중이니까 걱정하지 마."

자존심 따위의 문제가 아니었다. 이대로 눌러앉아 있으면 아키코가 자신의 괴로움을 오롯이 떠맡을 것이라는 사실이 무일의 마음을 더 아프게 했다. 조국을 떠나면서 죽음 아니면 어떤 고난도 견디기로 각오한 몸이었다. 예기치 못한, 나로 인해 남이 피해를 입는 것은 참을 수 없는 고통이었다. 무일은 당장 떠나야 한다고 모질게 마음을 작정했다. 어디에 가서 굶어죽더라도 여기를 벗어나고 싶었다. 무일은 아무렇지도 않은 듯 웃음을 띠면서 말했다.

"누님, 이달 내로 저 동경으로 가야 하겠어요."

"무슨 소리야. 하루코 누나 신경 쓰지 말라니까."

"그런 것이 아니라 동경에 가면 취직도, 어쩌면 영주권도 도와줄 사람이 있어요."

"그런 사람이 있어? 정말이야? 그럼 더 천천히 생각해 보기로 하자. 우리 나가서 바람이나 쏘이자구나."

두 사람은 우산 하나를 바쳐 들고 비오는 거리를 걸었다. 뿌리치는 비에 옷이 젖었지만 아랑곳하지 않고 비와 함께 걸었다. 아키코의 얼굴에는 여느 때 보다 더 짙은 우수가 눈가에 그늘처럼 드리우고 있었다. 조금 번화한 거리에 들어서 한참을 걸어가다 아키코는 무일의 손을 이끌고 '이사카야'라고 작은 간판이 걸린 주점으로 들어갔다. 아키코와 비슷한 나이의 여주인이 반갑게 맞이했다. 서로 친한 사이인 것 같았다.

맥주와 꼬치구이와 부침개를 가져왔다. 아키코는 무일에게 맥주를 따라 주면서도 아무 말이 없었다. 무일은 고독이 사무쳤다. 알뜰히 보살펴주고 예일 누나보다 가깝게 느껴지는 아키코가 옆에 있는

데도 고독했다. 그러고 보면 혼자 있다고 고독한 것이 아니었다. 그것은 자아의 정신세계에서 느끼는 문제이기 때문일 것이었다. 자아의식 이외의 모든 외부와의 사상과 상관관계가 단절된 정신적 상태가 마음속에서 고독을 느끼는 것이리라. 그렇다고 무의식의 세계에 몰입한 무상무념의 선의 경지와는 달랐다.

무일은 텅 빈 동굴 속에 버려진 시체 같은 고독에서 벗어나고 싶었다. 고독에서 벗어나려고 안간힘을 쓸 때 도리어 더 외롭고 고통이 따랐다. 그 안간힘은 행복을, 희망을, 사랑을, 모든 창조를 추구하는 힘으로 작용하기도 하는 것이겠지만 지금 무일은 가슴이 찢어지도록 고통스러웠다.

비오는 날, 화로 가에 쪼그리고 앉아 어머니가 붙여주던 빈대떡을 얻어먹던 생각이 났다. 부침개를 한 조각 입에 넣었다. 빈대떡보다 맛이 있었다. 불우한 입장에서는 입맛도 변하고 작은 친절도 감동으로 다가오고 작은 정도 진하게 배어드는 것은 누군가 의지하고 싶은 간절함일 것이었다. 시간이 흘러도 두 사람은 아무 말이 없었다. 동병상련, 흐르는 시간만큼 서로의 외로움을 침묵으로 토닥여주고 있었다. 새벽 1시가 될 때까지 겨우 세 잔째, 그들은 유리잔 바닥에 남은 김빠진 맥주를 마저 홀짝이고 일어섰다.

그로부터 무일은 유리를 보지 못했다. 자주 눈에 어른거려 보고 싶었으나 카페에 오지 않았다. 아키코는 하루코 때문에 마음이 상했을 성싶은 무일을 달래주려는 듯 다음 일요일 고치시내를 관광하자고 했다.

고치시는 일본에서 네 번째 큰 섬인 시고쿠四國의 남쪽에 위치하여 자연이 아름다운 도시였다. 남동쪽으로는 웅대한 태평양이 펼쳐지고 도시가 젖가슴처럼 안고 있는 북산은 사계절마다 표정이 바뀌어 아름다웠다. 이름 그대로 거울같이 맑은 경천鏡川이 시내를 유연하게 흐르고 있었다.

그들은 고치시의 상징이라 할 수 있는 고치성으로 갔다. 전형적인 평산성인 이 성은 화재와 지진, 명치유신의 전국적인 폐성, 그리고 제2차 대전의 폭격 등 몇 차례의 위기를 넘기고 3층 6계단의 천수각이 목조 그대로 남아 있는 몇 안 되는 고성이라고 했다. 회색의 지붕과 하얀 벽, 추녀의 곡선과 직선의 기둥이 잘 어울리며 그 자태가 아름다웠다.

이렇게 아름다운 고치성도 그 위업과 명성에 반해 잔혹한 비극의 핏자국이 얼룩져 있었다. 고치의 영토를 지배하기 위해서 무수한 사람이 희생한 비극의 역사가 있었다. 이것은 어느 나라 어느 사람 어느 시대라고 다를 바가 없었다. 일본이 수많은 영주와 다이묘들의 피비린내 나는 싸움을 거듭하고 무고한 사람을 학살하여 통일하였고 우리나라와 중국을 침략하면서도 그랬다. 중국의 진시황제도, 몽골의 칭기즈칸도 마찬가지였다. 유럽, 아프리카, 중동, 많은 나라들이 서로 타민족을 학살하고 침략했다. 우린들 6.25 말고도 삼국통일 때 백제의 삼천궁녀처럼 얼마나 많은 군사와 백성이 희생을 치렀을까….

그곳에서 내려다보이는 시가는 많은 집들이 정연하게 펼쳐져 조용하고 평화로웠다. 무일은 깊은 한숨이 나왔다. 당장 어디론가 정처 없이 떠나야 하는 절박한 입장에 놓인 나그네는 저리 많은 집 속에 내가 의지할 집이 없다는 현실이 안타까웠다.

동경으로 떠나겠다는 무일의 고집을 아키코도 꺾지를 못했다. 아직 일본의 지리와 언어, 풍속 등이 익숙하지 않고 더구나 밀항자의 신분인 그를 혼자 보낼 수 없었다. 아키코는 모처럼 동경 바람도 쏘이고 싶다고 함께 가자고 했다. 무일이 한사코 거절을 했지만 권도산이란 사람도 만나보고 숙식 문제 등도 주선하여 주고 돌아오기로 했다. 기왕 떠나려면 늦출 이유가 없었다. 차디찬 혈육의 냉대를 하루빨리 벗어나고 또 잊고 싶었다. 막연하고 불확실한 목적지의 사정 같은 것은 생각할 여유가 없었다. 아키코는 관광 지도를 펼쳐놓고 여로를 짚어보다가 말했다.

"나도 동경은 두 번째 가보는 거야, 가는 길이니까 후지산 구경을 하면 어떨까? 일본사람은 누구나 한번 가보고 싶은 산인데 나는 아직 못 가봤어."

아키코와 무일은 배로 오사카로 가서 다시 기차를 타고 미시마三島까지 갔다. 그곳에서 하룻밤을 자고 아침 일찍 미시마 역전에서 후지산을 일주하는 관광버스를 탔다. 찬바람이 으스스 추웠지만 정월의 쾌청한 날씨였다. 하얀 눈을 신부의 베일처럼 머리에 쓰고 의연하게 정좌를 하고 있는 후지산의 모습이 선명하게 보였다. 사람은 태어나서 가장 먼저 어머니의 얼굴을 보게 된다. 그 얼굴은 눈, 코, 입이 모두 대칭을 이루고 있으므로 사람의 시각은 가장 먼저 대칭의 배열이 각인 되어 자연의 기본질서로 인식한다. 자연에서는 드물게 대칭의 단순하면서 장엄하고 숭고하며 정의로운 특징들을 모두 뽐내고 솟아있는 후지산의 모습은 정말 아름다웠다. 후지산이 용암을 품어내면서 주변에 빚어낸 다섯 개의 아름다운 호수를 돌았다. 맑은 호수에는 후지산이 거꾸로 비치고 있었다. 물에 떠있는 마름모꼴의 역후지산의 그림은 또 다른 아름다움을 보여줬다.

무일은 우리나라의 금강산은 물론이고 설악산이나 한라산도 가보지 못했지만 이렇게 아름다운 자연에서 정서가 깃든 일본사람들이 왜 우리나라를 침략하여 야만적이고 잔인한 역사를 갖게 되었는지 이해를 할 수가 없었다. 그러나 이 땅의 자연이야 죄가 있을 리가 없었다. 무일이 몸을 의지하고 살아났던 지리산은 비록 높이로는 후지산과 비교가 되지 않으나 어머니의 품 같은 포근한 산이었다. 그에 비해 해발 3,776m의 높이 솟은 후지산은 어딘가 너무 잘난 척 뽐내는 것 같고 무동을 탄 것처럼 불안해 보였다.

후지산이 바라보이는 요소요소 마다 정상은 구름이 덮여 보이지 않을 때도 있고 멀리 보이기도 하고 손에 잡힐 듯 가까이 보일 때도 있었다. 버스가 2,318m의 고고메五合目까지 올라가다 도중에서 멈췄다. 후지산의 정상이 머리 위에 쳐다보이는 관망 포인트였다. 목과 허리까지 뒤로 젖혀서 하얀 정상을 우러러 보며 또 한 번 감동했다. 자신을 압도한 위대하고 신비한 자연 앞에서 마음이 경건해졌다. 자신뿐 아니라 인간의 존재가 더 작고 초라하게 느껴졌다. 꿈도 잃고 갈 곳도 없이 헤매는 자신이 너무 부끄럽고 불쌍했다.

미시마역으로 돌아오면서 무일은 지도를 보다가 이토伊東라는 글자 위에서 눈이 얼어붙은 듯 움직이지 않았다. '맞다. 이토, 사나다 선생의 고향이다.' 미시마역에서 이토시까지는 그리 멀지 않은 거리였다. 중학시절 사나다 선생이 커서 일본에 오면 들리라는 말이 생생히 생각났다. 전장으로 갔던 그가 살아 돌아왔는지 궁금했다. 그 당시 많은 젊은이들은 천황폐하에 충성을 맹세하고 전장으로 나가서는 다시 돌아오지 못했었다. 다행히 그가 살아있다면 정들었고 그리웠던 담임선생을 만나보고 싶었다.

"누님, 우리 이토시에 들렀다 가면 안 될까요?"

"왜? 가보고 싶은 데가 있어?"

"네 잠깐 들러보고 싶어요."

"그러자구나. 다녀와도 충분히 동경까지 갈 수 있겠다."

둘이는 버스를 타고 이토시로 갔다. 버스가 내려준 곳은 이토역전이었다. 역 앞에는 똑같이 생긴 카나리아야자나무 두 그루가 양쪽에 서 있었고 안내판에 부부야자라고 쓰여 있었다. 역 맞은편에 관광안내소가 있었다. 나이가 꽤 들어 보이는 할아버지가 제복에 금테를 두른 모자를 쓰고 앉아 있었다.

"실례합니다. 저 혹시, 이토시에 사는 사나다 지로라는 선생님을 찾고 싶은데… 난원을 한다고 들었던 것…"

서울에서 김가를 찾는 심정으로 물었는데 말이 끝나기도 전에 튀어나온 대답에 가슴이 벅찼다.

"아아, 지로? 응, 알고말고. 우리 이토관광협회 사나다 기미오 고문 둘째 아들이야. 저기 마루야마공원 입구에 이즈난원이라는 양난원이 있어요. 거기야. 걸어서 20분도 걸리지 않아요. 저쪽 길로 쭈욱 가면 돼."

지척에 살고 있다니 무일은 가슴이 설레었다. 반갑게 맞아줄지 혹시 문전박대나 안 당하려는지 걱정 반 기대 반 요동치는 맥박을 진정하며 할아버지에게 감사하다는 인사를 하고는 아키코를 돌아보며 물었다.

"옛날 담임선생님이었는데 만나보고 싶어요."

"그러자구나. 우리 걸어서 가자."

두 사람은 눈부신 석양의 햇빛을 등에 지고 다정하게 콧노래를 부르면서 마루야마공원으로 갔다. 무일은 기억력이 좋아 어렸을 때 동요나 군가를 잊지 않고 모두 외고 있었다. '봄의 작은 개울'의 노래를 불렀다.

'봄의 시냇물은 살랑살랑 흘러가요, 냇가의 물망초나 개나리꽃들이, 모양도 귀엽고 색깔도 아름답게, 여기 피어 있어요. 속삭이면서.'

완만한 산언덕 길을 한참 오르면 등성이에서는 시원스럽게 뻗은 수평선과 푸른 하늘과 바다가 한 폭의 그림처럼 아름답게 내려다 보였다. 이즈반도伊豆半島의 사가미나다相模灘였다. 바로 오른쪽으로 숲이 이어지고 그 숲속이 온통 공원이었다. 바로 공원 못 미쳐 역전과 똑같이 두 그루의 카나리아야자나무가 입구 양쪽에 서 있었다. 한쪽 문기둥에 커다란 나무를 비스듬히 자른 두텁고 넓적한 나무판에 이즈난원이라고 음각을 한 간판이 걸려 있었다.

무일은 걸음을 멈추고 잠시 망설였다. 솔직히 옛 은사를 만나서 어떤 도움이라도 받을 수 있을 가하는 실낱같은 기대가 여기까지 발걸음을 이끌었다. 하지만 냉정하게 생각해 보면 이는 벼랑에 몰린 토끼가 얼이 빠져 하늘을 나는 허깨비를 붙잡으려는 짓 같았다. 무일로서는 사나다 선생과 소중한 인연이고 그리운 추억이지만 이미 나라가 바뀌고 십오 년이란 세월이 흐른 것이다. 전쟁을 겪으면서 사람의 정은 메마르고 그까짓 인연은 헌신짝처럼 여기는 각박한 사회와 시대로 변해있었다. 한낱 교사로서 국적이 다른 나라에서 1년이란 짧은 기간 동안 가르치던 한 학생이 찾아왔다 해서 그를 기억하고 반길 사람이 몇 사람이나 있겠는가.

희망은 부질없는 망상임을 깨달은 무일은 돌아서려했다. 만나서 실망을 했을 때 감당해야 할 섭섭함과 원망과 좌절을 인내할 자신이 없었다. 안을 기웃거리고 있던 아키코가 망설이고 있는 무일을 의아하게 쳐다보았다. 그는 힘없는 목소리로 돌아가자고 했다. 아키코는 깜짝 놀랐다. 그녀는 무일의 속마음을 읽은 것일까. 손목을 잡더니 난원으로 끌고 들어갔다.

입구로부터 안으로 들어가는 길에는 바둑알 같은 검은 자갈이 카펫처럼 깔리고 양옆에는 둥근 소쿠리를 띄엄띄엄 엎어 놓은 듯 곱게 깎은 아베리아가 열을 지어 심어져 있었다. 무일은 아키코에게 손을 잡히고 떼를 쓰는 어린애처럼 끌려갔다. 꽤 넓은 뜰이 있고 안쪽에 유럽 같은데서 봄 직한 주황색 벽돌로 지은 서양풍의 2층 건물이 있었다. 그 뒤로는 삼백 평쯤 되어 보이는 큰 유리온실이 여섯 동이나 늘어서 있었다. 건물이 사무실인줄 알았는데 현관문에 '카페 카틀레아'라고 쓴 장방형의 고급스런 나무간판이 걸려 있었다.

두 사람은 매무새를 고치고 카페 안으로 들어갔다. 세련되게 잘 꾸며 놓은 넓은 카페였다. 연한 갈색의 털실로 짠 비니를 쓴 중년의 여인이 의자에 앉아 있다 일어나서 반갑게 맞았다. 학교 선생쯤으로 지성이 있어 보이는 그녀는 미인이었으나 할쑥하게 야위어 병자 같았다. 아키코가 사나다 지로 선생을 물었다. 한국에서 왔다고 하자 놀란 얼굴로 아키코의 두 손을 덥석 잡았다. 아키코는 이 청년이 선생님을 만나러 온 거라고 무일을 돌아보자 그녀는 입가에 약간 어색한 웃음을 짓고는 손을 놓고 카운터로 가서 벨을 눌렀다. 종업원인 듯, 앞치마를 입은 여자가 들어왔다. 무일은 그 여자를 본 순간 고향 텃골집의 순금이 누나로 착각할 뻔 했다. 나이며 몸집이며 얼굴의 윤곽과 구멍새들이 어쩌면 그리 비슷할까 싶었다.

"요시에, 얼른 가서 선생님께 한국에서 손님이 찾아오셨다고 전해 줘요."

부인은 자리를 권했다. 그는 일어나서 손수 파란 녹차를 우려서 따라주었다. 아키코보다 나이가 조금 많아 보이는 그녀는 아키코를 빤히 바라보았다. 돌연 찾아온 여인을 바라보는 눈빛에는 다정함과 우정, 이런 감정이 올아나 보였다.

"인사 못 드렸습니다. 여기는 가네모도 부이치, 저는 누나 되는 사람입니다. 이시다 아키코라고 합니다."

"저는 지로 아내 되는 노리사토에요. 자, 차 드세요."

"저도 고치에서 작은 카페를 하고 있습니다만 카페가 참 아름답네요."

"어머, 그러세요? 카페를 하고 계신다니 더욱 반갑습니다."

"저는 취미 반 소일거리 반이랍니다."

"저도 그래요. 재미 붙여 했는데 요즈음은 몸이 불편해서 자주 못 나와요. 오늘 우연히 나와서 만나 뵙게 되어 기쁩니다."

노리사토 부인은 갑자기 구름이 해를 가리듯 얼굴에 그늘이 지고 눈은 창밖으로 멀리 내다보이는 이즈반도의 사가미나다를 바라보며 깊은 생각에 잠기고 있었다. 바다는 푸른 물결이 노래의 선율처럼 출렁거리며 석양의 황홀한 빛을 받아 보석을 쏟아 놓은 듯 반짝였다. 그때 문을 열고 부산하게 들어오는 사람은 사나다 지로 선생이었다. 무일은 옛날 물 위로 펄쩍 뛰는 잉어 같은 활기가 하나도 변하지 않은 은사를 그냥 알아보았다. 재빨리 일어나 허리를 깊이 숙여 절을 했다.

"기억하실지 모르지만 중학교 1학년 때 제자인 가네모도 부이치입니다."

"아! 가네모도 부이치, 음 그럼, 기억 나군. 기억하고말고. 많이 컸구나. 얼굴만 봐서는 몰라봤을지 모르는데 가네모도 부이치, 이름은 잊어버리지 않았다. 일본은 어떤 일로?"

무일은 우선 반가워하는 선생님의 마음을 확인하고 안도의 한숨을 쉬었다. 사람이 이승에서 만난 연을 얼마나 소중하게 생각하는가의 인정이 문제지 도움을 받고 안 받고는 그와는 다른 문제였다. 상황을 이해한 아키코도 얼굴이 한결 밝아졌다. 사나다 선생이 아키코를 보고는 가볍게 목례를 하고 자리에 앉았다. 무일은 고종사촌 누나라고 소개를 했다.

"처음 뵙겠습니다. 이시다 아키코입니다."

"여보, 글쎄 고치에서 카페를 하신데요."

노리사토 부인은 동업인 카페에 관심이 많은 모양이었다.

"아니, 심심풀이로 하는 아주 작은 카페랍니다."

"그래요? 가족은요?"

뜬금없이 사나다 선생은 가족을 물었다.

"저…"

아키코는 대답을 망설였다.

"아직 결혼도 못한 처녀래요."

기운이 살아난 무일이가 짓궂게 일러바쳤다.

"아. 미혼?"

깜짝 놀라며 묻는 사나다 선생과 노리사토 부인의 말소리가 거의 합창처럼 들렸다. 두 사람은 아키코를 유심히 바라보았다. 노리사토 부인이 대뜸 아키코에게 아무 조건도 이익에 대한 간섭도 하지 않겠으니 여기에 오셔서 카페를 하시면 어떻겠느냐고 말했다. 실은 카틀레아 카페를 운영해줄 사람을 구하고 있던 참이라고 했다. 의외의 제안에 아키코는 무슨 말인지 이해를 못했다. 어떻게 대답을 할지 모르고 의아해 하고 있는 아키코에게 이를테면 무상으로 카페를 마음대로 쓰라는 것이었다.

"나는 점점 자리에서 일어나지 못할 거에요. 저희 좀 도와주세요."

노리사토 부인은 간절히 애원을 하고 있었다. 아키코는 무상으로 쓰는 것이 도와주는 것이란 말의 뜻이 모순이 있는 것 같았다. 그리고 자리에서 일어나지 못할 주인의 카페를 무상으로 맡는다는 것도 마음이 내키지 않았다. 노리사토 부인은 말을 덧붙였다. 난원은 난의 생산이 본업이고 입장료와 식당에서 부수입이 생긴다고 했다. 2층의 도자기 전시실과 카페는 난원을 방문한 고객을 위한 서비스를 위해 운영한다고 했다. 마루야마공원은 시내에서 가까운데다 이른 봄에는 매화, 봄의 벚꽃, 초여름엔 창포, 가을이 되면 아름다운 단풍, 사계절 꽃이 피고 여름에는 반딧불 축제가 열려 겨울을 빼고는 많은 관광객이 와서 난원도 들려가므로 카페의 수입도 괜찮은 편이라고 했다.

"글쎄요. 생각해 보겠습니다."

아키코는 노리사토 부인의 뜻을 이해했으나 그녀의 간절한 부탁을 차마 바로 거절을 못하고 생각해 보겠다고 대답을 에둘렀다. 아키코는 문득 무일을 인도해온 맹도견 꼴인 자기가 화제가 되고 있는 것에 마음이 쓰였다. 무일을 쳐다보고 또 사나다 선생을 번갈아 보면서 두 사람의 대화를 유도했다.

"아, 참 가네모도 군, 일본에는 어찌 온 거야?"

무일은 한참동안 돌부처가 되어 눈을 내리깐 채 말을 못했다. 간절한 하소연이 입안에서 맴돌았으나 소리로 재생되지 못하고 있었다. 사실은 여기서 발길을 돌리면 동경에 간들 도움을 받을 수 있는 어떤 보장도 없었다. 그에게 자존심은 이미 거추장스럽고 사치스러운 이미테이션의 장신구였다. 얌체가 될망정 어떻게든 살길을 찾아야 했다. 주위를 한번 둘러보고 나직한 소리로 어렵게 입을 뗐다.

"선생님 저…, 제 일자리 하나 구할 수 없을까요? 사실은 밀항으로 들어와서 신변이 자유롭지 못합니다. 혹시 선생님이 아시는 곳이 있으시면…."

그는 말끝을 맺지 못했다.

"저런? 밀항으로 온 거야? 그래? 하기야 일한 간에 국교가 없으니 그럴 수밖에 없었겠다만…."

사나다 선생은 놀라는 눈치였다. 그리고 당장 밀항자를 어떻게 도와주기도 어려운 일이었다. 두 사람의 대화를 듣고 있던 아키코가 큰 눈을 더 크게 뜨고 무일을 돌아보며 핀잔을 하듯 말했다.

"아니? 너, 동경에 가면 취직도 영주권도 도와줄 사람이 있다고 했지 않았어? 그래서 가는 것인데…."

"……."

무일은 대답이 없고 사나다 선생이 물었다.

"누군데? 어떤 사람인데?"

"일본조선인연맹 간부로 있는 권도산이라는 사람입니다."

"조련? 음…. 부이치 군, 조련이 어떤 곳인지 아니?"

무일이 대답을 못했다. 사나다 선생이 다시 말을 이었다.

"지금은 재일조선민주전선인가 하는 단체로 바뀌었는데 북한의 좌익단체야. 거기 신세를 지면 부이치 군은 다시는 한국으로 갈 수가 없게 될지도 모른다."

"……."

"다른 데는 갈 곳이 없다는 말이지?"

"……."

무일은 묵묵부답이었다. 사나다 선생은 그렇다고 10여 년 만에 스승을 잊지 않고 찾아온 어려움에 처한 어린 양 같은 제자를 나 몰라라 내칠 수도 없었다. 한참을 무언가 생각을 하고 있었다.

"알았다. 이렇게 하자. 여기 난원도 당장 일을 해줄 사람이 필요하다. 노동일이나 마찬가지지만 당분간 여기 머물면서 기회를 보는 것이 어떠냐? 동경에 있는 내 형에게도 일자리를 부탁을 해 볼 테니까. 물론 약간의 보수도 줄 것이니."

무일은 벌떡 일어나더니 연방 머리가 땅에 닿도록 조아렸다. 난원의 넓은 울타리는 안전한 활동 영역이고 숙식까지 해결이 될 모양이니 얼마나 다행한 일인가?

"저는 이 한 목숨 기꺼이 이즈난원에 바쳐 이즈난원의 발전과 함께 저의 꿈을 이루겠습니다."

옛날 사나다 선생이 전장으로 가면서 교단에서 했던 그 말을 흉내서 나직이 말했다. 사나다 선생은 그때를 기억하고 있는 무일을 보면서 빙긋이 웃었다. 노리사토 부인도 모처럼 얼굴에 미소를 띠며 말했다.

"한국은 저도 저의 남편도 첫 직장인 교편생활을 했고 또 서로 만나 결혼을 한 곳이라 항상 잊지 못하는 추억의 나라에요."

아키코는 그래서 한국에서 왔다고 했을 때 손을 잡고 반가워했던 까닭을 알았다. 이야기가 무르익는 동안 겨울의 짧은 해는 뉘엿뉘엿 서산으로 넘어가고 난원도 어스름이 깔리고 있었다. 아키코는 팔목을 들어 시계를 들여다보면서 자리에서 일어났다. 노리사토 부인은 저녁을 준비하겠다고 했다. 이시다 아키코는 정중히 거절했지만 노리사토 부인은 아직 이야기가 끝나지 안 했으니 천천히 이야기도 하고 이곳 관광객 숙소에서 자고 가라고 붙잡았다. 이즈난원에는 온실 뒤에 관광객을 위한 숙사와 꽤 넓은 식당이 따로 있었다. 두 사람의 가정부가 요리와 식당, 집안 청소까지 맡고 있었다.

저녁을 들고 나서 노리사토 부인은 아키코에게 모처럼 말상대를 만나 기쁘다면서 카페에서 함께 차를 마셨다. 노리사토 부인은 자궁암 수술 후 폐로 전이가 되어 시한부 인생을 살고 있었다. 남편 사나다 지로는 부인을 돌보기 위해 중학교 국어선생이던 교편을 팽개 쳤다. 아버지가 운영하는 관광난원에 들어와 나이 든 아버지도 도우면서 연구생활을 하고 있었다. 노리사토 부인은 정성껏 상처를 어루만져주는 남편의 변치 않은 사랑을 확인할 때마다 짧은 생명에 대한 아쉬움과 비견할 수 없는 행복을 느꼈다. 그러나 편안히 떠나려는 그녀의 옷자락을 붙들고 있는 것은 남편과 어린 외아들 시게미츠에 대한 걱정이었다. 누군가 도와줄 사람을 애타고 찾고 있었다.

다음날 무일은 사나다 선생의 부친인 사나다 기미오 원장에게 인사를 드렸다. 원장은 무척 반가워했다. 머리에 초콜릿색의 베레모를 비스듬하게 쓰고 체크무늬가 있는 옅은 오랜지색 셔츠를 입고 있었다. 목에는 자주색 끈을 늘어뜨린 볼로 타이의 커다란 호안석이 걸려있어 귀티가 났다. 그는 앞장서 난 온실을 안내했다. 바위틈에서 이슬만 먹고 백 년을 버틴 소나무 줄기처럼 허리만 구부러졌을 뿐 백발의 머리는 눈서리가 내린 솔잎같이 가지런했고 그 위를 나르는 학처럼 고고한 기품이 있는 노인이었다.

첫째 동의 넓은 온실에는 카틀레아가 꽉 차있었다. 난의 여왕이라 불리는 화려한 카틀레아가 수천 송이가 피면 장관을 이룰 것이었다. 그 다음 온실은 팔레놉시스, 그 다음 동은 심비디움, 또 다른 동에는 파피오페드럼과 온시디움이 반반씩 섞여 있고 네 번째 동은 크고 작고 넓적하고 뾰족한 잎, 각양각색의 난이 가득했다. 난의 원종들이라 했다. 마지막의 약간 작은 온실은 파란 새싹이 속에서 자라고 있는 플라스크와 어린 묘판이 빈틈없이 놓여있는 배양실이었다.

아직 겨울이고 봄은 멀었는데도 난들은 벌써 관광객과 밀회의 기쁨을 누리고자 다투어 꽃대가 올라오고 있었다. 배양토와 퇴비를 만들고 분갈이와 관수 등은 모두 인부가 했다. 인공배양, 교배, 원종의 분류, 수집, 병충해의 관찰, 판매, 자재의 구입 등은 원장이 직접 하고 있었다. 무일은 원장이 하는 일을 돕는 조수 역할이었다. 배양온실 끝에 두어 평 남짓 칸을 막고 책상을 들여 놓은 관리사무실이 있었다. 그곳을 무일이 쓰도록 했다. 숨어 다녀야하는 밀항자가 단번에 숙식을 물론이고 비록 온실이지만 자기 사무실까지 갖게 되었으니 사람팔자 알 수 없다는 말이 바로 이런 경우였다.

무일은 떠나는 아키코에게 낮은 소리로 말했다.

"누님, 여기 와서 함께 살아요."

"생각을 해보겠지만 하루코가 승낙을 할지 모르겠고 유리와 헤어지기가…."

"하지만 누님 자신의 문제지 않아요? 왜 하루코 누나의 승낙을 받아야 되는데요?"

무일은 남의 입장을 먼저 배려하는 아키코가 딱했다.

"알았다만 내 일보다 너는 선생님이 실망하시지 않도록 성실하고 열심히 맡은 일을 해야 한다. 이 은혜를 잊지 않아야지."

무일의 일을 해결한 아키코는 홀가분한 마음으로 돌아갈 수 있었다. 사나다 선생이 미시마역까지 차로 데려다줬다. 노리사토 부인은 떠나는 아키코에게 꼭 다시 와달라면서 오래도록 손을 흔들었다.

환경이 바뀐 새로운 삶은 어설프기 마련이지만 무일은 낯선 땅, 새로운 터전에 쉽게 적응하고 안정이 됐다. 지리산에서 달갑지 않게 몸에 익은 생활습성 덕분이었다. 토벌대가 사방에서 총을 쏘아대면서 토끼몰이를 하듯 포위망을 좁혀오는 상황에서는 부대원은 뿔뿔이 흩어져서 각자의 판단과 능력껏 도망한다. 살아남은 사람은 은밀하게 표시한 비상선을 따라 용케도 다른 계곡에 다시 모인다. 그들은 아무 일도 없었다는 듯 다시 부대를 편성하고 아지트를 지어 새로운 지형에 적응하는 생활을 밥 먹듯 자주 겪는다. 곰이 꿀을 훔쳐 먹으려고 벌집을 짓이겨버리면 산산이 흩어졌던 꿀벌들은 멀찍이 나뭇가지에 다시 뭉쳐서 새로운 집을 짓고 일하는 습성과 다르지 않았다.

그로부터 무일은 불알이 떨어지도록 바쁜 생활이 계속되었다. 사나다 기미오 원장을 따라다니며 천태만별의 난 이름을 외워야 하고 난이 세포분열을 하는 천여 개의 플라스크를 일일이 들여다봐야 한다. 난 책도 읽어야 되고 허리를 굽히고 종종걸음으로 온실을 누비고 다니는 원장이 불러대면 예뻐 보이기 위해서는 강아지처럼 달려가야 했다. 하루하루가 바쁜 만큼 보람이 있고 그에 따른 위상이 서고 세월도 빨리 지나갔다. 형, 형하고 따르며 무일을 제일 좋아하는 사람은 국민학교 학생인 이집 외아들 시게미츠였다.

어느새 마루야마 공원에 핀 한매가 방긋 웃으며 담 너머로 이즈난원을 들여다보고 있었다. 관광객이 많아지면서 이즈난원은 시골 오일장처럼 붐비기 시작했다. 온실도 카페도 식당도 사람이 북적대고 시끌벅적했다. 날이 봄날처럼 풀리고 유난히 따스한 어느 날이었다. 노리사토 부인은 부드러운 햇빛을 즐기며 카페 앞 뜰 가에 놓여있는 벤치에 앉아있었다. 무일이 지나가자 그녀는 기다리고 있었다는 듯 그를 불렀다.

"누나 소식 들었어? 실은 내가 편지를 보냈더니 답장이 왔어. 오늘이 온다는 날이야."

삶의 한계를 의식한 사람의 마음은 소리 없이 흐르는 시간이 야속하면서도 누군가 기다리는 시간은 지루한 듯 했다.

"네? 오늘 온다구요? 저도 여기 사정이 급하다고 편지했는데 답장은 못 받았어요."

그때 난원으로 들어오는 관광객 틈으로 얼핏 낮 익은 모습이 보였다. 무일이 몇 걸음 나아가서 몸을 젖혀 가린 사람을 비껴 모습을 확인했다. 아키코였다. 마치 물을 찾아 먼 길을 줄지어 걸어가는 코끼리처럼, 고개를 숙이고 깊은 생각에 잠겨 느린 발걸음으로 보도에 깔린 자갈을 사뿐사뿐 밟으며 들어오고 있었다.

"아키코예요!"

무일이 외쳤다. 노리사토 부인은 매무새를 고치고 그대로 앉아 있었다. 아키코가 다가와 그녀의 두 손을 모아 잡았다.

"고마워요."

노리사토 부인은 축축해지는 눈을 보이지 않으려고 외면을 하고 고개를 쳐들고 있었다. 그만큼 절박하게 그녀를 기다리고 있었던 모양이었다. 독신녀가 오랫동안 살던 터전을 떠난다는 것은 쉬운 일이 아니었을 것이다. 하물며 단 한 번 서로 만난 인연에 남은 삶을 도박처럼 걸고 찾아 온데는 오래 동안 싸인 고독에서 빠져나오고 싶었거나, 어떤 운명적인 인연의 손짓이었는지도 모른다. 그보다도 아키코는 노리사토 부인의 진심어린 간청과 그의 가족, 그리고 무일의 손짓에 더 이끌렸을 것이었다.

카페에서 노리사토 부인은 아키코에게 미리 준비를 해놓은 계약서를 보였다. 카틀레아 카페를 아무 조건 없이 서로 합의하여 계약을 해지할 때까지 무상으로 대여한다는 내용이었다. 계약서라고 일컫기에 민망스러울 만큼, 언약했던 그대로 '갑'과 '을'이 없는 조건이었다. 끝에는 작은 글씨로 '지로를 도와주시기 부탁드립니다.'라는 꼬리가 달려 있었다. 그리고 모자란 끈을 잇듯 한마디 말을 더 묶었다.

"그리고 자꾸 무리한 부탁이지만 가여운 우리 시게미츠 좀 잘 돌보아 주세요. 이제 초등학교 6학년인데 어미가 아파서 돌보아주지 못해서…."

노리사토 부인은 말을 하고는 대답을 듣고 싶은 듯 아키코를 빤히 쳐다봤다. 무일은 얼마 남지 않은 자신의 종말을 앞두고 가족을 위해 스스로 주변을 마무리하려고 안간힘을 쓰는 노리사토 부인의 모습이 너무 불쌍했다. 사람에게 죽음 자체는 어떤 차이가 없을 것이지만 지리산에서 파리채에 두들겨 맞은 쇠파리처럼 순간적으로 총탄에 쓰러지는 빨치산이 훨씬 편안한 죽음일 것이란 생각을 했다.

아키코는 계약서에 도장을 찍지 않았다. 종업원으로 일하겠다고 대답했다. 노리사토 부인은 영문을 몰라 어리둥절할 따름이었다. 그로부터 아키코는 카페의 테이블 사이를 분주히 누비고 다녔다. 은은

한 쟈스민의 향내가 코끝에 번지면서 카페는 물론이고 난원도 새로운 활기를 띠기 시작했다. 새로운 운영자의 능력과 인성의 영향이란 큰 것이었다. 바로 효과로 나타났다. 난원의 분위기가 바뀌었다. 환경과 생활과 사람들의 마음마저 변화를 가져왔다. 차나 커피의 종류도 다양해지고 스낵 메뉴도 늘었다. 카페를 새로 단장할 때는 무일이 꼬박 이틀이나 페인트칠을 하고 가구들을 손봤다. 아키코는 노리사토 부인에게 자기는 바쁘니 되도록 운동 삼아 카운터에 나와 있어 달라고 부탁했지만 고개를 끄덕이며 가벼운 웃음으로 대답할 뿐 자주 모습을 보기가 어려웠다.

아키코는 노리사토 부인의 아침 식사와 점심을 직접 챙겨주었다. 임상연구의 대상으로 새로 나온 항암제를 맞고 있어서 적절한 양질의 단백질과 암에 좋은 채소를 고르게 섭취하도록 배려했다. 물론 서로가 필요로 하고 연이 있어서 만난 것이겠지만 노리사토 부인은 아키코가 고마웠고, 아키코는 얼굴만 보고 아무 조건 없이 선뜻 카페를 맡긴 노리사토 부인이 고마웠다. 어떻게든 회복시켜 문 앞에 서 있는 부부야자처럼 다정한 그들 부부의 행복을 지켜주고 싶은 마음이었다.

사랑과 파도

토셀리의 세레나데

　이즈반도에는 벚꽃이 피고 있었다. 난원의 뜰에 서있는 커다란 능수벚꽃나무는 치렁치렁 늘어뜨린 실가지마다 쇠꼬리에 파리 붙듯 진분홍의 꽃봉오리가 촘촘히 달려 있었다. 담장 주위의 성급한 올벚나무는 앞서 꽃망울을 빵긋빵긋 터뜨렸다.

　이즈난원은 도쿄에서 귀한 손님이 찾아왔다. 이른 봄, 마루야마 공원에 피었던 앙증맞고 고운 한매를 닮은 숙녀였다. 대학교를 졸업하고 할아버지와 작은아버지, 작은어머니에게 인사하러 온 사나다 미치코였다. 이즈난원의 온 식구가 그를 반겼다. 회화를 전공한 그녀는 학생 때도 방학을 하면 여기에 와서 이즈반도의 기암절벽과 모래와 바다가 연출한 아름다운 해안의 풍경을 화폭에 담아가곤 했다.

　그날 저녁은 이즈난원의 가족이 식당에 모여 그의 졸업을 축하하는 만찬을 베풀었다. 이 집 외아들 시게미츠는 무일이 옆에 나란히 앉아있었다. 그는 곧 중학생이 되는데도 체격에 어울리지 않게 울음이 헤펐다. 외아들인데다 어머니가 아파서 제대로 돌보아 주지 못했다. 혼자 있을 땐 가끔 울고 있었다. 무일이 온 뒤로 짬을 내어 함께 놀아주고 친 동생처럼 예뻐했다. 착한 그도 무일을 좋아하고 성격이 활달해졌다.

　무일은 기다란 식탁 맞은편에 앉아있는 미치코를 보는 순간 황홀했다. 반투명한 하얀 빛깔의 옥에 홍화의 붉은 물이 살짝 스며든 듯, 옅은 분홍색의 옥으로 깎은 조각 같은 기품의 숙녀에게 자꾸 시선이 쏠렸다. 너무 탐스럽지도, 그리 갸름하지도 않은 얼굴에 반달 같은 눈썹과 아침이슬처럼 맑은 눈, 부드러운 콧날, 입을 약간 오므려서 살짝 웃을 때마다 하얀 이 끝이 살짝 들어나 보였다. 샤몬핑크색의 원피스가 앞에 놓인 와인잔의 빛깔과 조화를 이루고 있었다. 한 점의 흐트러짐이 없는 그녀는 눈 속의 한매 같이 아름다웠다.

맞은편에서 가끔 자기를 흘금거리는 낯선 청년을 의식한 미치코는 한사코 그를 외면했다. 짙은 눈썹에 약간 부릅뜬 눈. 고집스럽게 날이 선 코, 아랫입술이 도톰한 잘생긴 얼굴이었다. 푸른 소나무 같은 이미지로 다가와 망막에 각인되려고 하여 그녀는 고개를 저었다.

식사가 끝나고 미치코가 일어났다. 식당 한쪽에 있는 피아노로 가서 다소곳이 앉았다. 곱고 매끈한 섬섬옥수가 하얀 건반 위에서 춤을 추기 시작했다. 어떤 때는 승무처럼 느리게 어떤 때는 굿거리처럼 율동 있는 춤사위가 현란했다. 동산에서 떠오른 은빛 같은 달빛이 앞뜰의 산수유나무 가지 사이로 빗살처럼 스며들어 춤을 추었다. 피아노 선율에 따라 하얀 드레스를 마루에 끌며 그 속에 예쁜 구두의 뒤꿈치를 살짝 들고 턴을 하는 것 같았다. 제자리에서도 돌고 지구가 태양의 둘레를 돌듯 피아노 주위를 공전하며 왈츠가 강물처럼 물결쳤다.

무일의 가슴은 드럼을 치고 있었다. 가끔 맥박이 멎었다가 다시 이어질 때는 '쿵'하고 큰북이 울리고 침을 꼴깍 삼켰다. 사랑이란 삶의 소중한 양식이고 인생의 가치이고 무지개처럼 아름다운 것. 이제 감미롭고 아름다운 사랑이란 꽃봉오리가 가슴속에 막 피어나고 있는 미치코는 애틋한 옛날의 탄식이 아니라 미래의 은빛 쏟아지는 보름달 같은 둥글고 밝은 사랑을 피아노로 호소하고 있었다.

'사랑의 노래 들려온다. 옛날을 말하는 가 기쁜 우리 젊은 날. 은 빛 같은 달빛이 동산 위에 비치고, 정답게 속삭이던 그때그때가…'

꿈결과 같이 지나간 젊은 날의 사랑을 그리워하는 감미로운 노래였다. 아름답고 서정적인 소야곡은 모두의 심금을 울리고 즐거움을 선물했다. 무일은 처음 듣는 노래지만 피아노의 음률에 온몸이 산산이 조각나는 것 같았다. 중학교 때는 딱딱한 군가를 불렀고 시골로 가면서 춘향가며 심청가의 판소리가 귀에 익었다. 양악은 별로 듣지 못했던 그는 지금 환상의 세계에 앉아있는 듯 황홀했다.

음악이 끝나고 미치코는 피아노에 앉은 채 모두를 행해 살짝 고개를 숙여 인사를 했다. 박수소리가 크게 났다. 그때서야 무일은 음악이 끝난 것을 알고 더 크게 오래 박수를 쳤다. 아키코가 고개를 무일에게 가까이 기울이더니 속삭였다.

"아름다운 노래지? 토셀리의 세레나데는 내가 좋아하는 노래야…"

'토셀리의 세레나데, 토셀리의 세레나데.' 무일은 그 노래 제목을 잊지 않으려고 입술만 들썩여 외웠다.

바람에 훈훈한 꽃향기가 섞여 불어오는 상쾌한 이튿날 아침이었다. 무일은 팔레놉시스 난들을 검사하고 있었다. 살며시 온실 문을 열고 들어오는 사람이 있었다. 어제 저녁에 본 미치코였다. 무일은 생각치도 못한 방문객에 놀라고 가슴이 벅찼다.

"저, 여기 구경 좀 해도 되요?"

일본 여성 특유의 한 옥타브 높은 가늘고 맑은 소프라노 소리가 피아노의 선율처럼 울렸다. 부탁한다는 몸짓인지 살짝 고개를 숙여 인사했다. 양 볼에 보조개가 생길만큼 단단히 오므린 입술엔 묘한 미소를 띠고 있었다. 무일은 피가 물결치는 반가움에 어쩔 줄 모르고 있었으나 어딘가 도도한 모습에 다소 기가 죽었다. 주인댁의 귀한 조카따님에 대하여 조선사람인 고용인은 어깨가 오그라들 수밖에 없었다.

"아, 구경하세요. 어젯밤 토셀리의 세레나데는 정말 아름다웠습니다."

무일은 그녀에게 그렇게 알랑거렸다.

"아이 부끄러워요. 피아노 많이 못 배웠어요. 어머, 여기 꽃이 하나 피어 있어요."

아직 꽃대만 길게 무수히 올라오고 있는 팔레놉시스의 한 분에서 때 아닌 꽃 한 송이가 홀로 피어 있었다. 온실에 더러 생기는 중정머리가 없는 개체였다. 돌연변이나 생리적 체계의 변화로 시기를 착각한 경우이거나, 많은 무리 중에서 존재감을 과시하려는 똘것이었다. 무일은 그 꽃을 들고 있던 가위로 싹둑 잘랐다.

"이 파레놉시스 꽃은 립이라고 하는 입술부분이 마치 여자의 그…"

신이 나서 무의식중에 떠들던 무일은 번듯 해서는 안 될 상소리를 하고 있음을 깨달았다. 감히 그럴 상대가 아니라는 것을 느끼고 입을 다물었을 때는 이미 엎질러진 구정물이었다. 벌써 그녀의 얼굴에는 홍조가 번지고, 입을 굳게 다물고 외면하고 있는 눈에도 불쾌한 표정이 역력했다. 무일은 정숙한 숙녀에게 저지른 실수를 모면하려고 짐짓 시치미를 떼고 그럴싸하게 말을 돌렸다.

"마치 나르는 나비 같아서 호접난이라도 한답니다."

그리고는 그 꽃을 머리에 꽂아 주었다. 미치코는 상을 찌푸렸다.

단단히 토라져 있었다. 호감이 가던 남자가 시시콜콜하게 상소리나 하는 야비한 언행이 몹시 불쾌했다. 그녀는 돌아서 총총걸음으로 나가버렸다. 출렁대는 그녀의 까만 머리 위에서 흰 나비가 춤을 추고 있었지만 무일은 난감했다. 실답지 않은 친절과 농담으로 숙녀의 자존심을 건드리고 나서 어찌해야 좋을지 몰랐다.

이즈난원은 달의 마지막 일요일은 휴일이었다. 이토시관광협회의 규정이었다. 무일은 사마네켄 마츠모도 할아버지에게 편지를 썼다. 한국의 어머니에게도 편지를 쓰고 싶은 마음이 간절했으나 영주권이 없는 지금으로서는 참아야 했다. 시간이 나면 한국근대사를 읽었다. 읽어갈수록 무일의 가슴속에서는 진흙탕 속에서 칼과 방패가 찌르고 막고 요란한 전쟁이 일어나고 있었다. 내가 지금 의지하고 있는 나라가 내가 태어난 나라에게 어찌 그리 무참하고 치욕스러운 과오를 저질렀는지 믿고 싶지 않았다.

무일은 이즈난원의 듬직한 일꾼이 되어가고 있었다. 지리산에서 익힌 삶에 대한 끈질긴 의지와 살아남는 요령, 동료를 위한 희생정신과 자기방어의 지혜를 유감없이 발휘했다. 몸을 사리지 않고 열심히 일했다. 맡은 일에 노력과 열정은 외롭고 불우한 자신에 대한 도전으로 이어져 자산이 되고 열매를 맺어주었다. 사람이 사람에게 잘 보이고 밉보이고, 믿고 못 믿고는 자기 자신의 마음과 행동에 있었다. 무일은 텃골 아짐씨의 말대로 복동이었다. 그가 온 뒤로 이즈난원은 잔디밭에 불 번지듯 번창해 나갔다.

사나다 원장이 교배하여 개발한 신품종의 팔레놉시스 묘를 대만과 한국에서 사러 오기 시작했으나 없어서 못 팔 지경이었다. 무일의 아이디어로 개설한 난 가꾸기의 체험교실도 인기가 높았다. 이즈시의 주부들이 많이 찾아오는 바람에 난원도 카페도 더 붐볐다. 사나다 선생 부부는 순진하고 성실하고 부지런한 무일을 듬직하게 생각했다. 사나다 원장도 좋아했다. 외톨이 시게미츠는 친형처럼 따랐다. 그러나 무일은 미치코에게 실수를 한 것이 덜 닦은 밑처럼 꺼림칙해서 견딜 수가 없었다.

온실의 난이 한 분에 너무 많은 꽃이 피거나 모양새가 못생긴 꽃, 시들기 직전의 꽃 등을 꺾어서 카페에 갖다 주는 것도 무일의 일과였다. 꽃들이 일제히 피기 시작하자 무일은 말 그대로 눈코 뜰 새가 없었다. 이른 아침, 꽃을 한 아름 꺾어서 안고 카페로 갔다. 미치코가 혼자 앉아서 커피를 마시고 있었다. 무일은 눈이 마주쳤으므로 얌전하게 "안녕하세요" 하고 인사를 했다. 미치코는 얼음처럼 냉찬 시선을 벽에 걸린 그림으로 외면한 채 못들은 척 대답이 없었다. 아키코는 꽃을 받아 커다란 화병에 듬뿍 꽂아 놓고 차나 한잔 들고 가라고 했다. 무일은 고개를 저었다. 미치코와 차 한 잔 들면서 사과하고 싶은 마음이 간절한 것은 말할 나위가 없었다. 그러나 지금 분위기로는 어설프게 만나면 얼음에 소금을 뿌리는 꼴이 되어 어름은 더 얼어붙을 것이었다. 더구나 카페에서 둘이서 차를 마시고 있다가 사나다 원장 눈에라도 걸려 연애라도 하는 꼴로 비치는 날이면 어찌되겠는가. 이런 생각에 서둘러 카페를 나오려는데 "가네모도 군!" 하고 뒤에서 부르는 소리가 뒷덜미를 붙잡았다.

난원에서 무일을 가네모도 군이라고 부르는 사람은 노리사토 부인뿐이었다. 봄이 되면서 부인은 아키코가 극진하게 돌본 덕분인지 기력을 되찾고 있었다. 무일은 문을 열다 말고 뒤돌아봤다. 2층 계단에서 노리사토 부인 올라오라는 손짓을 했다. 2층은 자주 올라가지는 않았지만 그리 넓지 않은 아담한 도자기 전시실이었다. 운치 있고 빛깔 좋고 갖가지 모양의 도자기가 격조 있게 진열되어 있었다. 관심이 있는 관광객은 자유롭게 구경을 할 수 있는 공간이었다.

"가네모도 군, 지난번 카페를 단장할 때 보니 꽤 솜씨가 있는 것 같았어요. 여기도 새로운 디자인으로 인테리어 공사를 하고 싶은데, 가네모도 군이 좋은 아이디어가 있으면 멋지게 단장을 해 줄 수 있는지 부탁하려고요."

"아, 아니 저는 시키는 일은 잘 하겠습니다만 디자인 같은 건 잘 모릅니다. 아, 디자인이라면 그림을 전공한 공주님, 아, 아니 미치코 상에게 부탁을 하는 것이…"

"오라, 참 그러네요. 그럼 미치코는 디자인, 가네모도 군은 시공을 맡고, 그렇게 팀워크로 하면 멋진 전시실이 되겠어요."

노리사토 부인은 다시 미치코를 불렀다.

"미치코, 온 김에 나 좀 도와주고 가렴. 전시실을 새로 단장을 하려는데, 네가 멋진 디자인 설계를 하고 가네모도 군이 시공을 하면 새로운 전시실이 될 거야. 그리 넓지 않은 방이니 둘이서 잘 상의해서 새로 단장을 해주었으면 좋겠다. 할아버지가 몹시 바라는 일이라서…"

미치코는 다소 난감한 표정을 하고 꿀 먹은 벙어리였다.

"안 되겠니?"

노리사토 숙모가 다그쳐 묻자

"네? 네에, 아니에요. 해봐야지요. 그럼 저는 디자인만 해서 저 사람에게 주면 되는 거지요?"

"저 사람이라니? 너 가네모도 군 알지 않아? 디자인과 시공은 회화에서 캔버스와 물감과 같은 것이야. 서로 손발이 맞아야 멋진 인테리어 공사가 이루어지지."

"저는 가네모도 상하고 손발 맞대기 싫어요."

말을 해놓고 자기도 우스운지 주먹 쥔 손을 입에 대고 웃음을 참고 있었다.

"아니? 너희들 벌써 싸운 거니?"

"아아니요!"

교묘하게 계곡의 메아리처럼 소리가 약간의 시차가 있는 두 사람의 합창이었다. 노리사토 부인은 두 사람을 카페에 불러 앉혀놓고 차를 들었다. 무일과 미치코는 참고로 노리사토 부인의 의도와 구상을 알고 싶었다. 노리사토 부인은 끼어들면 젊은이들의 참신한 창의와 아이디어를 되레 방해하게 된다고 말을 아꼈다.

전시실을 새로 단장을 한다는 말을 듣고 사나다 원장도 손뼉을 쳤다. 엄두를 못 냈던 일을 두 젊은이가 해내겠다니 너무 고마웠다. 가장 중요한 일은 도자기가 하나도 손상하지 않도록 안전하게 보존하는 일이다. 무일은 당분간 온실 일을 미뤄두고 이 일에 매달렸다. 사나다 선생은 팔을 걷어붙이고 합판을 싣고 온다, 페인트를 사온다 둘이가 부탁한 것은 처마에 집을 짓는 제비가 흙 물어 나르듯 금방 금방 사다 주었다.

미치코는 바지와 조끼가 맞붙은 작업복을 입고 나섰다. 무일은 그녀가 더 예쁘고 멋있게 보였다. 둘은 미우나 고우나 함께 일을 할 수밖에 없었다. 부지런히 나뭇가지를 물어다 이리 맞추고 저리 꿰어 밟아도 부서지지 않는 견고한 알집을 짓는 한 쌍의 까치 같았다. 서로 머리를 맞대고 상의를 하고 돕고 토론하고 맞잡아주고 공사를 해 나갔다. 일도 둘이의 마음도 모두가 순풍 만난 돛단배처럼 잘 나갔다. 무일은 자연스럽게 미치코와 화해가 되는 바람에 마려워 참고 있는 오줌을 담벼락에 갈기듯 후련했다.

전시실의 단장이 완성 되었을 때 모두가 놀랐다. 두 젊은이의 개성과 창의력으로 이루어진 인테리어는 기성인이 생각한 전실실과는 전혀 다른 모습으로 탈바꿈했다. 디자인도 공사도 생판 아마추어인 젊은 두 사람이 해냈다고는 믿어지지 않을 만큼 훌륭했다. 현대 감각은 물론이고 균형과 배색, 조화, 어느 것 하나 나무랄 데 없이 아름답고 멋이 있었다. 무일은 전시대가 낮은 것이 마음에 걸렸지만 미치코는 그 지방에 잦은 지진을 염두에 둔 높이라 했다. 비록 작은 방 하나의 장식공사지만 두 젊은이가 의기투합하여 협동한 결과였다.

많이 생각하고 부지런히 노력하여 보름 남짓한 짧은 기간에 성난 머슴 논 지심 매듯 일을 해치운 두 사람은 어느새 서로 허물없이 이름을 부르고 있었다. 무일의 마음속에도 맑은 하늘 한 쪽에서부터 무지개가 나타나기 시작하고 있는 것을 느꼈다. 그러나 그는 자신의 분수를 깨닫고 있었다. 미치코와 유리온실 같은 벽으로 칸막이를 하고 살아야 하겠다고 다짐했다. 피아골의 계곡에서 마시던 용천수보다 순수한 미치코가 불행해서는 안 된다고 생각했다. 일본에서는 혈육도 싫어하는 조센징인 자기와 어울리는 것은 백조가 개펄에서 개흙 뒤집어쓰고 까마귀와 노는 꼴이 될 것이었다. 이를 비꼬아서 생각하면 자곡지심인지도 모른다. 아니면 머슴 놈이 주제넘게 지체 높은 주인댁 따님을 넘보다 모처럼 발붙인 대궐집에서 쫓겨나는 신세가 될까 두려워 몸을 사리는 위선일 수도 있었다. 그러나 무일은 이런 외도를 벗어나려는 가식이 아니었다. 진심으로 미치코를 위한 일

편단심이었다. 이런 결심을 하면서 무일은 꼬챙이로 가슴을 후비는 아픔을 느꼈으나 이를 악물고 참았다.

조센징의 어의를 그대로 해석하면 조선사람이라는 말이다. 결코 욕이 아닌데도 그 말을 한국사람은 왜 학질 앓듯 싫어하고 일본사람은 사람의 자존심을 구렁텅이에 처박는 경멸의 욕으로 쓰는지 알 수가 없었다. 한국사람은 일본사람을 닛뽄징이라고 하지 않고 왜놈이라고 경멸하지 않는가? 사람이 신체의 결함을 비웃을 때 가장 잔인한 것이고 또 치욕을 느끼는 것이다. 우리는 왜놈이라고 하면서 조센징이라면 싫어하는 것을 이해하기 어려웠지만 그것은 단어의 뜻보다 민족 서로가 가슴속에 자리하고 있는 감정의 언어, 어감 일 것이란 생각을 했다.

남녀 간이란 귀가 반쯤 꼬부라진 똥개처럼, 쫓아가면 도망가고 돌아서면 발뒤꿈치라도 물려고 달려드는 그러한 심보가 있는 것 같았다. 좋아하는 상대가 싫어하면 인간의 심리는 오기와 시샘이 나고 몸이 단다. 그의 관심을 빼앗고 싶은 욕망이 더욱 간절해진다. 아닌게 아니라 무일이 의식적으로 거리를 두자 미치코는 씨암탉이 모이 바가지 든 코흘리개 따라다니듯 더 자주 마주쳤다. 게다가 무일에게 또 한 가지 꺼림칙한 일이 생겼다.

카페에서 일하는 다야마 요시에가 매일 커피 한 잔을 온실 책상에 놓고 갔다. 아키코가 보낸 줄로 알고 보내지 말라고 했더니 모르는 일이라고 했다. 다음날 커피 잔을 들고 온 다야마에게 고맙지만 그만 가져오라고 했다. 고개를 끄덕이며 시무룩한 표정으로 앞치마 주머니에서 무슨 쪽지 같은 것을 꺼내서 책상 위에다 휙 던져놓고는 뒤도 돌아보지 않고 가버렸다. 무일은 놀부 밭문서 펼쳐보듯 건성으

토셀리의 세레나데   255

로 훑어보았으나 서투른 글씨로 시간이 있을 때 한번 만나고 싶다는 내용이었다. 무일은 혹시 그녀가 익어터진 홍시 같은 엉큼한 마음을 품고 있는 것 아닌가 마음이 찜찜했다.

오후에 미치코는 무일의 사무실에 들렀다. 무일이 자리를 비우고 없었다. 할망구 오줌 질금거리듯 읽다가 책상 위에 던져둔 한국근대사 책이 눈에 띄었다. 펼쳐보고는 한글로 쓰여 있어 다시 덮었다. 그 옆에 무슨 편지가 있어 집어서 보았다. 다야마 요시에의 편지였다. 마침 그 때 무일이 사무실로 들어왔다. 도리어 그는 몰래 담 구멍으로 옆집 처녀 훔쳐보다 들킨 사람 마냥 무안했다. 한국현대사도 그렇고 다야마 편지도 미치코가 봐서는 그리 유쾌한 것이 못되기 때문이었다. 미치코는 얼른 편지를 던져 놓았다. 그녀도 무안한지 입을 꼭 아물고 그냥 나가려 했다.

갑자기 '우르르르… 덜덜덜…' 수십 대의 전차가 몰려오는 것 같은 요란한 소리와 함께 급류에 조각배가 요동치듯 땅이 흔들리기 시작했다.

"앗, 지진이닷!"

미치코가 왜치면서 무일의 옷소매를 붙잡고 개 목줄 끌듯 온실 뒷문으로 달려 나갔다. 엉겁결에 무일도 적의 기습공격을 피할 때만큼 재빨리 뛰었다. 천둥 같은 소리가 이어지고 그네를 탄 듯 몸이 크게 흔들렸다. 발을 헛딛고 넘어질 것 같아 걷기가 어려웠다. 간신히 온실 뒷마당에 서있는 아름드리 녹나무 밑으로 가서 머리를 땅에 처박고 엎드렸다. 무일은 천지가 경동하는 자연의 노여움을 처음 당하고 있었다. 이대로라면 온실이 와장창 무너지거나 녹나무가 쓰러질 것 같고 땅이 폭삭 꺼질 것만 같았다. 겁에 질려서 부들부들 떨었다.

"무서워!" 하고 소리를 내지른 미치코는 무일의 등 뒤에서 두 손으로 허리를 끌어안고 버티고 있었다. 두 사람은 영락없이 레슬링 경기에서 벌칙으로 선수가 매트 중앙에 엎드린 자세를 취하면 상대방 선수가 그의 등 뒤에서 붙잡고 공격을 하는 파테르 자세였다. 정신이 없는 그 순간에도 무일은 그녀의 몸이 가늘게 떨고 있는 것을 느꼈다. 그리고 차차 고향 집의 부뚜막 같은 온기가 전해왔다.

다시 전차가 지나가는 그런 소리가 점점 멀어져갔다. 미치코는 무일의 넓적한 등허리에 얼굴을 파묻고 존득거리는 찰떡처럼 그대로 붙어 있었다. 무일도 잔잔한 호수에 떨어진 돌이 일으킨 둥근 파문과 같은 어떤 출렁거림이 가슴에 번지고 있었다. 이윽고, 만물이 침묵하고 시공이 멎은 정적이 이어졌다. 무일은 두 손으로 깍지를 끼고 배를 조이고 있는 미치고의 두 손을 잡아서 허리띠를 풀듯 살며시 뜯어냈다.

"인제 괜찮은 것 같애."

그 말에 미치코는 비실비실 일어났다. 마치 술을 못하는 사람이 소주 한잔에 취한 것 같았다. 빨갛게 달아오른 얼굴을 두 손으로 감싸고 비틀거리며 걸어가 버렸다.

무일은 처음 겪는 지진이 무서웠다. 맨 처음 일본 땅을 밟으면서 느낀 첫인상은 푸르다 못해 검푸른 산이었다. 한국의 산들은 전란의 포화에 쓰러진 나무위로 우박같이 쏟아진 흙먼지를 덮어쓰고 온통 황토색이었다. 수십 년 자란 나무들은 공비가 숨을 곳을 없애려고 낫으로 꼴 베듯 잘라버려서 대부분 뻘건 황토먼지만 날리는 민둥산으로 변해있었다.

일본은 소나무는 물론이고 편백나무, 삼나무며, 녹나무 등 아름드리나무가 섬도 육지도 시루에 콩나물 자라듯 빽빽하게 우거져 검푸른 숲을 이루고 있었다. 여러 식물이 자라기 좋은 비옥한 중성 화산재와 풍부한 강우량과 온난한 기후, 이 3요소를 갖춘 자연의 혜택이었다. 만약 일본에 지진과 화산, 태풍이 없다면 낙원이라고 했을 것이었다. 조물주는 참 공평하다고 무일은 생각했다. 그렇지 않았으면 배알이 꼬여서 못 견디었을 것이었다.

미치코가 동경으로 돌아가는 날이었다. 그녀를 전송하려고 뜰로 나온 무일은 그녀의 강렬한 시선이 불화살처럼 가슴에 박히는 것을 느꼈다. 얼굴이 화끈거렸다. 옆에 사람이 의식되어 둘러보았다. 자기 바로 옆에 다야마 요시에가 장승모양 나란히 서있어서 깜짝 놀랐다. 미치코는 입을 굳게 오므리고 차에 탔다. 유리창을 내렸으나 냉찬 얼굴의 입가에 묘한 웃음을 흘리며 차가 떠났다.

사나다 지로 선생은 '세계관과 국가관'이란 책을 쓰고 있었다. 이즈난원의 난 꽃도 한물가고 마루야마 공원에는 창포가 곱게 피었다. 노리사토 부인은 봄의 난 꽃들이 끊이지 않고 피어있던 내내 병이 호전되어 모두 기뻐했으나 갑자기 병세가 나빠졌다. 그늘을 드리운 사가미나다의 수평선을 바라보며 생의 종말을 맞고 있었다. 병원으로 실려 가면서 노리사토 부인은 데쳐놓은 고사리처럼 탄력이 없는 손을 내밀어 아키코의 손을 잡고 힘겹게 입을 열었다.

"고마웠어요. 지로를 부탁드려요. 가여운 시게미츠도…."

그 짧은 말은 삶을 마감하면서 남긴 애절한 유언이었다. 고맙다는 한마디 속에는 그의 일기장에 써 놓은 깨알 같은 글, 찰나의 속세에서 연을 맺었던 사람들에게 고마움과 용서와 안녕을 바라는 말이 모두 들어있는 듯했다. 굳게 백년해로를 약속한 남편과 어린 자식을 두고 먼저 이승을 떠나야 하는 이별의 길목에서 슬프기 보다는 한없이 미안한 마음이 더 큰 것 같았다. 이미 그녀는 어찌할 방법도 기력도 시간도 아무것도 남아있지 않았다. 그동안 아키코가 고마웠다. 그들을 부탁할 수밖에 없었다. 노리사도 부인은 활활 타고 있는 모닥불로 떨어진 흰나비처럼 날개를 퍼덕이며 사라져 갔다.

어린 시게미츠는 어머니를 떠나보내면서 모두가 걱정을 할 만큼 많이 또 오래 울지 않았다. 이제 겨우 중학생이 된 그는 어머니의 죽음이라는 것을 어슴푸레 아는 것 같았지만 임종을 지켜보면서 방금까지 어머니에게 있었던 일들이 갑자기 모두 멈춰버리는 것이 이상했다. 자기를 쳐다보던 어머니가 눈을 감고 뜨지 않은 것도, 말도 움직임도 없고 얼굴은 화색이 가시고 온기도 식어가는 것도 이해할 수 없었다. 희멀건 얼음장처럼 변하고 나무토막처럼 굳어진 어머니의 형해를 보면서 그의 머릿속은 삶과 죽음의 구경이 무엇인지를 더듬고 있었다. 왜 모두 이리 슬프게 우는 걸까? 사바와 명부의 경계를 알고 싶어 미로를 허우적거리고 있는 것 같았다.

어머니의 인자했던 눈빛, 나와 아버지에 대한 상냥한 말소리, 골똘히 무언가 생각하며 나에게 숙제를 도와주던 어머니의 모습은 아무것도 들리지 않고 보이지 않으니 모두 어디로 사라진 것일까? 이제부터는 어머니를 보고 싶어도 만날 수 없고 어머니를 불러도 대답을 들을 수 없다는 것을 알았다. 혼자서 어떻게 살아가야 할지도 알 것 같아 가늘게 몸을 떨면서 입을 악물었다. 그럼 우리 어머니는 무엇으로 변한 것인가. 이것을 귀신이라고 하는 건가? 시게미츠는 어머니가 무서운 생각이 들었다. 무서움에 겹쳐 외로움이 밀려와서 혼자서 있을 수가 없었다. 아버지의 옆으로 가서 손을 꼭 잡았다. 시게미츠는 화장을 하고 나서야 어머니는 한 줌의 재란 것을 알았다.

장례식에는 동경에서 사나다 선생의 형인 사나다 이치로 부부, 미치코, 미치코의 동생 나가마사 일가족이 참석했다. 무일은 얼굴에 눈물 자국이 말라붙은 시게미츠를 보고 옛날 지리산에서 새끼들이 딸린 암꿩을 죽인 일을 생각했다. 아직 그 품에 안겨 있어야 할 어린 생명을 남겨두고 떠나는 어미의 죽음은 너무 애절했다. 지리산에서 무수한 주검을 보고 매만지고 임종을 지켜봤지만 이역 땅에서 뿌리가 다른 한 인생의 영혼 앞에서 왜 이렇게 서러운지 몰랐다. 등에 업혀서 서서히 피가 쏟아져 말라가고 숨이 끊어져 가는 전우와 헤어지면서도 이렇게 슬프지는 않았다.

장례식을 치르고 미치코는 난원에 남아서 무일을 만나고 싶었지만 그럴 분위기가 아니었다. 짝 잃은 거위가 통곡하고 서러움이 비안개처럼 덮고 있었다. 그녀는 가족들과 동경으로 돌아갔다. 미치코의 아버지 사나다 이치로, 무일은 아버지가 항상 원수라고 말한 광주에서 어업조합연합회 상사였던 사나다 과장인 것은 전혀 알 리가 없었다.

사랑하는 부인을 저세상으로 떠나보낸 사나다 선생은 한동안 식욕을 잃었다. 일본식대로, 화장을 한 유골을 방에 모셔놓고 묘에 안치할 때까지 바깥출입도 삼갔다. 아키코로서도 어찌할 방법이 없었다. 애원하듯 부탁을 하던 노리사토 부인을 생각하면 어떤 책임감이 어깨를 짓눌렀지만 애만 탔다. 혼자 남은 시게미츠를 잘 챙겼다. 꼭 함께 식사를 하고 자주 이야기 시간도 가졌다. 그럴 때면 그는 아키코를 그리움이 가득 찬 눈으로 쳐다봤다. 무슨 말을 하려다가 말고 풀죽은 모습으로 고개를 숙이곤 했다. 아직 안정된 애착이 형성되지 못한 소년은 가끔 모정이 없는 생활을 일탈하고 싶은 충동이 일었다. 이를 참으면서 외롭고 허전할 때면 떠나버린 어미 대신 의지하고 싶은 누군가를 갈망하는 성싶었다. 그의 어미 잃은 상처를 가장 가까이서 달래줄 수 있는 사람은 무일이었다. 같이 카드놀이도 하고 노래도 부르고 숙제도 돌봐주었다. 그러나 일본역사만은 모른다고 딱 잡아뗐다. 알지도 못하기 때문이기도 했지만 모르고 싶었다.

사나다 원장은 노리사토 부인의 안장을 서둘렀다. 아들의 건강과 난원의 가족들이 모두 슬픔에서 헤어기를 바랐다. 북풍의 세찬 바람에 낙엽이 눈처럼 흩날린 무렵이 되어서야 이즈난원의 옛 안주인의 안장을 마쳤다. 그리고 살아있는 사람들은 다시 새해를 맞고 한매가 피고 벚꽃이 피고 잎이 우거졌다. 아키코는 아침 일찍부터 식당으로 나가 사나다 원장과 사나다 선생과 시게미츠의 식사를 직접 챙겼고 푸른 녹음에 싸인 이즈난원을 분주히 돌아다녔다.

장례를 마치고도 사나다 선생은 활기를 찾지 못하고 있었다. 하루는 그가 모처럼 무일의 온실에 들렀다. 책상 위에 놓인 한국근대사를 보더니 의자에 앉았다.

"한국 근대사를 읽으면서 일본을 많이 원망했겠구나."

"원망이라기보다는…."

"많이 미워한다는 말이지?"

"그렇지만 반반이에요."

"반반이라니?"

"저는 일본이 잘못을 한 것은 알게 되었지만, 우리나라는 바보라는 것도 알았어요."

"한국이 바보라니?"

"바보 멍청이였으니까 당했겠지요."

"바보 멍청이라…. 그 말 재미있구나."

사나다 선생은 얼굴에 엷은 미소를 띠었다. 그의 웃음 띤 얼굴을 보는 것은 오랜만이었다.

"우리가 강해서 반대로 일본을 지배했으면 편하게 살았을 것 아니에요?"

"그래, 세계 질서를 거역한 한 국가의 야심과 그에 대한 국가의 무능이 당한 치욕의 역사였지."

"선생님 저는 한 일 두 나라의 그 역사를 모두 지워버렸으면 좋겠어요. 입장이 곤란하고 괴로워요."

"역사는 지울 수 없는 것이란다. 옛날 사관이 기록하는 사초는 임금님도 간섭을 못했던 거다. 조지 산타냐는 '과거를 기억하지 못하는 사람들은 그 과거를 되풀이 한다'고 말했다."

"선생님 그렇지만도 않은 것 같아요. 한국근대사를 읽으면서 우리는 오천 년이란 역사를 자랑하면서 항상 잘 못한 과거를 되풀이하고 있다는 걸 알았어요. 끊임없이 이웃나라의 침략을 받고 난리를 겪고 나서도 정신을 차리지 못하고 전과 똑같이 분열하고 당파싸움만 하다가 매번 속수무책으로 당했어요. 지금도 남북으로 갈라져서 으르렁거리고 있지 않아요?"

"부이치는 이제 역사를 읽는 지혜를 가졌구나. 역사는 과거의 거울이고 반성의 씨앗이다. 역사를 거울로 삼지 않고 복수의 빌미나 무기로 써서는 안 되는 법이다. 감정의 씨앗이 되어도 또 미래로 나아가는 국민을 얽어매서도 안 되는 것이다. 역사의 거울을 보고 자성하지 아니하고, 반성의 씨앗을 가꾸는데 소홀하면 도리어 역사의 거울은 깨져서 흉기가 되고 국민은 불행해지는 것이다. 한국은 일본의 침략은 그렇다 치고 그 후에라도 굳게 단결을 했더라면 지금과 같은 남북분단도 전쟁도 없었을 것이고 일본보다 더 발전을 했을 것인데 말이다. 한국은 앞으로 남북통일을 위해서도, 종전 후 미, 영, 소 삼국이 모스코바 외상회담에서 왜 한국을 신탁통치하기로 결정했느냐를 역사의 교훈으로 삼아야한다. 물론 소련의 야욕 탓도 있었지만 나는 한국이 보다 더 단결하고 사회가 안정되고 국민이 성숙하였으면 달랐을 것이라고 믿는다."

"저도 그렇게 생각을 하고 싶지만 우리나라 국민이나 지금까지 제가 본 일본 국민들은 모두 선량하고 인정이 많은 사람들인데 모두 나라가 나쁜 것 같아요. 그래서 저는 나라가 싫어요."

"그 말도 충분히 이해를 하겠다만 부이치는 나라와 민족이란 어떤 것인가를 더 알아야 한다. 물론 권력으로 국민의 의사를 송두리째 무시하고 강제하는 독재자가 나라를 지배할 때 그런 잘못이 있을 수 있지만 그렇다고 국가가 없는 민족이나 국가를 잃은 민족은 파레스타인처럼 그건 곧 불행이고 비극의 삶이다."

"선생님의 말씀도 조금은 이해가 되지만 모든 것이 복잡한 문제만 같아요. 선생님 저는 점점 여기 살고 있는 제가 갈 길을 모르겠어요. 괴로울 뿐이에요."

"지금 그 마음이 바로 네가 바른길로 가고 있는 거다. 양국의 젊은이들이 괴로워하면서 그 고뇌 속에서 바른길을 찾아야 한다. 일본과 한국의 국민이 차츰 정의와 윤리를 깨닫고 너와 같은 생각을 하게 되면 서로 이해와 신뢰가 쌓이고 국제적으로 성숙해질 것이다. 그러면 머지 않는 장래에 사이좋은 이웃이 될 날이 올 거다. 내가 지금 쓰고 있는 책도 이 문제를 깊이 분석해보고 있다."

"알겠습니다 선생님. 한일 관계는 국가나 정권이 아니라 먼저 국민들이 서로 친하게 사는 것이 바람직하다는 말씀 아니세요?"

"일본 국민은 독한 데는 있어도 악한 국민은 아니다. 한일 국민 모두가 부이치 군만 같았으면 좋겠구나."

사나다 지로는 무일을 구해 주었고 그의 삶을 위해 도와준 스승이었다. 그는 일본과 한국의 젊은이들이 두 나라의 관계에 대해서 많은 고민을 하는 것이 좋은 현상이라고 생각했다. 무일이 선생인 자기에게 진지하게 고민을 털어놓는 그런 자세가 너무 사랑스러웠다. 먼저 무일을 위하는 가장 첫 번째 문제는 영주권을 얻게 해주는 일이었다. 그의 여권이 없이는 쉽지 않은 일이지만 이토관광협회를 통하면 길이 있을 것도 같았다.

§

단풍이 한 잎 두 잎 지기 시작할 때쯤이면 소슬한 바람이 추억과 그리움과 고독을 싣고 불어왔다. 사람들은 여름동안 더위에 지친 심신을 안식하며 사색하고 지난날을 반성한다. 조용히 초목의 조락을 바라보며 겨울을 맞아 인내한다.

난원의 가족들은 계절의 변화에 갈색 낙엽처럼 마음이 시들고 있었다. 가을의 색깔과 내음과 감촉 그리고 분위기로 인해 모두가 허전했다. 무일은 자꾸만 미치코의 얼굴이 눈 속에서 아롱거려 지우려고 하면 더 뚜렷하게 떠올랐다. 그립고 보고 싶었다. 점점 선명해지는 사랑의 무지개는 쌍무지게가 나타나고 동그란 반원으로 이어지더니 이글거리는 뜨거운 태양 둘레에 햇무리로 불탔다. 밤이면 감기지 않는 눈은 어디에도 초점을 맞추지 못해 좁은 천정을 맴돌기만 했다. 그건 고통이었다. 가슴을 움켜쥐고 밤새 궁싯거리다 밤을 지새울 때가 많았다.

쟁반같이 크고 밝은 보름달이 초저녁에 동산으로 떠올랐다. 아키코는 저녁 식사를 하고 벤치에 앉아 달을 바라보고 있었다. 달 속에서 돌아가신 아버지, 헤어진 어머니와 하루코, 그리고 귀여운 조카 유리가 비치는지 보았다. 나를 낳아준 어머니도 누군지 보고 싶었다. 달은 그녀와 말동무를 하고 싶은지 앙상한 단풍나무 가지에 앉아서 머물고 있었다. 아키코는 까닭도 없이 혼자서 펑펑 울고 싶었다. 그곳을 지나던 사나다 선생이 이시다 아키코가 벤치에 외로이 앉아있는 것을 보고 그녀 옆에 살며시 자리했다.

"나와 계셨군요. 여러 가지로 도와주셔서 고맙습니다. 더구나 덕분에 시게미츠가 잘 견디어내고 있어서 걱정을 덜고 있습니다."

"네. 시게미츠는 훌륭한 아들이에요. 크게 흔들리지 않고 스스로 고통을 이겨내는 모습을 보면 할아버지 많이 닮은 것 같습니다. 좋은 후계자가 될 거에요. 저는 원장님이 걱정 됩니다. 많이 상심하신 것 같고 전보다 몸도 많이 쇠약해 보이셔요."

"저도 아버지가 걱정입니다. 참, 저희 걱정만 했군요. 이시다 상은 어디 불편하거나 어려우신 점이 있으면 사양 마시고 모두 다 말씀해 주세요. 저는 남이라고 생각하지 않고 있습니다. 더구나 노리사토가 떠나면서 이시다 상에게 의지하라고 했는데 너무 신세를 지고 있지 않은지 미안할 때가 많습니다."

"아니에요. 저도 모두 가족으로 생각하고 내 집으로 알고 살고 있습니다. 힘이 닿는 데까지 열심히 하겠어요."

"아, 여기들 계셨어요?"

무일이 순찰을 돌다가 둘이 있는 벤치에서 마주치자 슬쩍 인사를 하고 눈치 빠르게 사라졌다.

"아까운, 젊은 청년이 참 안 됐어요. 힘껏 도와주려고 해요."

"고맙습니다."

사나다 선생과 아키코는 오랫동안 이야기를 하고 앉아 있었다. 남보기에는 다정한 연인처럼 보였다. 그러고 나서 1주일쯤 지난 일요일이었다. 사나다 원장이 아들 지로와 아키코를 조용히 불렀다. 둘은 야단이라도 맞을 일이 있는 건지 안절부절못하고 원장 앞에 가서 눈치를 살폈다. 사나다 원장은 진지한 표정으로 말문을 열었다.

"나도 며느리를 보낸 뒤 좀처럼 마음을 추스를 수가 없구나. 내가 먼저 떠났어야 했는데…. 정말 좋은 며느리였다만 연약한 인간이 천명을 어찌 하겠느냐. 이미 저세상으로 떠난 사람은 부처님에게 의지해야 되느니라. 붙잡으려 해서는 안 된다."

말이 끊어졌다. 눈을 몇 번 껌벅이고 나서 다시 이었다.

"내 마음을 솔직하게 말하겠다. 둘이 서로 의지하고 살면 어떻겠느냐? 그래 준다면 내가 편히 눈을 감을 수 있을 것 같다만…"

둘이는 며칠 전 벤치에 앉아 있던 것을 들키기라도 한 듯 무안해서 숨이 콱 막히고 어쩔 줄을 몰라 고개를 들지 못했다. 원장은 아키코를 향하여 잔잔하게 말을 이었다.

"미혼인 처녀에게 주책없이 내 욕심만 부린 것 같아서 미안하기 그지없지만 더 이상 나이 들기 전에 짝을 만나지 않으면 남은 인생의 가치와 보람을 다 잃게 되는 거예요. 또 지로도 시게미츠를 위해서라도 그 아이가 더 상처가 깊어지기 전에 새사람을 만나 새 가정을 꾸리고 행복을 찾아야 한다. 두 사람 깊이 생각해 주기만을 바랄 뿐이다."

사나다 원장은 도통한 관상쟁이보다 깊은 혜안으로 둘의 운명을 꿰뚫어 보고 있었다. 자식의 재혼만을 위한 욕심이 아니었다. 딸처럼 정이 든 아키코를 위한 진심이기도 했다. 오랜 세월을 살면서 얻은 현명한 경륜이고 인생관이었다. 두 사람은 마치 맞선을 본 처녀총각 같은 당혹스러운 기분으로 사나다 원장 앞을 물러나왔다.

"미안합니다. 아버지께서 나이가 점점 드시니 마음이 약해지신 것 같습니다."

사나다 선생은 민망해선지, 그렇지 않으면 좋아서인지 그 마음을 알 수 없지만 아키코에게 사과를 했다.

"……."

아키코는 아무 말도 못했다. 가슴이 방망이질을 해대고 술 마신 사람처럼 얼굴이 화끈거려 외면을 한 채 살짝 인사하고 카페로 종종걸음을 쳤다.

사나다 원장의 위엄과 인격이 실린 충고는 두 사람의 마음이 흔들릴 만큼 큰 울림이었다. 난원 한구석 담장 밑에서 오랜 세월 자라고 있는 백년초와도 같았다. 사실은 가을바람에 풍선처럼 부풀고 있던 두 사람의 부아를 뾰족한 그 가시로 터뜨려 준 것이었다.

두 사람 모두 막연하지만 결혼을 생각해보지 안했다면 그건 거짓말이었다. 딱히 결혼이라기보다는 아키코는 뒤뜰의 녹나무처럼 푸르고 듬직한 사나다 선생을 마음속으로 존경하고 있었다. 사나다 선생도 지적인 성숙한 아름다음에 기품이 있는 그녀에게 서서히 이끌리고 있었다. 혼자 사색에 잠길 때는 엷게 화장한 얼굴에 우수가 눈가에 어린 정숙한 그녀가 눈에 어른거렸다. 둘이서 맺어지기를 원하며 저세상으로 떠난 노리사토 부인의 유언도 주술처럼 이들의 머릿속에서 맴돌았다.

세월은 덧없이 흘러간 것 같았지만 하루에는 뜻이 있고 희망이 있는 즐거움이 있었다. 마루야마공원 호수 가에는 청색과 보색인 노란색이 조화롭게 대비된 청순한 창포꽃이 피어 공원을 찾는 사람들의 눈길을 붙잡았다. 이내 꽃은 시들고 푸른 잎이 무성한 수목들이 다시 단풍으로 옷을 갈아입고 있었다.

그 즈음에 이르러 사나다 지로와 이시다 아키코는 결혼식을 올렸다. 동경에서 큰댁 가족이 왔고 이도관광협회 회원을 비롯한 많은 하객이 참석했다. 고치에서는 하루코가 딸 유리를 데리고 왔다. 유리가 기억이 나는지 무일을 자꾸 쳐다보았다. 그는 일부러 두 모녀에게 가까이 가지 않고 피했다. 결혼식이 끝난 신부는 유리를 안고 뺨을 부비고 뽀뽀하는 모습이 마치 떼어놓고 온 딸 같았다. 사나다 원장은 먼저 간 며느리를 생각하여 웃음을 감추고 표정관리를 하고 있었지만 허리를 구부리고 이리저리 서대는 모습이 기쁜 마음을 주체하지 못하는 것 같았다.

일 년 만에 본 미치코는 처녀티를 완전히 벗고 어른스러웠다. 무일은 참고 있던 그리움이 커다란 고함소리로 터질 것만 같아 아랫입술을 지그시 깨물었다. 미치코도 무일을 만나고 싶었다. 결혼식이 끝나고 부모와 헤어져 이즈난원에 남았다.

사실은 순진하기만 했던 그녀의 가슴속에 한 이성이 파고든 것은 식당에서 그를 처음 만난 그날이었다. 날이 갈수록 자꾸만 부풀어가는 그에 대한 그리움과 간절함을 이제 더는 감당을 할 수가 없었다. 이것이 사랑이란 것인가? 이렇게 뇌면서 혼자 한숨으로 삭이고 살았다. 아린 가슴을 움켜잡고 하루면 몇 번씩이라도 이즈를 찾아오고 싶었다. 그렇지만 어딘가 함부로 범하기 어려운 그의 도도함이 매번 그녀를 망설이게 했다. 성급한 구애로 인하여 자칫 잘못하면 아련하게 피어오른 무지개 같은 연모의 꿈마저 깨질까 두려웠다. 그를 설잡고 싶지 않은 그녀의 침착함이 아기를 잉태한 모성 같은 끈질긴 기다림으로 견디었다. 오늘은 도저히 그대로 돌아설 수가 없었다.

미치코는 무일에게 마루야마공원에서 좀 만났으면 좋겠다고 했다. 두 남녀는 마루야마 공원의 한적한 나무 밑의 벤치에 나란히 앉아 한참동안 눈만 껌벅이고 있었다. 그들 위를 단풍나무의 뻐드러진 가지가 지붕처럼 드리우고 있었다. 짙은 그늘 아래는 이들에게 더없이 달콤한 밀회의 자리였다.

단풍잎 한 장이 춤을 추며 내려와 미치코의 머리에 앉았다. 무일은 미치코의 머리에 팔레놉시스 꽃을 꽂아 주었다가 난감했던 생각이 났다. 미치코가 머리에서 그걸 집더니 앙갚음인 냥 무일의 머리에다 꽂아주며 그를 똑바로 바라봤다. 그때 호접란 때문에 토라졌던 그녀의 마음은 지금 생각하면 연모의 앙탈이었던 것 같았다. 무일은 자신의 시선이 그녀의 눈 속에서 용광로의 쇳물처럼 녹아나는 것을 느꼈다. 그리고 가슴의 고동이 빨라졌다. 이윽고 미치코가 천근만근 무겁게 입을 열어 침묵을 깨트렸다. 갈대가 소슬바람에 스치는 듯 끊어졌다 이어지는 들릴락 말락 한 소리가 가늘게 떨리고 있었다.

"저는 어쩌면 좋아요?" 하고 묻더니 한참을 있다가 "내가 그렇게 싫어요?" 그리고 하늘은 청청하게 높고 맑은데 그녀의 손등에는 가을비가 내리고 있었다. 무일은 깊은 한숨을 내쉬었다. 가슴 속에서 얼음장 같은 인내와 펄펄 끓는 쇳물 같은 연정이 진검승부를 벌이고 있었다. 무일은 살며시 그녀의 젖은 손을 이끌어 손바닥으로 눈물을 닦아주었다. 눈물이 폭포로 변했다. 무일이 쳐다보자 미치코는 엎드려서 그의 허벅지에 얼굴을 파묻고 난원의 뒤뜰에서 겪었던 지진같이 흔들리고 있었다. 무일의 마음이 뜨거운 눈물에 녹아나고 있었다. 그는 태풍에 쓰러진 벼를 추슬러 세우듯 조심스럽게 미치코를 일으켰다. 양어깨를 잡은 채 똑바로 바라보며 말했다.

"나도 미치코가 좋아, 정말 많이 좋아. 하지만 나는 조센징이야. 나를 좋아해선 안 돼."

"그래서 상대도 조센징을 좋아하실 거에요?"

"응? 그게 무슨 소리야?"

"모르시면 됐어요."

"무슨 말인지 모르겠네."

"나를 사랑한다는 말은 못하세요?"

"……."

무일은 사랑한다고 크게 외치고 싶은 대답을 못하고 냉가슴을 앓았다. 사랑한다는 한마디가 잘못하면 미치코에게 엄청난 파문과 상처를 줄 것이 두려웠다. 그에게 그런 운명을 지워주고 싶지 않았다. 미치코는 젖은 눈으로 무일을 쳐다봤다. 행여 께름칙했던 일은 우려하지 않아도 괜찮은 것 같았다. 그렇다면 왜 말을 못하는지 너무 답답했다. 고개를 양옆으로 머리카락이 헝클어지도록 격렬하게 흔들었다. 무일은 어린아이를 안듯 그녀를 살며시 안았다. 미치코의 등을 다독여 울음을 달랬다. 미치코는 핸드백에서 손수건을 꺼내서 눈을 훔쳤다. 고급스런 다마세네 장미의 향내가 코끝에 스몄다. 무일의 눈에도 눈물이 고였다.

"조센징이면 어때요? 나는 조센징이 좋아요. 어려서 한국에서 학교를 다녔어요. 그때가 그리워요. 친했던 한국 친구들이 보고 싶을 때가 있어요. 네? 부이치, 나는 부이치가 나를 사랑하던 안 하던 당신을 사랑할 거예요."

이번에는 또각또각 말발굽 소리처럼 또렷한 말소리였다.

"한국에서 학교를 다녔다구요?"

"그럼요. 김치, 어머니, 아버지 한국말도 조금 안 걸요. 종전이 되기 전해 그러니까 국민학교 5학년 때 일본으로 돌아왔어요."

"그랬구나…."

대화가 바뀌면서 벤치의 분위기는 벌써 겨울이 지나고 봄이 온 듯 훈훈하고 부드럽게 변해갔다.

"저 인테리어 건축회사에 취직했어요. 큰 회사에요. 디자이너로요."

"잘했어요, 축하해요. 욕심도 많지, 디자인하면서 작품 활동도 하고 꿩 먹고 알 먹기네요?"

"참 부이치, 우리 회사로 올래요?"

"나 그런 자격도 없고 지금은 여기 못 떠나요. 아직 내가 도와드려야 하고, 밀항자라…. 그래서 미치코는 나를 잊어주면 좋겠어요."

"아이 또 그 소리…. 나를 사랑한다고 말하면 좋은 방법 가르쳐 줄께요."

"무슨 방법인데?"

"흐 흠, 나하고 결혼하면 울담에서 떨어진 호박처럼 저절로 영주권이 데굴데굴 굴러 올 거고…"

"싫습니다. 미치코 이용해서 영주권 얻을 생각 절대 없으니까."

"나를 이용하면 어때요? 어차피 나는 당신에게 내 마음을 다 빼앗겨 버렸고 나를 다 받칠 건데…"

미치코는 당신이란 말이 콧노래처럼 쉽게 나오고 있었다. 조심스럽고 얌전하기만한 여자가 오늘은 작정을 하고 만난 것인지 탈을 쓴 연극배우 같은 딴사람이었다. 끈질긴 칡덩굴의 뿌리를 송두리 채 뽑으려고 손바닥에다 침을 탁 뱉고 곡괭이를 치켜든 산머슴처럼 결판을 내려고 이즈에 머무른 것 같았다. 무일의 입에서 한마디라도 듣고 싶은 말을 캐내려고 했지만 무일은 먼 산을 바라보고 끝내 한숨으로만 대답을 하고 있었다.

"할 수 없군요. 또 기다릴래요."

미치코는 무일의 뺨에 살짝 뜨거운 입술을 갖다 댔다. 무일은 거부하지 안 했다. 고개를 숙이고 있는 그의 볼에서 정전기가 찌르르 가슴까지 전해오면서 가슴이 요동을 치기 시작했지만 이를 악물고 참았다. 미치코는 일어나서 멍하니 앉아있는 무일의 손을 잡아 일으켰다.

"우리 가요. 또 오겠어요."

미치코는 오늘도 돌장승처럼 흔들어도 흔들리지 않은 그가 원망스러웠지만 혹은 밉기도 하고 더 간절하기도 더 믿음직하기도 했다. 백 번이라도 도끼로 찍을 각오인 것 같았다.

무일은 오늘 아침 벌써 일기의 마지막 책장을 썼다. 지나온 날들이 꿈만 같았다. 작은 상자 안에서 다람쥐 쳇바퀴 돌듯 매일 되풀이 되는 단조로운 생활이지만 분에 넘치는 친절과 사랑에 감사했고 눈앞에 희망이 어른거리고 있었다. 좌절의 고비를 넘기고 도약의 기회이기도 하였지만 그는 여전히 자기의 분수를 잃지 않으려고 했다.

아키코는 신혼여행을 멀리 가지 않고 가까운 후지산 근처의 호수가에서 하루를 묵기로 했다. 시게미츠를 데리고 가고 싶은 것이었다. 무일이 축하인사를 했다.

"누님 축하드려요. 그리고 선생님도…."

그러나 끝말을 맺지 못했다. 두 사람이 너무 행복해 보이므로 기뻤고 또 노리사토 부인도 생각이 났다. 시게미츠는 무일을 한번 돌아보더니 마지못해서 따라가는 듯 두 손을 주머니에 꽂고 느릿느릿 걸어갔다. 아무 말도 표정도 없었다. 차 뒷문을 잡아당기더니 자리에 앉아 고개를 숙이고 있었다. 그들은 이즈난원 가족들의 진심 어린 축복을 받으며 후지산으로 떠났다.

호수에 그림자를 드리운 아담한 여관에 든 일행은 성찬으로 저녁 식사를 했다. 세 가족은 차와 과실을 들면서 즐겁게 카드놀이를 했다. 이윽고 아키코는 시게미츠를 그가 잘 방으로 데리고 갔다. 단정하게 무릎을 꿇고 앉아 앞에 서 있는 시게미츠의 양손을 잡았다. 그는 무심한 표정으로 고개를 숙이고 있었다.

"시게미츠, 너는 아버지와 내가 결혼한 것 이해해 줄 수 있지?"

아키코가 조용히 물었다.

"……."

아랫입술을 뚝 내밀고 대답이 없었다. 아키코를 쳐다보지 않고 눈을 아래로 내리깐 채 고개를 위아래로 끄덕였다.

"고맙다 시게미츠. 내가 부족하지만 너의 어머니 대신 잘 돌보마. 어렵거나 불편한 일이 있으면 서슴없이 말해주렴. 그리고 나를 지금까지처럼 점장님이라고 부르면 된다. 알았니?"

"…어머니!"

아키코는 의외의 소리에 깜짝 놀라서 귀를 의심했다. 시게미츠는 떨리는 작은 목소리로 분명 그렇게 불렀다. 시게미츠의 눈에서는 맑고 뜨거운 눈물이 흘러내려 다다미를 적시고 있었다.

"오, 시게미츠. 어머니라고 불렀니? 시게미츠, 내 아들."

아키코는 꿇고 있던 무릎을 세우고 시게미츠를 와락 껴안았다. 시게미츠는 격렬하게 어깨를 들썩였다. 울음소리는 나지 않았다. 부모가 자식을 여의면 가슴에 묻고 사는 것이라지만 시게미츠는 어미를 가슴에 묻고 살다 처마 밑의 물받이 통에 낙숫물처럼 고여 있던 눈물이 넘치고 만 것이었다. 그러나 어린 그는 어머니가 하늘나라로 떠나고 나서 자신의 분수를 헤아리고 있었다. 어머니가 보고 싶고 외로울 때마다 어머니가 일러준 대로 아키코에게 의지하고 따르고 싶은 마음이 간절했지만 이를 참았다. 어린 그도 오늘 같은 날을 손꼽아 기다리고 살았던 것 같았다.

"시게미츠 고맙구나. 울지 않아야지."

"어머니가 그렇게 부르라고 하셨어요. 그리고 말 잘 들어야 한다고 부탁하셨어요."

말끝이 흐느낌으로 바뀌었다. 울음소리를 듣고 사나다 선생이 깜짝 놀라 미닫이를 열고 들여다보았다.

"시게미츠 왜 우니?"

"아니에요. 아무 일도 아니에요."

아키코는 한 손으로 시게미츠의 손을 잡은 채 다른 손은 등 뒤로 손사래를 치면서 말했다.

"아버지, 점장님을 어머니라고 불러도 되죠?"

역시 흐느끼는 소리였다. 그는 동화나 소문에서 다소 부정적인 이미지로 묘사되는 계모라는 것도 의식하고 있었지만 아키코를 계모라고 생각하기 싫었다. 어머니의 유언의 진실함과 어떤 선입관도 개입되지 않은 순순한 어린이의 눈에 비친 아키코의 심성이 그렇게 그를 순화했다.

"시게미츠가 어른이 다 됐구나. 아버지뿐만이 아니라 새어머니, 그리고 할아버지와 우리 가정, 이즈난원, 그리고 우리 시게미츠 모두가 행복한 길을 어린 네가 잘 알고 있었구나. 하늘나라로 떠난 어머니도 기뻐하실 거야."

사나다 선생의 말소리가 떨리고 있었다.

"노리사토 부인이 어머니라 부르라고 하셨대요."

아키코의 눈에서도 비가 내렸다. 사나다 선생은 소리 없이 장대비가 쏟아지기 시작했다. 잠시 후 아키코는 모처럼 신혼여행의 분위기를 수습하려는 듯 모두 밖으로 데리고 나갔다. 바람이 찼지만 충혈된 눈을 식혀 주었다. 그들은 시게미츠가 좋아하는 가을 노래를 높지 않은 소리로 합창했다. 아키코는 따뜻한 그녀의 손으로 시게미츠의 손을 꼭 잡고 있었다.

이즈난원은 태풍이 지나가듯 큰일을 치르면서 모두의 마음도 술렁였지만 평온한 일상으로 되돌아왔다. 결혼이란 한마디로 말하기 어려울 만큼 좋은 것이었다. 아키코의 얼굴에서는 그녀를 덮고 있던 희끄무레한 안개가 서서히 걷히고 있었다. 눈언저리의 그늘도 밝아졌다. 보랏빛이었던 그의 미소는 차차 핑크색으로 선염되어가고 걸음걸이도 빨라지고 있었다. 그들의 결연은 한국의 텃골 아짐씨와 김 면장의 결혼과 흡사한, 사랑보다는 성숙한 신사 숙녀의 이성과 인정으로 맺어진 한 층 격조 높은 부부라고 하는 것이 더 옳은 표현일 것이었다.

사나다 선생이 백방으로 노력한 끝에 무일은 이토관광협회가 관광사업 발전에 꼭 필요한 사람으로 추천하여 변칙적으로 단기 취업허가증을 얻어냈다. 임시방편이었지만 우선 불법체류자로 잡혀가는 일은 없어졌다. 무일은 너무 기쁘고 매부가 된 선생이 고마웠다.

이제 무일은 어머니에게 편지를 쓰기로 했다. 얼마나 궁금하고 보고 싶으실까. 이제 안정이 되어가니 집 소식도 듣고 싶었다. 먼저 아버지 어머니께 죄송한 마음부터 전했다. 문안에 이어 확실하게 명시를 하지는 안했지만 이미 4~5년 전에 일본으로 와서 자리를 잡고 있는 것처럼 썼다. 고모님을 위해 아키코 누나가 결혼하여 함께 잘 살고 있다는 소식도 알렸다. 눈물방울에 종이가 얼룩지고 글씨가 번졌다. 무일은 쓰던 편지를 찢고 다시 써야 했다.

그때 다야마가 온실로 찾아왔다. 무일은 피해 다니던 빚쟁이에게 마주친 사람처럼 난처한 얼굴로 의자에 앉아 있었다.

"한국사람인 것 같아서 만나고 싶었어요."

뜻밖에 한국말이었다. 무일은 깜짝 놀라서 어떻게 대답을 할지 망설였다.

"나는…"

오랜만에 한국말이 잘 나오지 않아 얼버무리고 있는 사이에 다야마가 말을 이었다.

"네, 잘 알아요. 저도 가네모도 씨와 같은 한국사람이에요. 사나다 선생님의 은혜로 여기 살고 있어요."

"사나다 선생님 은혜라고요? 그럼 왜 나를…?"

"네. 사나다 선생님은 제 은인이셔요. 한국사람이 그리웠어요. 혹시라도 고향 소식을 들을 수 있을까 해서요. 저의 고향은 충청도 청주에요. 어머니가 너무 보고 싶어서요."

"청주 같으면 저는 잘 모르고요. 그런데 어떻게 일본은?"

"네 그렇게 됐어요. 그럼 나중에 또 봬요."

다야마는 살짝 묵례를 하고 나갔다. 생김새와 똑같이 무뚝뚝했고 몹시 신중하여 아예 웃음을 잃은 얼굴에서는 고달픈 과거가 묻혀있는 듯 보였다. 무일은 고향 소식을 듣기 위해 만났다고는 했지만 어떻게 사나다 선생이 은인인지, 어떻게 일본에 와서 살고 있는지 궁금했다. 무일은 아키코를 만나 다야마 이야기를 했다. 아키코도 눈이 둥그레지며 놀라는 눈치였다.

"그래? 나도 잘 모르는 일이야. 기회가 있으면 알아보자구나."

아키코는 그렇게 말했지만 그 말을 듣고 무일보다 더 궁금증에 들볶였다. 밤에 아키코는 남편 사나다 지로에게 무일이가 들려준 말을 이야기하면서 조심스럽게 다야마를 어떻게 아느냐고 물었다. 그는 이야기를 듣더니 무거운 한숨을 쉬었다.

"그 이야기는…."

사나다 지로는 잠시 생각에 잠겼다가 난감한 얼굴로 아키코를 보며 말했다.

"듣지 않는 것이 좋을 것 같소."

아키코는 남편의 고뇌에 찬 얼굴을 보고는 더 이상 물을 수가 없었다. 그러나 더욱 증폭된 궁금증이 가슴을 조였다. 그리고 혹시 남편에게 말 못할 비밀이 있는 것은 아닌지 고민으로 변해갔다.

오색 무지개

뜻밖에 무일의 편지를 받은 텃골 아짐씨는 하늘로 날아갈 듯 기뻤다. '글쎄, 세상을 살다 보면 이런 일도 있구나.' 웃음도 나오고 울음도 나왔다. 무일의 사는 모습을 하나라도 더 알고 싶은 듯 편지를 읽고 거푸 또 읽었다. 외출했다 저녁 늦게 돌아온 김 면장에게는 편지를 직접 주지 않았다. 아무 말도 하지 않고 외면을 한 채 방바닥에다 편지를 놓고 살며시 그에게로 밀쳐놓았다.

"무슨 편지요?"

텃골 아짐씨는 직접 보라는 듯 아무 대답을 안 했다. 그걸 집어서 본 김 면장은 벌떡 일어났다.

"여보! 무일이가 살아있었구려. 허허, 살아있었어. 하늘이 나를 살렸소. 으 흐 흐 흑 흑 흑…"

주저앉더니 죄 없는 방바닥을 손바닥으로 때리며 주책도 없이 흐느꼈다. 텃골 아짐씨도 남편이 그렇게 목 놓아 울고 앉아있는 모습을 처음 보았다. 그러나 우는 꼴이 더 미워 밖으로 나가버렸다. 김 면장은 아까 텃골 아짐씨보다 더 여러 번 되풀이 읽고 있었다. 여보를 불렀으나 대답이 없었다. 벌써 샘가에서 정화수를 새로 떠놓고 합장을 하고 있었다.

김 면장은 자식을 쫓아냈던 자기 잘못을 덮기나 하려는 듯 주위의 친지들에게 무일이가 일본에서 출세하여 잘살고 있다고 자랑을 하고 돌아다녔다. 텃골 아짐씨는 무일이 집을 나가던 날을 생각했다. 지리

산에서 팔자에 없는 공비가 되고 빤히 바라보이는 별학산에서 빗발
치는 총탄을 피해 구사일생으로 살아난 자식이 어렵게 흥양호에 몸
을 숨기고 일본으로 간일 같은 것은 까맣게 모르고 기뻐만 하고 있
는 남편이 쥐어박고 싶도록 얄미웠다.

수출회사에 근무하는 사일은 가끔 일본에 출장을 갔다. 텃골 아
짐씨는 그 때를 기다리며 무일에게 보낼 선물 준비를 했다. 그가 좋
아하는 음식을 생각해 보았다. 항상 먹고 싶던 것이 많았는데 막
상 생각하려니 도무지 생각이 나지 않았다. 찹쌀가루를 곱게 빻아
풀을 썼다. 맛이 잘든 묵은 간장에 참기름 적당히 넣어서 간 맞추어
김에다 바른 다음 두 장씩 포개서 자반을 붙였다. 통깨를 보기 좋게
뿌리고 왕골 돗자리 아까워하지 않고 펴 넣어 초봄의 맑은 햇빛에
파삭거리게 잘 말렸다. 그 지방 갖은 반찬 중 하나인 김자반이었다.
그리고 배가 고플 때 타서 먹으라고 찹쌀 미숙가루를 장만했다.

사일이 일본으로 출장을 간다는 반가운 소식이 왔다. 텃골 아짐씨
는 자기가 가는 것만큼 가슴이 설레었다. 사일에게 선물을 소포로
보내놓고 그가 일본에 다녀오기만을 눈이 빠지게 기다렸다.

동경으로 와서 사일과 만나기로 한 호텔에 도착한 무일은 가슴이
콩닥콩닥 방망이질을 해댔다. '몇 년 만에 만난 형인가' 현관문을 밀
치고 들어가는데 안에서 그를 부르는 소리가 들렸다.

"무일아!"

로비에서 기다리고 있던 사일이 다가와 두 손으로 무일의 양 어깨
를 붙잡았다.

"형."

"못 알아볼까 걱정했는데 하나도 안 변했구나."

"형도 그냥 알아보았어."

"어서 올라가자."

사일은 무일의 손을 잡고 침실로 올라갔다.

"이게 몇 년 만이냐. 어머니한테 일본에 있단 소식 듣고 정말 놀랐다. 무사해서 다행이구나. 고생이 많았지?"

오륙 년 동안 쌓인 형제의 이야기는 끝이 없었다. 무일은 집안 가족들과 마을 소식을 꼬치꼬치 물었다. 무심한 성격의 사일도 죽은 줄로만 알았던 동생을 만나 두 형제는 더블베드에서 함께 자면서 밤새워 이야기를 했다. 어머니가 정성껏 마련해준 김자반과 미숫가루를 받고 무일은 아키코 누나와 먹는다고 좋아했다. 호텔에서 아침을 먹고 나서 사일은 오전에는 바쁜 일이 있으므로 일을 끝내고 함께 저녁식사를 하자고 했다.

"우에노역 맞은편에 '장백산'이라는 카바레가 있는데 회사일로 만나야 할 사람이 있으니까 거기서 만나자."

"나도 동경은 처음이야. 나가서 구경하고 그곳으로 바로 갈게."

"응, 구경하고 7시까지 오렴."

사일과 헤어진 무일은 긴자를 돌아보고 아사쿠사로 가서 절과 상가를 구경했다. 손목시계를 처음 찬 어린애처럼 자꾸 시계를 들여다보았다. 드디어 두 개의 시계바늘이 아래에서 일자로 합쳐졌다. 그는 걸어서 우에노로 갔다. 20분도 채 걸리지 않아 장백산 카바레에 도착했다. 문을 밀치고 들어갔더니 웨이터가 자리로 안내했다.

밖에 걸린 커다란 간판과는 딴판으로 좁고 허술한 캬바레였다. 아직 손님이 없었다. 어둠침침한 홀에는 갈색바탕 벽에 여기저기 야한 그림들이 촌스럽게 걸려있었다. 무일은 무대를 보고 깜짝 놀랐다. 아직 비어 있는 무대에 커다란 인공기가 배경으로 걸려있는 것이 아닌가? 잘 못 들어왔나 싶어 두리번거리고 있는데 하얀 냅킨을 접어서 팔에 걸친 웨이터가 쟁반을 들고 와서 물컵을 내려놓고는 명함을 주었다.

"3번 웨이터입니다. 잘 부탁합니다."

명함을 받으면서 웨이터를 올려다본 순간, 무일은 기절을 할 뻔했다.

"엇, 이건, 길상이! 너 길상이! 여기서 만나다니?"

웨이터도 기겁을 했다. 횡하니 돌아서 가다가 다시 왔다.

"아니 손님, 길상이라니요? 저는 3번 웨이터입니다."

"뭐야! 3번? 이 배신자, 이 자식 너?… 잘 만났다."

3번 웨이터는 말을 가로막으며 냉찬 어조로 말했다.

"손님, 사람을 잘 못 보셨습니다. 착각하신 것 같습니다."

"아니, 너?…"

"야, 5번 웨이터. 이 손님 좀 봐 드려."

3번 웨이터는 그 자리를 뜨면서 큰소리로 이렇게 말하고 옆문으로 들어가 버렸다. 무일이 쫓아가려고 일어섰다.

"손님 소란피우시면 안 됩니다. 앉으세요. 손님과 약속이 있으신 모양이죠?"

다른 건장한 웨이터가 달려와서 그를 막았다. 다시 주저앉은 무일 곁에 도깨비 같은 화장을 한 젊은 여자가 와서 덥석 앉았다. 등과 가슴을 다 까발리고 어깨에는 실같이 가는 끈만 걸친 빨간 드레스를 입고 있었다. 긴 손톱에도 빨간 칠을 한 엄지와 검지를 고리처럼 맞대고 마치 태국 무용을 하듯 나머지 손가락을 펴서 손목을 비비 꼬며 어깨에 손을 얹으려고 했다.

"아, 아가씨 필요 없어요. 손님이 오실 거니까."

무일은 손을 뿌리쳤다. '이걸 어떻게 한다?' 심장이 놀라 요동을 치는 통에 엉덩이를 그대로 의자에 붙이고 앉아 있을 수가 없었다. 다시 일어섰다. 정나미 없는 도깨비 아가씨가 거머리처럼 달라붙어 옷자락을 잡아끌어 앉혔다.

"아이, 왜 이렇게 무정하실까? 손님은 손님이고 애인은 애인이에요."

길상을 내가 잘못 본 건가? 가쁜 숨으로 흥분을 삭이면서 무일은 3번 웨이터의 얼굴을 다시 더듬어 보았다. 물론 지리산에서는 안면이 있는 정도였고 가까이 지낸 건 백운산에서 만나 별학산까지 이동하는 동안이었다. 하지만 같이 먹고 자고 했던 그를 몰라볼 리가 없었다. 헤어스타일이나 의복이 많이 달라졌을 뿐 분명히 길상이었다.

"아, 먼저 와있었구나."

그 때 사일이 들어왔다. 이어서 또 한 사람이 자리로 왔다.

"아이고 제가 조금 늦었구먼."

도깨비 아가씨는 얼른 새로 온 손님 옆으로 옮겨 앉았다.

"아이 박 사장님, 왜 인제 오셨어요? 저분이 어찌나 괄시를 하는지. 나는 역시 박 사장님뿐이야."

웨이터가 쟁반을 들고 와서 물컵을 내려놓았다. 무일이 그 웨이터를 쳐다보며 퉁명스럽게 말했다.

"3번 웨이터 좀 오라고 하세요."

"손님, 3번 웨이터는 바쁜 일이 있어서 나갔고요. 5번 웨이터인 제가 담당입니다. 저에게 말씀하시지요."

웨이터의 대답에 박 사장이란 사람이 물었다.

"왜? 3번 웨이터에게 무슨 볼일이라도 있습니까?"

"아니, 아무것도 아닙니다. 아깐 그 사람이 왔기에…."

"아 참, 인사드려라. 이 분은 나하고 거래가 있는 회사 박수길 사장님이신데 형제처럼 지내는 분이시다. 제 동생입니다."

사일이 박 사장에게 무일을 소개했다.

"저는 가네…."

그때 갑자기 무대에서 꽹과리를 두드리는 소리만큼이나 요란스런 음악이 터져 나오면서 가네모도란 이름을 삼켜버렸다. 마치 유랑악단 같이 번쩍거리는 옷을 입은 사인조 벤드였다. 트럼펫과 드럼과 색소폰 그리고 기타를 목에 걸고 폼을 내며 **빽빽**거리는 소리를 내기 시작했다. 무대 앞에는 춤을 추는 자리인지 한 평쯤 되는 공간이 있을 뿐 겨우 십여 세트의 테이블이 놓여있었다. 홀에는 아직 두어 팀의 손님만이 자리하고 있었다.

"아니? 웬 인공기가 여기에…."

그 말을 엿듣기나 한 듯 말이 끝나기도 전에 무대에서 '장백산 줄기줄기 피어린 자국…' 김일성 장군 노래가 홀이 들썩거리게 터져 나왔다.

"어? 이런 노래를…, 형, 여기 있어도 괜찮아?"

무일이 기겁을 하고 물었다. 지리산에서부터 발목에 걸려 끌고 다니는 감발 끈이 코브라처럼 넘실거리며 춤을 출 것 같았다. 겁이 났다. 만약 특무대라도 끌려가면 신세는 물론 신체가 요절이 나는 세상이었다. 어느새 자리를 떴었는지 도깨비 아가씨가 다시 들어오더니 박 사장 옆에 엉덩이를 붙이면서 자유론을 펼쳤다.

"아이 샌님 선생님. 여기는 자유의 나라에요. 자유, 자유라니깐요. 민주주의면 어떻고 공산주의면 어때요? 나는 박 사장님과 같은 조선 사람인데 여기는 자유의 나라 일본이에요."

"괜찮다. 나도 박 사장님 따라와서 처음에는 놀라고 꺼렸는데 이 집 주인의 취향인 모양이더라. 분위기와 노래만 그렇지 보통 카바레와 다르지 않다. 카바레지만 맛있는 양식도 있고 값도 싸고 낯익으니까 일본 오면 박 사장님하고는 항상 여기서 만난다."

무일은 사일의 말을 듣고 일단 마음을 놓았으나 '자유, 일본은 자유라. 그럼 우리나라는 독재란 말인가?' 그는 자유란 말을 곱씹었다.

"좀 허술하지만 친구의 카바레라서 자주 오지요."

"친구의 카바레예요? 아, 그리고 저에게도 말씀 낮추십시오."

"그러지요. 권도산이라는 친구가 하는데 그 친구 좀 이거라서."

박 사장은 왼손을 살짝 들어 보였다. 좌익이라는 뜻이었다.

'권도산?'

무일은 소스라치게 놀랐다. 저절로 이름이 입 밖에 새나왔다.

"아, 그랬구나. 그럼 사장님도 여기 나오시겠네요?"

"우리 사장님요? 큰일을 하신 분이라 여기는 잘 안 오셔요."

도깨비 아가씨가 또 나서 참견을 했다.

"그럼?"

"조총련 상임위원이셔요. 건너편에 있는 조총련본부에 계시죠."

도깨비 아가씨는 널름 무일의 말을 받아 자랑이라도 하는 듯 입을 삐쭉하며 말꼬리를 높였다. 그러고 나서는 눈이 째지게 옆으로 흘겨 무일의 얼굴 표정을 훔쳐보았다.

'건너편 조총련본부라.' 무일은 박 사장을 통하면 길상이의 정체를 자세히 알 수 있을 것 같았다. 길상은 별학산에서 유경만 홍보위원장이 만약 일본 쪽으로 가면 권도산 동지의 도움을 받을 수 있다는 말을 들은 것이다. 동지를 배신하고 자유의 몸이 된 그는 결국 일본으로 건너와서 그를 만난 것이리라. 그리고 배신하여 목숨을 잃게한 유경만을 팔아 취직을 했을 것이다.

무일은 가슴에서 뜨거운 피가 다시 용솟음쳤다. 옆에서 사일 형과 박 사장이란 분의 대화조차 들리지 않았다. 그러나 비밀은 지켜야하고 감정을 억누르고 있어야 할 자리였다. 먼저 권도산을 만나 길상이 배신해서 친구인 유경만 홍보위원장과 딱새, 윤도, 다람쥐가 모두죽은 사건을 알리려야 할 것이었다. 그 뒤 길상이 종적을 감추더라도 박수길 사장이나 권도산을 통하여 붙잡을 수 있을 것으로 생각했다.

저녁 식사를 하면서 사일은 박 사장에게 목포수산이 가지고 있는 김 전량을 양도하여 주도록 간청을 하고 있었다. 박 사장은 죄 값을 치르고 나서 과거의 잘못을 뉘우치고 열심히 노력하여 목포수산을 건실한 회사로 다시 일으켜서 경영하고 있었다.

"이미 계약을 한데가 있어서 전량은 도저히 어렵고 3분의 1, 2만 속밖에 줄 수가 없네. 정말 미안해서 어쩌나."

"이번 저의 회사가 그걸 모두 다 확보하지 못하면 저의 입장이 대단히 곤란합니다. 이미 일본 측과 계약을 했는데 물량이 부족해서 큰일입니다."

박 사장은 간곡히 거절하고 사일은 난감한 표정으로 땡감 먹은 사람처럼 떨떨한 입맛을 다시고 있었다. 식대는 서로 지갑을 빼 들고 다투다가 목포수산 박 사장이 지불했다. 내일 호텔에서 다시 만나 사일이 저녁 식사를 대접하기로 하고 헤어졌다.

다음 날 아침 아홉 시 정각, 무일은 사일보다 먼저 호텔을 나서 곧바로 우에노로 달려갔다. 재일본조선인총연합회는 도깨비 아가씨가 알려준 대로 카바레 건너편의 우에노공원에서 오른쪽 길로 조금 들어간 곳에 있었다. 건물 옥상에 인공기가 펄럭이고 있어서 쉽게 찾았다. 입구에 문지기인 듯 건장한 젊은 청년이 서 있었다. 그가 무슨 일로 왔느냐고 물었다.

"권도산 위원님을 좀 뵈러 왔습니다."

"아 저의 조총련 중앙상임위원이십니다. 어디서 오셨습니까?"

"가네모도 부이치라고 합니다. 저의 삼촌 친구 분이신 데 좀 뵈려고요."

"위원님께서는 지금 중요한 일이 있어서 별실에 계십니다. 그럼 저를 따라오시죠."

젊은 청년은 근처의 작고 허술한 콘크리트 건물로 들어가서 지하실 계단으로 내려갔다. 무일은 따라가면서도 곰팡이 냄새가 나고 음산하여 기분이 썩 좋지 않았다. 창고인 듯 허름한 문을 열고 안으로 들어갔다. 공연 연습장 같은 다소 넓은 공간에는 많은 의자가 제멋대로 놓여 있었다. 안쪽에 틀이 좋은 중년 남자가 책상에 앉아 있었다. 데려간 사람이 공손히 절을 하고 보고했다.

"상임위원님 친구 조카라면서 가네모도 부이치라는 분이 만나 뵙겠다고 합니다."

"오 앉으세요. 무슨 일로…?"

무일은 먼저 자기소개부터 했다.

"유경만 씨가 저의 당숙부입니다. 돌아가시기 전에 일본에 가면 꼭 찾아뵈라는 말씀이 있어서 인사드리려고 왔습니다."

"그럼 혹시 새총이 아니시오?"

무일은 새총이란 말에 깜짝 놀라 잠시 당황했다. 머뭇거리다가 조심스럽게 대답했다.

"네 그렇습니다."

"다른 말씀은?"

"인사를 드리고, 그리고 길상…."

이어 길상이 이야기를 꺼내려던 때였다.

"알았으니 그만!"

권도산은 갑자기 엄숙한 태도가 되더니 눈을 부라리며 무일의 말을 막았다. 이어 냉찬 소리로 질책했다.

"유경만과 새총 동무는 혁명전선에서 목숨을 보존하려고 비겁하게 부대와 조직을 이탈하여 외국으로 도주를 하려고 했소. 평양에서 이를 문책하기 위해 새총 동무를 채포해서 압송하라는 지시가 있었소. 동무는 이 길로 평양으로 가주어야 하겠소."

"넷, 평양으로? 저를?"

권도산은 일어서서 뒤도 돌아보지 않고 옆문으로 나가버렸다. 젊은 장정 한사람과 안내를 했던 사람이 멍하니 앉아있는 무일에게로 다가오더니 양팔을 붙잡았다.

"갑시다."

"뭐요? 가자고?"

"따라오세요."

두 사람이 쇠뭉치 같은 무게로 양팔을 이끌었다.

"이거 놔요!"

"오늘 떠나는 북송선 타려면 시간이 없어, 순순히 따라와!"

"뭣, 북송선? 이 팔 못 놔?"

무일은 사태가 심각한 것을 직감했다. 반사적으로 있는 힘을 다해 한 손을 뿌리쳐서 상대를 치고 발로 또한 놈을 걷어찼다. 예기치 못한 기습 공격에 한 놈은 넘어지고 다른 한 놈이 달려들었다. 격투가 벌어졌다. 의외로 강력한 반격에 상대가 주춤한 사이에 무일은 의자를 밟고 뛰어 넘어 자리를 피했다. 의자를 들어서 뒤로 던지면서 눈 깜짝할 사이에 문으로 달려갔다. 문을 박차고 밖으로 나가 단걸음에 계단을 뛰어 있는 힘을 다해 도망쳤다. 지리산에서 토벌군에 쫓길 때의 바로 그 상황이었다. 길을 건너 아사쿠사 쪽으로 달려가다가 누군가 도둑으로 오인을 할까봐 빠른 걸음으로 도망쳤다. 뒤를 돌아보았으나 다행히 쫓아오는 사람은 없었다.

'길상이 나에게 죄를 덮어씌워? 이건 그냥 둘 수 없지. 이젠 잡아서 죽이는 수밖에…'

무일은 어처구니없는 위기를 당한 충격에 심장이 마구 뛰었다. 용케 빠져나온 것이 다행이었다. 걸어가면서 마음을 추스르고 빠른 맥박을 진정시키느라 숨을 가삐 쉬었다. 앞으로 어떻게 할지를 생각했다. 당장 길상을 만나 죽이고 싶어 몸이 부르르 떨렸다. 그러나 그를 닭 모가지 비틀 듯 쉽게 죽일 수 있는 일은 아니었다. 다시 계획을 세워서 행동에 옮기기로 했다. 우선 오늘은 볼일이 있었다.

내일 떠나는 사일 형 편에 부모님 선물을 사보내고 싶었다. 권도산 조무래기들이 미행을 할지도 몰라 불안했다. 긴자로 가서 돌아다니는 내내 신경이 곤두서 자꾸 뒤를 돌아보고 경계를 했다. 무일은 어머니와 시집간 예일 누나에게는 스웨터를, 아버지는 고급 볼펜을 샀다. 동생 공일 선물은 큰맘 먹고 카메라를 샀다. 더 늙기 전에 부모님의 모습을 찍어두기를 바랐다.

호텔로 돌아온 무일은 로비에 앉아 권도산에게 당한 일을 다시 골똘히 생각하고 있었다. 분함이 치밀어 피가 끓고 당장 길상을 처치하고 싶어 마음이 급했다. 카바레 입구에서 숨어 있다가 새벽에 그가 퇴근을 할 때 감쪽같이 해치우는 것이 가장 좋을 것 같았다. 우선 칼을 구해야 했다. 선불리 칼을 구하러 다니다가 경찰의 의심을 받는 날에는 만사 끝이다. 가정용 식칼을 사면 괜찮을 것이었다. 먼저 오늘 박 사장을 만나면 3번 웨이터에 대한 신상을 자세히 알아보기로 했다.

이윽고 사일과 박 사장이 왔다. 무일은 그들을 따라 호텔 식당으로 갔다. 모두 자리에 앉자 무일이 성급하게 물었다.

"저 박 사장님, 장백산 카바레 자주 들리신다니 혹시 3번 웨이터를 아십니까?"

"3번 웨이터? 글쎄 카바레는 웨이터들이 자꾸 바뀌고, 웨이터 신상까지는 잘 모르네. 웬 일로 3번을 자꾸…?"

"아, 분명히 제가 아는 길상이란 놈 같은데 사람을 잘 못 봤다고 잡아떼기에…."

"가만히 있자. 지금 김 과장 동생께서 길상이라고 하셨는가?"

"네, 길상입니다."

"어떻게 아는 사이인데?"

"네? 아, 질이 좋지 않은 놈이에요."

무일은 엉겁결에 둘러댔다.

"질이 좋지 않다고? 길상? 길상이라면 맞다. 그놈이다. 틀림없네."

"틀림없다니요?"

"살인 미수범."

"네? 살인?"

"네, 여자를 죽이려고 칼로 찌르고 도망간 놈일세."

"여자를 칼로?"

"목포 우리 회사에 근무하는 여직원이 결혼할 남자와 동거를 하였는데 좌익이었던 모양일세. 6.25때 인민군이 밀려오니까 완장을 얻어 차고 부역을 했던 거지. 수복이 되는 혼란 중에 행방불명이 되고말았지 뭔가. 여직원은 다음 해 아들을 출산을 했어요. 동거를 하던 사람은 4년이 지나도록 전혀 소식이 없었네. 그 당시 많은 부역자가 처형을 당했기 때문에 그도 틀림없이 죽었을 것이라고 생각했지. 아주 착한 직원이 고생하고 사는 것이 딱해서 주위에 상처를 한 좋은 사람이 있기에 중매를 해주고 싶었다네. 나는 옛날에 나쁜 일을 많이 해서 나이가 드니까 좋은 일도 좀 하고 싶더군. 여직원이 한사코 거절한 것을 아들을 위해서라도 결혼을 해야 한다고 극구 설득을 해서 결국 결혼을 시켰네. 마음을 잡고 잘 살고 있는데 글쎄…."

"그래서요. 어떻게 됐어요?"

"동거하던 그 남자가 나타나서 흉기로 찌르고 달아난 거네. 조사 결과 그 남자는 길상이란 가명으로 지리산에서 공비로 활약한 고범민이라는 놈으로 밝혀졌어. 자수를 해서 복역하다가 설에 가석방으로 풀려나 동거했던 애인이 결혼을 했다니 죽이려고 한 거지. 여자는 다행히 목숨은 건졌지만 후유증으로 심한 고통을 받고 있네. 범인은 지금까지 잡지 못하고 기소중지가 된 상탠데 3번 웨이터를 길상이로 보았다면 고범민이 틀림없는 것 같네."

'길상이 결국 범죄를 저지르고 일본으로 온 것이구나. 이것을 어떻게 하면 좋을까?' 무일은 가슴이 다시 뛰었다. 웨이터가 와서 주문을 받으러 오자 박 사장이 시계를 들여다보면서 말했다.

"한 분이 더 오실 겁니다. 함께 주문하죠. 참 자네들에게도 소개할 겸, 여기서 친구를 잠깐 만나기로 했네."

조금 후에 잘생기고 중후한 중년신사가 다가왔다. 중절모자를 벗으며 늦어서 죄송하다고 머리를 굽실하고 박 사장 옆자리에 앉았다.

"서로 인사 하시지. 모두 저와 친한 분들이니…. 여기는 김사일 과장, 여기는 김 과장의 아우 되시는 분."

박 사장은 무일의 이름을 잘 못 들었기 때문에 김 과장 아우 되시는 분이라고 소개를 했다.

"이분은 조총련에 상임위원이신 권도산 장백산 카바레 사장님."

무일은 자리에서 벌떡 일어났다. '뭣 권도산?' 소리를 지를 뻔했다. 눈의 흰자위가 뒤집혔다.

"아, 서실 필요 없네. 그냥 앉아서 인사해요."

"권도산이라고 합니다."

그는 사일과 무일에게 번갈아 명함을 주었다. 명함에는 '재일조선인총연합회 상임위원' 그 옆에 '장백산 카바레 대표취체역 권도산.' 이렇게 직함과 이름이 씌어있었다.

"아, 장백산 캬바레 사장님이시군요? 처음 뵙습니다. 저는 김사일입니다."

"저, 저는 가네모도 부이치라고 합니다."

무일은 명함을 받고 엉겁결에 인사를 했다. 뇌리는 회오리바람이 쓸고 지나간 갈대밭과 같은 혼란에 휩싸였다. '권도산?' 앞에 앉은 사람이 권도산이면 어제 만난 권도산과 누가 진짜고 누가 가짜란 말인가? 갈피를 못 잡고 당황했다. 북한의 공작이 시작된 것인가. 아니면 동명이인인가. 무일은 식사를 하면서도 뭐가 뭔지 머리가 어지러워서 세 사람의 대화는 아예 들리지 않았다.

지금 만나고 있는 사람이 박 사장의 친구라면 진짜 권도산일 것이라는 쪽에 믿음이 갔다. '그렇다면 길상이 가짜 권도산을 내세워 나를 납치하거나 죽이려고 했단 말인가?' 그날의 상황으로 미루어 봐서는 설마 죽이려고 까지는 안했을 것 같다는 생각이 들었다. 죽이려고 했으면 흉기를 사용했을 것이고 퇴로를 막았을 것이었다. 아무래도 자신의 신분을 감추고 나를 권도산과 차단을 시키려는 계획이었던 것 같다는 생각이 들었다. 그래도 그를 죽여야 할 것인가?

오만 생각과 추측이 머리에서 맴돌다가 무일은 '살인'이라는 단어에서 멎었다. 왠지 섬뜩하고 두려운 마음이 밀려왔다. '모처럼 발붙인 이 땅에서 그를 죽이고 다시 죄를 짓는다면 이제 나는 어디로 도망을 가야할 것인가?' 길상과 함께 자신의 정체도 까발려질 것이었다. 현실을 깨닫자 겁이 났다. 자꾸만 배와 창자를 찢겨서 고통을 하며 뒹굴고 있는 여자가 생각났다. 눈물이 굴절되어 일그러진 엄마의 얼굴을 들여다보고 울고 있는 아들의 환영이 눈에 어른거렸다.

이제 와서 그를 응징한들 무엇을 얻겠는가? 복수심은 우려로, 동정심으로 변하고 별학산에서 다진 의지를 앗아갔다. 그는 점점 비겁해지고 있었다. 세월이 환경이, 사랑이, 인성이 그렇게 변절시켰다. 지리산의 혁명전사는 이미 미치코가, 사나다 선생이, 아키코가 정신무장을 해제시켜버린 그들의 포로였다.

무일은 길상의 죄도 자신의 운명도 거대한 파도가 소용돌이치면서 거친 바다 속으로 내쳐서 허우적거리고 있는 것이라고 생각했다. 눈을 감고 유경만 삼촌, 딱새, 다람쥐, 윤도에게 길상을 어떻게 하면 좋을까를 물어보았다. 까만 복면을 둘러쓴 영혼들이 모두 고개를 살래살래 흔드는 것 같았다.

"그럼 저는 또 다른 일이 있어서…. 이만 먼저 실례하겠습니다."

권도산이 일어날 때까지 상당한 시간이 흘렀음에도 무일은 그들이 나눈 이야기는 까맣게 듣지 못했다. 함께 일어나서 그를 보내고 다시 앉았다. 그사이 길상의 이야기를 꺼내지 못하고 말았지만 그럴 분위기도 아니었고 하지 않기를 잘했다고 생각했다. 권도산이 간 후 박 사장도 길상에 대한 이야기를 하지 않았다.

"박 사장님은 권도산 위원님하고 아주 친하신가 봐요?"

부이치는 뒷죽박죽 얽혔던 생각을 하나씩 풀어나가고 싶었다.

"대학교 1년 후배지. 법과에 유경만과 나, 권도산, 이렇게 세 사람이 전남 사람이라 서로 친했었네. 권도산과 유경만은 좌익으로 기울었는데 유경만은 죽었다는 소식을 들었어."

무일은 유경만과 친했다는 소리에 긴장이 되고 몸까지 떨렸다.

"김 과장 동생분, 이름이 가네모도 부이치시라고?"

"네 가네모도 부이칩니다."

"김 과장 고향이 전남이지?"

"네, 전남 고흥입니다."

"그렇군. 아, 역시…."

"역시라니요?"

"아, 아무것도 아닐세. 지금 무슨 일하고 있는가?"

박 사장은 사일의 반문은 대답을 흘리고 다시 무일에게 물었다.

무일이 우물우물하고 있는 사이 사일이 대신 대답을 해주었다.

"글쎄 이토시에 있는 관광난원에서 자리를 잡고 있는 모양인데, 옛날에 여권 없이 들어와서 활동하는데 지장이 많은 모양입니다. 돌아가면 여권을 알아볼 작정입니다."

"그래, 여권? 이제는 수출실적이 조금만 있는 회사는 여권 내기가 쉽지 않는가?"

"그렇지요. 그러나 어디 제가 사장입니까? 기껏 과장 신세라서."

"그렇군. 여권이라…, 그건 그렇고 김 과장 꼭 김 육만 속 다 필요하다고?"

"꼭 필요합니다. 확보를 못하면 저의 입장은 고사하고 회사가 어렵게 됩니다."

사일은 울상을 하고 박 사장을 쳐다보았다.

'짧은 삶 속에서 맺은 인연들은 함지박 속 같은 좁은 이승에서 아웅다웅하고 살고 있었구나.'

박 사장은 이들이 가네모도 운류 계장, 김운용 씨의 아들들임을 알았다. 그가 부도 직전 급박했던 때의 사정과 똑같지는 않지만 어쩌면 그와 비슷한 입장을 그의 아들이 거꾸로 짊어지고 내 앞에 앉아있는 것에 놀랐다. 그는 자신이 살자고 늑대의 탈을 쓰고 이들의 선량한 부친에게 엄청난 피해를 뒤집어씌웠던 과거를 회상했다. 비록 가네모도 계장을 만나 용서를 받지 못할지라도 이들에게 작은 도움이라도 주는 것이 항상 양심에 걸려있는 죄를 손톱만큼이라도 갚는 길이라고 생각했다.

"김 과장, 우리 회사 김 육만 속 다 가져가게나."

"다 주신다고요? 넷, 정말이세요?"

"나는 이제 옛날 같은 거짓말 안하네."

박 사장은 일부러 뻐기듯 말끝을 높이면서 여자처럼 눈을 흘겼고 사일은 복권이라도 당첨된 사람모양 얼굴에 환희가 넘쳤다.

"고맙습니다. 고맙습니다. 그런데 상대방과 체결했다는 계약은?"

"내가 조금 손해 보면 되는 거지 뭐."

"아니 그러시면 안 되는데."

"아닐세. 세상 살고 보면 언제 내가 김 과장에게 이런 신세를 질지 아는가?"

"정말 고맙습니다."

두 형제는 박 사장과 헤어졌다. 홀가분한 마음으로 다시 오붓한 밤을 함께 보냈다.

"무일아 나는 잘하면 올해 결혼할 것 같다."

"그래? 형 축하해. 정말 잘 되었네요. 아버지 어머니가 얼마나 기뻐하세요. 나는 못 가봐서 미안해 형."

"괜찮아, 결혼 후 다시 한 번 오마. 너도 결혼도 해야 할 텐데."

"좋아하는 사람이 있는데 생각 중이야. 다음엔 형수하고 함께 와."

다음날 사일은 한국으로 떠났다. 무일은 형과 헤어지면서는 그렇게 섭섭하지가 않았다. 다시 만날 수 있으면 그것은 이별이 아니었다. 미구에 만난다는 기대는 오히려 희망이고 즐거움이었다.

홀로 남은 무일은 동경에 있는 미치코 생각이 났다. 연락을 할까 망설이다가 간절한 마음을 애써 억누르고 역으로 향했다. 난원도 너무 비운데다 여기서 만나면 자신의 마음이 어떻게 요동을 칠지 걷잡을 수 없을 것 같았다.

박수길 사장은 다음 날 오후 장백산 카바레로 갔다. 3번 웨이터를 불렀다. 앞에 앉으라고 했더니 웨이터는 앉으면 안 된다고 했다. 박 사장은 지배인에게 잠깐 사적인 이야기가 있다고 양해를 얻고 그를 다방으로 데리고 갔다. 3번 웨이터는 긴장하고 있었다. 권도산의 친구인 박 사장이 그제 새총과 함께 만나는 것을 보았기 때문에 그를 속였던 가짜 연극이 마음에 켕겼다. 그러나 다른 뜻은 없었다. 그렇게 놀래서 새총이 권도산을 다시는 못 맏나게 하고 싶었을 뿐이었다. 애들에게도 그가 다치는 일이 없이 도망을 가도록 일렀었다. 그가 외국에서 나를 죽이기까지는 못할 것이므로 그 다음 기회를 봐서 끈질기게 빌고 용서를 받을 작정이었다.

"이름이 고범민 맞지?"

박 사장의 입이 열리자 고범민이 깜짝 놀랐다. 눈을 커다랗게 뜨고 치켜봤다.

"자네 아들 이야기를 하려고 만났네."

아들이란 말에 그는 다시 목을 자라모양 길게 뺐다.

"아들이라니요?"

"남혜심이 기르고 있는 아들은 자네 핏줄일세. 남혜심은 상처 후유증으로 고통을 받고 있지만 업보라고 치세. 그러나 왜 어린 자네 아들까지 고통을 받고 불행해야 하는가? 회사에 데리고 있던 남혜심이 아이를 기르면서 어렵게 사는 것이 안 됐기에 자네 집에다 알리라고 했더니 알리면 아이를 빼앗긴다고 반대를 하더군. 자네 대신 그 애와 평생 살겠다는 거야. 나는 자네가 죽은 줄 알고 혜심이와 아이의 장래를 생각해서 한사코 반대를 하는 것을 끈질기게 설득해서 결혼을 시켰으니 죄는 내게 있네. 복수를 하려면 나에게 하게나."

"옛? 혜심이가 살았어요? 내 아들이라고요?"

"그래, 맞네. 혜심이는 아이가 3살 때인 3년 전에 결혼했으니 틀림없는 자네 아들 아닌가? 어떻게 할 텐가? 나에게 복수를 하더라도 자네 아들은 찾게. 어미가 많이 아픈 상태니."

고범민은 고개를 떨어뜨렸다.

"혜심이가 많이 아픈가요?"

"그렇다니까."

"정말이지 죽이려는 생각은 안했습니다. 제주 부모님들에게로 데리고 가서 다시 함께 살고 싶었는데 갑작이 남자가 나타나고 반항을 한 통에 그만…"

"어쨌든 큰 죄를 지은 걸세. 어제 저녁 권도산 사장과 식사를 함께 했네만 권 사장뿐만이 아니라 아무에게도 이런 이야기는 안했네. 당분간 알리지 않은 것이 좋을 걸세. 모든 걸 스스로 판단하게나. 자네는 조총련 소속이라 한국에는 갈래야 갈 수도 없는 처지 아닌가?"

"혹시 권도산 사장님하고 그 가네모토란 젊은 사람도 만났어요?"

고개를 숙인 채 물었다.

"그래, 모두 같이 식사했네."

고범민은 어깨가 들썩였다. 두 주먹을 무릎 위에 불끈 쥐고 눈물이 쏟아지고 흐느끼기 시작했다. 참회의 눈물인지 분노의 눈물인지 아니면 절망의 눈물인지 알 수가 없었다. 고범민은 땅바닥에 무릎을 꿇었다. 박 사장의 손을 잡고 머리를 떨어뜨린 채 울었다.

"용서해 주십시오. 저를 죽여주십시오."

"왜 이러나. 어서 일어나게. 나에게 빈들 무슨 소용이 있겠나. 내가 어떻게 할 수 있는 일이 아니지 않은가."

"저는, 저는 어떻게 하면 좋습니까?"

고범민은 박수길 사장이 일으켜 세울 때까지 무릎을 꿇은 채 흐느끼고 있었다.

한국으로 돌아간 사일은 김 육만 속을 수출하고 휴가를 얻어 고향으로 갔다. 무일 소식도 전하고 결혼식 문제도 상의를 드리기 위해서였다. 텃골 아짐씨는 사일을 앞에 앉혀놓고 무일 모습을 꼬치꼬치 캐물었다. 다리가 저리다 못해 쥐가 나고 배에서 쪼르륵 소리가 나도 밥줄 생각을 안했다. 사일이 대답을 할 때마다 그 이야기를 낱낱이 눈에다 그려 보며 눈물을 글썽거렸다. 아들이 보낸 스웨터를 움켜쥐고 뺨을 비볐다. 제일 좋아한 것은 공일이었다. 미놀타 카메라를 받은 공일은 한동안 흠이라도 날까 아까워서 그걸 머리맡에 모셔두고 쓰지를 못했다.

사일과 나애리는 서울에서 결혼식을 올렸다. 결혼식 전날 일본 거래회사에서 친하게 지내는 두 사람의 간부가 결혼식을 축하하기 위해 서울에 왔다. 사일은 공항에서 그들을 맞이하여 택시를 타고 시내로 들어갔다. 택시 기사는 나이가 꽤 들어 보였다. 뜨악한 인상인데다 나이에 걸맞지 않게 기생 오라버니 같은 요란한 옷을 입고 있었다. 꼬락서니가 어색하고 촌티가난 데다 목적지를 묻는 말씨와 촐랑대는 행동이 몹시 경솔했다. 그는 라디오를 들으면서 운전을 하고 있는 것이 못마땅했지만 오랜만에 만난 세 사람은 반가워서 일본말로 이야기를 나누었다.

"일본 놈들은 다 때려죽여야 해!"

난데없이 기사가 이렇게 큰소리를 치는 통에 세 사람은 하던 말을 뚝 그치고 서로 쳐다봤다.

"아니, 기사님 지금 뭐라고 하셨어요?"

"일본 놈들 다 때려죽여야 한다니까!"

역시 큰 소리로 말했다. 사일은 무슨 잘못이라도 했는가 싶어 어안이 벙벙했다. 일본 친구들도 대화가 심상치 않음을 느끼고 사일의 눈치를 살폈다. 한참 후에 사일이 조심스럽게 물었다.

"기사 아저씨, 뭐 우리가 잘못한 일이라도 있어요?"

"잘못하기는? 일본 놈들 말이지."

"아저씨, 일본사람한테 무슨 피해를 보신일 있으세요?"

"내가 피해를 봤다기보다는 우리가 저놈들 때문에 36년간 고통을 받았지 뭐야."

사일은 어이가 없었다. 콧구멍이 둘인 것이 다행이었다.

"아저씨, 우리 여기서 내려주세요."

"왜요? 명동까지 간다면서요?"

"아저씨. 지금 우리는 아저씨의 고객이지 않습니까. 제 결혼식을 축하하려고 일부러 일본서 온 친구들에게 무슨 죄가 있다고 때려죽일 놈들이라고 합니까? 여기서 내려주세요."

기사는 아무 말 않고 그냥 더 액셀러레이터를 밟아 속력을 냈다.

"내려달라니까요? 그럼 일본사람을 데리고 다니는 나도 죽일 놈이고, 일본사람 때려죽이자는 당신만 애국잔가요? 일본이 나쁜 건 내가 더 잘 압니다. 당장 쳐들어가서 박살은 내지 못하면서 욕을 한다고 앙갚음이 된답니까? 섣불리 건드리면 사이만 더 나빠지는 겁니다."

"그냥 가요. 제가 말이 잘 못 나왔네요. 나는 라디오에서 독도문제가 나오기에 그냥 해본 소리지…."

"아저씨, 그냥 하는 소리가 그냥이 아닙니다. 이 사람들이 들었다고 생각해 보세요. 나하고 좋은 사이도 서먹해질 것이고 우리 회사 수출도 지장이 있을 것은 물론이에요. 이 말을 일본에 가서 퍼뜨려 봐요. 우리에게 감정만 깊어질 것 아니에요?"

기사는 입을 봉하고 운전만 했다. 그사이 호텔에 당도했다.

김사일과 나애리의 결혼식은 교회에서 목사의 주례로 간소하게 거행했다. 김 면장과 텃골 아짐씨는 모든 것이 별로 마음 내키지 않았지만 참고 입을 다물었다. 의상학과를 나온 신부의 드레스만 요란했고 신부 측 하객은 많은데 비하여 신랑 측 하객이 썰렁했다. 새 부부는 작은 셋집을 얻어 보금자리를 차렸다. 그리고 다음 해 애리를 닮은 예쁜 딸을 낳았다.

장남을 장가보내고 나서 면장의 임기가 끝난 김 면장은 심신이 고달픔을 느꼈다. 나이 육십이 넘으면 마음부터 약해지는 것이었다. 송충이가 갈잎 먹고 못 살듯 고깃배는 두 번 다시 할 짓이 못되어 처분을 하기로 했다. 배를 박 선장에게 그냥 맡으라고 했으나 그는 극구 사양을 해서 결국 배를 팔았다. 김 면장은 애린 사랑니 빠진 듯 시원했으나 어딘가 아쉽고 서운한 마음은 지우지 못했다.

§

무일은 주말이 되면 자주 난원 입구를 바라보는 버릇이 생겼다. 점점 더 미치코가 보고 싶었다. 동경에서 만나지 않고 온 것이 미안하고 후회가 되었다. 그녀가 난원으로 온 것은 무일이 동경을 다녀온 후 한 달만이었다.

"이번에는 다른 일로 왔어."

우는 듯 웃는 듯 중간의 묘한 표정으로 무일에게 말인사를 했다. 상냥하기도 하고 쌀쌀하게도 들리는 어중된 말투였다.

"나 도쿄 갔다 왔지용."

무일은 너무 반가웠으나 속마음은 가슴속에다 묻어놓고 그녀에게 약을 올렸다.

"언제요?"

"응 한달 쯤 전."

"좋으시겠수. 흥! 세상에 도쿄까지 왔으면서 연락도 안 했어요?"

그러나 무일은 미치코에게 미안했다. 더 기분을 상하게 해서는 안 될 것 같았다. 오늘도 기쁨 반 걱정 반이었지만 다른 일로 왔다는 말이 적잖이 섭섭하기도 했다. 이게 무슨 변덕스런 마음일까만 하나도 열도 기쁨도 걱정도 오직 미치코의 행복을 위한 마음이라고 자긍하면서도 그것이 오른 길인지 아닌지 아리송할 때가 있었다. 스스로는 억하심정이고 자가당착임을 깨닫지 못했다.

미치코는 아키코를 졸라 함께 이토 시내로 갔다.

"숙모님께 부탁이 있어서 왔어요."

"무슨 부탁? 말해보렴. 무슨 일이기에 여기까지 오잔 거야?"

"숙모님 부이치 도쿄에 왔었다면서요?"

"응, 형이 출장을 와서 만나고 왔데."

"세상에, 저 괴로워서 죽고 싶어요."

"뭐라고? 무슨 그런 끔찍한 소리를 입에 담니? 뭐가 얼마나 괴로운 일이 있는데?"

미치코는 유리같이 맑았던 얼굴이 수줍음이 깔리고 그늘을 드리

왔다. 작정을 한 듯 말을 꺼냈다.

"숙모님 저, 저는 부이치와 가까이 지내고 싶은데 그는 아예 방패를 들이대요. 부이치도 나를 좋아한 것 같기도 하고 그렇지 않은 것도 같아 알 수가 없어요. 그런데 자기를 가까이하면 불행해진다나요? 뱃속에다 뭐를 꽁꽁 숨기고 보여주지를 않아요. 깍쟁이 같아요. 내가 좋다는데도 꼭 돌부처 멍청이 바보 같아요. 속상해 죽겠어요. 혹시 딴 마음이 있는지도…. 숙모님께 상의 드리고 싶어서 왔어요."

"너 부이치를 좋아하니?"

"네…, 그런가 봐요. 저도 저의 마음을 모르겠어요."

"저런? 음…, 이건 심각한 문제구나. 나는 너의 숙모고 부이치의 누이다. 입장이 난처하구나. 이건 숙부와 상의를 해야 될 일 같다."

"그건 안 돼요. 숙모님, 부탁이에요. 부이치를 만나서 속마음을 알아보시고 좀 설득해 주시면 안 될까요?"

"알아보겠다만, 풋사랑이 아니라면 설득으로 될 일도 아니고 설득을 해서도 안 될 일이다. 너의 둘이 스스로 이루지 못한 사랑이라면 그건 다른 차원에서 상관할 일인데 그것은 가족적인 합의와 결혼이 전제가 되어야 하는 것이겠지. 어쩌다 그렇게 되었어?"

어느새 미치코의 속눈썹에는 이슬이 맺히고 꼭 다문 입가에 소나기를 예고하는 기상도가 나타났다. 아키코가 말을 이었다.

"알았다. 숙부님하고 상의를 하자구나. 숙부님은 좋은 해답을 해주실 거다."

"싫어요. 숙부님에게 말하면 안 돼요. 그러려면 차라리 못 들으신 걸로 해주세요."

"미치코, 입이나 눈은 말이다, 닫아 지는 것인데 코와 귀는 닫지를 못하는 것이야. 못 들은 것으로 할 수가 없는 거다."

"아이, 숙모님도 짓궂으셔. 그럼 숙부님에게 말씀드리기 전에 숙모님이 한번 부이치를 만나서 이야기해주세요. 부탁이에요 네?"

"좋아, 그럼 이렇게 하자. 너의 부탁대로 부이치를 만나 잘 이야기를 해보고 뒤에 그 사실을 숙부님에게 보고하는 것으로…."

기상예보는 빗나갔다. 미치코는 전보다는 못하지만 기분은 제 모습을 되찾고 있었다.

"그러면 부이치를 만나본 결과를 저에게 말씀해 주신 다음 숙부님께 말씀드려주세요. 그럼 저는 바빠서 바로 동경으로 갈래요."

"그렇게 하자. 그런데 말이다, 사람이라는 것은 받은 것이 있으면 주는 것도 있어야 하는 법이다. 밥 사줬다고 그냥 가버리면 못쓰지."

"넷? 무슨 말씀?"

"나도 너의 부탁을 들어주기로 했으니 너도 내 말을 들어주려무나."

"그럼요. 그래야지요. 말씀만 하세요."

"너 카페에 있는 다야마에 대해서 아는 것 있니?"

"다야마요? 왜 물으세요? 혹시 부이치와…? 저는 잘 몰라요. 작은아버지가 군대에서 돌아오시면서 데려와서 카페에서 일하게 했데요. 나는 그것밖에 몰라요. 참 한국사람이란 것 같아요. 그래서 부이치를 좋아하는 것도 같아서요…."

"군대에서? 한국사람? 부이치를?"

"그러니까 달리 잘 알아보세요."

미치코는 더는 모른다면서 기차시간 늦는다고 역으로 달려갔다. 아키코는 그를 보내고 버스를 타고 난원으로 돌아오면서 봄의 스위트피, 여름의 은방울꽃, 가을의 국화, 겨울 한매의 아름다움과 순진함, 바른 예절과 뚜렷한 주관을 모두 갖춘 미치코가 어쩌다가 조센징이란 선악과를 따먹으려고 하는지 안타까웠다. 반면에 사랑하는 사람을 위해 에덴동산을 거부한 부이치도 안쓰러웠다. 차창에 파란 수채화로 비친 녹차밭의 풍경에 마음을 식히며 또 닥친 이 난제를 풀 수순을 헤아려봤다. 그리고 다야마의 정체는 미치코가 또 다른 궁금증의 혹을 하나 더 붙여주고 갔다. 이즈난원에 이르러서도 아키코는 꼬리를 문 긴 생각들을 헤아리며 고개를 숙인 채 난원의 자갈길을 터덜터덜 걸어들어 갔다.

"점장님은 어디 다녀오신 거예요?"

카페 앞에 서 있던 무일은 아키코를 사람들이 있는 데선 점장님, 둘이만 있을 때는 누님으로 불렀다. 오늘은 둘만 있는데도 점장님이라고 부른 것은 어딘가 심보가 꼬인 것이 분명했다.

"네 온실장님. 미치코와 시내 가서 데이트하고 오는뎁쇼."

아키코는 꼬인 그의 마음을 짐작했다. 가끔 농담으로 부르는 온실장이란 호칭으로 맞받았다.

"온실장님, 저 좀 뵐 일이 있는 뎁쇼. 어디로 모실깝쇼?"

"아이고 누님 왜 이러세요. 저의 온실로 가시지요."

"아니다. 선생님 서재로 좀 가자."

"선생님 서재로요? 거기는 왜요?"

"하여간 따라오렴."

무일은 그녀의 전에 없던 말투가 뭔가 심상치 않음을 느꼈다. 아키코는 앞장을 서서 온실을 지나 숙소 뒤 낮은 언덕에 있는 사저의 서재를 노크했다. 섣불리 혼자 이러쿵저러쿵할 일이 아니었다. 속이 깊은 아키코는 삼자가 만나서 이야기하면 그의 숙부이고 남편인 지로에게도 결례를 면하게 되고 미치코와의 약속도 반은 지키는 지혜였다. 서재로 따라간 무일은 영문을 몰라 눈을 깜박이고 서있었다. 사나다 선생은 무슨 일인가 궁금해서 옆에 앉아 심각한 표정으로 무일을 대하고 있는 아키코를 쳐다봤다.

"부이치, 나에게 솔직히 말해주렴. 너 혹시 좋아하는 여자 있니?

"넷?"

"미치코나 혹시 딴사람을 좋아하느냐니까?"

"……"

"왜 대답을 안 해? 있긴 있는 모양이구나. 오늘 미치코가 울면서 너를 만나서 속마음을 알아보고 또 설득을 해 달라고 부탁을 하더라. 죽고 싶단 말까지 하는 걸 듣고 그냥 넘어갈 일이 아니다 싶어 묻는 거야. 남자가 기면 기고 아니면 아니다 확실히 처신을 해야지 애매모호하게 처신을 했으니까 미치코를 울린 것 아니니?"

아키코가 무일을 나무라다 시피 다그치는 일은 처음이었다. 옆에서 듣고 있던 사나다 선생이 상황을 판단하고 끼어들었다.

"여보 그렇게 추궁할 일만은 아닌 성 싶소."

그리고 무일에게 물었다.

"부이치, 너 미치코를 좋아하고 있는 지 혹은 좋아하는 다른 사람이 있는지 분명히 말을 해주렴."

"……"

"잠자코 있지 말고 이 자리에서 확실한 대답을 해 주어야 미치코의 괴로움을 해결할 방법을 찾을 수 있지 않겠니?"

눈물이 흔한 무일의 눈에서 물방울이 떨어질락 말락 맺혀 있었다.

"말할 수 없다면 됐다. 다만 미치코 때문에 묻고 있는 것이니 미치코를 사랑하는지 아닌지만 말하면 된다. 남자가 마음을 먹으면 어떤 어려움이 있더라도 밀고 나가야지 어린애같이 눈물은…."

"선생님 죄송합니다. 마음속으로 미치코를 좋아합니다. 그러나 맑고 고운 옥에 티가 되어서는 안 된다고 생각을 하고 있습니다."

낮고 조심스러운 목소리가 무일 입에서 나왔다.

"옥에 티라. 너 자신을 왜 티라고 생각하는데? 조센징이라서? 너의 기특한 마음을 알겠다. 그러나 그건 사랑 다음의 문제다."

"그럼 다른 사람을 좋아한 거니?"

다야마에 대해 궁금증이 있는 아키코가 끼어들어서 물었다.

"아닙니다. 절대 아닙니다. 저는 흠이 많은 사람이에요. 좋아하는 미치코가 불행해서는 안 된다는 생각뿐입니다."

"이렇게 잘생기고 성실한 사람이 무슨 흠이야? 무슨 큰 죄라도 지은 것이 있는 거야?"

답답한 아키코가 다시 물었다.

"그런 건 아니고요…."

"진정한 사랑은 그 사람의 인륜적 죄과라면 모르지만 적은 결함은 스스로 반성하고 서로 이해하고 도우면 치유되는 것이다. 그런 것이 아니라면 말을 하려무나."

사나다 선생이 다시 잔잔한 목소리로 설득했다.

"저는 해방이 되던 날 군중 속에서 일본 히노마루 국기에 태극기의 파란색과 검은색 사괘를 덧칠해서 만든 태극기를 보고 충격을 받은 일이 있습니다. 미치코의 순결한 깃발에 자신의 부끄러운 과거를 숨기고 서로 어울리지 않는 파랗고 검은 색을 덧칠하는 사람이 되고 싶지 않아서요."

"그게 무슨 소리니? 뭐 숨기고 있는 일이라도 있는 거니? 사상문 제야?"

"……"

"무슨 일인데? 왜 말을 못해."

청문회처럼 이번에는 아키코가 다시 닦달했다. 잠시 무거운 침묵이 흘렀다. 무일은 일본에 정착 하면서 자신의 존재는 현재이고 미래만 바라보고 달리자고 마음에 다짐했다. 이미 흘러간 과거는 잊으려고 했다. 그러나 그 과거가 발에 걸린 감발 끈처럼 따라다니고 있었다. 땅이 꺼질 것 같은 한숨을 쉬었다. 가슴 속에서 깊은 잠을 자던 양심이 기지개를 켰다. 불쑥 따라나서는 또 하나의 양심이 있었다. 진심이 아닌 과거는 허구이므로 까발릴 필요가 없다고 입을 틀어막으려 했다. 무일은 그걸 뿌리쳤다. 지금의 따뜻한 보금자리와 미치코, 모든 것을 물거품처럼 잃을 지도 모른다고 생각하면 죽어도 입을 열기 싫었다. 그렇지만 이 자리에서 사실을 감추는 것은 사나다 선생과 아키코의 따뜻한 사랑과 눈물겨운 도움을 배신을 하는 것이고 그것이야말로 인간을 상실하는 일이라고 생각했다.

눈을 내리 깔고 무일은 담담한 어조로 과거를 들추기 시작했다. 자자든 목소리였지만 파란곡절을 헤쳐 온 이야기가 이어졌다. 눈에서는 잠가놓은 고장 난 수도꼭지에서 물 흐르듯 눈물이 줄방울로 떨어졌다. 가끔 코를 훌쩍였다. 이야기는 어떤 의미와 논리가 가감된 진실이 아니고 고해처럼 지은 죄를 고백하는 것도 아닌, 그에게 일어났던 사실을 그대로 말했다.

귀촌과 학업의 중단, 그리고 반항, 매정한 아버지와 가출, 지리산의 생활, 별학산의 참사와 탈출, 딱새의 죽음, 꿈에도 잊지 못할 어머니, 버리고 온 조국, 풍랑 넘실거리는 현해탄의 모험, 마츠모도 할아버지 부부의 도움, 장백산 캬바레의 길상이. 그것은 하나의 순진한 젊은이를 굴곡진 이 사회가 할퀴고 발길질하고 끌고 다닌 험난하고 가련한 인생 여정의 드라마였다. 아키코는 눈시울이 붉어졌고 사나다 선생도 눈을 지그시 감고 듣고만 있었다. 무일은 하염없이 눈물 방울을 떨구었다.

이야기가 끝나자 사나다 선생도 조용히 한숨을 쉬었다. 흙탕물과 피비린내를 뒤집어쓰고 가시밭길을 헤쳐 여기까지 온 그가 불쌍했지만 장하기도 했다. 시대를 잘못 만난 한 젊은 제자의 불행을 감싸주고 싶은 마음이 간절했다. 사나다 선생이 엄숙한 어조로 물었다.

"알았다. 그건 지나간 과거이고, 지금 미치코를 사랑하고 있는 지 그 마음이 중요한 것이다. 분명히 너 입으로 말해보렴."

"사랑합니다. 정말 사랑합니다."

"됐다. 이 문제는 미치코의 부모가 아니면 누구도 상관하기 어려운 문제다. 내가 형님을 직접 만나겠소. 그리고 부이치는 지금 여기서 말한 이야기는 다른 누구에게도 말을 해서는 안 된다. 알았지?"

사나다 선생은 지금 국적과 인척이 얽힌 두 남녀의 이 상황이 인간의 보편적 가치를 벗어나는 것이 아니라면 사랑하는 두 젊은이의 고뇌를 해결해 주기 위해 아낌없이 지혜를 보태고 싶었다.

"네? 그렇지만 미치코의 아버지를 만나시면 안 돼요."

무일은 엉겁결에 눈물이 뚝 멎었다. 미치코의 부모가 화를 내고 반대를 했을 때의 사태는 생각하기도 싫었다. 그로 인해 그녀와 영원이 헤어졌을 때 절망을 안고 살아가야 할 일이 두려웠다. 차라리 이대로 그녀를 연모하면서 살아가는 것이 행복할 것 같았다.

그러나 사나다 선생과 아키코 누님 앞에서 미치코를 사랑한다는 말을 털어놓고 나서는 마음이 한결 홀가분했다. 금시에 마음이 미치코로 줄달음쳤다. 얼굴이 떠오르고 재잘거리는 목소리가 듣고 싶었다. 그러나 가슴 한구석에서는 미안함이 가슴을 아프게 헤집었다. 그를 위해서 그리고 서로를 위해서는 어떤 길이 바른 선택인지 갈피를 잡을 수가 없었다.

주말이 되자 어김없이 미치코가 난원으로 왔다. 그녀를 기다리고 있던 아키코는 카페의 구석진 자리에서 마주 앉았다.

"부이치는 너를 사랑한데. 자기 입으로 말했어."

미치코는 아키코의 말에 환한 미소로 반색했다.

"정말이죠?"

"그럼. 정말이고말고. 그런데 숙부님하고 같이 만났어. 숙부님은 우리끼리 해결이 될 문제가 아니라고 시숙님과 상의를 하러 동경에 가실 거야."

"숙모님 고마워요. 정말 고맙습니다. 숙모님이 부이치에게서 사랑한다는 말을 들으셨으면 됐어요."

미치코는 간접적으로 들은 그 한마디만으로도 가슴속에서는 타들어가는 대지에 단비가 내리는 것 같은 희망이, 그 속에서 파란 새싹이 돋아나고 있었다.

"숙부님이 아버지를 만난다는 데 걱정 안 되니?"

"아니에요? 부이치의 문을 열면 어차피 겪어야 할 일인데요 뭘. 전에는 엄두도 못 냈어요."

미치코는 침착했다. 그리고 부쩍 어른스러웠다. 그러나 얼굴에 비치는 어린애 같은 기쁨을 감추지는 못했다. 미치코는 무일을 만나러 온실로 갔다. 자리에 없었으므로 책상 의자에 앉았다. 서랍이 빠끔히 열려 있었다. 보물을 훔치기라도 하는 듯 두근거리는 심장 소리를 한 손으로 누르고 조심조심 서랍을 열어봤다. 노트가 있었다. 펼쳐보았더니 날짜가 있는 것이 일기장 같았다. 떨리는 손으로 펼쳤다. "이건 뭐야 한글 아니야?"

실망을 하고 있는데 무일이 불쑥 들어왔다. 미치코는 민망하고 겁이 나서 벌떡 일어나 일기장을 든 손을 뒤로 감추었다.

"미치코 왔어요? 일기장 훔쳐보고 있었군요? 좀 잘 읽어보시지 어땠어요?"

"흥, 약 올렸어요? 좋아요 나도 당장 한그루한글 배울 거야."

그러면서 미치코는 여린 주먹으로 무일의 가슴을 힘껏 때렸다.

"한 번 더 힘껏 때려줘요."

다시 주먹이 가슴에 와 닿는 동시에 무일은 사마귀가 큰 갈퀴로 메뚜기를 낚아채듯 잘록한 허리를 왈카닥 끌어안았다. 그의 가슴팍에 찰싹 안긴 미치코는 순간 눈을 꼭 감은 채 고개를 들고 맞을 준비를 했다. 무일은 가슴 속에서 뜨거운 에너지가 분열하며 심장을 아프게 압박했다. 지리산에서 굴러다니던 수류탄처럼 산천을 진동하는 폭음과 함께 터져버리면 시원할 것 같았다.

'조금만 더 기다리자.' 무일은 입술을 깨물고 고통을 참았다. 미치코를 그냥 살며시 떼어 놓으면서 말했다.

"미치코 사랑해…"

미치코는 무일의 가슴을 또 한 번 힘껏 때리고는 곱게 눈을 흘겼다. 해사한 얼굴에 입에는 웃음을 머금고 있었다. 가슴 속에 이는 격정을 가로막던 빗장이 풀린 무일의 가슴은 묵은 체증을 토해버리듯 시원했다. 그리고 달콤했다.

무일은 일기장을 태워버리기로 했다. 온실 뒤뜰에 가져가 모닥불을 피웠다. 그 위에 한장 한장 찢어서 올려놓았다. 일본에 와서부터 쓴 일기장이었지만 거기에는 사랑의 이야기와 오욕의 과거가 모두 적혀있었다. 감미로웠던 세레나데의 피아노 소리 그리고 하루코 누나에 대한 섭섭했던 이야기도 쓰여 있었다. 고범민을 잡아서 죽이고 싶은 복수의 칼날도 들어있었다. 모든 것을 태워버리고 싶었다. 되도록 가슴에 묻혀있는 일기까지 모두 지워버리고 양심도 태워버리고 홀가분해지고 싶었다. 그래야 아름답고 보람 있는 인생의 새로운 역사를 쓸 성 싶었다. 불길은 종잇장을 널름널름 받아 삼켜버리고 까만 재는 바람에 흩날렸다.

사나다 지로는 형 이치로와 마주 앉았다. 형수 미키가 차를 따라주고 일어서 나가려는 것을 사나다 지로는 그대로 앉아있기를 권했다.

"형수님도 같이 들으셔야 할 이야깁니다. 앉으시죠."

무슨 심각한 이야기 같아서 긴장을 하고 있는 형과 형수를 번갈아 보며 지로는 말을 꺼냈다.

"미치코가 난원에서 일하고 있는 청년을 좋아하나 봅니다. 미리 형님과 형수님께 알려드리고 어떻게 했으면 좋을지 상의 드리려고요."

"응? 미치코가 좋아하다니. 어떤 청년인데?"

"좋은 청년인데 하필이면 조선사람이에요. 집사람 양어머니의 생질이고요."

"하필이면 조선사람을요?"

미키 부인이 놀라서 불쑥 나섰다.

"가만 있어보시구려. 그럼 제수와 사촌 간?"

사나다 이치로가 부인을 제지하고 다시 물었다.

"그렇지만 혈연은 아닙니다. 양녀라서."

"이미 서로 좋아하는가?"

"서로 좋아하는 것 같은데, 그 청년은 멀리하려고 해서 미치코가 심하게 고민을 하는 것 같아서요."

"왜? 멀리하다니?"

"자기는 조선사람이라 옥에 티가 되지 않겠다고 하나 봐요."

"옥에 티? 그럼 미치코가 단념하면 되겠군."

"아니에요. 미치코가 단념을 못하니까 집사람을 붙들고 부탁을 했나 봐요. 집사람은 미치코의 이야기를 듣고 깜짝 놀라서 바로 나에게 알렸고요."

"아직 깊은 관계는 아니지?"

"네, 아직은…, 청년은 성실합니다."

"아버님도 아시나?"

"모르십니다. 아시면 그 청년 편드실지 몰라요."

"아버님이요?"

잠자코 듣고 있던 미키 부인이 의외라는 듯 또 물었다.

"네, 아주 믿고 예뻐하시는 것 같습니다."

"음 고맙네, 미리 염려해 주어서. 미치코는 신중한 애라 지금까지 부모를 실망시키거나 경솔한 일을 하지 않았는데 걱정이군. 우리가 미치코를 만나서 물어보고 자네와도 다시 상의를 하겠네."

"물론 그러셔야지요."

사나다 지로는 바로 난원으로 돌아갔다. 이치로 부부는 퇴근을 하고 집에 온 미치코와 저녁 식사를 한 다음 차를 들면서 이야기를 시작했다.

"오늘 너의 숙부가 다녀가셨다. 무슨 일로 오셨는지 짐작이 가느냐?"

"네, 알고 있어요."

"어떻게 된 일이냐. 숨김없이 말해 보아라."

"아버지 어머니, 이제 저도 결혼할 나이 아니에요? 그 사람과 결혼하고 싶어요. 허락해 주세요."

"아니 결혼이란 말이 그렇게 쉽게 나오니?"

어머니 미키가 핀잔을 주었다.

"어머니도 만나보시면 좋아하실 거예요. 그런데 실은 어머니 아버지보다 그 사람이 더 문제에요. 자기가 조선사람이라고 거절을 하니 말이에요."

"그건 기특하다만 당연한 것 아니니? 어쩐지 네가 한글학원에 다니기에 이상하다 했더니…"

계속 어머니 미키 부인이 끼어들었다.

"당연하다니요? 조선사람이면 어때서요. 당사자만 성실하고 좋은 사람이면 되지 않아요? 저는 태어나서 처음 사랑이란 것을 알았어요. 저는 그 사람 아니면 평생 결혼 못할 것 같아요."

미치코는 부모에게 은근히 협박을 하고 있었다.

"무슨 말버릇이냐? 그게."

나무라는 미키 부인을 말리고 이지로가 다시 말했다.

"가만있으세요. 그렇게 다그치기만 할 일이 아니고 그럼 그 청년을 한번 만나보자구나."

"만나긴 뭣 하러 만나요? 쓸데없이."

"아니에요, 일단 미치코의 의견을 조금이라도 존중해 주는 것이 순서요. 한번 만나보고 다시 이야기를 하자."

"아버지 감사합니다."

"아니. 승낙하는 것도 아닌데 뭐가 감사하니?"

다소 쌀쌀하게 생긴 어머니가 더 난관이었다. 그러나 미치코는 아버지만 승낙을 하면 평소에도 그랬듯이 어머니는 구워삶을 자신이 있었다.

날씨가 좋은 일요일 아침이었다. 일본전국해태·패류어업협동조합 연합회 참사 사나다 이치로는 아들 나가마사를 데리고 뜰에 자라고 있는 식물들과 분재, 화분에 물을 주고 있었다. 식물은 아침 비스듬히 비치는 순한 햇살을 받을 때 신진대사가 가장 활발하다. 공기가 맑은 해뜨기 직전 물을 주면 식물은 아주 좋아한다. 꽃이 진 철쭉은 새로 잎이 돋아나고 장미꽃이 활짝 피어 오늘의 경사를 축하하는 듯했다.

"오늘은 귀한 손님이 오신단다. 시원한 물 흠뻑 줄 테니 미치코의 신랑이 될 사람인지 안 될 사람인지 귀띔해 주렴. 하필이면 조선사람이란다."

예쁜 딸이 벌써 커서 신랑감 선을 보다니 감개무량했다. 부인 앞에서는 태연한 척 했지만 사나다 이치로는 오늘 만날 청년에게 몹시 신경이 쓰였다. 식물들에게 물어보고 싶을 만큼 마음이 절실했다. 자신과 아우는 젊었을 때 한국에서 살았고 한국사람을 이해하는 편이라 조선사람이라고 차별을 하고 싶지 않았다. 그렇지만 일본 사회의 분위기를 무시할 수도 없는 노릇이었다. 지금까지의 집안 여론은 제수와 아버지가 찬성 쪽인 것 같고 반대는 부인, 그리고 아우는 아직 유동적인 것 같은데 처 동생이라니 찬성 쪽으로 기울 가망이 많았다. 나가마사 놈은 어느 편을 들려나?

어제 밤에는 성숙한 딸이 여우를 떠는 모습이 귀엽기도 하고 가엽기도 했지만 흐뭇하기도 했다. 그는 중립적인 입장에서 오로지 사랑하는 딸의 행복만을 위해 엄정하게 판단을 하리라고 마음을 먹고 있었다.

미치코는 어젯밤에는 아버지를 공략했고 오늘은 어머니에게 매달려 로비활동을 하고 있었다. 아버지가 완강하게 반대를 하는 것 같지는 않아서 조금은 희망이 보이는 것 같았다.

"아 참, 이러고 있을 때가 아니다. 올 시간이 다 됐네. 빨리 준비를 해야지."

이렇게 중얼거리면서 미치코는 무엇을 해야 할지를 몰라 안절부절 못했다. 이즈난원의 지로 숙부가 이목구비 단정하고 키가 훤칠한 청년을 데리고 저택 문으로 들어섰다. 무일을 본 미치코는 설레는 마음을 주체하지 못하고 부엌으로 달려갔다.

"숙부님 어서 오세요."

대학교 2학년인 나가마사가 뜰에서 기다리고 있다가 숙부에게 인사를 했다. 무일에게도 미소를 지으며 가볍게 목례를 했다. 무일은 나가마사에게 환한 미소를 지으며 손을 내밀었다. 둘이는 서로 악수를 하며 무일이 인사말을 했다.

"만나서 반가워요."

무일의 당당한 모습에 다소 위축 된 나가마사는 집안으로 그들을 안내했다. 다다미 여덟 장이 깔린 꽤 넓은 거실에는 사나다 이치로 부부가 격식을 갖추어 일본 전통 옷인 와후쿠和服를 차려입고 기다리고 있었다. 무일은 두 사람에게 무릎을 꿇고 이마가 다다미에 닿도록 공손하게 절을 했다. 잠시 무거운 침묵이 흘렀다. 무일을 뚫어지게 바라보던 사나다 이치로가 입을 뗐다.

"잘 왔네. 이름은?"

"가네모도 부이치입니다."

낮은 톤이었으나 무게가 실린 굵직한 목소리였다.

"가네모도. 가네모도라고 하였는가?"

"그렇습니다."

"음, 춘부장의 존함은?"

"김자 운자 용자, 김운용이십니다."

"그럼 일본시대 성함이 가네모도 운류 아니신가?"

"맞습니다만, 저의 아버지를 어떻게…?"

무일은 소스라치며 반문했다. 사나다 이치로는 내심 격랑과 같은 놀라움이 일었으나 애써 침착함을 잃지 않았다. 옆에서 미키 부인도 놀라서 눈을 크게 뜨고 벌어진 입을 손으로 가렸다.

"음, 자네 얼굴을 본 순간 자네 부친의 얼굴이 떠올랐네. 많이 닮았군, 잘 아는 사이고말고. 이 자리에서 그분의 아들을 만나다니…"

대답과 독백이 섞인 소리였다. 그리고 행여 어색한 분위기를 모면하려고 미키 여사에게 말을 돌렸다.

"여보, 당신도 기억하고 있지요?"

"잘 알지요. 한국에서 서로 가까이 지냈는데. 부이치 군도 어렸을 때 몇 번 본적이 있어요. 얌전한 어머니에게 신세도 많이 겼는데 잘 계시지요?"

"네."

무일은 정신이 얼떨떨하여 건성으로 대답을 하고 있었다.

"춘부장께서 전번 한일어업회담 때 한국대표로 오셨는데 그때 일본에 있었는가?"

"아닙니다. 그 후 일본에 왔습니다."

차를 들이려고 복도에 다소곳이 무릎을 꿇고 앉아 조심스럽게 미닫이문을 열던 미치코는 귀가 번쩍 뜨였다. 흠칫했으나 대화를 듣고 얼굴에 회심의 미소가 어렸다.

사나다 이치로는 아무리 세상이 좁다지만 사위를 고르는 맞선 자리에 한국의 가네모도 계장의 아들이 앞에 앉아 있다니? 어떤 운명적인 인연에 이끌리고 있는 것 같은 묘한 감정에 젖었다. 잠시 눈을 감고 생각을 가다듬었다. 친면관계에 마음을 쓰지 않기로 다짐했다. 냉정한 입장에서 상대자의 자질과 인격을 검증하기로 했다.

"일본에는 무슨 목적으로 왔는가?"

"공부하고 싶어서 왔습니다."

심문 같은 질문이 쏟아졌다.

"부모님이 보내주셨는가?"

"네. 그렇습니다."

"앞으로 희망은?"

"공부를 더하고 학자가 되고 싶습니다."

찻잔에 파란색이 곱게 우러난 차를 올리고 일어서려는 미치코에게 아버지가 무일의 옆자리를 가리키며 말했다.

"너도 거기 앉아라."

긴장을 하고 있다 아버지의 말을 들은 미치코는 얼굴에 화색이 돌며 무일 곁에 바짝 다가앉았다. 무일이 어색한 듯 그때까지 꿇고 있던 다리를 살짝 움직여 사이를 떼었다. 미치코는 다시 무릎걸음으로 그에게로 더 다가갔다. 미키 부인이 그런 딸을 보고 눈을 흘겼다.

"아, 편히 앉게, 자네 부친은 대쪽 같은 분이시지. 아직도 면장은 하고 계시고?"

사나다 이치로는 가슴속에 깊이 잠재하고 있던 가네모도 계장에 대한 감정 때문인지 다시 그쪽으로 대화가 기울러갔다. 그의 말끝은 자신도 모르게 긍정적인 쪽을 암시하는 여운이 어렴풋이 풍기고 있었다. 무일은 집을 떠난 후의 일이라 잘 모르지만 지난번 사일 형에게 들은 대로 대답만 했다.

"네."

"부모님의 승낙은?"

"이미 내락을 받았습니다."

형을 만났을 때 좋아하는 사람이 있는데 생각 중이라고 한 사실을 내락이라고 부풀렸다.

"그럼 아버지께서도 우리 집안이란 것을 아시겠군?"

사나다 이치로는 지난번 한일회담 때 김운용 씨가 자기를 기피하던 일이 마음에 걸렸다.

"네, 저의 결정에 맡기신다고 하셨습니다."

"알았네. 자네는 결혼을 한다면 어디서 살 계획인가?"

"일본에서 살겠습니다."

"미치코를 좋아하나?"

"네."

사나다 이치로는 주위를 둘러보며,

"자 내 질문은 일단 끝났으니 아우가 물어볼 것이 있으면 묻게나."

"형님이 다 물으셔서 저는 됐습니다. 형수님이…"

그 말을 듣고 가만히 생각을 하고 있던 미끼 부인이 불쑥 물었다.

"부이치 군, 만일, 만일에 미치코와 결혼을 한다면 미치코를 행복하게 해 줄 자신이 있어요?"

"자신이라기보다 저는 오직 저의 가족을 위해서 살겠다는 각오를 하고 있습니다. 가족이 행복하도록 온 힘을 다하겠습니다."

"저도 됐습니다."

다시 사나다 이치로가 물었다.

"모두 질문이 끝난 것 같으니까 미치코에게 다짐하겠다. 너는 만일 부이치 군과 결혼을 부모가 허락하지 않으면 단념을 해야 한다. 알겠느냐?"

미치코는 아버지를 원망스러운 눈으로 바라볼 뿐 대답을 하지 않고 고개를 도리질했다.

"혹시 허락을 해서 결혼을 한다면 어떤 곤란이 있더라도 죽는 날까지 남편을 섬길 각오가 되어 있느냐?"

이번에는 고개가 떨어져라 힘껏 위아래로 흔들었다. 사나다 이치로는 무일에게 물었다.

"부이치 군, 자네는 옥에 티가 되어서는 안 된다고 결혼을 거부했다는 이야기를 들었는데?"

무일은 아래를 내려다본 채 대답이 없었다. 사나다 이치로는 다시 물었다.

"그렇다면 옥에 티를 지우는 방법이 있다면 어찌하겠는가?"

"넷? 옥에 티를 지우는 방법이 있으시다구요? 그럼 가르쳐 주십시오. 꼭 그렇게 하겠습니다."

정색을 하고 묻는 무일을 사나다 이치로는 넌지시 꼬나보며 말했다.

"좋네. 그건 자네가 일본으로 귀화를 하는 것일세."

"넷? 일, 일본으로 귀화…?"

무일은 일순 당황했다.

"못한다면 우리로서도 옥에 티를 받아드릴 수 없지 않은가?"

슬쩍 돌아앉으면서 점잖게 말했지만 그 속에 은근히 주릿대로 오금을 옥죄이는 추궁이 들어있었다.

"네, 네 그렇게 하도록 생각해 보겠습니다."

"그럼 생각해 보고 싫으면 안 하겠다는 말이군."

"아, 아니, 아닙니다."

"우리도 딸의 행복을 보장해 주고 싶은 마음이네. 사람의 앞날은 예측을 못하는 것이네. 예를 들어 귀화를 하지 않고 살다가 한국인인 자네의 신분에 곤란한 경우가 생긴다면 미치코는 어떻게 되겠는가?"

"절대 그럴 일은 없을 것입니다만…."

"귀화를 하고 싶지 않다면 우리로서도 옥에 티인 사위를 얻고 싶지 않네. 그럼 옥의 티를 지울 수 있는 다른 방법을 연구해 오게."

미치코가 옆에 있는 무일을 꼬나보며 원망스러운 눈길을 보내더니 예쁜 입을 악물면서 손가락으로 그의 엉덩이를 꼬집었다.

"네, 귀화하겠습니다."

무일은 잔뜩 굳어있던 고뇌의 표정이 가시고 명쾌한 목소리로 대답했다. 귀화, 언뜻 귀화란 말을 들었을 때 부모도 형제도 서로 딴 나라의 사람이 되어버리는 것은 또 한 번 인생을 역행하는 일이 었다. 나라와 조상을 버린다는 것은 어려운 일이었다. 그러나 일본은 총검에 쫓겨 조국을 도망쳐 나온 불우한 나를 따뜻이 받아준 나라 였다. '그러게, 이놈의 골짝에서 살아서 뭣하게. 죄 없는 너까지 산사 람을 만든 이 세상이 무슨 미련이 있겠냐. 이리 시끄럽고 서로 사람 죽이는 험한 땅 훨훨 떠나서 살 거라.' 이렇게 떠나보낸 어머니의 말 씀도 힘이었다. 빨치산이란 죄과에 대한 형벌의 올가미를 벗어날 수 있는 길이기도 했다. 이런 요인들보다 정작 무일의 마음은 조국보다 미치코를 잃고 싶지 않은 사랑이었다. 사나다 이치로는 미소를 띤 얼 굴로 마무리를 했다.

"알았네, 남녀가 연분이 없으면 아무리 좋아하고 사랑하더라도 부 부가 되지 못하고, 연분을 거역하면 불행한 것을 보아왔네. 모든 것 을 연분에 맡기기로 하고 집안의 어른도 계시니 가족들이 상의해서 결정하겠네."

습도가 높은 일본은 몸뚱이의 열기를 땀이 감당한다. 장마가 시작 되기 전인 5월의 날씨가 그리 덥지 않는데도 무일은 땀이 얼굴이고 가슴이고 등에 줄줄 흘러내렸다. 미치코가 얼른 수건을 가져다 손에 쥐어주었다.

"형, 나도 옆방에서 엿들었는데 이거야 이거."

밖까지 전송을 나온 나가마사가 난데없이 형이라고 알랑방귀를 뀌 며 손가락으로 V자를 흔들어 보였다. 미키 여사는 점심을 준비하지 않았다. 대신 지로 서방님에게 식당에서 대접해주도록 부탁했다. 무 일은 나가마사에게 함께 가자고 했더니 나가마사는 좋아라고 따라

왔다.

"너는 왜 꼬리로 붙어오는 거냐?"

숙부 사나다 지로가 농담으로 약을 올렸다.

"저도 한 표를 행사할 거예요. 괄시하면 알지요?"

아무 말이 없이 뚜하고 있던 미치코가 테이블에 앉자마자 잔뜩 굳은 얼굴로 무일을 똑바로 쳐다보며 말했다.

"가네모도 상, 나와 결혼보다 귀화하기가 더 싫었어요?"

미치코는 평소와 달리 부이치라고 하지 않고 가네모도 상이라고 불렀다. 오늘 같이 의미가 있는 날 비꼬인 심정을 자제하면서 상대를 일깨우는 그녀의 교양이었다. 무일은 미치코와 결혼하기로 마음을 정하면서 미치코가 떳떳한 한국사람이 되어 행복하고 즐겁고 보람 있는 부인이 되기를 바랐다. 서로 꼬이기만 하는 한국과 일본 사이에서 행복한 모습을 보여주고 싶었다. 미치코 아버지의 제안이 너무 뜻밖인데다가 막상 조국을 버린다는 생각에 망설였었다.

"조국을 떠난다는 것은 그리 쉬운 일이 아니다. 미치코도 그런 마음을 이해해야지."

스승 사나다 지로는 무일의 그 마음을 읽고 있었다. 미치코를 대신 달랬다.

동경에서 미치코와 무일의 결혼을 결정한 것은 그를 만나고 나서 한 달도 채 안 되어서였다. 사나다 이치로 부부는 동경으로 무일을 불러서 미치코와 나란히 앉혔다.

"자네의 성실함과 미치코에 대한 사랑을 믿고 결혼을 허락하기로 하였네. 결혼 후에는 바로 귀화를 하도록 하게. 미치코를 아껴주고 행복하게 잘 살기를 바라네."

그리고는 미치코에게 마치 시집을 보낼 때와 같은 섭섭한 마음이 배어있는 당부를 했다.

"미치코는 시부모님 성심을 다해 공대하고 남편을 존중하고 어려움이 있을 때는 항상 남편과 상의하여야 한다. 행복하게 잘 살아야 한다."

두 부부의 눈에는 기쁨과 서운함이 함께 아롱진 이슬이 어리었다. 결혼을 결정한 것은 물론 딸이 사랑하는 사람이고 무일의 성실함이었다. 그러나 마음 한구석 가네모도 계장과의 인연이 맺어준 천생연분이라는 믿음도 없지 않았다. 무일은 이 세상을 다 얻은 것처럼 기뻤다. 새로운 두 부모에게 큰절을 하면서 마음속으로 고마움 외에도 실망을 들이지 않겠다는 진심어린 다짐을 하고 있었다.

대사가 결정된 이런 좋은 날, 무일은 홀가분한 기분으로 미치코와 데이트를 하고 싶었다. 나가마사는 일본과 한국이 결승을 겨루는 아시아탁구선수권대회를 보러 간다고 서둘렀다. 무일은 번뜻 옛날 고향에서 함께 탁구를 하고 놀았던 기무라 나오코 생각이 났다. 국민학교 탁구 선수였으니까 지금쯤 국가대표로 활약하고 있을지도 몰랐다. 혹시나 하고 나가마사에게 일본 탁구선수 중에 기무라 나오코가 있는지 물었다. 그는 대뜸 이번 대회의 일본 대표선수라고 했다. 기무라 선수 팬이었다. 무일에게도 팬이냐고 물었다. '이런 일도 있구나' 무일은 흥분된 마음으로 함께 탁구경기를 보러 가자고 했다.

요요기체육관代々木體育館은 관중들의 응원소리가 담장 밖까지 넘치고 있었다. 한국과 일본의 여자단체전 결승경기가 벌어지고 있었다. 무일은 스탠드에 자리를 잡고 앉아 전광판을 보았다. 결승경기방식은 복식 1경기를 포함한 5전 3선승제였다. 한국이 2대 1로 이기고 있었다. 때마침 네 번째 단식 경기의 마지막 세트가 진행되고 있었다. 세트스코어 1대 0으로 앞서고 있는 일본 선수는 바로 기무라 선수였다. 무일은 옛 애인이라도 만난 듯 마음이 설레었다.

"지금 경기를 하고 있는 일본 기무라 선수가 아는 사람이에요."

"응? 저 일본 여자 선수를 안다고요?"

"어렸을 때 친구였어, 함께 탁구도 하고."

"오오라, 여자 친구도 많으시고 그렇게 탁구를 잘 치셔요?"

"가만있어봐, 기무라 차례야."

무일은 어리광스럽게 빈정거리는 미치코의 등을 토닥이며 경기에 집중시켰다. 기무라 선수가 스카이 서브를 강하게 보냈다. 높이 던져서 떨어지는 공을 다양한 기술로 쳐 넣는 고난도의 하이토스 서브였다. 한국선수는 컷으로 받았다. 기무라 선수는 짧게 떨어진 공을 강한 푸시로 찔렀다. 한국 선수가 잘 받았으나 공에 스핀이 걸려 아웃이 됐다. 무일은 저도 모르게 고함 소리를 내며 손뼉을 쳤다. 미치코가 옆 사람이 민망했는지 옆구리를 쿡 찔렀다. 무일은 기무라 선수가 이길 때마다 신이 나서 응원을 했다. 미치코와 나가마사는 반대로 한국선수가 이길 때마다 손뼉을 크게 치고 환호하여 무일의 약을 올렸다. 무일과 미치코의 응원 대결이었다.

기무라 선수는 역시 드라이브가 주무기인 전진공격형 선수였다. 그녀가 크게 앞서기 시작했다. 운도 따라서 몇 번 강력한 드라이브가 에지볼이 되어 한국선수가 속수무책일 때가 많았다. 기무라 선수가 땀이 많이 나는지 심판석으로 가서 땀을 닦으면서 관중석을 바라봤다. 무일은 마치 자기를 본 듯 두 손을 크게 흔들었다. 경기는 세트 스코어 2대 0으로 기무라 선수가 쉽게 이겨서 종합전적 2대 2, 결승경기를 원점으로 돌려놓았다. 일본 은원단의 함성이 되살아나고 무일도 좋아서 박수를 쳤다. 미치코 남매는 서로 쳐다보며 입을 삐죽거렸다

이윽고 한국과 일본, 양 국가의 자존심이 걸린 아시아탁구선수권대회 여자단체전 패권을 결정하는 마지막 경기가 시작됐다. 관중들은 모두 얼어붙은 듯 긴장을 하고 있었다. 일본 선수가 먼저 서브를 하려고 하얀 공을 손바닥에 올려놓고 정신을 집중하더니 강력한 스핀을 걸어 쇼트서브를 했다. 한국선수가 맞바로 스매싱으로 대응했으나 아웃 선언이었다. 긴장하고 있던 일본관중이 첫 득점에 일제히 환성을 올렸다. 요요기 경기장에 콩나물시루처럼 들어찬 일만 오천 관중의 함성소리에 지붕이 날아가지 않은 것이 다행이었다.

한 점을 내준 한국선수는 작전을 바꿔 서브를 받았다. 똑 같이 스핀을 건 쇼트서브를 강하게 커팅으로 받았다. 공이 날개 찢긴 나비처럼 힘없이 날더니 네트 바로 너머로 뚝 떨어졌다. 한쪽에 모여 앉은 한국 응원석에서 고함과 박수소리가 났고 무일도 소리를 지르면서 박수를 쳤다. 그러나 일본 응원단의 함성이 여운으로 남아 있는 공간에 수가 적은 한국의 응원소리는 메아리처럼 초라했다.

경기는 엎치락뒤치락, 한순간도 긴장을 놓을 수 없는 시소를 거듭했다. 말 그대로 용호상박의 치열한 접전이었다. 세트 스코어도 1대 1이 되었다. 이제 단 한판으로 승패가 결정이 나는 최후의 경기가 시작되었다. 다시 일본의 선공이었다. 일본 선수는 신중하게 짧은 서비스를 했다. 한국 선수가 잘 받아 넘겨서 공이 오고 가고하다가 높이 뜬 공을 한국선수가 때렸으나 아웃이 됐다. 일본의 응원단은 모

두 벌떡 일어나 귀청이 멍멍하게 소래기를 질렀다. 두 번째 세 번째도 연속 한국 선수가 실점을 했다. 응원 소리는 가속도가 붙듯 더욱 요란했고 미치코는 발을 구르며 좋아했다.

웬 일인지 한국 선수는 힘없이 밀리기 시작했다. 6대 12, 일본이 더블 스코어로 앞서자 한국 감독은 타임을 걸었다. 주도권을 잡고 이기고 있는 일본의 승기를 일단 꺾고 한국선수의 심기를 일신하기 위한 작전이었다. 그러나 다시 한국이 이끌려갔다. 12대 17이 되어 일본의 우승이 굳어지는 것 같았다. 양쪽의 응원소리도 약간 시들해졌다. 미치코는 이제 결정이 난 것이나 다름없다고 어린아이처럼 좋아했다. 무일은 이럴 때 한국이 이겨서 항상 조선사람을 얕잡아보는 일본의 콧대를 꺾어 주고 싶었다. 마음대로 되지 않아 안타까웠다.

한국의 감독은 마지막 승부수를 띄우려는 듯 다시 작전타임을 얻었다. 선수는 '파이팅'을 외치고 다시 경기 위치에 섰다. 일본 선수가 하나 남은 서브를 했다. 한국이 받아 넘기자 강한 백드라이브로 맞받아 일본이 또 이겼다. 12대 18, 서브 차례가 한국으로 바뀌었다. 이미 패색이 보인 선수에게 이 기회에 마지막 기라도 불어넣어 주려는 듯 한국의 응원석에서 목이 쉬어라 악을 쓰며 박수를 쳤다. 한국 선수가 잠시 용을 쓰더니 라켓을 강하게 잡아당기듯 서브를 넣었다. 이를 받은 공이 힘없이 옆으로 튀겨나가 아웃이 됐다. 서브를 못 받은 일본 선수는 가볍게 껑충껑충 뛰면서 걱정 말라는 듯 관중석에 라켓을 든 손을 흔들었다. 한국의 관중석은 고함소리가 터졌다. 무일도 벌떡 일어나서 고함을 지르자 미치코가 다시 그의 저고리를 잡아당겨서 앉혔다.

"앉아서 해요."

미치코가 핀잔 비슷하게 속삭였다.

"미치코, 내가 한국을 응원하는 것도 이것이 마지막일지 몰라요. 이제 결혼하면 나도 일본을 응원해야 하는 것 아니에요?"

미치코는 무일의 눈에서 어딘가 아쉽고 서운하고 섭섭한 표정이 감도는 것을 느꼈다. 다시 한국선수가 연달아 똑같은 서브를 넣었다. 그 것을 받은 공도 앞서와 똑 같이 아웃이 되었다. 한국의 응원석에서는 야단이 났다. 계속해서 고함을 질러댔다. 다시 넣은 서브도 또 받지 못했다. 일본 선수는 얼어붙어 있었다. 실수를 거듭하며 순식간에 산사태처럼 무너지고 있었다. 한국이 17대 18까지 만회를 하자 응원석에서 아리랑 노래 소리가 나기 시작했고 일본 응원석은 벙어리가 됐다. 이번에는 일본의 서브 차례가 되었다. 그러나 일본은 첫 서브마저 미스를 저질렀다. 동점이 됐다. 일본 감독이 타임을 걸었다. 계속 지고 있는 물줄기를 바꾸려고 했다. 앞서가다 추월을 당하면 더 긴장하고 겁을 먹는 법이었다. 일본 선수는 떨고 있는 것이 관중석에서도 느껴졌다. 감독이 등을 탁 치면서 내보낸 일본 선수는 잔뜩 힘을 실은 서비스를 했으나 네트에 걸려 밖으로 튀어나가 버렸다. 기적이 일어나고 있었다.

세 번째 서브는 한국선수가 잘 받아넘겨 공을 주고받고 하다가 일본 선수가 넘긴 힘없는 공이 네트에 걸려 넘어가지 못하고 제자리에 떨어졌다. 매치포인트였다. 관중들의 손에도 땀이 흥건했다. 한국 선수는 마무리를 지으려는 듯 넘어온 서브 공을 조심스럽게 받아넘겼다. 잔뜩 위축된 일본 선수가 때릴 가 말 가 머뭇머뭇하다 넘긴 서비스 공이 약간 높이 떴다. 비호처럼 달려든 한국선수는 번개 같은 드라이브를 날렸다. 일본은 받을 엄두조차 내지 못하고 지고 말았다.

"와~, 와~, 이겼다!"

한국의 관중석에서 응원단이 일제히 일어나며 양손을 높이 들고 승리를 외치고 있었다.

"어겼다, 한국이 이겼다!"

미치코는 박수를 치며 철없는 아이처럼 좋아하고 있는 무일을 마주보고 밝게 웃으면서 축하했다. 나가마사도 손을 내밀어 축하를 보냈다. 바로 시상식이 시작되었다. 동메달인 필리핀선수가 단상에 서고 다음에 일본선수, 마지막에 한국의 세 낭자가 제일 높은 시상대에 올라섰다. 메달과 꽃다발이 수여 됐다. 침울하게 서있는 일본 선수 틈에 기무라 나오코는 엷은 미소를 띠고 있었다. 이윽고 애국가가 연주 되면서 태극기가 올라갔다. 무일은 일어서서 오른 손을 가슴에 얹고 태극기를 바라보았다. 감개가 무량하였다. 그리고 태극기가 크게 클로즈업 되면서 해방이 되던 날 무일이 그렸던 비단 바탕에 꽃자주색과 군청색의 암포리 태극기로 보였다.

'조상이 흰 비단으로 바탕을 만들어 숨겨 두었던 태극기, 조국의 얼이 서린 태극기, 이제 남의 나라 국기가 되겠구나. 태극기여 안녕.' 애국가가 가슴을 흔들었다. "대한사람 대한으로 길이 보존하세." 작은 소리로 노래를 따라 부르던 무일의 눈에서는 폭포 같은 눈물이 쏟아졌다. 옆에서 미치코가 그걸 보고 핸드백에서 손수건을 꺼내 그의 손에 쥐어 주었지만 손에는 감각도 없었다. 마지막 남은 눈물을 모두다 쏟아버리고 조국을 떠나려는 듯 눈물이 계속 줄줄 흘러내리고 있었다.

미치코가 직접 눈물을 닦아주자 미치코를 보며 쑥스러운 듯 웃는 표정을 지었다. 그러더니 미치코의 손을 끌고 홀로 내려가 퇴장 준비를 하고 있는 일본 선수들에게로 갔다.

"기무라 상?"

부르는 소리에 기무라 선수가 뒤를 돌아보았다.

"나에요 나, 가네모도 부이치."

"하, 가네모도 오빠!"

기무라 선수는 무일에게 달려들더니 손을 덥석 잡았다. 미치코는 둘이가 더 가까이 다가가 행여 다음 행동으로 이어질 가싶어 눈이 둥그레지며 두 손으로 가슴을 움켜쥐고 있었다.

"경기 봤어. 잘 싸웠어. 하나도 안 변했군. 무사히 떠났는지 걱정했었는데 일본 대표선수가 되어 뛰는 모습을 보고 너무 기뻤어."

"오빠를 이렇게 만나다니…. 오빠는 훨씬 멋져졌어요. 일본은 웬일로 오셨어요?"

"참 소개할게. 내 약혼자야. 나도 일본에서 살고 있어. 곧 결혼할 거야."

"어머, 축하해요. 한국에서 한 동리 살면서 오빠처럼 친하게 지냈어요."

기무라는 밝은 미소를 띠며 미치코에게 축하를 보냈다.

"기무라 선수, 정말 잘 싸웠는데 일본이 져서 아쉬웠어요."

미치코는 그 때야 긴장을 풀고 기무라 선수를 칭찬했다.

"경기는 항상 이기고 지고 그래요. 다음에는 꼭 이겨야죠. 결혼식에 꼭 초대해 주세요."

"초대하고말고. 그런데 결혼은…"

무일이가 물었다.

"아직…, 좋은 사람 있으면 소개해 주세요."

"유용석이가 들었으면 좋아 하겠다. 그도 아직 미혼일걸?"

"아이 오빠두…."

선수단인 그녀와 오랫동안 이야기를 할 수는 없었다. 비위장이 좋은 나가마사는 어느 틈에 기무라의 사인을 받아들고 좋아라했다.

그로부터 며칠 후, 사일이 무일에게 보낸 편지는 안부의 소식만이 아니었다. 목포수산 일본 주재원으로서 체류비자까지 받은 여권이 함께 들어있었다. 무일은 놀라고 반가웠다. 표지에 '대한민국'이란 국호가 금박으로 선명하게 찍힌 여권을 뚫어지게 들여다보았다. 밀항자의 탈을 쓰고 숨어 살면서 얼마나 간절하게 원하던 여권인가. 어렵사리 국가가 신분을 보장한 여권을 얻어 아주 기쁘면서도 다른 한편으로는 아쉽고 허전한 마음을 달랬다. '귀화를 한다면 이제 이것이 무슨 소용이 있겠는가? 수속을 하는데 필요할지도 모른 서류일 뿐 사후약방문이 아닌가?'

회한과 용서

텃골에는 결혼을 하게 되었다는 무일의 정중한 편지가 날아왔다.

"세상 오래 살고 볼 일이요. 이런 반가운 소식도 오는 날이 있구려. 여보, 우리가 무슨 염치로 하라 마라 한다요. 좋은데 장가가서 며느리하고 한번 오라고나 하시오."

텃골 아짐씨는 들뜬 기쁨을 억제하지 못했다. 무엇을 어떻게 할지를 몰라 김 면장만 부추겼다. 그러나 김 면장은 편지를 읽고 나서 한참동안 눈을 지그시 감고 있었다. 지난날 성급하고 가족에게 너무 엄하게 대했던 자신의 성격이 면구했다. 무일에게도 미안한 마음이 치밀어 말이 없었다.

얼마 후 일본에서 연달아 편지가 왔다. 이번에는 고급스런 봉투에 주소와 이름을 붓으로 쓴 명필이 예사로운 편지가 아닌 것 같았다. 뒷면을 본 김 면장은 깜짝 놀랐다. '사나다 이치로 배상'이라 쓰여 있는 것이 아닌가? 이 사람이 무슨 일로 새삼스럽게 편지질이냐 싶어 봉투에다 신경질을 부려 옆구리를 내리 찢었다. 김 면장은 또 한 번 놀랐다. 결혼 전에 보내는 사성과 다름없는 서장이었다. 부족한 딸을 며느리로 받아주셔서 감사하다는 인사와 함께 서로 사돈으로 연이 이어진 것을 기쁘게 생각한다고 했다. 그리고 결혼식에 꼭 참석을 해 달라는 내용이었다.

"이건 로미오와 주리에돈가 하는 소설의 재판도 유분수지, 세상에 하필이면 원수의 딸을 며느리로 삼아? 사나다 이치로, 뻔뻔하기도 하지. 아무리 내가 내쳤기로서니 내 아들을 가로채?"

김 면장은 뜻밖의 혼처에 분통이 터져 안절부절 못했다. 뒷짐을 지고 중얼거리며 뜰을 서성거렸다.

"당신도 알지요. 글쎄 그 원수 놈 사나다 과장 딸이라요. 이걸 어쩌면 좋소."

"그래요? 세상에, 어떻게 그렇게 연이 닿았다요? 정말 잘 됐소. 사나다 과장 딸이라면 어려서 본 것도 같소. 나는 사나다 과장 부부가 좋았고 서로 잘 지냈었소. 지금도 그 사람이 그렇게 당신을 속였다고 믿지를 않소."

"안 믿기는 뭣을 안 믿어, 증거가 있는 엄연한 사실인데. 허 허 내 참. 글쎄 일본에는 교포 처녀도 많을 것인 디 하필이면 원수 딸에다 쪽발이 며느리여?"

"여보, 잘못해서 혹시라도 이 결혼 망치면 당신은 무일이 두 번 쫓아낸 꼴이 될 것인께 아무소리 하지 마시오. 그 양반들 딸이라면 너무 좋지요."

"좋긴 뭐가 좋아요."

핀잔처럼 말했지만 김 면장은 더 이상 입을 다물었다. 냉정하게 생각하면 무일은 이미 아비의 지배를 벗어난 자식이었다. 자꾸만 입을 놀려본들 생각하기도 싫은 옛날이야기만 다시 불거질 것이었다. 게다가 일본에서 일어나고 있는 일을 편지로 이러쿵저러쿵 해봐야 다 된 밥에 소금 뿌리는 꼴만 되는 일이었다. 이 결혼 망치면 무일을 두 번 쫓아낸 꼴이란 소리는 온 몸에 경기가 났다. 그는 일찍 입을 봉하고 말았다. 다만 자식 결혼식에 안갈 수도 없고, 가자니 사돈이 될 원수하고 만나야 할 일이 난감했다.

다시 사일에게서 편지가 왔다. 아버지 어머니와 함께 자기 부부도 가기로 하였으니 왕복 항공권과 여권을 준비하겠다고 했다.

"하, 내가 꼭 가야 할 것인가?"

"결혼식에 안 가다니요? 안 가시면 어쩌려고요? 죄 없이 쫓겨난 자식하고 모처럼 자연스럽게 다시 만날 수 있는 이런 기회를 마다하면 무일하고는 영영 남 되어버릴 것인께 알아서 하시오."

툇골 아짐씨는 항상 가슴에 맺혔던 말을 토해버렸으나 너무 모진 말을 했나 싶어 뒷말로 달랬다.

"사나다 과장이 당신에게 잘못이 있으면 그런 초청을 했겠소? 그 박 사장은 확실히 원수 질 일을 했지만 사나다 과장은 확실한 건 아니지 않소?"

"사나다 과장도 그렇지만 나는 쪽발이하고 결혼하는 것이 정말 싫소. 손자 놈 생기면 일본 놈 피가 섞일 것 아니여? 내 죽어서 조상을 어떻게 보라고…"

"일본 놈 피는 검다요? 한국 놈도 낙지 고락 같이 까만 피를 가진 놈이 많습디다."

"당신은 안 갈라요?"

"나는 안 갈라요. 차라리 결혼하고 나면 사는 것 보러 조용히 한 번 가고 싶소."

김 면장은 가지 않을 수가 없었다. '죄 없이 쫓아낸 자식을 자연스럽게 만날 수 있는 이런 기회를 마다하면 무일하고는 영영 남 될 것'이란 말은 집나간 자식 때문에 속이 타버리고 깡다구만 남은 부인의 겁박이었다. 하지만 무일이 집을 나간 뒤 자탄의 세월을 보내던 그에게는 백번도 옳은 말이었다.

동경에서는 결혼식을 앞두고 준비가 한창이었다. 결혼식은 일본의 전통적인 관습대로 마을에 있는 절에서 거행하기로 했다. 미키 여사는 불전 결혼식에 입을 신부의 후리소데振袖 기모노와 신랑이 입을 몬츠기와 하카마紋付·袴의 와후쿠和服의 주문을 서둘렀다. 미치코가 엉뚱하게 결혼식에 자기는 후리소데를 입지만 신랑은 턱시도를 입히겠다고 했다. 미키 부인이 불전 결혼식에 턱시도를 입다니 말이 되느냐고 나무랐고 아버지도 반대했다. 무일도 이제 일본으로 귀화할 것이니 관습대로 와후쿠를 입겠다고 했다. 그런데도 미치코는 무일은 턱시도를 입어야 어울린다고 끝내 고집을 꺾지 않았다.

　김 면장이 도착한 날은 무일과 아키코, 그리고 사나다 선생이 공항으로 영접을 나갔다. 미치코는 호텔에서 기다렸다. 출구로 나오는 여객들 틈에서 두리번거리며 출구를 나온 김 면장에게 무일이 다가가서 공손하게 인사를 했다. 기구하게 헤어진 부자가 8년 만에 상봉하는 순간이었다.

　"아버지, 불효자식 용서하여 주십시오."

　"아니다. 무사히 잘 있으니 다행이다."

　김 면장은 인사말을 평범한 대답으로 대수롭지 않게 받았다. 더이상 말이 없이 무일을 외면하고 공항 대합실의 텅 빈 천정을 쳐다보고 있었다. 잃어버린 오랜 세월 속에서 훌쩍 어른으로 성장한 아들을 올려다보고는 꿈이 아니기를 다짐하는 것일까? 운명의 재회를 조상에게 감사하는 것인지 아니면 쏟아지려는 눈물을 참고 있는 것인지 움직임이 없었다. 그런 기쁘기도 하고 슬프기도 한 마음의 혼선을 주체하느라 간신히 버티고 서있는 김 면장의 양손을 잡으며 아키코가 나서 인사를 했다.

"숙부님 저 아키코입니다. 잘 오셨습니다."

김 면장은 정색을 하며 아카코의 인사를 받았다. 눈이 빨갛게 충혈이 되어 있었다.

"오라 너였구나. 얼마 만이냐? 몰라보겠다. 나와 주어 고맙다."

"여기가 제 남편입니다. 결혼했습니다."

아키코가 옆에서 인사 차례를 기다리고 있는 남편을 소개했다.

"인사드리겠습니다. 사나다 지로입니다."

김 면장은 아키코가 결혼하여 무일과 함께 살고 있다는 것은 무일의 편지로 알고 있었다. 그 남편으로부터 사나다 지로란 이름을 듣고 잠시 혼란스러웠다. 한참 눈을 깜박이다가 겨우 실마리를 찾은 것 같았다.

"사나다 지로? 그럼?"

"사나다 이치로 아우입니다. 원로에 오시느라 고생하셨습니다."

"아, 그래요. 조카사위가 되어 반갑습니다."

사실은 아키코가 어릴 때 한국에 와서 만난 일이 있었다. 모두는 서로 간단히 인사를 나눈 다음 지로의 차를 타고 호텔로 향했다. 차 안에서 아키코가 쌓인 사연들을 털어놓기 시작했다.

"남편은 옛날 중학교 때 부이치의 담임선생이었습니다."

"그래? 담임선생이었어?"

김 면장은 또 놀랐다. 무일이 매부를 자세히 소개했다.

"선생님, 아니 매부 덕택에 일본에 무사히 정착을 했습니다. 지금까지도 여러모로 보살펴주어 잘 살고 있습니다."

"그랬군요. 고맙습니다."

"조카사위에게 말씀 낮추십시오. 어머니는 건강하게 잘 계신지요?"

아키코는 어머니 안부를 먼저 물었다. 오랫동안 서로 단절되었던 소식을 주고받는 사이 차는 호텔에 도착했다. 미치코가 호텔 로비에서 기다리고 있었다. 무일이 청회색 양장을 입은 신부를 소개했다. 미치코는 가볍게 목례만 했고 김 면장도 중절모자를 살짝 든 것으로 인사를 받았다. 일행은 수속을 마치고 미치코가 마련해 놓은 스위트 룸으로 갔다. 무일과 미치코가 나란히 서서 아버지에게 소파에 앉으시도록 권했다.

"아버지 절 올리겠습니다."

무일은 엎드려서 절을 했고 미치코는 어디서 배웠는지 손을 이마에 얹고 좌정하여 머리가 땅에 닿도록 큰절을 올렸다. 나애리가 얼른 절을 하는 미치코의 팔을 붙잡고 도와줬다. 김 면장은 축하의 덕담을 일본말로 했다.

"오오, 마코토니 오메데또오."

"아버님, 감사합니다. 무일과 행복하게 살고 좋은 며느리가 되겠습니다."

미치코는 한국말로 인사를 했다. 김 명장뿐만 아니라 무일과 주위 사람들이 깜짝 놀랐다. 나무랄 데 없는 한국말이었다.

"한국말을 잘 하는구나."

"네, 열심히 공부하고 있습니다."

"기특하다, 너의 시어머니 될 사람이 제일 좋아하겠다."

김 면장은 미치코를 본 순간 미모와 예절, 몸에서 풍기는 품위에 한국말을 듣고 일본사람이라는 거부감이 봄눈처럼 녹고 있었다. 한 쌍의 원앙 같은 이들을 내려다보며 눈에서 참았던 눈물이 소리 없이 흘러내렸다. 얼굴을 아래로 숙이고 있었다. 눈물이 소파를 적시고 있었지만 김 면장은 미동도 없었다. 모두들 왜 우는지 까닭을 몰랐다. 한국 손님들은 아키코 부부가 접대를 하기로 하고 무일과 미치코는 먼저 돌아왔다.

다음날 불전에서 행한 결혼식에는 관습대로 신랑 신부와 양가의 부모와 중매인이 참석했다. 신랑측은 어머니 대신 아키코가 참석했고 중매인媒酌人 자격으로 사나다 지로가 입회를 했다. 신부 어머니 미키 여사가 김 면장에게 깊숙이 허리 숙여 인사를 하며 부인과 같이 오시지 그랬느냐고 섭섭해 했다. 김 면장과 사나다 이치로는 의례적인 인사만 나누었다.

신부는 연회색 바탕에 꽃이 만발한 매화나무 무늬의 격조 높은 기모노의 정장 차림이었다. 최고급 비단의 치렁한 소매가 땅에 닿을 듯이 늘어진 후리소데振袖였다. 큰 머리를 올리고 금빛 찬란한 비녀를 꽂은 모습이 너무 우아하고 예뻤다. 김 면장은 턱시도를 입은 상큼하고 잘생긴 무일을 보고 옛날 왜 이렇듯 훌륭한 아들을 미워했을까 마음속으로 또 다시 회한을 삼켰다.

신랑과 신부는 너무 아름다운 한 쌍의 원앙이었다. 본존에 결혼을 고하고 주지의 유시를 받들어 서로 존경하고 사랑할 것을 맹세하는 서약서에 서명을 한 후 3, 3, 9 차례의 술잔을 나누었다.

혼례식을 마친 신랑 신부와 혼주들은 피로연장으로 향했다. 김 면장이 묶고 있는 호텔 볼룸의 넓은 홀에는 하객이 가득 차 있었다. 신랑 신부는 통로 양쪽의 하객들에게 가볍게 목례를 하며 헤드테이블로 나란히 걸어갔다. 연회장을 가득 메운 하객들이 우레와 같은 박수로 환영했다. 단상의 사회대에는 한국과 일본의 작은 국기가 교차로 세워져 있었다. 사회가 연회의 시작을 알렸다.

"만장하신 하객 여러분, 신랑 가네모도 부이치 군과 신부 가네모도 미치코 양의 결혼을 축하하는 피로연을 시작하겠습니다. 오늘 결혼식은 한국인 신랑과 일본인 신부가 부부가 되는 대단히 뜻 깊은 의미가 있습니다. 그들은 서로 다른 나라와 국민이라는 격차와 어려움을 극복하고 세계의 평화를 향하여 전진하는 용기 있는 젊은이입니다. 이 결혼식을 축하해 주신 여러분에게 진심으로 감사를 드립니다. 그럼 신랑 신부의 행복을 위해 건배를 들겠습니다. 신랑의 부친께 건배제의를 부탁드립니다."

사전에 귀띔을 받지 못한 김 면장은 어리둥절한 표정으로 와인잔을 들었다.

"오늘 결혼한 부부가 행복하기를 축하합니다. 그리고 바쁘신 중에 참석하여 축하해 주신 내빈께 깊이 감사드리고 가정에 행복이 가득하시기를 기원합니다. 그럼 모두 간빠이!"

김 면장은 사나다 이치로와 잔을 부딪쳤다. 여기저기 맑고 경쾌한 쨍 소리가 들렸다. 이어 식사가 시작 되면서 연회장은 왁자지껄했다. 신랑 신부의 두 사돈은 서로 많이 드시라는 인사와 술잔을 한두 번 권했을 뿐 별로 말이 없었다. 기쁨과 축복이 넘쳐야 할 헤드 테이블은 황량한 겨울 들판과 같은 찬바람만 감돌았다. 사돈들의 이런 분위기를 알 턱이 없는 손님들은 화기애애한 분위기 속에서 즐겁게 담소하며 맛있는 식사를 하고 있었다.

신부는 치렁치렁 피어있는 보라색의 등꽃이 그려진 기모노를 새로 갈아입었다. 감색 평상복을 입은 신랑과 테이블을 돌아다니며 하객에게 인사를 했다. 기무라 선수가 일어서서 환한 미소를 지으며 그들을 축하했다. 무일은 눈을 의심했다. 그 옆에 유용석 친구가 활짝 입을 벌리고 손을 내밀고 있는 것이 아닌가? 무일은 깜짝 놀라서 두 사람을 번갈아 보았다. 기무라가 어색한 표정으로 결혼식에 와서 서로 만났다고 변명 같은 말을 했다. 무일은 유용석에게 잘 해보라며 눈을 찡긋했다. 바로 돌아가지 말고 동경에서 자기와 같이 며칠 지내고 가라고 당부했다.

손님들이 하나 둘 자리를 뜨기 시작할 때였다. 누군가가 김 면장 앞에서 고개를 깊숙이 숙이고 있었다.

"누구시오?"

"저를 죽여주십시오. 죄인 박수길입니다."

목구멍 속으로 기어들어간 소리였다.

"뭣! 박수길?"

고함과 같은 소리와 동시에 김 면장이 벌떡 일어섰다. 주먹이 뺨으로 날아갈 것 같은 기세였다. 김 면장은 피가 머리로 솟고 기가 콱 막혔지만 그럴 자리가 아님을 깨닫고 부라린 눈으로 내려다보고만 있었다. 큰 소리를 듣고 사나다 이치로가 다가왔다.

"아! 당신, 아라이 사장 아니요?"

"두 분께 죽을죄를 지었습니다. 용서하여 주십시오."

"아니? 당신이 어찌 된 일로 뻔뻔하게 여기까지 나타났소?"

김 면장이 낮은 소리지만 날카롭게 추궁했다.

"죄를 모두 고백하고 용서를 빌고 싶어서 왔습니다."

"자 일단 앉으시지요. 앉아서 이야기를 들어 봅시다."

사나다 이치로는 우선 분위기를 수습했다. 흥분으로 부들부들 떠는 김 면장을 진정시켜 자리에 앉혔다. 김 면장은 충격을 가라앉히

느라 몇 번이고 크게 숨을 들이켜고 내쉬고 있었다.

"자 차근차근 이야기를 들어 봅시다."

사나다 이치로가 박수길 사장에게 재촉했다.

"네, 이제 무엇을 감추겠습니까?"

박수길 사장은 부도가 나기 직전 우선 부도를 막으려고 사나다 과장을 속이고 도자기를 팔았고, 가짜로 들통이 나자 가네모도 계장을 만나 도자기 값을 되돌려 주었던 이야기를 시작했다.

"그래요 가네모도 계장이 돈을 가져다주기에 그 도자기 값을 되돌려 받았지요."

사다다 이치로가 다음 이야기를 끌어내려는 맞장구였다.

"목포조합 재고분 김을 낙찰 받으면 부도를 모면할 길이 있을 것 같아 가네모도 계장에게 사나다 과장의 부탁이라고 속이고 협박을 했습니다."

"나는 그럴 직책도 아니었고 내 힘으로 될 일이 아니었잖소?"

김 면장의 목에 핏대가 서고 눈은 부릅뜬 채였다. 박 사장은 모든 것을 알면서 협박을 했다고 고백했다. 구속을 면하려고 가네모도 계장이 김을 낙찰 받게 해준다고 돈을 요구하여 500엔을 주었다고 꾸민 사실도 실토했다. 사나다 과장에게는 도자기 값을 자신이 지불한 것으로 가짜 영수증을 만들었고, 가네모도 계장에게서 돈을 받은 일이 없다는 사나다 과장의 진술서까지 위조했다고 지난 일을 죄다 자백했다.

"천벌을 받을 죄를 지었습니다."

"내가 당신을 속이고 돈을 받은 것으로 꾸미고 사나다 과장 영수증과 진술서까지 위조했다고? 허 허, 이럴 수가…."

이야기를 들은 김 면장은 엉뚱한 충격에 눈앞이 캄캄했다. 뒤에 서있는 사나다 이치로를 돌아다 봤다. 그 앞에 무릎을 꿇고 싶을 만큼 무안하고 미안했다. 비록 오해를 할 만한 근거가 있었더라도 그건 지금 이 자리에서는 모두가 허구렁일 뿐이었다. 확실한 진상을 알지 못하고 평소에 서로 신뢰하고 덕을 입은 직장의 상사를 증오하고 인간관계를 훼손한 것은 자신의 너무 큰 실수였다. 한일어업회담 때나 자식의 성스러운 결혼식장에서까지 불쾌하게 대한 것은 박수길의 죄 못지않은 잘못이었다.

어떻게 용서를 빌어야 할지 김 면장은 안절부절못했다. 이런 사실을 전혀 모르는 두 자녀가 서로 사랑하고 결혼을 하게 된 인연이 자신의 어리석음을 비웃는 것 같았다. 안색이 백지장처럼 하얗게 질린 김 면장은 옛 상사이고 사돈이 된 사나다 과장에게 머리를 숙였다.

"사돈어른 저를 용서하십시오. 이런 줄도 모르고 저는 사돈어른을 오해했습니다. 그동안 서로의 신뢰와 정리를 생각한 들 신중했어야 되는데 제가 졸렬한 탓에 저의 분함만 못 이겨 너무 큰 실례를 저질렀습니다."

"아닙니다. 능히 그럴만한 어려움을 겪으셨습니다. 이런 일로 더욱 친히 지내면 좋지 않겠습니까?"

사나다 겐이지로의 훌륭한 인격은 한결같았다. 그때 신랑과 신부가 손을 마주 잡고 왔다. 무일이 고개를 숙이고 있는 박 사장을 보더니 깜짝 놀랐다.

"박 사장님! 와주셔서 감사합니다. 어려운 여권까지 내주셔서 정말 감사합니다. 이제 마음 놓고 활동할 수 있게 됐습니다. 귀화를 하는데도 여권이 꼭 필요하답니다."

"여권? 귀화? 네가 지금 귀화라고 했느냐?"

귀화란 말에 김 면장은 놀라며 신경이 그 쪽으로 쏠렸다.

"아, 그렇지 않아도 말씀드리려고 했습니다만 부이치 군은 일본으로 귀화하기로 했습니다."

사나다 이치로가 정중하게 말했다.

"귀화를 한다고요?"

김 면장의 눈썹이 치켜 올라가면서 다시 묻는 순간이었다.

"아버지, 부이치는 귀화를 하지 않을 것입니다."

뜬금없이 미치코가 끼어들어 조용하면서도 단호한 어조로 말했다.

"귀화를 안 하다니? 귀화하기로 했지 않느냐?"

사나다 이치로가 반문을 했고, 더 놀란 것은 무일이었다.

"아니? 왜? 귀화를 안 하다니요?"

미치코는 무일 말은 아랑곳하지 않고 아버지에게 말했다.

"아버지, 죄송합니다. 분명히 귀화를 하기로 했습니다만 지난번 탁구경기에서 한국이 우승을 하여 애국가가 울리고 태극기가 오를 때 부이치가 눈물을 흘리는 모습을 보고 깨달았습니다. 마누라 때문에 조국을 버리는 남편이 되게 해서는 안 된다고 느꼈습니다. 저는 떳떳하게 한국사람의 부인으로서 행복하고 보람 있게 살고 싶습니다. 이를 세상에 자랑하면서 살 거예요. 아버지, 이해하여 주십시오."

가장 놀란 것은 김 면장이었다.

"내가 며느리 정말 잘 얻었나보구나. 생각하는 것이 너무 크고 장하다."

사나다 이치로는 딸의 말에 어이가 없었다. 김 면장이 미치코의 말을 듣고 감격을 하는 바람에 말문이 막혔다. 면박을 할 수도 나무랄 명분도 없었다. 울상이 되어 동생 지로에게 하소연했다.

"미치코가 신랑을 귀화시키지 않겠다고 하는구나."

"그러지 않을 가, 짐작을 했었습니다. 형님, 미치코는 생각이 깊은 딸입니다. 그리 허락하십시오."

"아니 그러면 미리 이야기를 해야지. 어쩐지 결혼식에 신랑이 와후쿠和服 입는 것을 반대하고 턱시도를 입히겠다고 고집할 때 이상하다 했더니 꿍꿍이속이 있었구나."

두 사돈의 서로 다른 생각은 오직 자식들의 행복을 위한 마음이지만 자기 나라와 민족을 사랑하는 대의명분이 부딪히고 있었다. 사나다 이치로의 얼굴에 번졌던 섭섭한 표정이 이내 다시 밝은 빛으로 되돌아왔다.

"할 수 없지. 오냐, 알았다. 나는 너희들이 안정된 생활을 바랄 뿐이었다. 열심히 살고 부디 행복하렴."

"너희들의 행복을 위해서라면 이 애비도 남은 힘을 다 보태마."

사나다 이치로는 흔쾌히 이해를 했고 양가의 어른이 그들의 행복을 염원했다.

"감사합니다."

미치코가 절을 했으나 무일은 멍하니 서 있었다. 사일이 아버지의 귀에 대고 낮은 소리로 말했다.

"아버지 저도 지난 일을 여기서 처음 알았습니다. 그동안 박 사장께서는 무일의 여권뿐만 아니라 저의 업무를 위해서 많은 도움을 주셨습니다. 옛날 일들을 깊이 뉘우치고 좋은 일도 많이 하고 계시니 이제 용서하시죠."

김 면장은 지그시 눈을 감고 생각했다. '나도 무일과 사나다 사돈에게 큰 잘못을 진 사람이 아니던가. 이렇게 좋은 날, 모든 것을 서로 용서하고 살자구나.' 김 면장을 박 사장에게 다가가 손을 잡았다.

"박 사장님, 우리 지난 일은 다 잊고 서로 도우면서 남은 인생을 보람 있게 사십시다."

"이 죄인을 용서하여 주시는 겁니까? 정말 감사합니다."

박 사장은 회한을 토하는 심호흡을 했다. 굳었던 얼굴이 풀리고 눈을 감은 채 감회에 젖었다.

아키코가 누군가를 데리고 헤드 테이블로 왔다. 하루코였다.

"숙부님, 하루코입니다. 건강한 모습 뵈니 기쁩니다."

"하루코가 왔어? 어디 보자. 몰라보겠구나? 어머니도 잘 계신다."

하루코는 무일과 미치코에게 다가가 손을 함께 잡았다.

"결혼 진심으로 축하해, 부이치. 이 못된 누나 많이 섭섭했지? 고치에서는 정말 잘못했어, 미안해. 용서해줘."

그녀는 자세를 낮추고 입과 또 눈빛으로 말하고 있었다.

"와주셔서 고맙습니다. 이해하고 있습니다. 유리는 요?"

"부이치 내가 죄를 받았나 봐. 양육 소송에 져서 유리는 제 아버지에게로 보냈어."

"네? 그러셨어요? 그래서 데리고 오지 못하셨군요. 외로우시겠습니다. 어떻게 위로를 드려야 할지…"

"내가 어리석었어. 유리가 제대로 한국의 핏줄인 줄 알았더라면 언젠가는 나를 찾아 올 걸…"

두 노인이 아키코와 반갑게 인사를 하고 있었다. 마츠모도 할아버지였다. 무일은 다시 만나지 못할 줄 알았었다. 너무 반가웠다.

"할아버지! 고맙습니다. 그냥 알려드리려고 편지드렸는데 와주셨군요."

"축하하네, 정말 축하해."

"할머니도 힘드신데 오셔서 감사합니다."

"아니야 내일 야스쿠니 신사도 좀 참배할 겸 올라왔어."

"그래요? 저도 같이 가보고 싶었는데…."

김 면장이 누구냐고 물었다. 나를 처음 일본 땅에 받아주고 고지까지 데려다준 고마운 일본분이라고 소개했다. 김 면장은 두 노인에게 정중하게 고맙다는 인사를 하고나서 잠깐 무슨 생각을 하다가 무일에게 한국말로 나직하게 말했다.

"고마운 분이다 만 야스쿠니신사 참배는 가지 않아야 한다."

"네? 왜 참배는 안 됩니까?"

"나중에 네가 출세를 하는데 발목을 잡히는 흠이 된다. 특히 사일은 절대 가서는 안 된다. 공직에 가거나 하다못해 면의원에 출마를 하더라도 영락없는 낙선요인이다."

"아버지, 적장을 죽이고도 영혼은 빌어준답니다. 그저 죽은 영령을 위로할 뿐 아무 다른 의미가 없는 데 왜 그곳에 가면 흠이 된다는 건지 이해를 못하겠습니다."

"그것은 사적인 문제가 아니다. 우리의 역사고 사회와 국민의 의사고 국익과 관련된 명분이다."

"역사와 국민의 의사고 국익이라…."

무일은 혼자 뇌이더니 마츠모도 할머니에게 뭔가를 쥐어주었다.

"할머니 여기서 펴보시지 말고 꼭 집에 가서서 열어보셔야 해요."

무일은 마츠모도 할머니가 뭐냐고 묻는 소리를 뒤로하고 손님들 사이로 사라졌다. 돈이 두툼하게 든 예쁜 사슴가죽 지갑이었다. 허리띠를 주었던 할머니와 고치까지 그를 데려다 주면서 많은 경비를 썼지만 받지 않고 돌아가던 할아버지에 대한 적은 성의고 정표였다.

하객이 슬슬 자리를 뜨고 연회가 끝날 무렵이었다. 앞으로 와서 고개를 숙이고 서 있는 사람을 보고 무일은 또 한 번 놀랐다. 당황하는 사이에 그가 먼저 말을 걸어왔다.

"가네모도, 진심으로 축하해. 나는 죽어도 마땅할 죄를 지은 사람이지만, 용서를 받을 길이 없을까? 이런 좋은날 찾아와 용서를 비는 내가 부끄럽고 염치가 없네만…. 용서해주면 안될까?"

길상이 애처롭게 쳐다보며 말했다.

"나는 이미 용서를 했다네. 고범민, 모든 것 다 용서하고 새 세상을 행복하게 살아가야지. 우리 서로 도우면서 살세."

무일은 미소를 띠며 망설임 없이 대답했다. 네 동지의 목숨을 앗은 원수, 기어코 응징을 하여 딱새의 원혼을 풀어주어야 한다고 결심했었지만 이미 무일은 모든 것을 용서하고 잊고 살기로 했었다. 그가 결혼식 날 와서 축하하고 화해를 한 것이 마음 한구석 남아 있던 부담을 지우게 되어 고맙고 홀가분했다. 피로연은 부부의 결연과 용서와 재회와 화해가 이루어진 뜻 깊은 자리고 시간이었다.

신랑과 신부는 처가로 갔다. 친척이 모여 있었지만 저녁 식사를 마치고는 둘만의 신방에 몸을 쉴 수 있었다. 푹신한 요에 두툼한 이불을 가지런히 펴놓았고 머리맡에는 찻쟁반과 과일바구니가 놓여있었다. 도꼬노마에 걸린 긴 족자에는 두 마리의 잉어가 물에서 놀고 있었다. 그 앞에 비스듬히 꽂힌 푸른 소나무 가지와 빨간 산다화가 아름답게 조화를 이룬 꽃꽂이 수반이 신방의 분위기를 북돋았다. 장모 미키 부인의 정성이 느껴지는 공간이었다.

미치코가 뒤에서 무일의 허리를 안았다. 미치코는 이 거만하고 아니꼬운 거대한 소나무를 쓰러뜨리고 싶었다. 힘껏 들어 올리면서 제물에 그를 안고 함께 쓰러졌다. 목조건물의 다다미방이 쿵하고 울리고 천근이나 됨직한 육중한 거목의 무게가 가슴과 배를 짓눌렀다. 미치코는 아프거나 답답하지 않았다. 도리어 너무 시원하고 말로 표현할 수 없이 전신에 확산되는 안락하고 달콤한 압력에 몸을 맡겼다. 거목을 쓰러뜨렸다는 성취감, 바라고 바라는 것을 얻은 만족감, 간절하고 아름다웠던 사랑을 가슴에다 안은 미치코는 이 거목을 태아처럼 내 배속에다 쏙 집어넣었으면 싶었다. 쿵 소리에 놀란 미키 부인이 뛰어와 방문을 살며시 열어보고는 입을 싸매고 도망을 쳤다.

무일은 미치코의 왼손을 잡고 부드러운 손을 어루만졌다. 옛날 피아노로 토셀리의 세레나데를 들려주던 하얀 손가락은 마디마다 보조개가 파이고 미끈하고 예뻤다. 무일은 가운데 손가락에 가락지를 끼워주었다. 어쩌면 그렇게 딱 맞을 수가 있을까. 어머니가 아들하고 하직을 하면서 손에 쥐어주던 금가락지는 오늘의 며느리에게 준 바로 시어머니의 정표였다.

황홀한 꿈속을 헤매던 아련한 체험을 영원이 간직하고 싶은 밤이었다. 어둠 속에서 심장이 마구 뛰고 몸이 떨리며 오금이 달아올랐다. 무일은 따뜻한, 부드러운 살갗으로부터 퍼지는 자극에 몸 끝이 꿈틀거리면서 돌부리처럼 굳어지고 숨이 멎었다. 미치코는 가슴 꼭지로부터 온 몸이 불구덩 속으로 빨려 들어가는 아찔한 흥분에 몸이 으스러질 것 같았다. 극도로 민감한 곳을 매끄러운 질감이 자극하더니 육중한 압력과 동시에 짧은 파열의 아픔이 몽롱한 정신을 일깨웠다. 이내 가랑이로부터 퍼지는 형용할 수 없는 쾌락에 널을 뛰듯 요동치며 몸부림을 쳤다. 이어 아랫배에 간헐적인 분출을 감지했다. 이에 반응한 사타구니가 수축을 일으키며 견딜 수 없는 절정을, 온 몸이 공중으로 부양하며 무서운 경련이 일었다. 다시 천길 벼랑으로 떨어지며 산산조각 으스러져 현혹의 수렁 속으로 묻혀버렸다. 모든 것이 원초적 본능을 초월한 사랑에서 솟는 원기의 조화였다. 그리고는 다시 희열의 꿈속을 헤맸다.

아침에 먼저 일어난 미치코는 반듯이 누워 깊은 잠에 취한 무일의 얼굴을 들여다보았다. '이 거대한 소나무, 어떻게 가슴속에다 쏙 안고 다닐 수 있을까? 깎아서는 절대 안 되지. 껍질 한 조각이라도 떨어져서는 안 돼. 옳지 내 가슴을 키워야지 아름드리가 훨씬 넘는 이 소나무가 쏘옥 들어가도록 내 가슴을 키워야겠다.' 미치코는 잠을 깨지 않도록 살며시 입을 맞추고 또 들여다보고 있었다.

신랑 신부는 허둥지둥 서둘러 호텔로 갔다. 이즈에 가려고 사람들이 모두 모여 있었다. 박수길 사장도 끼어 있었고 김사일 부부, 하루코도 언니네 시댁을 보고 싶다고 함께 갔다. 무일은 유용석과 기무라 선수를 챙겼다. 자랑도 하고 싶고 지난 이야기도 하고 싶고 짝도 맺어주고 싶었다.

십여 명의 하객은 이즈난원에서 보내준 미니버스를 타고 이즈로 향했다. 난원의 뜰에는 매화가 아름답게 피어있었다. 먼저 신랑과 신부가 할아버지에게 큰절을 올렸다. 사나다 원장은 기쁜 마음을 주체하지 못하고 싱글벙글 얼굴에 웃음이 가실 줄을 몰랐다. 그는 일행들에게 도자기 자랑을 하고 싶어서 전시실로 안내를 했다. 허리를 굽히고 앞장서 가던 사나다 원장은 2층을 오르면서 큰 소리로 무일을 불렀다.

"부이치 군, 나중에 시간 나면 1층에다 새로 전시실을 크게 지어 주겠지?"

신이 나서 일부러 하는 말 같았다.

"네, 물론이죠, 할아버님."

전시실에 아담하게 진열된 도자기를 보고 모두 감탄을 했으나 그리 눈을 휘둥글게 할 만한 보물급은 없는 것 같았다. 그때 박수길 사장은 들고 온 손가방에서 보자기로 싼 상자를 꺼냈다. 그걸 신주 단지 다루듯 조심스럽게 풀고 상자를 열고 그 안에서 병 하나를 꺼 냈다. 비취색 바탕에 하얀 매화꽃이 상감된 아름다운 고려자기였다. 그걸 사나다 원장에게 주었다.

"도자기의 이름은 '사죄의 고려매화문상감청자병'이랍니다. 이 전 시실에 함께 전시해 주시면 큰 영광이겠습니다."

보증서는 사나다 이치로에게 주었고 그는 다시 동생 지로에게 주 었다.

"매화문상감청자병. 고려중엽 강진관요 근제. 고려당."

사나다 지로는 보증서를 읽고 나서 아버지인 원장에게 속삭이듯 귀에 입을 가까이 대고 말했다.

"고려청자 진품입니다."

사나다 원장은 구부러진 허리를 굽혀 연신 고맙다는 인사를 했다.

"꼭 갖고 싶었습니다."

명품 고려자기를 어떻게 반출을 해왔는지는 알 필요도 없었다. 진 열을 해 놓은 청자는 군계일학이 딱 맞는 말이었다. 단연 돋보였으 므로 무일은 가슴을 쭉 펴고 보라는 듯이 옆 사람들을 번갈아 바라 봤다. 탁구경기에서 우승한 이래 두 번째 한국이 자랑스러웠다.

식당에는 점심식사가 준비되어 있었다. 이즈의 해산물이 가득한 성찬이었다. 구이, 회, 찜, 탕, 그리고 이세의 명물 바닷가재가 큰 도자기 접시에 마치 살아있는 듯 놓여있었다. 크리스탈 와인 잔에 체리핑크색이 맑게 비친 포도주를 따랐다. 사나다 원장이 축하의 말과 감사의 뜻을 담은 건배제의를 했다. 모두들 즐겁게 담소를 하면서 맛있는 식사를 했다. 무일은 감개가 무량했다. 미치코를 처음 만난 장소, 그의 눈길이 가슴을 찌르고 감미로운 세레나데가 황홀하던 그 날이 이미 추억이 되어 있었다.

미치코는 옛날 그때처럼 피아노 앞에 다소곳이 앉았다. 아리랑을 연주 했다. 또 토셀리의 세레나데를 연주했다. 끝으로 고향의 봄을 연주해 장내는 화기롭고 행복한 분위기에 싸였다. 노래가 끝나자 김 면장이 일어섰다.

"이번 제 아들 결혼식에 와서 과분한 환대를 받고 묵은 오해와 감정을 모두 풀게 되어 너무 홀가분하고 기쁘고 고맙습니다. 저는 옛날 어린 나무를 무참하게 꺾은 잘못이 있었습니다. 그 꺾인 상처를 어루만지고 지탱해 준 따뜻한 사랑과 가르침으로 그 나무는 다시 일어서 커다란 성목으로 자랐습니다. 이번 여기에 와서 인간에게 가장 가치 있고 소중한 양식은 스승의 가르침이라는 것을 알았습니다. 선생의 고결한 인격과 깊은 사랑은, 십여 년이란 세월이 지난 훗날, 먼 타국에서 고난에 처한 어린 제자가 좌절하지 않고 은사를 찾아오도록 이끈 힘이었습니다. 그리고 따뜻한 보살핌으로 부이치가 오늘과 같은 행복한 날을 맞이하였습니다. 너무 고마우신 분, 부이치의 은사 사나다 지로 선생의 은혜에 깊이 감사드립니다.

그리고 또, 사랑이란 힘은 불우했던 한 사내에게 아름답고 행복한 삶을 안겨주었습니다. 새로 가족이 된 며느리에게서 한국에 시집와서 정말 잘했다는 말을 듣도록 아끼고 돕고 이끌어 주겠습니다.

끝으로 한국과 일본의 국민이 서로 친하고 돕고 살면 두 나라가 함께 부흥하고 서로 행복하게 살 것이라는 확신을 귀중한 선물로 가져갑니다. 감사합니다."

우레와 같은 박수가 쏟아졌다. 무일은 유용석이가 보이지 않아 그를 찾으려고 밖으로 나왔다. 옛날 미치코와 앉아서 사랑을 속삭이던 그 난원의 으슥한 벤치에 기무라 나오코와 다정히 앉아있는 것이 보였다. 무일은 빙그레 웃더니 못 본 척 다시 식당으로 들어가 버렸다. 미치코는 나애리에게 각별히 신경을 썼다. 손위 동서에게 많은 것을 배워야 하고 도움을 받을 일도 많을 것이었다. 나애리도 미치코가 너무 정다웠다.

새 부부는 당분간 미치코의 친정에서 신혼생활을 시작했다. 깨가 쏟아졌지만 주말 부부였다. 1주일 동안 그리움이 쌓이면 금실지락이 큰 저택이 좁다 하고 넘쳤다.

모든 것이 순조롭던 어느 날, 미치코의 동생 나가마사가 학교에 갔다가 이마에 반창고를 붙이고 집에 왔다. 팔이 아파서 끙끙대고 다리도 약간 절고 있었다. 미치코가 상처를 살피려고 해도 피하고 다친 이유를 물어도 대답을 하지 않았다. 분명히 누구와 싸운 것 같아서 어머니와 끈질기게 달래고 얼러서 들은 답이 충격적이었다.

어느 녀석이 누나가 한국사람에게 시집을 갔다고 놀려서 화가 난 나가마사는 그와 한바탕 싸운 모양이었다. 다음날 그 애의 형들이 와서 몽둥이로 두들겨 패서 맞은 것이었다. 그들은 경찰에서 말하는 청년우익단체의 행동대원들이었다. 그 소리를 듣고 미치코는 아버지와 무일이 이 사실을 알면 어찌나 하는 조바심 때문에 잠을 이루지 못했다.

그사이 나가마사는 야구 방망이를 대여섯 개 집으로 가져다 놓았다. 친구들과 복수를 하려고 준비를 하고 있었다. 미치코와 미키 부인은 사태가 예사롭지 않다는 생각에 고민을 했다. 싸우면 안 된다고 적극 말렸으나 유도를 하는 혈기 왕성한 나가마사는 그런 모욕을 당하고 참을 수가 없다고 듣지를 않았다. 미치코는 하는 수 없이 이즈난원의 숙부 사나다 지로에게 급히 연락을 했다. 동경으로 달려온 그는 나가마사를 불러 놓고 타일렀다.

"폭력은 또 폭력을 부르는 것이다. 나한테 맡겨라."

"숙부님, 그대로 당하면 안 돼요. 자꾸 괴롭힐 거예요."

"글쎄 참는 것이 이기는 것이다. 내가 잘 알아서 처리하마."

사나다 지로는 그들을 찾아갔다. 나가마사 숙부 되는 사람인데 서로 싸우면 안 되니 간단하게 식사나 하면서 화해를 하자고 했다. 그들은 때린 입장이고 비실비실 놀면서 깡패 질이나 하는 녀석들이 밥 사준다는 데 마다할 이유가 없었다. 사나다 지로는 나가마사를 데리고 그들 세 명과 함께 식사를 했다. 그리고 싸우지 말라고 타이르고 서로 화해를 했다.

그들은 얼마 후 다시 나가마사에게 식사를 하자고 졸랐다. 미치코는 싸우지 않은 것을 다행으로 생각하고 나가마사에게 식대를 주면서 한 번 더 식사를 하라고 달랬다. 나가마사는 내키지 않았지만 그들과 식사를 했다. 그들은 다시 또 입맛을 다시며 이번에는 술을 사라고 했다. 나가마사는 아예 미치코에게 알리지 않았다. 깡패들은 몇 번 조르다가 듣지 않자 외진 골목에서 만나자고 했다. 나가마사는 두세 번 만나지 않고 미뤘다. 그들은 만약 나오지 않으면 집으로 쳐들어가겠다고 협박을 했다. 그 때서야 나가마사는 그들을 만나러 갔다. 대뜸 그들은 왜 술을 사지 않느냐고 다그쳤다.

"내가 왜 형들에게 술을 사야 하는데?"

"이것 봐라 겨우 밥 두 번 사더니 빳빳하게 나오네. 그래 조센징 매형 얻은 턱 내라는 것이다. 왜?"

"조선사람이면 어때서요?"

"어때서요? 그러니까 한 턱 내라는 것이지. 몰라서 물어? 조센징이 감히 우리 일본여자를 마누라 삼아?"

"인종 차별하지 말아요."

"인종차별? 이 자식이 어디다 대고 꼬박꼬박 말대꾸야! 안 되겠네 맛 좀 다시 봐야지."

"때리기만 해봐라."

"뭐야, 이 자식!"

주먹이 날라 왔다. 나가마사는 미리 방어 자세를 취하고 있었으므로 잘 피했다. 세 놈이 한꺼번에 나가마사를 에워싸고 한 녀석은 나가마사를 붙잡고 다른 녀석들이 주먹을 휘둘렀다. 갑자기 고함소리와 함께 숨어있던 나가마사의 다섯 친구들이 뛰어나왔다. 야구 방망이로 그들을 사정없이 내리쳤다. 두 놈은 안 되겠다 싶은지 도망을 가고 두목격인 한 놈이 대항을 했다. 여기저기서 방망이가 다듬이질을 해댔다. 두목이 피를 흘리고 쓰러졌다. 나가마사는 쓰러진 그를 구둣발로 옆구리를 사정없이 걷어찼다. 나가마사가 손짓을 하자 그들은 재빨리 도망 쳤다.

통쾌하게 복수를 했지만 폭력을 휘두른 나가마사와 그의 친구들은 불안했다. 두목이 병원에 입원을 했다는 소식이 들렸다. 깡패들은 틀림없이 보복을 할 것이고 학생인 그들로서는 감당하기 어려울 만큼 사건이 커질 까 두려웠다. 나가마사는 미치코에게 말하지 않을 수가 없었다. 그 사실을 들은 미치코는 자기 때문에 터진 싸움이라 자신이 수습을 해야 한다고 마음을 다졌다.

미치코는 단단히 마음을 먹고 직접 병원을 찾아갔다. 두목인 듯 싶은 사람이 머리에 붕대를 칭칭 두르고 한손은 기브스를 한 채 침대 등받이를 비스듬히 세우고 누워 있었다. 그 옆에 또 한사람이 의자에 앉아 간병을 하고 있었다. 낯선 여인의 방문을 받은 두목은 엉거주춤 일어나려 했으나 부러진 갈비뼈가 아프다고 고함을 지르고는 다시 침대에 기대 버렸다. 앉아 있던 청년이 일어나 의자를 비워 주었다.

"와다 도모오 씨죠?"

미치코는 선 채 예쁘게 싼 꽃다발을 두 손으로 공손하게 내밀었다. 파스텔톤의 핑크색, 주황색, 노란색, 흰색, 빨강색이 조화롭게 배색된 아름다운 장미 꽃다발이었다. 장미 향내가 두목의 코끝을 스쳤다. 엉겁결에 성한 손으로 꽃다발을 받아든 두목은 어리둥절하여 꽃다발과 미치코를 번갈아 보았다.

"저는 나가마사 누나 되는 가네모도 미치코라고 합니다. 용서해 주십시오. 모두 제 잘못입니다. 제가 조선사람한테 시집을 간 것도, 동생을 잘못 둔 것도 다 잘못이라면 제 잘못입니다. 용서해 주세요."

두목은 우선 미치코의 모나리자와 같은 은은한 미소를 머금은 평화로운 표정과 침착한 태도에서 울어나는 품위에 자신의 기가 흐무

러지는 것을 느꼈다. 그리고 용서를 비는 아름다운 여인에게 화를
낼 수도 없었다. 거기에다 난생처음 받아보는 아름다운 꽃다발을 안
고 마음이 황홀했다.

"아, 네 안, 앉으세요. 뭐 사내들이 흔히 하는 싸움인데요 뭘…. 괴
로움을 끼쳐서 오히려 미안합니다."

고약하게 굴 줄 알았던 두목은 의외로 굼슬거웠다. 크게 돈이라도
뜯어내려는 속셈을 감추고 있는 것은 아닌지 의심스럽기도 했다.

"치료비는 제가 모두 병원에 직접 지불하겠습니다. 그리고 혹시 원
하신 것이 있으시면…"

"아, 아 아닙니다. 대수롭지 않은 일인데요 뭐. 염려 말고 돌아가세
요."

"아니에요 병원비는 제가 지불하겠습니다. 그리고 싸우시지 않고
살면 안 되는가요? 싸움은 또 싸움을 부르고 서로 다치고 손해 보
고, 그럴 뿐이지 않아요. 집에는 어린아이들이 몇 명이나 되세요?"

미치코는 가정을 들먹여 분위기를 부드럽게 이끌려는 생각으로 얼
굴에 미소를 띠며 물었다.

"아 아이라고요? 겨, 결혼도 안한 걸요. 무 무슨…"

와다 도모오는 멋 적은 듯 야릇한 웃음을 흘렸다.

"아직 결혼을 안 하셨어요? 이렇게 건장하고 잘 생긴 분이. 아이,
제가 중매라도 해야 되겠네요."

"으흐 으흐흐, 아, 아이고 갈비뼈야. 직장도 없는 주제에 결혼은
무슨…"

야릇한 웃음이 나오다가 갈비뼈에 통증이 오는 통에 오만상이 찌
부러지고 있었다. 미치코는 그의 가장 취약한 부분을 정통으로 찌른

것 같았다.

"제 동생을 오라 해서 잘못을 빌게 하고 좀 때려주실래요?"

일이 잘 풀리는 것 같았으므로 미치코는 한술 더 떴다.

"아, 아닙니다. 동생도 착한 학생인데요 뭘. 염려 마시고 돌아가세요."

"어느 책에서 봤어요. 용서는 가장 위대한 복수라고요. 용서해 주시는 것이지요?"

"용서는 무슨, 서로 싸우다 그랬으니까 마음 풀면 되지요."

"그럼, 한턱낼까요?"

미치코는 마음에 여유가 생기자 골려주고 싶었다.

"아, 아닙니다. 부끄럽습니다. 모든 것 다 잊겠습니다. 염려 말고 돌아가세요."

살벌하게 느꼈던 병실의 분위기가 훈훈하게 바뀐 것을 확인한 미치코는 서둘러 집으로 돌아왔다. 초조하게 기다리고 있는 나가마사와 친구들에게 만나보니 좋은 사람이더라고 병원으로 가서 사과하라고 타일렀다. 나가마사와 친구들은 과일을 들고 병원으로 갔다.

"형 미안해요. 용서해 주시는 거죠?"

"야 임마! 왜 너의 예쁜 누나가 꽃다발 들고 찾아오게 하니? 입장 곤란하게시리."

"하 하 하하하."

"하하, 아이고 갈비뼈야!"

갈비뼈 아프다는 신음소리까지 끼어 웃음판이 벌어졌다.

미치코는 주말에 동경으로 온 무일에게 그동안에 겪은 이야기를 모두 털어놓았다.

"미안해, 나 때문에 벌써 시련을 겪는군. 그러나 저러나 듣고 보니 가장 센 것이 장미꽃 든 여인이었구먼. 그다음이 빵을 준 숙부님이고 가장 약한 것이 야구방망이였어."

농담을 하면서도 항상 염려했던 일이 시작되는 것 같아 무일은 미치코에게 미안했다. 실은 원장 할아버지와 사나다 선생은 새신랑을 동경으로 보내주기로 상의를 하고 있었다. 아쉽지만 그들의 신혼생활이나 발전을 위해서는 이즈난원에 더 붙들어 둘 수만은 없었다. 영주권도 얻었으니 어른들이 취직자리를 알아보기로 했다.

정든 난원을 무일은 떠나가 싫었지만 더 머무를 수도 없었다. 동경으로 가는 날, 이즈난원 식구들이 모두 나와 전송을 해주었다. 그 틈에서 울고 있는 사람이 있었다. 아키코는 코를 훌쩍거리며 눈물을 줄줄 흘리는 시게미츠의 손을 꼬옥 잡고 등을 토닥이고 있었다.

"다 큰 중학생 총각이 울긴, 형 보고 싶으면 언제든지 동경에 오렴. 나도 틈만 나면 올 테니까."

"형, 잘 가."

무일의 말을 듣고서야 시게미츠는 마지못한 듯 손을 흔들었다. 갈 곳이 없어 헤매던 불우한 자신을 받아준 곳, 정들고 아름다운 사랑이 꽃피고 추억이 깃든 이즈난원을 떠나는 무일은 시게미츠 보다 더 눈물이 나오려는 것을 애써 참았다.

아키코는 무일을 보내고 나서 서운함과 허전함이 몰려왔다. 마치 자식을 결혼시켜서 딴살림을 차려 내보내고 홀로 남은 어머니의 심정이었다. 마침 카페에는 손님이 없고 한가했다. 다야마에게 커피를 두 잔 시켰다. 그리고 함께 마시자고 했다. 그동안 겪어본 다야마는 말수가 없고 웃는 것을 보지 못했을 뿐 성실하고 부지런하고 또 아키코를 헌신적으로 도왔다. 동생과 같이 생각하는 가족이지만 항상 거리감을 느꼈다. 그것은 그녀의 말 못한 비밀을 풀지 못한 때문이었다.

다야마는 조심스럽게 앉아 커피를 마시면서도 눈을 내리깔고 있었다. 아키코가 가족을 묻자 웃는 것 같으면서도 울상이 되어 묘한 얼굴을 하고 고개를 양쪽으로 흔들었다. 그리고는 다시 시선을 떨어뜨렸다. 오래 동안 데리고 있는 종업원은 주인이 짝도 맺어주고 독립을 시켜주는 것이 일본 사회의 일반적인 관례였다. 그런 관례가 아니더라도 미치코는 가족이 아무도 없는 그녀를 결혼도 시켜주고 보살펴 주고 싶었다.

"요시에, 이제 결혼도 해야지? 내가 도와줄 테니…."

그녀는 아까 가족을 물었을 때와 똑 같은 표정으로 말없이 고개를 저을 뿐 두툼한 입술을 열지 안했다. 어지간한 말재주로는 쉽게 대답을 들을 수 있을 것 같지 않았다. 아키코는 직접 권하는 것보다 적당한 사람을 찾아서 자연스레 맺어주는 수평적인 방법을 쓰기로 했다.

그 사이 미치코와 무일은 나름대로 여러 진로를 생각하고 상의했다. 미치코가 회사를 차리자고 제안했다. 실내건축 즉 인테리어 회사를 설립하면 일본은 전후 건설 붐이 한창인 때라 일감이 많다고 했다. 미치코가 다니고 있는 회사의 하청도 받을 수가 있으므로 틀림없이 성공할 것이라고 자신감을 보였다. 전문적인 기술과 경험이 없는 무일로서는 엄두를 내지 못하여 거절을 했다. 미치코는 이즈난원의 도자기 전시실 공사는 비록 작은 방하나의 공사였지만 훌륭한 경험이라고 부추겼다. 자기가 기획과 디자인을 맡고 무일은 운영과

관리, 섭외를 책임지고 기술적인 공사 부문은 전문적인 직원을 채용하여 맡기면 된다는 것이었다. 망설이다가 어른들과 상의를 했다. 모두 시기로 보아서나 여러 가지 면에서 적절한 계획이라고 적극 권했다. 한술 더 떠 투자를 하겠다고 나섰다.

신주쿠의 자그마한 사무실에 '유한회사 부미실내건축회사'란 간판을 걸었다. 부이치와 미치코의 머리글자를 딴 회사이름이었다. 현판식은 가족과 친지들의 축복을 받으며 회사의 밝은 미래를 기약했다.

'디자인과 시공은 회화에서 캔버스와 물감과 같은 것이야. 서로 손발이 맞아야 좋은 단장이 이루어지지'

회사는 옛날 이즈난원의 도자기전시실을 새로 단장을 할 때 노리사토 부인이 무일과 미치코에게 한 말 그대로였다. 캔버스와 붓이 만나니 디자인이 되었다. 디자인은 일이 되었고 일은 작품이 되었다. 작품은 돈이 생겼고 돈은 회사의 발전과 사는 보람을 가져다주었다. 미치코가 실내건축회사에 근무한 경험으로 기획도 순조로웠고 그녀의 현대감각과 회화실력이 발휘한 섬세한 디자인이 뒷받침을 했다. 꼼꼼한 솜씨와 운영, 성실한 마케팅은 무일의 몫이었다. 회사는 즐거운 비명소리가 날만큼 일이 많았다. 미치코가 다니던 회사의 하청은 항상 고마운 마음을 가슴에 새기고 특별히 신경을 더 쓰고 정성을 들여 일했다. 특히 한국사람의 회사로서 일본사람들의 문화를 이해하고 민족 감정과 또한 그들의 사회에 융합이 되지 않은 정서적 차이를 극복하기 위해 고민하고 각고의 노력을 쏟았다.

사세는 화로에 얼기설기 쌓아놓은 참숯불이 피어나듯 번창해갔다. 직원도 늘어야 했다. 미치코는 나가마사와 싸웠던 두목 와다 도모오가 생각났다. 직장이 없어 장가를 못 간다는 그의 어눌하면서도 솔직한 성격이 인상으로 남아있었다. 나가마사를 시켜서 그에게 의사를 타진한 후 사장에게 추천을 했다. 회사에 찾아온 와다 도모오를 사장이 이력서를 들여다보면서 간단한 면접형식으로 테스트를 했다.

"고등학교는 왜 중퇴를 했습니까?"

"공부가 하기 싫어서 자퇴했습니다."

뒷머리를 긁적거리며 역시 어눌한 말투였다.

"그럼 본인이 할 수 있다고 생각하는 일은 무엇이지요?"

"뭐든지 맡겨주시면 열심히 일하겠습니다. 머리 쓰는 것 말고요."

"여기는 조선사람이 운영하는 회사인데 근무하겠습니까?"

"예, 시켜만 주신다면 힘이 닿는 데까지 열심히 일하겠습니다."

"그럼 왜, 조선사람 매형 얻었다고 싸운 일이 있지요?"

"예? 아, 예 그때는…."

"괜찮아요. 솔직히 말씀하세요. 저희도 참고하려는 것이니까요."

"그, 그렇지 않습니까? 전에는 우리에게 매어 살던 사람들이 잘난 척하니까 벨이 꼬였지요. 뭐…."

"그럼 나는 조선사람 사장인데 벨이 꼬여서 어떻게 말을 듣지요?"

"아, 아이쿠 사장님. 그렇지 않겠습니다. 그저 친구들과 기분으로 그런 생각을 하고 껄렁거렸는데 나이가 들면서 생각이 확 바뀐걸요."

"알았어요. 여기서 그런 마음이 없어질 때까지 마음껏 한국사람을 깔보면서 일하세요."

"네? 불합격인가요?"

"합격입니다. 그 솔직한 마음은 변하지 말고 열심히 하세요."

"넷! 그럼…?"

그는 덩치에 어울리지 않게 몇 번이고 굽실거리며 고맙다고 절을 했다. 무일은 그걸 물끄러미 바라보고 있다가 지금까지 일본과 한국 사람의 심보에 대한 막연했던 생각에 대해 번뜻 느낀 것이 있었다. 그는 서둘러 미치코를 찾았다. 어두운 밤하늘에서 지금까지 보지 못했던 밝고 영롱한 별을 찾아낸 어린아이처럼 새로운 것을 알게 된 것 같아서 흥분이 되었다. 하지만 우둔한 자신의 만각일 뿐, 이미 이 세상 사람이 모두 알고 있는 사실일지도 몰랐다. 그는 미치코에게 물어보고 싶었다.

"미치코, 오늘 그 두목 면접시험에서 새로운 것을 깨달았어요."

"뭔데요? 깨달았다니 도통이라도 하신 거예요?"

"우월주의, 일본사람들은 아직까지 과거 지배했던 한국사람들에 대한 우월감을 갖고 있는 거였어요."

"맞네요. 듣고 보니 그런 것도 같아요."

"제국주의의 찌꺼기가 남긴 일본인의 우월감. 이건 나쁘지만 어쩌면 인간의 본성이 아니고 습성일 거예요. 그래요, 우리 아버지의 어머니에 대한 우월감, 주인 아들인 사일이 형의 순금 누나나 머슴 정석수에 대한 우월감, 그렇다고 아버지나 사일 형이 악한 사람은 아니고…, 그런 우월감은 본성이 악독한 사람이 아니라면 와다 도모오군처럼 순화가 되는 것이라고 믿어요."

"그렇지만 개인이나 일부 사람의 우월감은 미국의 백인우월주의 같이 피해가 적어요. 정말로 무서운 것은 집단이나 지배자의 우월주의에요. 인류의 평화를 위협하는 것이니까요. 히틀러의 망상적인 게르만민족 우월주의가 유대인 대학살 같은 참혹한 인류의 비극을 초래했지 않았어요?"

"그러니까 개인의 우월감부터 순화시키고 서로 화친해야죠."

"순화란 것이 간단한 일이겠어요? 우월감을 갖는 사람의 상대도 문제에요. 우월감을 갖는 사람에게 당장 대들고 싶을 것이고 그렇지 못할 때는 자기도 모르게 짜증나고 분하고 반감이 생기고 그러다 보면 앙심이 생기고 오기가 생기고 욕이 나오고 결국에는 죽이고 싶어지는 거예요."

"그래요 맞아요. 내 어머니가 아버지보고 독사라 하고, 내가 미치코를 사랑하면서 가슴앓이를 하다가 한바탕 싸워버리면 시원해질 것 같았으니까. 공연히 짜증나고 밉고 모두 함께 사라져버렸으면 좋겠다는 생각이 들더군."

"오오, 그랬었어요? 그럼 내가 우월감을 가졌었나요?"

"응 조금은 느꼈지, 밀어붙였으니까."

"어머, 어머 제가 밀어붙였다고요? 그래서요? 그래서 가네모도 부이치 님은 옥에 티를 자처하며 스스로를 자책하고 거부했던가요?"

"맞아요. 밀어붙인 미치코에게 열등감을 느낀 내가 정면으로 부딪쳤으면 미치코의 마음이 변했을지 몰라요. 나는 미치코의 높은 콧대를 꺾지 않으려고 한발 물러서서 끈질기게 때를 기다리며 고통을 억누르고 참았어요. 그 진심이 미치코와 주위 사람들의 마음을 움직인 거였어요."

"눈물겨운 우리의 결혼사네요."

"아, 내 사랑 미치코. 한국과 일본도 이렇게 우리처럼 됐으면 좋으련만…"

"나는 한국이 더 걱정이에요. 일본을 밉다 나쁘다 외치기만 할 것이 아니에요. 남북통일은 당장 못하더라도 국민이 굳게 단결하고 정국이 안정되고 경제가 발전하여 국력이 튼튼해 보세요. 국제사회에서 어느 누가 감히 무시를 하겠어요. 지금도 정부는 한일회담을 밀어붙이고 학생들은 반대를 하고, 국론이 통일되지 않으니까 이렇지요."

"미치코 한국사람 다 됐군."

"그럼 왜 저는 국적을 바꾸지 못하게 하신 거에요?"

"조금만 참아요, 남북통일이 될 때까지만."

"흥, 어느 세월에…. 그러나 저러나 얼른 한국에 가야 해요. 어머님을 봬야지요. 내명부인 며느리는 시어머니가 가장 웃어른이시라는데 아버님보고 독사라고 하신 용감한 어머님 빨리 뵙고 싶어요."

"한국사 공부하더니 내명부라. 독사 돼서 돌아올라고?"

"앙! 잡아먹고 싶어요. 꿀꺽 삼켰으면 시원하겠어요. 호 호 호…."

미치코는 장난 끼가 동하는지 어리광스럽게 입가에다 두 손바닥을 펴서 대고 잡아먹는 시늉을 했다.

회사는 순풍을 타고 서서히 큰 건축시장의 바다로 진출했다. 가네모도 사장, 김무일은 다른 젊은 사원과는 달리 와다 도모오에게는 깍듯이 경어를 쓰고, 자율적으로 일하도록 되도록 간섭을 안했다. 와다 도모오는 시키는 일은 물불 안 가리고 열심이었다. 하루는 그가 사장실을 조심히 노크했다. 볼이 잔뜩 부어 있었다.

"사장님, 왜 저한테만 존대 말을 하시나요. 왜 차별을 하십니까?"

볼멘소리로 심각하게 항의했다.

"응 그럼, 말을 낮춰도 돼요?"

"경어로 말씀을 하시니까 어려워서 죽겠어요. 하대를 하셔요."

"나는 그런 생각은 못하고…. 진즉 말하지 그랬어요? 그럼 이제부터 말을 낮추겠어."

"그리고요 저에게도 다른 사람처럼 어렵고 큰일 좀 시켜주세요. 맨 날 시시한 일만 하니까 월급 받기가 미안해요."

"그럼. 일 잘하니까 큰일도 많이 해야지."

"고맙습니다."

어느 일본의 큰 백화점 사장이 '우리 백화점의 자산은 점원이다.'라고 한 말은 유명하다. 회사에 있어 사원은 재산이고 사원에게 애사심이 없으면 그 회사는 번영하지 않는 것이라고 했다. 천지의 이利도 사람의 화和에 비견할 수 없고 사업의 성쇠는 첫째가 사원의 화합의 여하에 달려있다는 것이 그의 경영철학이었다. 하물며 국가는 말할 것도 없었다. 부미실내건축회사는 사원들의 신상문제에 관심을 갖고 복지를 위해 힘썼다. 문득 미치코는 아키코 숙모가 다야마의 신랑감이 있는지 알아보라던 생각이 떠올랐다.

"여보, 와다 도모오 군과 다야마 요시에 짝을 맺어주면 어떻겠어요?"

"그것 기막힌 명안이네. 누님 좋고 매부 좋고. 좋은 일 한 번 합시다."

무일은 무릎을 치며 찬성했다. 둘은 주말을 이용해서 할아버지 문안 겸 이즈난원으로 내려갔다. 아키코도 그 말을 듣고 크게 기뻐했다. 그들은 조용한 별실로 다야마를 불러서 좋은 신랑감이 있으니 선을 보라고 권했다. 다야마 요시에는 전과 똑같은 표정으로 얼굴을 저었다. 단단히 다문 입은 갯벌에서 막 캐낸 개흙 묻은 고막처럼 조개 칼을 헤집을 틈새조차 없어 보였다. 아키코가 어르고 달래고 설득을 했다. 한참 만에 목덜미까지 처박은 그녀의 입에서 겨우 말소리가 들렸다. 자기는 결혼을 할 수 없는 몸이라고 했다. 그 말을 들은 아키코는 철없는 아이를 나무라듯 화를 냈다. 그녀의 눈에서는 눈물이 비친 것 같았다. 아키코는 다시 부드러운 말로 달랬다.

"결혼을 못할 것 뭐 있어. 무슨 사연이 있는데? 나이 벌써 서른이 넘었는데 내가 데리고 있다가 과년해서 시집을 못 보내면 내 마음이나 입장은 어떻겠어?"

다야마는 한동안 침묵하다가 젖은 눈으로 아키코를 빤히 쳐다보면서 무겁게 입을 열었다.

"점장님도 가네모도 사장님도 저에게 마음을 써주셔서 고맙습니다. 하지만 저는 결혼을 할 수 없는 몸이에요."

모두는 그녀를 쳐다봤다. 다음 이야기를 재촉하는 눈빛들이었다.

"왜? 그게 무슨 일인데 그래."

아키코의 달래는 말에 다야마는 고개를 숙인 채 떨리는 소리로 이야기를 꺼냈다.

"친언니나 다름없는 점장님에게 감춰서 무엇 하겠어요."

잠시 이야기를 멈췄다가 한숨소리에 뒤이어 다시 이어졌다.

"저는 열여덟 살 때 근로정신대로 뽑혀서 일본을 거쳐 필리핀으로 갔어요. 어느 부대에 배속되었는데 그곳에서 제 몸뚱이는 못쓰게 되고 말았어요. 죽을까 생각했는데 종전이 되었어요. 군인들과 함께 배를 타고 규슈로 돌아왔어요. 어떤 여자들은 한국으로 돌아가고, 일본에 연고가 있는 사람은 일본에 머물었어요. 저는 한국으로는 죽어도 못갈 것 같고 일본에 연고도 없어서 죽을 생각만 했어요. 내가 떠날 때 동구 밖까지 따라 나와 서럽게 우시던 어머니를 한 번만 보고 죽고 싶었어요. 망설이다가 군인들을 따라 무작정 기차에 몸을 실었어요. 기차 출입구에 쪼그리고 앉아 울고만 있었어요. 사나다 선생님과 또 선생님과 친한 다케다 소위란 분이 이것저것 물으시더니 갈 곳이 없으면 이즈로 가자고 했어요. 그래 따라와서…"

다야마 요시에는 눈물방울이 줄줄 무릎으로 흘러내리고 있었으나 닦으려고도 않았다. 모두는 마주 쳐다보고 할 말을 잊고 있었다. 무일은 몽둥이로 뒤통수를 얻어맞은 것처럼 뒷머리에서 번개가 번쩍하더니 바늘 끝이 쑤시는 아픔이 이어졌다. 미치코는 살며시 밖으로 나가버렸다. '어린 소녀를 그렇게 무참하게 짓밟을 수가….' 무일은 끓어오르는 분노를 주체하지 못했다. '나쁜 놈들!' 외치려는데 아키코의 다음 말이 막았다.

"오냐, 알았다만 그건 많은 사람이 희생된 전쟁이란 무서운 참화 중에 불가항력인 피해였다. 너의 의사가 아닌 그런 일은 너는 아무 죄도 없고 잘못도 없는 것이다. 그렇기 때문에 생각할 필요도 없고 잊어야 할 과거다. 지금 너는 사나다 선생과 나의 얌전하고 성실하고 정직한 동생일 뿐이야. 그런 지금의 네가 너 자신이고 서 있는 곳이 너의 집이고 고향이다. 모든 것을 잊고 나와 사나다 선생을 믿고 살아야 한다."

아키코의 침착하고 따뜻한 마음씨는 얼어붙었던 다야마의 가슴을 녹이는 훈훈함이 있었다. 조용히 일어서서 다야마의 손을 꼭 잡았다. 등을 토닥이면서 말을 이었다.

"이제부터 너는 내가 시키는 대로 해야 한다. 알았지?"

다야마 요시에는 아키코의 말에 알듯 모를 듯 고개를 끄덕이고 있는 것 같이 보였다. 얼마나 외로웠던가? 그리고 얼마나 오랫동안 부끄럽고 쓰라린 마음을 감추고 참고 살았던가? 누군가 의지하고 싶고 붙잡고 싶어 저리다 못해 동상이 걸린 것처럼 아리던 손이었다. 다야마는 그 손에 따뜻한 온기가 전해온 것을 느끼고 있었다.

무일은 그걸 보고 있으면서 고함을 치지 않은 것을 다행으로 생각했다. 자신의 참을 수 없는 분노가 다야마의 치욕적인 과거를 까발리는 것일 뿐 결코 그를 위하는 일이 아니고 도움이 될 일도 아니었다. 그녀는 오랫동안 부끄러운 과거를 감추고 살아왔지 않는가. 이제 겨우 긴 장마 끝에 먼 산 너머로 희미하게 나타나는 햇살을 보고 있을 것이었다. 그녀를 위한 일은 그녀 자신도 모든 과거를 잊도록 도와주는 것이란 것을 깨달았다.

아키코의 끈질긴 설득으로 다야마와 와다가 이즈난원에서 맞선을 보게 된 것은 그리 오래 걸리지 않았다. 와다 도모오에게는 결혼을 했다가 남편과 사별하한 사람이라고 소개했다. 그가 좋다고 하여 바로 만난 것이다. 선을 보고 나서 와다는 싱글벙글 좋아서 사무실에서도 안절부절 못하고 마음이 붕하니 떠 있는 것 같았다. 사장실 앞에서 서성이다가 사장이 보이면 어린애처럼 고개를 깊이 숙여 인사를 했다. 동료들에게는 괜스레 짜증을 내기도 했다. 한편 다야마는 좋다는 말을 안 했지만 싫다는 말은 더 더욱 입을 벙긋도 안 했다. 전처럼 고개를 옆으로 젓는 일도 없었다.

이 개월 후 두 남녀는 이토시내에 있는 작은 절에서 결혼식을 올렸다. 피로연은 이즈난원 식당에서 베풀었다. 사나다 선생과 친구 다케다 전 중위. 신랑의 가족을 비롯한 많은 친구들, 그리고 회사 동료들이 참석하여 제법 성대했다. 제일 기뻐하는 것은 사나다 선생이었다. 한 인간을 동정하고 도왔다는 보람이 아니었다. 불행한 다야마가 행복을 찾아 새 출발을 하는 것이 너무 기뻤다. 그의 불행을 아는 일본인으로서 오랫동안 어깨에 멍에처럼 짊어지고 있던 죄책감을 조금이라도 던 것 같아 홀가분했다.

결혼식이 끝나고 무일은 벤치에 앉아 물감을 풀어 놓은 듯 유난이 파란 하늘을 쳐다보며 깊은 상념에 젖어 있었다. 솜 같은 구름이 둥실 떠서 무미한 하늘에 그림을 그리고 있었다. 한국이 왜 과거의 아픔을 잊지 못하는지 또 하나의 현실과 실증을 보고 있었다. 그리고 옛날 대웅이 아재가 해주던 말이 새롭게 들리는 것 같았다.

꽃다운 여성이 남의 나라의 전란에 이끌려가서 만신창이가 된 것이었다. 가족과 젊음과 행복을 모두 앗긴 약소민족의 비애였다. 너무 가슴이 아프고 일본이 한없이 원망스러웠다. 그 반면에 일본의 국민인 사나다 선생이 그녀를 절망의 나락에서 구해준 것은 너무 고마웠다. 무일은 우리나라의 불행한 한 여자의 큰 상처를 꿰매주고 새로운 행복을 찾아준 일이 지금까지의 생애에 가장 보람이 있는 일을 한 것 같았다.

'그렇다. 모두 잊자, 일기장을 태워버린 나처럼, 이러한 가슴 아픈 과거도 불행도 모두 잊자. 찢어진 상처를 그대로 다시 되돌릴 수 없다면 잊는 것이 신랑과 신부뿐만이 아니라 모두를 위해서 새로운 행복을 얻는 길일 것이리라'

무일은 그렇게 마음을 가다듬었다. 마음이 가벼웠다. 미치코가 찾아 돌아다니다가 그를 발견하고 옆에 앉았다. 무일은 주책도 없이 미치코를 꼭 안았다. 누가 볼세라 팔을 빠져나가려는 그녀의 앵두 같은 입에다 자기 입을 꼬옥 맞대고 있었다.

가네모도 사장은 경험을 익히고 덕을 쌓으면서 사장의 중책을 잘 감당해나갔다. 디자인 외에도 기획과 경리를 맡고 있는 미치코는 무리한 회사의 확장은 가장 위험이 따른다는 것을 알고 있었다. 새로운 투자에 관한 일만은 보이지 않은 손으로 사장의 허리춤을 잡고 있었다. 그러나 그들 부부는 싸우는 일이 별로 없었다. 싸우래야 싸울 시간도 없었다. 또 서로 삐쳐서 아무리 입을 악물고 봉하더라도 기껏 하루 밤을 더 넘길 수가 없었다. 바늘과 실처럼 일을 같이하면서 말을 안 하면 당장 회사가 멈출 것이었다. 또 항상 직원의 두 배의 눈이 말똥말똥 이들을 지켜보는 시선을 피할 수도 없는 노릇이었다.

의견이 충돌할 때는 지리산에서 하던 버릇대로 가위바위보를 해서 정하기도 했다. 그러니까 어차피 회사의 두 주인인 이들의 이견은 둘 다 그 나름대로 젊고 신선한 사고와 오직 회사를 위하는 충정이었다. 가위바위보를 해서 어느 쪽으로 정해지더라도 크게 잘못될 것이 없었다. 한번은 무일이 개구쟁이처럼 가위바위보를 하기 전에 미치코를 옆눈으로 넌지시 훔쳐보면서 심리전을 폈다.

"당신은 여자니까 보를 내야 되요. 여자는 보니까."

"그럼, 당신은?"

무일은 시치미를 떼고 위엄이 있게 말했다.

"나야 남자니까 당연히 가위를 내야지."

"애개개, 쩨쩨하고 못났지, 같잖은 간재미가 뭣이 둘이다더니 허우대는 큰 남자가 고추보다 작은 두 개의 손가락을 낼께 뭐람. 내려면 대장부답게 팔을 걷어붙이고 큰 주먹을 불쑥 낼 것이지."

"요 깍쟁이! 못할 말이 없네."

미치코도 호락호락하지 않았다. 결혼할 때 토끼였던 마누라는 살아가면서 차차 여우가 되었고 점점 호랑이로 변해가고 있었다. 그리고 젊을 때의 달콤한 사랑은 그보다 한 차원 높은 구수한 정과 믿음으로 변해갔다. 사랑은 꿀맛이라면 정은 된장 맛이었다. 꿀맛은 달기만 한데 비하여 된장국은 톱톱한 뜨물에 짠맛 쓴맛 신맛 매운 맛 단맛의 다섯 가지 맛이 교묘하게 배합되어 깊고 오묘한 맛이 있었다. 그렇게 성장을 거듭하고 있던 부미실내건축사무소에 이즈에서 사나다 선생이 상경한 김에 들렸다. 그는 회사 주주이기도 했다.

"아이고 매부, 아니 숙부님, 여기까지 찾아주셔서 감사합니다."

"당연히 와 봐야지. 어떠냐? 회사는 잘 되느냐?"

"네, 잘 되고 있습니다. 숙부님 저요, 지금 일본의 우월감을 극복하는 수양을 하고 있거든요. 앞으로는 회사가 더 잘 될 것입니다. 숙부님을 뵙고 가르침을 받고 싶던 참이었는데 잘 오셨습니다."

"우월감이라. 내 무슨 말인지 알겠다. 한국사람으로서 일본에서 사업하면서 많은 어려움이 있었나 보구나?"

"큰 어려움은 없었지만 저의 입장뿐만이 아니라 한일관계에 절실한 숙제인 것 같아요."

"가네모도 사장이 정치가가 됐으면 대성할 걸 그랬구나. 그런데 말이다, 나는 그 반대로 생각을 한다. 어쩌면 일본이 섬나라라는 열등감이 있어서 항상 대륙에 대해 샘이 나고 빼앗고 싶은 욕심을 버리지 못한 지도 모른단다. 어쨌든 우월감이던 열등감이던 서로 반목을 하면 일본과 한국의 친선은 요원해 질 수 밖에 없지 않겠느냐? 자기 나라 땅보다도 가까운 이웃인 두 나라 다 먼저 개개인이 이성을 갖고 서로 친하게 지내야 하는데 말이다."

"선생님 일본이 잘못한 것은 사실이지 않아요? 그런데도 잘못한 일이 없는 척 시치미를 떼고 한국을 얕잡아 보니까 친해지지 않은 것 같아요. 일본이 잘못을 빌고 한국은 용서하여 서로 화해하고 친하게 지내면 좋을 것 아니에요?"

"틀림이 없는 말이다. 일본은 과거의 잘못을 솔직히 사과를 해야한다. 전쟁 중에 일본이 한국과 중국에 저지른 잘못은 사실이고 숨길 수도 없는 역사다. 그런데도 일본은 여태까지 이 문제를 매듭짓지 못하고 우물거리는 것이 나도 안타깝단다. 그러나 한 국가나 지도자는 우리가 생각하는 것처럼 단순한 것이 아니다. 정치적 이해관계나 외교기술 등 우리가 알지 못하는 복잡한 속사정이 있는 법이다. 물론 지도자의 역량과 자질도 문제지만 성숙한 국민의 강력한 뒷받침이 있을 때는 쉽게 풀릴 수도 있는 일이다. 또한 사람은 자존심이란 것이 있어서 사과의 가장 큰 장애물로 작용한다. 그렇기 때문에 용서를 할 사람도 사과를 받아드릴 아량이 필요한 것이다. 당연히 일본이 빌어야 하지만 빌지 않을 때는 싸울 수도 없는 일이 아니냐? 일본사람인 내가 이런 말을 하는 것은 주제넘은 일인지 모르겠다만 그럴 때는 한국이 아량을 베풀어 화해하고 용서하려는 마음을 먼저 갖는 것도 좋은 방법이라고 생각한다."

"빈다면 당연히 용서를 해야겠지요."

무일의 대답은 선생의 말뜻을 단순하게 생각한 것 같았다.

"응, 그런데 말이다. 용서를 비는 것은 강요에 의하지 않는 스스로가 하지 않으면 아무 의미가 없는 것이다. 빌라고 자꾸 보채면 고슴도치처럼 더 웅크리는 법이다. 사죄를 해야 할 사람이 반성을 못 했을 때는 먼저 용서를 하는 것도 현명한 자의 이기는 지혜이다. 큰 덕으로 다스리면 언젠가는 스스로 잘못을 뉘우치게 된다. 결국에는 부끄러움을 알게 되고 용서를 빌어 화해하고 싶어질 것이다. 이렇게 한 사람 한 사람의 마음이 국민의 의사로 확대되면 아무리 우둔하고 고집이 센 나라나 지도자들 국민의 뜻에 따를 수밖에 없지 않겠느냐?"

"먼저 용서를 하라고요? 그건 상대보다 힘이 있을 때는 아량이겠지만 지금 우리의 현실은 도리어 굴복으로 오해할 것입니다. 일본은 더욱 기고만장해서 역효과가 날 뿐일 거예요. 먼저 용서를 하던 용서를 받던 어느 경우라도 우리가 힘이 있어야 된다는 것을 간절히 느끼고 있어요. 힘이 뒷받침되지 않은 절규와 행위가 얼마나 공허하고 무모한지 그 현실을 보아왔습니다."

"당연한 말이다. 그래서 한국은 빨리 통일을 해야 하는 것이다. 먼저 서로가 그 나라의 국론을 통일하고 다음엔 완전한 통일이 아니더라도 우선 어떤 형태로던 남북이 협력을 이루어야 한다."

"하지만 지금 같아서는 통일의 가망이 전혀 없어 보입니다. 실망스럽고 서글퍼요."

"지금 이대로는 어려운 일이지. 그러나 한국은 어떤 일이 있어도 서로의 이질감이 더 커지기 전에 통일을 서둘러야 한다. 이것은 한민족에 있어서 절대절망의 과제다. 무엇보다 과거의 피해의식에서 벗어나 자신감을 갖고 더욱 단결을 해서 미래로 나아가야 하는 것이다. 내가 봐서 한국의 통일이 이루어지는 길은 여러 가지가 있겠다. 가장 좋은 것은 남북 양국이 합의하여 통일을 하는 방법이겠지. 그리고 세계 질서가 통일이 필요하게 되는 경우도 있을 것이다. 또 한쪽의 정권이 무너지고 흡수 통일이 이루어지는 일도 예상할 수 있다. 전쟁에 의한 통일도 있겠지만 이는 서로가 피해야 할 최악의 경우다.

그러나 지금의 국제질서는 어느 경우도 주변국의 양해와 협조가 없이는 절대 불가능하다는 것을 알아야 한다. 그래서 나는 한국이 일본과 당장 해결을 볼 수 없고 실속 없는 문제들에 얽매어 불편한 관계로 지내는 것은 바람직하지 않다고 생각을 하는 거란다."

"그래서 한국이 먼저 용서를 하는 것도 좋은 방법다고 말씀을 하시는 거군요."

"한국의 통일과 동북아의 평화를 위한 현명한 길이라고 믿는 것이다. 분명히 용서는 평화의 원천으로 작용한다. 일한 관계가 원만하게 이루어지면 한국도 안정이 되고 국민의 의사도 통합이 될 것이다. 그 다음에는 전 국민의 지지와 신뢰를 받고 주변국의 협조를 아우를 수 있는 덕과 리더십과 외교력이 출중한 지도를 선택할 줄 알아야 한다."

"용서와, 국론의 통일과 출중한 지도자의 선택이라…."

"나는 항상 미국을 생각한다. 선전포고도 없이 진주만을 급습하여 많은 희생자를 낸 일본 국민을 그들은 스스로 용서했고 민주주의 나라를 건설해 주었다. 나는 그 아량을 값지게 생각하고 있다.

그들의 역사 속에는 링컨과 같은 위대한 지도자가 있었다. 어느날 가족도 모르게 노예사냥꾼에게 끌려와 학대하는 주인에게 굴종하고 노예로 살면서 삼백 년이란 세월을 인내한 흑인도 훌륭했다. 그들은 자기향상을 위해 각고의 노력을 했고 성숙한 미국국민은 링컨 같은 좋은 대통령을 선택했다. 국민의 나라를 주창한 그들의 대통령은 많은 어려움을 극복하고 노예를 해방시켜 위대한 미국의 역사를 써 나갔다, 백인과 흑인이 지금까지 폭력으로 지배하고 반항했다면 지금의 미국이 있었겠느냐."

"잘 알겠습니다. 모든 나라가 서로 사이좋게 지내면 좋은 세상이 될 건데…."

"그렇다. 서로 이해하고 서로 자성하고 서로 용서를 해야 평화로운 세상이 된다."

사나다 지로는 비록 국문학자였지만 그의 세계관은 어떤 이념과 민족주의에도 편중하지 않은 범민족의 공존을 신념으로 생각하는 합리적인 사상을 갖고 있었다. 그는 점점 성숙해 가는 제자요 조카 사위이고 믿음직스러운 처남에게 꿈과 심성을 일깨우고 세상을 더 멀리 바라보는 지혜를 가르쳤다.

인생의 애환

내사랑 쪽발이

  무덥던 여름도 처서가 지나고 가을이 다가오고 있었다. 타향의 나그네는 고향과 부모형제가 그리워지는 계절이었다. 미치코가 임신을 했다는 기쁜 소식이 들렸다. 미치코는 시어머니를 뵙지 못하고 사는 것이 항상 마음에 걸렸다. 무일은 몸조심을 해야 한다고 말렸으나 미치코는 배가 더 부르기 전에 한국에 다녀오기로 결심했다.

  회사도 안정이 되었으므로 무일도 함께 갈 줄로 알고 미치코는 준비를 서둘렀다. 무일은 두 사람이 다 회사를 비울 수가 없다고 발뺌을 하는 것이었다. 마음속에 자괴지심과 죄책이 도사리고 있는 그로서는 떳떳하게 갈 수가 없었다. 만약 별학산에서 탈출한 사실이 소문으로라도 새는 날이면 영락없이 형무소로 가야할 처지였다. 속이 끓는 무일의 고민을 알 리가 없었다. 미치코는 조르다 못해 혼자 한국으로 향했다.

  새롭게 국제공항으로 지정된 김포공항에는 사일 부부가 나와 반갑게 맞았다. 미치코는 주한일본대사관을 방문하여 인사를 한 다음 효창공원을 찾아 김구 선생과 삼의사의 묘에 참배를 했다. 한국의 며느리가 되어 순국선열께 과거 일본의 잘못을 빌면 마음의 부담이 덜어질 것 같아서였다.

  시숙인 사일과 기차를 타고 광주까지 갔다. 다시 버스 편으로 고흥에 도착하여 텃골까지는 택시로 가야했다. 동서 나애리는 딸을 출산한지 얼마 되지 않은 몸이라 김 면장이 오지 말도록 기별을 했다.

미치코가 귀국할 때 김 면장과 텃골 아짐씨가 손녀를 볼 겸 함께 상경하기로 작정한 것이다.

텃골의 초가집 뜰에는 코발트색으로 물든 파란 하늘에서 햇살만 가득히 쏟아지고 있었다. 오곡이 곱게 익어 갈무리하는 가을의 풍요로운 기쁨이 가득해야 할 시골은 한숨 소리만 감돌았다. 알알이 여문 곡식은 모진 백로 태풍이 쓸어가버리고 쭉정이만 남아있었다. 장독대의 담장 밑에는 끝물에 핀 청초한 자태의 국화꽃 서너 송이가 행여 무서리가 내릴까 아쉬워하며 소슬한 금풍에 그윽한 국향을 띄우고 있을 뿐이었다.

처음으로 둘째며느리를 맞는 텃골 아짐씨는 옛날 시집을 올 때만큼이나 마음이 설레었다. 우선 며느리에게 곱게 보이고 싶었다. 오랜만에 낡은 경대 앞에 앉아 거울을 드려다 보았다. 시집 올 때 가져온 거울은 아직도 변함없이 맑았다. 거기에 비친 낯짝은 풍상에 주름이 얽히고 들 볕에 까맣게 그을린 할망구 몰골이었다. 머리는 희끗희끗 반백으로 변하고 뒷머리에 쪽진 낭자는 참빗살에 한 올 두올 성겨져 시집올 때 꽂은 은비녀가 부담스러울 만큼 초라했다.

'이 꼴로 어떻게 며느리를 볼거나.' 한숨이 해결해 줄 일이 아니었다. 시집올 때 가져온 남도 제일의 소목장이 만들었다는 먹감나무 농을 뒤져봤다. 마땅히 입을만한 옷이 없었다. 친정어머니에게서 물려받은 궤와 일제 때 쓰다 가져온 오동나무 농에도 모두 버리기 아까워서 처박아둔 낡은 옷뿐이었다. 옷을 해 입은 기억조차 아령칙했다. 어렵더라도 새로 맞춰 입기로 했다. 내킨 김에 며느리 옷도 지어주기로 했다.

신행은 아닐지라도 처음 맞는 새 며느리에게 예일이나 큰며느리

못지않게 신부상을 차려주고 싶었다. 텃골은 며느리를 맞을 준비에 바빴다. 돼지 멱따는 소리가 동내까지 울렸다. 화장실을 고치는 일도 시급했다.

며느리가 오는 날 텃골 아짐씨는 집에서 기다리기가 초조해서 집 앞의 텃밭으로 나왔다. 지난 태풍이 휘저어서 쓰러뜨려 놓은 고추밭을 멀거니 바라보며 한숨을 지었다. 백로 절기에 오는 태풍은 여러 날 더운 남쪽 바다를 쓸고 오면서 짭짤한 소금기를 잔뜩 머금고 왔다. 뭍에 이르러서는 성난 황소처럼 들판을 휘젓고 다녔다. 모래사장에 끌어다가 엎어 놓은 거룻배는 종이비행기 같이 하늘로 날리더니 돌담에다 떼기를 쳐서 박살난 사과 궤짝처럼 처박아놓았다. 이엉 잇기를 게으른 초가지붕은 훌렁 벗겨서 서까래가 갈비뼈처럼 앙상하게 들어났다. 텃골로 들이닥친 바람은 마치 정어리 떼를 쫓는 상어 같은 기세였다. 풋곡식들은 도리깨에 두들겨 맞은 콩대처럼 쓰러지고 간물에 찌든 잎들이 까맣게 타버렸다.

차에서 내려 언덕길을 올라오는 미치코는 텃밭에 서있는 사람이 시어머니인 것을 알았다. 엷은 옥색 바탕에 동그란 수자 무늬가 든 양단 저고리에 같은 무늬의 밤색 치마를 받쳐 입은 맵시가 귀티가 났다.

가까이 다가온 사일이 "어머니"하고 손을 잡았다. 텃골 아짐씨는 사일을 재끼고 뒤 따라오는 미치코를 맞았다.

"우리 며느리다냐? 아가."

미치코는 앙상한 시어머니의 얼굴을 보고 깜짝 놀랐다. 곱게 늙은 안방마님을 상상했던 모습과는 너무 달랐기 때문이다. 그러나 다음 순간 텃골 아짐씨와 눈이 마주치면서 몸을 움츠렸다. 여느 사람과 다른, 함부로 쳐다보기 어려운 인자하고 경건한 눈빛에 기가 서렸다. 며느리를 부르며 바라보는 눈에 반가움과 기쁨이 아롱지고 검은 하늘에 반짝이는 별과 같은 영롱한 빛이 반짝였다.

"어머니! 이제야 찾아 봬서 죄송합니다."

텃골 아짐씨는 새 며느리의 손을 잡았다. 미치코는 나무 등걸처럼 거칠고 메마른 손에서 불에 닳은 무쇠 같은 뜨거운 열기를 느꼈다.

"아가 잘 왔다. 날이면 날마다 니가 보고자와 죽겠더라. 예쁘기도 해라."

아낙네들이 모인 자리에서 우스갯소리는 잘했지만 가식이나 비위를 맞추는 언사가 없는 텃골 아짐씨는 어떤 말을 해야 며느리를 기쁘게 해 줄지 몰랐다. 한 손은 미치코의 손을 꼭 잡은 채 다른 한 손으로 등을 토닥였다. 문득 며느리 손가락에서 손에 익은 쌍가락지가 만져졌다. 사삽평생 만지작거리다가 무일이 떠날 때 주었던 가락지임을 보지 않고도 알았다. 피눈물을 흘리며 떠나보낸 자식의 아내가 되어 자신의 결혼반지를 끼고 있는 며느리가 더 정겹고 사랑스러웠다.

"어머니! 남편하고 함께 못 와서 죄송해요. 너무 바빠서요."

"바쁘면 좋제, 너만 봐도 한이 풀린다. 한국말도 잘한다더니 기특하구나. 어서 들어가자."

아침에 풀잎 끝에 맺혔던 작고 맑은 이슬방울이 텃골 아짐씨의 눈에도 미치코의 눈에도 반짝이고 있었다. 미치코는 태풍이 쓸고 간 처참한 시골 풍경을 바라보면서 안타까웠다. 사람은 모두 자연의 혜택을 입으면서도 또 자연의 시련을 견디고 살아가야 한다는 것을 새삼스럽게 느꼈다.

가족이 모두 한자리에 앉았다. 신부상을 들어왔다. 미치코는 상다리가 휘어지도록 차린 큰 상을 처음 받고 벌어진 입을 다물지 못했다. 상차림을 보고 또 한 번 놀랐다. 각자의 음식을 따로 차리는 일본과는 너무 달랐다. 둘러본즉 소갈비 다져굽고, 돼지 잡아 수육 썰고, 큰 돔 유장 발라서 알맞게 구어 차렸다. 전부치고, 신설로 끓이고, 떡은 시루떡 콩떡 흰떡 은 물론이고 갖가지 풋김치에 갖은 나물 무치고, 구절판 갖게 꾸미고, 부시게와 고구마 조청에 깻가루 콩가루 버무려 다식도 만들어 놓았다. 미치코는 떡으로 만든 작은 과자가 맛있고 예뻤다. 그 고장의 고유한 부처리였다. 솥뚜껑 거꾸로 놓고 참기름 쳐서, 찹쌀가루를 반죽하여 접시만큼 둥글고 얇게 늘려서 지짐을 했다. 거기에 조청 버무린 녹두 고물 한 줌 놓고 길게 말아서 양 쪽을 꾹 누르면 앞산 잔등처럼 생긴 부침개가 됐다. 그 위에 곶감과 대추를 잘게 썰어서 무늬를 놓았다.

"이걸 어떻게 다 먹습니까?"

미치코는 맛있다, 맛있다 하면서 동서가 주는 대로 널름널름 받아먹더니 나중에는 배가 불러 앉아 있지를 못했다. 미치코는 시동생 공일에게 각별한 관심을 보였다.

"공일 도련님, 이 시골에서 고생하시지 말고 서울이나 일본으로 오시면 어떻겠어요?"

"형수님 말씀은 감사합니다만, 제가 떠나버리면 여기는 누가 지키겠습니까?"

"전에 할아버지께서 '세 형제 중에 누구든 한 사람은 여기를 지켜야 한다.'고 하시던 말씀이 생각나는구나. 공일마저 떠나버리면 우리는 어떻게 살게…"

텃골 아짐씨가 걱정스럽게 말했다.

"제가 미쳐 그런 생각을 못했습니다. 공일 도련님, 그럼 고향을 위해서 저희가 도울 수 있는 일은 없을까요?"

"좋은 책이나 많이 보내주십시오. 새로운 농업기술, 즉 채소를 재배하는 새로운 기술이나 수확이 많고 질이 좋은 신품종의 정보 같은 것이면 됩니다."

공일은 역시 이름 그대로였다. 텃골 아짐씨는 며느리에게 옷 보따리를 주었다. 한복을 입은 미치코는 너무 예뻤다. 어린애가 설빔을 입은 것처럼 좋아했다. 결혼식에 갔던 큰며느리가 치수를 알려주어 텃골 아짐씨와 같은 양단의 화사한 분홍으로 치마저고리를 짓고 저고리의 동전과 소매 깃과 옷고름을 꽃자주색으로 댔다. 전통적인 한복이었지만 색이 세련되고 현대감각이 있어 동경에서 입어도 좋을 것 같았다. 작은 주머니가 함께 있었다. 그 안에는 국화꽃 모양의 순금 저고리 단추가 들어 있었다.

다음날 텃골은 동네잔치를 베풀었다. 요즈음 살림이 넉넉하지 못하고 무일이 오지 않아서 딸을 시집보낼 때만큼 성대하고 호화로운 혼인잔치는 아니었지만 제법 푸짐했다. 돼지 수육 썰고 그 국물에 국수 말아 내고 막걸리는 마음대로 마시게 동이 채 맡겼다.

농촌의 가을은 손을 놓을 틈이 없었다. 잔치를 치르고 나서 텃골 아짐씨는 부엌 심부름하는 귀례를 데리고 마당에 펴 놓은 멍석 위에 빨갛게 널어놓은 고추를 고르고 있었다. 태풍이 휩쓸어버린 고추밭에서 겨우 건진 못난 것들이었다.

"어머니 저도 도와드릴까요?"

미치코는 보고만 있기가 미안해서 끼고 싶었다.

"새댁은 가만히 앉아서 구경이나 하렴. 괜히 고추 손댔다가 매워서 펄떡펄떡 뛰면 성가신게."

"나도 안 매운데…."

미치코는 마당에서 정면으로 바라보이는 산봉우리의 빛이 너무도 황홀했다. 거대한 암벽이 금빛으로 눈부시게 반짝이고 있었다. 높은 하늘은 구름 한 점 없었다. 해가 서산으로 넘어가면서 남은 열기를 쏟아내는 강한 빛이 화강암 절벽에서 아름답게 반사했다.

"아, 산이 아름다워요. 어머니! 저 산 이름이 무엇이에요?"

텃골 아짐씨는 이름을 듣기만 해도 진저리가 나는 산이라 호들갑스럽게 묻는 미치코에게 퉁명스럽게 말했다.

"산 이름은 쓸데없이 알아서 뭐할라고?"

"별학산이에요, 별학산."

피비린내 나는 사건을 아는지 모르는지 귀례가 촉새처럼 나섰다.

"뭐에요? 비루아쿠산?"

"별학산이라니까요. 별학."

"참 아름다워요."

미치코는 발음에 자신이 없는지 산 이름 대신 아름답다고 했다.

"그럼, 어머님 저 동네 구경 갔다 와도 되지요?"

"뭘 볼 것이 있다고? 가만히 앉아있다 저녁이나 먹자."

"운동 삼아 얼른 돌아보고 와서 저녁 식사 할래요."

미치코는 들릴 듯 말듯 콧노래를 부르며 언덕길을 내려갔다. 동네 샘에는 몇 사람의 아낙들이 있었다. 어제 잔치에서 만난 아낙들일 것이었다. 반갑게 인사를 건넸다.

"안녕하세요?"

"오마, 텃골 무일이 색시 아니어? 예쁘기도 하네."

모두 언덕을 올려다보며 예쁘다는 칭찬을 해주어 미치코는 기분이 좋았다. 마을 입구에서 옥수수를 뜯어 먹고 있는 여자아이와 마주쳤다. 옷은 시골 아이답지 않게 핑크색 원피스를 입었는데 누런 코가 삐죽 내밀고 있었다.

"안녕?"

미치코가 웃으면서 인사를 했다. 아이는 눈을 치켜떠서 미치코를 빤히 보더니 입을 삐쭉하면서 말했다.

"쪽발이!"

"응? 쪽발이?"

미치코는 쪽발이가 무슨 말인지를 몰라 다가가서 물으려 했으나 아이는 뒤로 돌아서서 달려가 버렸다.

'모르는 인사말인데…, 내가 너무 딱딱하게 말했나?'

미치코는 무슨 인사말인지 알고 싶어서 잊지 않으려고 외우면서 집으로 돌아왔다.

"어머님 쪽발이가 무슨 인사말이에요?"

"뭐? 쪽발이? 누가 그런 소리를 하던?"

텃골 아짐씨가 눈을 치켜뜨며 정색을 하고 물었다.

"어떤 아이가 옥수수를 먹고 있어서 내가 '안녕'하니까 '쪽발이'라고 했어요."

"누군지는 모르지야?"

"핑크색 원피스를 입고 있었어요."

"귀례야 너 얼른 내려가서 누구네 애긴가 알아오너라. 아니다 내가 가마."

시어머니의 얼굴이 일그러졌다. 치마끈을 불끈 고쳐 매는 텃골 아짐씨를 보고 뭔가 심상치 않은 것을 눈치 챈 미치코가 말렸다.

"어머님이 가시면 안 돼요. 그냥 귀례에게 알아 오라고 하세요."

"엄니, 누군지 그냥 알겠소. 내가 가서 물어보고 올라요."

귀례가 달려 내려갔다. 조금 후 귀례를 뒤 따라서 한 아낙네가 헐래 벌레 따라왔다. 약국댁 정기만의 마누라 미자네였다.

"아짐씨, 글쎄 아무것도 모른 우리 애가 쓸데없는 소리를 했는 모양인디 용서해 주시오."

"누가 가르쳤으니까 그런 말을 알제 그렇지 않으면 어린애가 어찌 안단가?"

미치코는 텃골 아짐씨가 작달막한 체격에 어울리지 않게 몹시 큰 소리로 말한 것을 처음 듣고 무서웠다.

"단단히 혼을 내 줄라요. 용서하시오."

"아니네, 아무것도 모르는 애가 무슨 잘못이 있겠는가? 가르친 사람이 잘못이제."

"가르치기는 누가 가르쳤겠소. 즈그 아베가 무슨 말을 하다가 그런 소리가 나온 것을 어린 것이 들었는게비지요."

"아니 다른 사람도 아니고 일본 헌병까지 했단 사람이 쪽발이를 입에 담아?"

"헌병 안했다요. 징용 끌려가서 자랑할 것 없은께 공연히 허풍 떨었다요."

"허풍 떨다니? 군복에 헌병 완장 차고, 계급장 달고, 칼 차고, 총까지 들고 찍은 사진을 자랑하고 돌아다녀서 볼만한 사람은 다 봤다는디 허풍이여?"

"앗따 그 헌병 소리 그만 하시오. 제 아베도 항상 그것 때문에…"

"그런 일은 감춰도 안 되는 것이네. 징용 끌려가서 어쩔 수 없이 좀 편해 보려고 헌병 했다고 치세. 돌아와서는 얌전히 살면 되는 것 이제 지금 와서 일본 욕한다고 애국자 된단가?"

"죄송하게 됐소. 면장님이 면서기까지 심어주셨는디…, 감정이 있어서 그랬겠소?"

"말들 조심하소. 왜 우리 며느리가 그런 말을 들어야 하는가. 그냥 하는 소리가 까닥하면 서로 원수 지제. 일본사람이라고 욕하면 우리도 좋은 소리 못 듣고 살제. 욕하면 얼굴에 침 튀어오고, 뺨 때리면 주먹 날라 오고, 힘 딸린다고 칼 꺼내면 총부리 들이댄 거여. 보소 일본사람도 서로 친하고 정들면 한국사람 되겠다고 이 골짝까지 시집오지 안했는가? 누구든 또 한 번 그런 소리 들리면 나 가만히 않을 것인께. 다시는 그런 소리 못하게 잘 타이르소."

텃골 아짐씨는 며느리에게 너무 미안했다. 이참에 동네에서 아예 그런 소리가 나지 않게 버릇을 고치려고 단단히 벼렸다.

"알겠소. 미안하요 잉."

미자네는 미치코의 눈치를 살피며 꾸벅 고개를 숙였다.

"저 사전을 찾아봤는데 쪽발이 나쁜 말 아니에요. 이거 보세요. '한발만 달린 물건, 발통이 두 조각으로 된 물건, 굽이 두 쪽 달린 나막신을 신고 다닌다 하여 일본인을 놀림조로 이르는 말' 이렇게 쓰여 있어요. 애들이니까 놀리고 웃고 하는 거지요. 아이 야단치지 마세요. 그리고 이거 아이 주세요."

미치코는 두툼한 사전까지 보여주며 상냥하게 말했다. 그리고 미자네에게 캐러멜 한 갑을 쥐어 주었다.

"아이고 미안해서 어쩌냐. 고맙소 잉."

미자네는 어려운 텃골 아짐씨에게 그만큼만 야단을 맞은 것이 다행이었다. 한숨을 쉬고는 호박덩이 같은 엉덩이를 흔들면서 내려갔다. 그때까지도 텃골 아짐씨는 분이 삭지 않은 모양이었다.

"너 혼자 다니지 마라라. 쓸데없는 소리나 듣제, 이 산골짜기 구경할 것 하나도 없다. 헌병했다고 무일이 뒤나 캐려고 사냥개처럼 코를 벌름거리고 다니더니만…. 그래도 너의 시아버지가 미운 놈 떡 하나 더 주더라고 면서기까지 심어줬단다."

"네? 어머님, 왜 그 사람이 무일이 뒤를 캐요?"

텃골 아짐씨는 말을 해 놓고 뜨끔하여 얼른 둘러댔다.

"아니다. 일본 간 것 말이다."

"네에, 내일은 귀례 따라서 조개 잡으러 가보고 싶어요."

"아서라. 가만히 집에 있거라. 정 심심하면 앞밭에서 고춧잎이나 따던지. 도라지도 캘 때도 됐다. 나물 무치면 맛있을 것이다."

"걱정 마세요. 저는 그런 소리 들어도 아무렇지도 않아요. 잘못했으면 들을 수도 있는 거지요. 이제부터 내 이름 쪽발이 아주머니로 할래요."

"쓸 데 없는 소리 하지 마란께."

텃골 아짐씨는 짜증스럽게 나무랐다.

서울로 가는 날 텃골 아짐씨의 표정은 담담한 듯 보였지만 속마음은 너무 기뻤다. 처녀 때 친구들이 모이면 남대문에 문턱이 있네 없네 우김질을 하면서 한번 가보고 싶던 서울이었다. 큰며느리가 낳은 손녀도 보고 작은며느리도 데려다 줄 겸 모처럼 영감과 행복한 나들이였다.

나애리는 처음 집으로 오시는 시부모와 동서를 반갑게 맞이했다. 아기를 들여다보면서 텃골 아짐씨가 아쉬운 듯 말했다.

"딸도 고맙다만 고추 달고 나왔으면 너의 할아버지가 춤을 추었을 것인디…."

"어머님, 그 건 케케묵은 옛날 생각이셔요. 첫딸은 세간 밑천이래요."

며느리는 뜸도 드리지 않고 말대꾸를 했다.

"내가 해줄 말을 네가 해버리는구나."

며느리의 기분이 상하지 않도록 텃골 아짐씨는 웃으면서 말했다.

"자손의 번식은 흥가지본興家之本이니라. 출산을 물위제한勿爲制限하라. 절대 산아제한을 하지 말란 소리다."

옆에서 듣고 있던 시아버지가 나서 훈교를 했다.

"딸이 셋이면 문 열어 놓고 잔다지 않아요? 놀부꼴 되요 아버님."

시아버지 문자도 며느리의 순발력 있는 말재주 앞에서는 맥을 못 췄다.

"그래도 또 떡두꺼비 같은 아들은 낳아야제."

시아버지의 언짢음을 덮으려고 텃골 아짐씨가 신경을 썼다.

"그렇고말고, 가족은 떼거지가 많아야 남이 무시를 못한다. 지불생무명지초, 천불생무록지인地不生無名之草, 天不生無祿之人'이라는 명심보감 글귀가 있다. 땅은 이름 없는 풀이 자라나지 않으며, 하늘은 먹을 것이 없는 사람을 낳지 않는다는 뜻이다. 아무리 많은 자식을 낳아도 각기 제 밥그릇 갖고 태어나는 법이다."

"아니에요 아버님, '하나 낳아 잘 기르자'가 정부 정책이잖아요? 다산은 가난이에요."

"그건 정부가 크게 잘못 한 거다. 세계 25억 인구 중 5억이 넘는 인구가 사는 중국이 장래에 어떻게 되는지 두고 보아라. 잠자는 사자라 하지 않느냐. 장래 누가 감히 중국을 적대하겠느냐?"

김 면장은 다소 언짢은지 언성을 높여 말을 이었다.

"그리고 결혼했다고 너의 남편 고시 포기하면 절대 안 된다. 지금 회사에 다니고 있다지만 회사란 장사일 아니냐? 우리 사회의 신분서열은 사농공상士農工商이니라."

"아버님, 그건 봉건시대 이야기에요. 요즘 세상은요? 거꾸로 상공농사商工農士로 바뀌었어요."

"너는 시아버지 말에 하나도 빼지 않고 말대꾸를 하는구나!"

옆에서 듣다못해 텃골 아짐씨가 김 면장 눈치를 살피며 나무랐다.

"이것은 말대꾸가 아니에요 어머님. 아버님과 진지하게 토론을 하는 거예요."

김 면장과 텃골 아짐씨는 할 말을 잃고 한숨만 쉬더니 입을 다물고 말았다. 사일이 회사에서 돌아와서 모두를 식당으로 안내했다.

"죽이나 밥이나 집에서 며느리가 해준 밥이 좋제, 사먹는 밥은 돈만 아깝다."

"어머님, 집에서는 일 년 내내 매일 똑같은 진지만 잡수시지 않으세요? 좀 색다른 것도 잡숴 보셔야지요."

큰며느리는 한마디도 참지를 못했다. 미치코는 옆에서 가만히 듣고 빙그시 웃었다. 식사가 끝나고 며느리는 모두를 근처 호텔로 안내했다. 더블침대 방을 두개 예약해 놓았었다.

"집에서 끼어 자면 될 것인디, 비싼 돈 주고 왜 한데서 자야?"

"염려 마세요. 모처럼 서울 오셔서 호강도 좀 하셔야죠. 동서도 있고…."

"호강하다 엿 단지에 빠질라."

못마땅한 심기를 참고 나애리가 안내해 주는 방으로 들어간 텃골 아짐씨는 마치 신방 같은 분위기에 얼떨떨했다. 두 노부부는 어색한지 각기 침대 양쪽 끝에 엉덩이를 붙이고 서로 외면하고 있었다. 김 면장이 침묵을 깨고 생색을 냈다.

"목욕탕에 펄펄 끓는 뜨거운 물 받아줄 건께 푹 담그고 목욕이나 하시구려."

텃골 아짐씨는 그 말은 아랑곳하지 않고 답답한지 물었다.

"아니? 여기서 둘이 자는 데라요?"

"그러제. 이것이 다부루침대여. 두 사람이 자는 침대요."

"나는 암만해도 떨어질까 무서워서 이런 높은 데서 못 자겠은께, 밑에서 잘라요."

"촌스럽게 밑에서 자기는…. 애들이 보면 흉보겠소. 벽 쪽에 자면 떨어질 염려 없소."

"어차피 촌사람인데 어쩌겠소. 나는 이 방도 답답해서 죽겠소. 그 좁은 벽 틈에서 자면 숨 막혀 죽을 것 같소."

"마음대로 하시구려."

"저기가 변소다요?"

김 면장이 화장실 문을 열고 저기 앉아서 일 보라고 가르쳐 주었다. 그러나 텃골 아짐씨는 금방 나왔다.

"예 말이요, 어디 쪼그리고 앉아서 보는 뒷간 없는가 모르겠소."

"여기는 호테루여. 여기에 쪼그리고 앉은 뒷간이 어디 있어? 가만히 앉아 있으면 되요. 편하고 좋을 건디."

텃골 아짐씨는 다시 화장실로 들어갔다가 얼마 안돼서 또 나왔다.

"어쨌소?"

"암만해도 안 되겠소. 양쪽 가장자리를 딛고 올라가서 쪼그리고 보면 못쓰겠소?"

"큰일 날 소리, 치간에서 넘어지면 죽는 거여. 그럼 내가 잡아줄 것인께 올라가 볼라요?"

"에이! 창피하게 어떻게 당신이 들어와서 잡는다요."

"다 늙어빠진 사람이 무슨 창피여."

"늙으면 남자 된다요? 아이고 나 못 참 것는디."

"그럼 앉아서 무릎까지 앞으로 엎드리고 엉덩이를 살짝 들고 있어 보시오. 나도 처음에는 그랬더니 잘 나옵디다."

급히 들어간 텃골 아짐씨는 한참 만에 홀가분한 표정으로 나왔다.

"진작 그렇게 가르쳐주지 그랬소."

그날 밤 김 면장이 바닥에서 잤다. 모처럼 마누라를 침대에 재우고 싶었다. 침대에서 자던 텃골 아짐씨는 너무 푹신해서 잠이 안 왔다. 뒤척거리다가 다시 바꿔서 잤다.

미치코는 서울을 떠나면서 텃골 아짐씨에게 예금통장과 도장을 쥐어 주었다. 농촌에서 만져보기 어려운 큰돈이 들어 있었다. 그리고 명함을 만들었다. 명함에는 '유한회사 부미실내건축회사 취체역 디자인실장 쪽발이 사나다 미치코' 이렇게 씌어 있었다.

미치코가 시댁을 다녀간 뒤 한국은 또 정변이 일어났다. 3.15부정선거의 항거로부터 시작된 국민의 봉기가 4.19혁명으로 이어져 이승만 정권이 무너졌다. 무일은 한국의 정치에는 관심을 갖지 않으려 했지만 많은 학생과 국민이 희생되었다는 뉴스에 가슴이 찢어지도록 아프고 한스러웠다.

무심한 자연의 산과 들의 초목은 푸르게 물들고 있었다. 생동감이 넘치는 5월이었다. 미치코는 아들을 낳았다. 가족 친지의 기쁨이 넘치고 축복이 쏟아졌다. 외할아버지의 부탁으로 사나다 선생이 외종손자의 이름을 '조민兆民'이라고 지어 보냈다. 장래 만백성의 존경을 받는 큰 재목으로 대성하기를 바라는 의미를 담고 있었다. 한국과 일본 양국에서 같은 발음으로 부를 수 있는 자를 택하여 지은 것이다.

조민은 후덕한 관료 타입의 외할아버지를 많이 닮고 있었다. 자라면 훤칠한 키에 수려한 용모의 미남 외삼촌 나가마사 같을 거라고들 했다. 그래서인지 나가마사는 조민을 무척 예뻐했다. 틈만 나면 데리고 놀았다. 연이어 와다 도모오가 부인 다야마 요시에의 임신 소식을 전하면서 싱글벙글 종일 입을 다물지 못했다.

조민이의 돌이 다가오고 있었다. 미치코는 이번에야 말로 무일과 함께 한국에 가서 돌잔치를 하려고 벼렸다. 그 무렵 갑자기 서울은 군부가 쿠테타를 일으켜 무력으로 정권을 장악했다는 뉴스를 발표했다. 일본 방송 기자들 특유의 호들갑스러운 보도는 연일 불난 집에 부채질을 해대듯 떠들어댔다. 장면 정권이 들어서고 내각책임제의 민주주의가 정착하나 싶더니 고삐 풀린 사회는 다시 혼란을 자초한 것이다.

무일은 고국의 잦은 정변에 가슴이 아팠지만 한국행을 발뺌할 좋은 구실이었다. 군사정권의 살벌한 그곳에 가서 어떤 곤경에 휘말릴

지 모른다고 가기를 마다했다. 좀 더 한국의 정세가 안정이 되면 함께 가자고 달랬다. 미치코는 도무지 이해를 할 수가 없었다. 조르다 못해 심한 언쟁을 했다.

손자의 첫돌에 시부모님께 가지 않을 수 없다고 그녀는 한국 방문을 결행했다. 무일이 공항까지 바래다주었으나 호되게 삐친 미치코는 조민을 안고 출국 게이트를 빠져나갈 때까지 댓 발이나 튀어나온 입을 열지 않았다.

서울에서 동서 나애리와 함께 시가로 갔다. 손자를 안은 김 면장과 텃골 아짐씨는 너무 예쁘고 귀여워 어쩔줄을 몰랐다. 텃골 아짐씨는 외탁이라고 하고 김 면장은 무일을 닮았다고 우겼다. 불면 나라갈 것 같고 안으면 으스러질 것 같았다. 김 면장은 앉아서 재롱을 부리는 손자를 웃기려고 주위를 어리광스럽게 무릎걸음으로 돌아다니면서 눈을 마주치고 아귀처럼 벌어진 입에서 요상한 소리까지 질렀다.

텃골 아짐씨는 마지막 흐려진 눈을 비비며 생전에 이골이 난 바느질 솜씨로 정성을 들여 바지저고리와 조끼 마고자 복건까지 손수 지었다. 도시로 보내 금박까지 박아다 놓았었다. 조민에게는 그걸 입히고 돌상을 준비했다. 모처럼 두 며느리가 모인 돌잔치를 소홀이 할수가 없었다. 마을 사람에게도 섭섭지 않게 주과를 대접했다.

나애리는 두 번째 임신을 하고 있었다. 무거운 몸인데도 큰며느리답게 열심히 잔치 준비를 거들었다. 그러나 웬 일인지 옛날 같지 않고 말수가 적었다. 시아버지에게도 지지 않고 말을 잘하던 활달한 큰며느리가 종일 시무룩해서 텃골 아짐씨는 신경이 쓰였다. 몸이 좋지 않은 건지, 임신한 아기가 아들이 아닌 것 같아서 걱정이 되는 건지 알 수가 없었다. 텃골 아짐씨는 안색을 살피고 눈여겨보다가 경제적으로 형편이 별로 좋지 않은 것 같은 낌새를 느꼈다.

떠나기 전 온 가족이 모여 조민의 재롱을 보며 웃음꽃이 피었다. 미치코는 이렇게 즐거운 아들의 돌잔치에 오지 않은 무일이 섭섭하고 미웠다. 돌아가면 이번에는 단단히 한판 싸워야 하겠다고 벼렀다. 그리고 남편을 대신해서 낙후된 오지의 시댁을 돕고 싶었다.

"공일이 도련님, 제 생각인 데요 여기에다 온실을 하나 지어드리면 어떨까요?"

"여기는 온실은 절대 안 된다. 백로 태풍 한번 오면 훌렁 벗겨가 버릴 것인께."

"아닙니다. 어머님, 일본은 한국보다 태풍이 더 세고 많은 곳이에요. 그래도 지금 일본은 온실에서 농사를 지어 도시보다 잘 산답니다."

"그래도 온실에서 생산한 채소나 과일보다 노지에서 자란 자연산이 좋지 않을까요?"

공일의 말에 미치코는 학생에게 강의하듯 진지하게 말했다.

"물론, 자연 그대로 자란 열매나 채소가 좋지요. 하지만 자연에는 한계가 있지 않습니까? 일본은 해마다 지진과 태풍과 홍수, 화산으로 많은 사람이 희생되고 막대한 피해를 입고 있어요. 이건 파괴하고 생명을 빼앗는 무서운 자연입니다. 자연을 거역하자는 것이 아니라 그것은 인간이 극복해야 할 자연입니다. 농작물에 피해를 주는 바람은 막아주고 부족한 햇볕을 보충하며 날씨가 너무 추우면 보온을 해주지요. 이렇게 해서 일 년 내내 수확하는 것이 현대 농업 아니겠어요? 사람의 병은 고쳐서 자연수명을 조금이라도 더 늘려주는 것이 과학이고 의학인 것과 같아요. 형님도 한국에 뭔가 투자를 하고 싶데요. 우선 한 2,000평쯤 태풍에도 끄떡없는 튼튼한 온실을 지어 드리면 어떻겠어요?"

"며느리의 생각 정말 훌륭하구나. 내가 평생 꿈꾸었던 농촌의 이상이다. 그러나 공일의 생각이 중요한 것이니 잘 생각해 보아라."

"다 좋은 이야기다만 느그들 잘 살아야제, 자꾸 여기 걱정하면 안된다. 이번에도 또 큰돈을 내놨는데 너무 아짐찬하다."

김 면장은 찬성이고, 텃골 아짐씨는 가난해도 못 입어도 자식들만 잘되기를 바랐다.

"어머님, 일본 아들 돈 잘 벌어요. 사회봉사도 많이 할 계획이랍니다."

미치코는 올 생각도 안하는 미운 남편이지만 그렇게 추겼다.

"그 복동이가 그럴 줄 알았제. 쯔쯧, 불쌍한 것."

"어머니! 무일이 왜 불쌍해요? 지금 얼마나 잘나가고 있는데요."

'아무것도 모르는 며느리는 무일이 그리 좋은가 보다. 다 무일이 제복이제.' 텃골 아짐씨는 입속으로 뇌이면서도 며느리가 기특하고 예쁘기만 했다.

"도련님 일본에 한번 오세요. 일본의 농촌을 직접 보시면 많은 도움이 될 겁니다. 형님과 상의하여 초청을 하겠습니다."

"그렇게 해라. 형도 만나고 한번 다녀오는 것이 좋겠다."

김 면장이 거들었다.

"어머님도 꼭 일본 구경시켜드리고 싶어요. 아버님과 어머님도 함께 오시도록 하겠습니다."

"무일이 보고 싶다만, 우리야 늙은 사람들이 너의 살림만 축내제

가서 뭘 하겠냐."

  텃골 아짐씨는 그들이 떠날 때까지 큰며느리의 기분을 어우르려고
몹시 신경을 썼다.

허무한 인생

조민이 돌을 지내고 간지 반년이 훌쩍 지나갔다. 가을걷이가 끝난 농촌은 한적했다. 어촌인 바위개 마을은 이때쯤이면 활기가 넘쳤다. 바다에 양식한 김을 뜯어다 떠서 말리느라 바빴다. 텃골은 할 일이 별로 없었다. 고작 화로 가에 앉아서 고마나 구워먹으며 큰며느리가 아들을 낳기만을 노심초사하고 있었다.

드디어 노부부의 소원이 이루어졌다. 큰며느리가 아들을 낳았다는 편지가 온 것이다. 조민에 이어 겹친 경사에 김 면장과 텃골 아짐씨는 너무 기쁘고 사는 보람을 느꼈다. 김 면장은 뒷산에 올라 조상께 종손의 탄생을 고하고 감사하다고 재배했다. 텃골 아짐씨는 샘에서 정화수를 떠 놓고 아기가 건강하게 잘 자라라고 치성을 드렸다.

백일 날을 기다려 김 면장과 텃골 아짐씨는 상경을 했다. 김 면장은 손자에게 '현민賢民'이라는 이름을 지어 갔다. 그러나 이미 '차리'라는 미국식 이름을 지어 출생신고까지 마쳐버린 뒤였다. 어처구니가 없었으나 손자를 얻은 경사스러운 분위기를 상하지 않으려고 못마땅한 심사를 애써 참았다.

소중한 보물인 듯, 아기를 강보에 쌓아 안고 기뻐하는 노부부의 모습이 영락없이 인형을 안고 좋아하는 어린애 같았다. 손녀는 벌써 네 살이 되어 조롱을 떨었다. 김 면장과 텃골 아짐씨는 귀여운 손자지만 '차리'라는 요상한 이름은 한 번도 부르지 않고 귀향을 했다. 혀가 잘 돌아가지 않는다는 것은 핑계였다.

김 면장과 텃골 아짐씨는 종손자의 돌에 다시 상경을 하려고 했다. 돌 옷을 마련하고 떡도 해가기로 했다. 갑자기 서울에서 돌잔치를 연기한다고 오지 말라는 연락이 왔다. 옷만 소포로 보내고 다시 연락이 오기를 기다렸으나 영 소식이 없었다.

해를 넘기고 가을이 되어서야 사일로부터 편지를 받았다. 상경하라는 편지인줄 알고 서둘러 펼쳐보았다. 김 면장은 청천벽력 같은 사연에 기절초풍했다. 미국으로 이민을 가게 되었다는 통보였다. 이런 엄청난 사실을 단 몇 줄의 글로 갑자기 알려온 것이었다. 김 면장은 사색이 되어 사일과 며느리에게, 그리고 사돈까지 간곡히 이민을 말리는 편지를 연거푸 보냈다. 모두 부득이한 결정이고 돌이킬 수 없다는 똑같은 회답뿐이었다.

상경을 하여 말려보고 싶었으나 이미 이삿짐을 부쳐버리고 떠날 날을 기다리고 있는 상황이었다. 김 면장은 제정신이 아니었다. 그로부터 침식을 잊었다. 말인즉슨 10년만 살고 돌아온다며 그동안 자주 오겠다고 했다. 아무리 물정 모른 촌구석에 산다고 그 말을 믿을 사람은 아무도 없었다. 그들은 지난번 조민이 돌 무렵 이미 이민수속을 하고 있었다. 큰며느리가 말수가 적고 침울했던 이유였다.

손자들이 떠나는 것을 보고 싶었다. 김 면장과 텃골 아짐씨는 부랴부랴 서울로 갔다. 이미 집은 텅 비어있고 냉기가 감돌았다. 사일과 애리는 죄송하단 말만했다. 김 면장과 텃골 아짐씨는 어린 손자 손녀를 보며 어쩔 줄을 몰랐다. 김 면장이 손자를 안자 얼굴을 쳐다보더니 질색을 하고 울음을 터뜨렸다. 외할아버지인 줄 알고 안겼다가 낯가림을 한 것이다. 하루가 지나자 경계심이 약간 누그러지고 아장아장 걸어서 할아버지 할머니 앞으로 왔다. 호기심을 보이며 요상한 표정을 하고 옹알거리다가 도망가곤 했다. 노부부는 손자의 환심을 사서 낯을 익히려고 온갖 수단을 썼다. 손녀는 쉽게 친해졌다. 손자도 가까스로 할아버지 무릎에 앉고 할머니가 어르면 좋아했지만 아쉽게도 떠날 날이 다 되었다.

이만 리가 넘는 지구 저편, 텃골 아짐씨와 김 면장은 머나먼 이국으로 떠나는 자식과 손자를 생전에 다시 만나지 못할 것 같은 예감이 들었다. 상심과 슬픔을 참고 떠나는 것을 보려고 함께 공항으로 갔다. 사돈들은 묻지도 안했지만 코빼기도 보이지 않았다.

출국수속을 마치고 모두는 게이트를 향하여 걸어갔다. 손자는 제 아빠의 손을 잡고 아장아장 걸어가다가 할아버지를 돌아보더니 뜬금없이 손을 잡아달라는 듯 고사리 손을 들고 서 있었다. 할아버지가 얼른 손자의 손을 잡아주었다. 부드럽고 매끄러운 손자의 손으로부터 뜨거운 온기가 전해왔다. 손녀는 샘이 나는지 할머니 옆으로 와서 할머니 손을 잡았다. 손자는 그 것을 보고 제 아빠를 잡았던 손을 빼서 또 그 손을 할머니에게로 들었다. 할머니가 얼른 손자의 손을 잡아주었다. 텃골 아짐씨도 손자의 손이 너무 따뜻하고 부드러웠다.

노부부는 나란히 손자 손녀를 잡고 걸음에 맞춰 천천히 걸어갔다. 손자 녀석은 할아버지의 손이 너무 큰지 손을 헤집어 손가락 하나를 꽉 옴켜쥐고 걸었다. 게이트에 이르러 할아버지는 손자의 손에서 살며시 손가락을 빼려고 하자 손자는 더 힘을 주어 꼭 옴켜잡았다. 함께 가자는 듯 할아버지를 문으로 끌었다. 그리고 할머니의 손도 놓지 않고 같이 끌었다. '이것을 핏줄이라고 하는 것인가?' 노부부는 낯을 가리던 손자들이 뭘 아는지 이별을 앞둔 할아버지 할머니의 손을 잡고 함께 가자고 끄는 것이 너무 신통했다. 가슴이 뭉클하더니 눈시울로 올라왔다.

사일과 애리는 아무 말도 없이 절을 했다. 죄송하단 말을 대신하는 것인지 엎드린 채 일어날 줄을 몰랐다. 둘은 게이트로 들어가 애들을 기다리고 서있었다. 애리의 눈에서는 샨데리아의 수정알과 같은 반짝이는 빛이 반사되는 것이 보였다. 할머니가 두 손자들의 손을 빼서 문 쪽으로 등을 밀어 보내며 잘 가라고 손을 흔들었다. 손녀는 쪼르르 자기 어머니에게로 달려갔다. 손자는 문으로 들어가려다 말고 뒤돌아서 할아버지에게 들어오라고 손짓을 했다. 다시 할머니를 보면서 손짓을 했다. 할아버지와 할머니가 모두 잘 가라는 손짓을 하자 손자는 울상을 지었다. 애리가 손자를 안으로 끌어들이자 자동문이 스르르 닫혔다. 할머니는 옷고름으로 눈을 훔치고 할아버지도 눈이 벌겋게 충혈이 되어 멍하니 닫힌 문을 바라보고 있었다.

눈에 넣어도 아프지 않을 귀엽고 예쁜 손자가 영영 떠나버리다니. 내 생전에는 다시 만날 수 없을지도 모르는 혈육을 보내면서 노부부는 정신이 나간 사람처럼 우두커니 서서 자리를 뜰 줄 몰랐다.

'자식들을 너무 가르치려고 하지 말거라. 자식이 부모보다 많이 배우면 부모 품을 떠나는 법이니라.' 텃골 아짐씨는 옛날 귀에 거슬리던 시아버지의 말씀이 떠올랐다.

"천방지축 어디로 튈지 모르던 탁구공이 결국 미국으로 튕겨버렸구먼."

김 면장은 울음 섞인 소리로 중얼거렸다. 나애리는 떠나면서 시부모에게 광주행 비행기 표를 사들였다. 못 다한 효도를 그렇게 때우고 떠나버렸다. 비행기 시간이 아직 남아 있었다. 두 노인은 답답하고 아쉽고 서운한 마음을 달래고 싶어 밖으로 나왔다. 시원한 공기에 달아올랐던 얼굴을 식혔다. 구름 한 점 없는 하늘에서 내리비치는 햇볕에 눈시울을 말렸다.

그때 활주로 쪽에서 집채만 한 비행기가 태극기 같은 무늬가 새겨진 파란 날개를 펴고 활주로를 질주하는 것이 보였다. 비행기가 뜨는 것을 처음 보는 텃골 아짐씨는 넋을 잃고 바라보았다. 육중한 기체가 땅을 박차고 뜨는가 싶더니 넓고 푸른 하늘로 향해 날아갔다. 비행기는 멀어지면서 점점 작아졌다. 높게 떠있는 솔개만 하더니 종이비행기 만해졌다. 이윽고 한 점이 되었다. 가물가물하다 끝내는 날아다니는 먼지였다. 그리고 하늘 속으로 사라져 버리고 보이지 않았다. 아직 그 비행기에 사일네 가족이 타고 있지는 않겠지만 그 속에는 몇 백 명의 승객이 타고 있을 터이었다. 김 면장은 비행기가 지워진 공간에 눈을 떼지 못했다. 그곳을 바라본 채 한숨을 쉬면서 한탄을 했다.

"인간은 저렇게 우주 속의 티끌인 것을…."

노부부는 국내선으로 가서 광주행 비행기를 탔다. 비행기가 하늘로 떠서 고도를 잡을 때까지 텃골 아짐씨는 겁이 나서 김 면장의 손을 꼭 잡고 있었다. 몇 년 만에 잡아본 남편의 손인가 기억이 없었다. 방안에서 놋화로의 숯불을 쪼일 때만큼 따뜻한 느낌이 아마 생전 처음 잡아본 손 같았다. 창을 내다봤다. 어디서 나타났는지 솜같이 부드러운 구름들이 둥실둥실 밑으로 지나가고 있었다. 텃골 아짐씨는 김 면장의 손을 꼭 쥐면서 창을 내다본 채 말했다.

"자식 덕으로 내가 죽기 전에 비행기를 다 타보요."

"이런다고 효도 아니여."

김 면장은 누구를 나무라듯 언짢은 목소리를 높이고는 비행기가 광주공항에 닿을 때까지 아무 말도 하지 않고 눈을 감고 있었다. 텃골 아짐씨는 영감의 눈에서 한줄기 눈물이 흐르는 것을 안타깝게 쳐다보기만 했다.

§

대한민국과 일본이 이른 바 한일협정을 체결한 것은 박정희 정권이 수립되고 나서였다. 말도 많고 곡절도 많았지만 한일 간 국교가 열린 것이었다. 그러나 '기본조약'에 한국에 대한 일본의 침략과 불법으로 지배한 사실 등을 명시하지 않은 한계 점 때문에 일본의 반성과 사죄도 반영이 되지 않았다. 더구나 경제개발에 필요한 자금을 확보하려는 다급한 국내사정에 얽매어 청구권문제를 비밀회담을 통한 '메모'라는 합의문으로 졸속하게 매듭짓고 만 것이었다.

이 밖에도 어업문제, 피해 국민에 대한 보상, 문화재반환문제 등 해결이 되지 못한 많은 문제를 덮어둔 채 한국 측이 지나친 양보를 한데 대하여 크게 논란이 되고 있었다. 이로 인하여 한일회담 반대운동이 격렬하게 일어나고 있었다.

성과라면 '일본에 거주하는 대한민국 국민의 법적지위와 대우에 관한 협정'이 체결된 것이었다. 그 당시 일본에 체류하고 있는 50만 교포의 대부분이 조선국적이었다. 이 협정으로 한국으로 이적한 교포가 크게 늘어난 것은 다행한 일이었다.

미치코는 김 면장과 텃골 아짐씨, 공일의 초청장을 보내놓고 여권이 나오면 항공권을 보내려고 소식을 기다리고 있었다. 웬일인지 연락이 없어 몹시 궁금했다. 실은 김 면장은 속이 더부룩하고 소화가 잘 되지 않아 몸이 쇠약해지고 있었다. 점점 일본 여행은커녕 바깥 출입마저 어려운 상태가 되어갔다.

공일은 우선 이 사실을 일본에 알렸다. 그리고 한사코 마다하는 김 면장을 데리고 순천에 있는 내과의원으로 가서 진찰을 했다. 김 면장이 잘 다니는 개인 의원이었다. 원장은 엑스레이전문 병원에 가서 엑스레이를 찍고 그 필름과 소견서를 받아오라고 했다.

엑스레이 소견서는 영문으로 되어 있어 공일의 짧은 영어실력으로는 자세한 내용은 알 수가 없었다. 다만 Cancer란 단어가 없는 것을 보고 안심을 했으나 'Carcinoma. malignant tumor'이란 단어가 꺼림칙했다. 아니나 다를까, 알아본 결과 그 단어는 악성종양이란 의학 전문용어였다. 김 면장은 이미 위암이 상당히 진행이 된 상태였다. 놀란 공일은 흐르는 눈물을 주체하지 못했다.

의사는 김 면장에게 암이란 사실은 말하지 않았다. 공일에게만 광주나 서울의 큰 병원으로 가서 입원을 하도록 권했다. 의사의 권고대로 광주로 가려고 했지만 김 면장은 완강하게 거부했다. 전부터 앓아온 위궤양이니 집에서 치료를 하면 된다고 했다. 게다가 일본에는 절대 알리지 말라고 다짐했다. 혼자 감당하기가 어려운 공일로서는 일본에 연락을 안 할 수가 없었다.

김 면장은 점점 병세가 더 악화 되고 먹는 것을 토하기 시작했다. 마침 전보를 받고 무일이 일본에서 왔다. 한국에 발을 들여놓기 어려웠지만 암이란 병명을 듣고 무작정 서둘러 왔다. 어머니와 공일이 이외에는 아무도 만나지 않을 작정이었다. 어머니의 손 한번 잡아보고 조국을 떠난 후 15년 만에 온 집이었다. 무일은 몰라보게 노쇠한 어머니와 잠시라도 정을 나눌 정황도 없었다. 서울서 타고 온 택시에 김 면장을 태우고 공일과 함께 서울로 되돌아갔다. 종합병원에 입원하고 수술을 했다.

의사는 일단 수술이 잘 되었다고 5일쯤 지나 식사를 하라고 권했다. 김 면장은 다시 기력을 되찾았다. 언제 아팠었느냐는 듯 하루속히 집으로 가자고 독촉을 했다. 무일은 공일에게 뒤를 부탁하고 바로 일본으로 돌아갔다.

미치코는 다시 시댁 식구들의 초청을 서둘렀다. 그럭저럭 또 1년이지났다. 김 면장이 다시 몸이 쇠약해지고 자리에 누운 것이다. 광주대학병원으로 가서 진찰을 했다. 결과는 암담했다. 위도 암이 재발했을 뿐만 아니라 폐에 전이가 되고 있었다. 의사는 수술이 어렵다고 집에서 요양을 하기를 권했다. 점점 밥도 잘 먹지를 못했다. 피골이 상접하여 일어나기조차 어려웠다. 마침내는 말도 제대로 못하고 오만삭신이 쑤셔 숨을 쉬기조차 힘겨운 상태가 되었다.

텃골 아짐씨는 남편과 서로 이별을 해야 할 때가 되었다고 느꼈다. 오십 평생 함께 살면서 따뜻하고 정다운 말 한마디 듣지 못하고 고운정보다 미운정이 더 든 남편이었다. 그렇지만 하루라도 더 살게 해주고 싶었다. 머슴에게 흑염소를 잡아 달래서 손수 고를 냈다. 남에게 맡기지 않고 마지막 정성을 쏟았다. 알맞게 고가 나도록 직접 솔잎하나 나뭇가지 하나로 불을 조절하며 아궁이에 불을 지폈다. 훨훨 타는 불속에서 지난날의 애환이 교차했던 추억이 어른거렸다. 그가 불쌍한 생각에 가슴이 미어지는 아픔이 밀려왔다.

시베리아 동토에서 매서운 한기를 동반한 하늬바람이 불어오고 있었다. 텃골 아짐씨는 하루 밤낮 잠을 거르며 한데부엌에 쪼그리고 앉아 아궁이 속에 시름을 태웠다. 추위와 상심이 가냘픈 노파의 촛불만도 못한 가슴속의 열기를 앗아가고 있었다. 텃골 아짐씨는 감기가 들고 말았다. 김 면장에게 두세 차례 염소 고를 알맞게 데워서 먹이고 나서는 몸에 열이 오르면서 기침이 심했다.

어지간하면 눕지 않은 텃골 아짐씨는 먹지도 못하고 일어나 있지를 못했다. 공일은 걱정이 되어 가끔 김 면장을 진료하는 읍내 외과 의사에게 왕진을 청했다. 의사는 감기라 몸만 따뜻하게 하면 괜찮을 것이라고 주사를 놓고 갔다. 공일은 중병인 아버지가 걱정이지 어머니는 감기라서 대수롭지 않게 생각했다.

며칠 후 텃골 아짐씨가 뜬금없이 두 며느리들이 보고 싶다고 했다. 밤을 새우고 새벽에는 기운이 깔아져 손도 움직이지 못했다. 텃골 아짐씨는 병세가 갑자기 더 악화됐다. 급히 다시 의사를 불렀다. 애타게 기다린 의사는 오후가 되어 집으로 왔다. 가슴에 여기저기 청진기를 대던 의사는 얼굴이 하얗게 질렸다. 급성폐렴이 악화되어 빨리 큰 병원으로 가야 한다는 하늘이 무너지는 소리를 했다. 겨울 해는 이미 서산으로 기울고 있었다. 당황한 공일은 내일 아침 일찍 광주 병원으로 가려고 택시를 예약했다.

아직 밖이 어두운 새벽에 공일이 일어났다. 어머니는 병들어 누워 있는 영감 옆에서 아무 뒤척임도 소리도 없이 누워있었다. 공일은 어머니를 불러 깨웠다. 아무 대답이 없었다. 얼굴을 살폈다. 텃골 아짐씨는 이미 숯불이 사위어지듯 시나브로 몸이 식어가고 있었다. 이렇듯 조용히 숨을 거두어 고달픈 인생을 허무하게 마감했다.

공일이 옆에서 곡을 하기 시작했다. 아무것도 생각이 나지 않고 텅 빈 것 같은 머릿속에서 자신의 울음소리만 들렸다. 옆에 누워

있는 김 면장은 아무 말이 없었다. 양 눈에서 눈물만 얼굴 양쪽으로 흘러내리고 있었다. 공일은 한참 만에 정신을 차리고 부음을 띄웠다. 일본과 미국에 전보를 쳤다. 동내 아재, 아짐들이 쫓아오고 예일과 남편이 달려들었다. 초가지붕 위에는 텃골 아짐씨의 흰 허드레 적삼이 널렸다.

형들이 언제 올지 모르므로 공일은 장례준비를 서둘렀다. 인척과 마을 사람들이 맡아서 척척 잘 해줬지만 그는 모든 걸 주도해야 할 입장이었다. 막막할 때는 누워있는 아버지에게 물었으나 눈을 감은 채 아무런 대답이 없었다.

장사를 오일장으로 정하고 공일은 형들을 애타게 기다렸다. 발인 전날 오후였다. 저녁 석제를 모시고 난 뒤 자동차 소리가 들렸다. 무일과 미치코가 차에서 내려 죄지은 사람처럼 고개를 숙이고 언덕길을 올라오고 있었다. 핏기 없는 얼굴에는 이미 몇 겹으로 말라붙은 눈물 자국이 얼룩져 있었다. 미국에서는 사정이 있어서 갈 수 없으니 장례를 잘 부탁한다는 전보가 왔다.

무일과 미치코는 관속에 누워있는 어머니를 면대했다. 어머니는 이 세상 사람이 아니었으나 왔느냐고 반기는 것 같았다. 어머니의 모습이 불행하게 보이지는 않았다. 눈만 감고 있을 뿐 은근한 미소를 띠고 있었다. 무일은 형틀을 뒤집어 쓴 것 같은 천근만근 무거운 죄책감이 어깨를 짓누르고 가슴이 칼로 저미듯 아팠다. 미치코는 목놓아 울었지만 무일은 눈물조차 나오지 안했다. 정신을 잃은 사람처럼 한동안 어머니에게서 눈을 떼지를 못했다.

그들은 절을 올리고 아버지에게로 갔다. 무일이 아버지를 불렀지만 대답을 안했다. 눈을 감은 채 힘겹게 한 손을 들었다. 미치코가 아버님을 부르며 얼른 손으로 감싸 잡았다. 김 면장은 모기 같은 소리로 손자를 찾았다.

"조민이…."

"어머님 부음을 듣고 정황 없이 오느라 조민이를 데려오지 못했습니다. 죄송합니다, 아버님."

미치코가 김 면장의 손등을 뺨에다 부비면서 울음 섞인 소리로 대답했다. 김 면장의 눈에서는 다시 눈물이 한줄 옆으로 흘러내렸다. 미치코는 시어머니 영정 앞에서나 시아버지 곁에서 눈물을 주체하지 못했지만 무일은 아버지를 보고도 울지 않았다.

어제까지도 쌀쌀하던 음력 정월 중순 날씨가 갑자기 봄날처럼 따뜻했다.

"날씨가 텃골 아짐씨를 닮아 이렇게 따뜻하네."

"덕이 많으신 분이라 날씨도 부조를 하는구먼."

많은 조문객이 와서 모두들 따뜻한 날씨를 텃골 아짐씨의 생전의 덕에 비유했다. 무일은 아재들에게 상여를 잘 꾸며 주도록 각별히 부탁했다. 한지에 꽃분홍과 파랑색, 노랑 물을 들여 오리고 비틀고 붙여서 많은 종이꽃을 만들어 예쁜 꽃상여를 꾸몄다. 빨간색, 검은색, 흰색 만장에 명복을 비는 갖가지 불문을 써 세웠다.

노쇠해 가는 자신을 위하여 김 면장은 바로 집 뒷산 중턱에 유택을 정해 두었었다. 병풍처럼 둘러친 배산을 타고 맥이 잘 뻗어 내려온 곳이었다. 좌청룡 우백호 알맞게 감싸고 별학산에서 입수한 임수는 내려다보이는 들판을 누비고 오른쪽 등성이로 숨어 돌아 바다로 파수했다. 건너편 그림처럼 솟은 세 봉산의 문필봉 너머로 안산이 얌전하게 바라보이는 명당자리였다. 혈을 표시해 놓고 정사 정해 좌

향으로 분금 띄워 묘를 쓰도록 공일에게 일러두었었다. 하지만 명당
은 먼저 가는 영혼이 임자였다.

상여가 들리고 천천히 움직였다. 상여꾼들이 한이 섞인 구슬픈 상
여소리를 했다. 요령잡이가 앞에서 종을 딸랑거리면서 느릿하게 육
자배기조의 앞소리를 메겼다.

"불쌍~하고 가련~하오, 가련~하고 불쌍~하오."

"어~허노~ 어~허노~오~, 어나리 넘~차 어~허~노오~."

상여꾼들이 그 소리를 받아서 교창交唱을 이었다.

"앞산~도 첩첩~하고, 밤중도~ 야심한데."

"어~허노~ 어~ 허노~오~, 어나리 넘~차 어~허~노오~."

"이세~상을 하직~하고, 어딜~그리 급히~가오."

"어~허노~ 어~허노~오~, 어나리 넘~차 어~허~노오~."

상여소리는 뒤따르는 가족들의 마음을 더 애달프게 했다. 순금이
누나도 남편 정석수와 함께 와서 서럽게 울며 뒤따랐다. 상여는 마
을을 돌아 중간에서 노제를 모시고 다시 집으로 와서 뒷산으로 올
라갔다.

해거름이 되어 장례를 마치고 집으로 돌아온 가족들에게 아버지
를 돌보고 있던 예일이 뛰어 나와 아버지가 일어나셨다고 소리를 죽
여 외쳤다. 김 면장은 일어나 힘겹게 벽에 기대고 앉아 있었다. 무일
이 묘를 쓴 대로 보고를 들였다. 그는 아무 말은 없었으나 고개를 끄
덕이며 만족해하는 것 같았다. 그리고는 다시 뉘어 달라고 했다.

장례를 마친 상여꾼들은 마당에서 막걸리를 한잔씩 들고 있었다.
무일은 인사도 제대로 못했던 그들과 아재들을 다시 만났다. 절망

의 기로에선 자신의 생명을 구해준 상동 아재와 상동 아짐에게 인사를 드리고 건강하기를 부탁했다. 꼭 만나보고 싶은 사람은 어린 시절 동무가 되어주고 조국에 눈을 뜨게 해주던 박대웅 아재였다. 그는 몹시 만나고 싶었다고 반가워했다.

"아재, 일본으로 장가가서 미우셨지요? 죄송해요."

"무슨 소린가. 잘했네, 정말 잘했제. 나도 여순 반란사건, 6.25전쟁 겪고 마음이 달라지데. 군대 가서 압록강 혜산진까지 밀고 올라갔다가 거기에서 포로가 되고 말았어. 포로교환으로 거제로 와서 수용소 생활하다가 포로석방 때 탈출했지. 동포끼리 죽이고 죽는 걸 보면서 많은 것을 생각했었네. 해방이 되면 내 나라에서 천하태평 누리고 잘 살줄 알았지 이렇게 험한 세상 될 줄 몰랐제. 지금 생각해 보면 나라고 뭐고 이 세상 둥글둥글하게 살다가 죽는 것이 상팔자여. 아짐씨가 조금만 더 사셨으면 무일이 호강 받으셨을 것을…. 나도 가슴이 아픈디 얼마나 애통한가?"

"어쩌겠어요. 가슴이 무너질 것 같지만 운명이라고 생각해야지요."

무일은 부산까지 자기를 데려다 주고 한국을 탈출시켜준 박 선장을 만났다. 박 선장은 눈물을 보였다.

"어머니가 돌아가셔서 정말 안 됐네. 천하에 없는 좋은 어머니였는데. 자네가 잘 살고 있으니 고맙네. 홍양호 처분한 뒤로 나도 나이가 들어 여기 와서 농사짓고 살고 있네. 홍양호는 잘 팔았어. 면장 형님 공연한 것 손댔다가 마음고생만 잔뜩 했제."

모두 고마운 사람들이고 은인이었다. 무일은 자신의 비밀 때문에 이들을 떳떳하게 만나고 살지 못하는 자신의 처지가 불행했다.

무일과 미치코는 돌아갈 날을 정하지 못하고 있었다. 삼우제를 치르고 바로 돌아갈 예정이었으나 김 면장의 병세가 심상치 않아 줄초상으로 이어질 것 같았기 때문이다.

아뿔싸, 텃골 아짐씨의 삼우제 다음날 저녁이었다. 김 면장은 부인을 따라가고 싶었던 걸까. 갑자기 병세가 다시 악화되어 한마디 말도 없이 인생의 최후를 맞았다. 무일은 옆에서 김 면장의 손을 잡고 미치코, 예일 부부, 공일도 모두 임종을 했다. 김 면장은 힘없이 그대로 눈을 감았다. 모두는 곡을 했지만 텃골 아짐씨 장례 때 눈물을 쏟아버린 탓인지 흐느끼기만 했다. 서둘러 옷을 입히려니 가슴에서 편지 두 통이 나왔다. 한통은 봉투에 '여보'라고 쓰여 있고 한통은 '무일 친전'이라고 적혀 있었다. 무일이 개봉을 했다. 유서였다.

'유서遺書

영전靈前에 바칩니다.

우주宇宙는 유유悠悠하고 요요遙遙하구나. 고금지간古今之間에 군생群生하는 삼라만상森羅萬象은 궁극窮極인가 무극無極인가, 그 생명生命은 무한無限인가 유한有限인가 가애可愛인가 불변不變인가. 종실種實로 연장延長하는 양상樣相을 일컬어 역사歷史는 장원長遠하다 하였으니 과시果是 개체個體의 면면부절綿綿不絶이 섭리攝理라면 자연自然은 무엇일가. 섭리攝理가 자연自然을 지배支配하는가 자연自然이 섭리攝理를 지배支配하는가. 이 자연自然과 섭리攝理는 불퇴전不退轉의 원리原理를 고수固守할 수 없는 것인가. 왜 생멸生滅이라는 사신死神이 존재存在할가 실實로 불가사의不可思議로다.

여보, 당신當身도 우주간宇宙間의 일물一物임엔 틀림없어 생멸生滅이란 양극兩極의 불이문不二門을 거절拒絶할 수 없었드뇨. 아니면 인간人間은 고계苦界라고 사고팔난四苦八難 원통圓桶에 담뿍 담아

석가釋迦에 전傳하려는 입적入寂인가.

형해形骸조차 묘연杳然한데 이 적막공산寂寞空山 청초靑草에 누웠으니 허무虛無한 것 인생人生인제, 인령人靈은 최귀최상最貴最上이라 상행정진常行正眞하면 인도환생人道還生한다해도 그 흔적痕迹누가 알 것인가.

여보 미안未安해요. 인성人性은 환경環境에 지배支配된다 하였으나 당신當身만은 환경環境에 초연超然하여 내 같은 불인부덕不仁不德한 남편男便따라 오십여년五十餘年의 그其 생애生涯는 파란만장波瀾萬丈 고난苦難의 일생一生임에도 희노애락喜怒哀樂의 표정表情을 볼 수 없이 언제나 평범平凡한 그 태도態度며 순종順從하는 그 자세姿勢는 차치且置하고 인자仁慈한 성품性品 후덕厚德한 기질氣質은 과연果然 여중지군자女中之君子였오.

삼남일녀三男一女를 기르면서 욕설辱說한번 듣지 않고 이웃은 고사姑捨하고 남다려 시비是非한번 없었으니 쟁론爭論이 있을 리 없고 거역拒逆이 있을 리 없었지요. 실實로 현모양처賢母良妻의 귀감龜鑑이였소.

여보, 당신은 효부孝婦였소. 남편男便에 바친 정성精誠은 두말할 여지餘地 없고 셋째 아들 며느리로 팔십八十 환고鰥孤의 엄격嚴格한 시부媤父를…'

유서는, 끝없는 우주에서 영겁의 찰나 함께 태어난 티끌 같은 두 인간이 서로 부부의 연을 맺고 살다가 사흘 먼저 부인을 명도로 보내면서 인생의 무상함을 한탄하고 있었다. 현모양처로 살다간 부인의 덕을 기리고 인덕이 부족했던 자신의 용서를 비는 구슬픈 한편의 사모곡이었다. 글씨는 마치 서투른 왼손으로 쓴 것처럼 구부러지고 삐뚤어지고 행을 이탈하기도 했다. 쓰다가 기력이 다했는지 끝을 맺지 못하여 더욱 애절했다. 무일은 또 하나의 유서를 개봉했다.

"무일에게

一. 나는 이승에서 두 사람에게 지은 잘못으로 눈을 감을 수가 없구나. 너의 어머니는 이 세상에 더 없는 선녀고 현모양처였느니라. 저 세상에 가면 용서를 빌 것이나, 네가 겪은 모든 이야기를 근래 어머니에게 들었다. 아들인 너에게 용서를 받고 떠나고 싶다. 이 아비를 용서해다오.

二. 무일은 모든 과거는 이 아비를 탓하고 이번 당국에 자수하여 과거를 청산하고 일본으로 돌아가거라. 그래야 더 밝은 새사람으로 태어나 조국과 네가 신세를 지고 있는 나라와 권속에게도 떳떳하고 충실할 것이니라.

三. 고마운 너의 처, 미치코에게 아비노릇을 제대로 하지 못하고 떠나는 것이 아쉽고 미안하구나. 한국사람인 너를 따라준 미치코에게 후회가 없도록 행복하여라. 귀여운 우리 손자 보고 싶구나. 지금처럼 꿋꿋하게 잘 살면서 조민에게 꼭 한국말 가르쳐주기 부탁한다. 그렇다고 꼭 한국에 살란 말은 아니다. 어디서 살던 내 핏줄이고 내 손자일 것이니라. 어차피 먼 훗날 나라가 따로 없는 저승에서 함께 살자구나.

四. 공일에게 이 텃골을 물려주어라. 이곳을 꼭 지키겠다는 갸륵한 마음은 그것이 공일의 고향이고 애국일 것이니라. 공일이 짝을 맺어주지 못하고 떠나니 너희들이 도와주기 바란다. 출가한 너의 누이와 외국으로 떠난 형도 소홀이 하지마라.

五. 제사는 공일이 모시되 증조부까지 매안하고 조부와 조모는 합제로 모셔라. 나와 너희 어머니는 1년에 탈복하고 3년이 지나면 합제하라. 제사는 예법에 얽매이지 말고 간소화하여라. 부서."

유서를 읽고 난 무일은 엎드려 사설이 섞인 울음소리가 나왔다.

"아버지 제가 잘못했습니다. 아버지가 용서를 비시다니요? 천부당만부당합니다. 이렇게 용서를 빕니다. 용서하고 떠나주십시오. 말씀대로 잘못한 과거를 모두 다 청산하고 살겠습니다."

무일은 이제야 울음보가 터진 듯 목을 놓아 울기 시작했다. 방바닥을 치며 곡소리가 밖에까지 멀리 들렸다.

"야속했던 아버지, 나를 구박하시던 아버지, 아버지는 이 세상을 다 나에게 안겨주고 싶어 몸부림치신 거였구나. 나에게 자유의 길을 가르쳐 주고 가셨구나."

무일은 처음으로 그리고 진심으로 아버지가 사랑스럽고 존경스러웠다. 부지하지도 못한 몸으로 어떻게 긴 유서를 썼는지 놀라웠다. 마지막 의지로 버티신 것이리라. 어머니 영전에 쓴 아버지의 편지는 모두의 가슴을 후비고 아버지와 어머니 두 분의 애정과 연분과 정과 부부의 가치를 느끼게 하여 더욱 서글펐다.

'그렇다. 자유를 찾자. 인간은 태어날 때부터 원죄를 짓고 있는 것이라고 했지. 자유를 찾고 항상 원죄를 씻는 마음으로 살자구나.'

탈각의 자유

일본에서는 연달아 수십 통의 국제전보가 날아들었다. 집배원은 전보를 들고 올 때마다 당천우체국 생기고 이렇게 많은 국제 전보가 온 것은 처음 있는 일이라고 혀를 내둘렀다. 멍석에 앉은 조문객들은 먼 길을 달려오는 그를 붙들어 막걸리를 권했다.

서울에서 뜻밖의 조문객이 먼 산골까지 찾아왔다. 박수길 사장이었다. 다른 조문객보다 더 반갑고 고마웠다. 조문을 마치고 박수길 사장은 무일을 위로했다.

"진심으로 고인의 명복을 비네. 양친을 모두 잃고 얼마나 애통한가. 어떻게 위로를 드려야 할지 모르겠네. 사일 형은 오지 못했군. 형편이 어렵다는 소식을 들었네. 이해를 해주게."

"감사합니다. 먼 이 산골짝까지 와주시다니…"

"당연히 와야지. 자넨 회사를 오래 비워서 곧 떠나야 하겠군."

"좀 시간이 걸릴 것 같습니다."

"무슨 볼일이라도?"

"네 자수를 하고 떠나려고요."

"자수? 아니 자수라니?"

"그럴 일이 있습니다. 나라에 죄를 지은 일이 있어서요. 차차 자세한 말씀을 드리겠습니다."

"응? 나라에 죄라? 그럼, 혹시 고범민과…?"

"네 그렇습니다."

"고범민을 알기에 어렴풋이 그런 추측을 했네만 그에게 물어봤더니 전혀 관계가 없다고 하더군."

"부끄럽습니다."

"아닐세, 충분히 이해를 하네. 그럼 서울로 와서 자수하게. 지방에서 자수하면 까다롭고 처리가 오래 걸려서 곤란할 것이네. 서울 와서 꼭 나를 찾게. 도움이 될 걸세."

먼 길을 달려온 박 사장을 무일이 직접 사랑채로 안내했다. 미치코에게 식사를 잘 대접하도록 부탁하고 다시 영정 쪽으로 갔다. 그때 어디서 나타났는지 웬 낯선 장정 두 사람이 무일 곁에 붙어 섰다. 한 사람은 검은 가죽점퍼를 입고 양쪽 턱이 모지게 튀어나온 까무잡잡한 중년 남자였다. 그 옆에 머리를 스포츠형으로 깎은 젊은 사람은 선글라스를 쓰고 있었다. 가죽점퍼를 입은 사람이 왕도마뱀 같은 눈에서 이글이글한 독기를 쏘며 무일에게 물었다.

"김무일 씨죠?"

"예 그렇습니다만…. 어디서 오셨습니까?"

무일은 신경이 곤두섰지만 짐짓 조문객인양 영정으로 안내하려고 했다. 가죽점퍼는 뒷주머니에서 지갑을 꺼내더니 한손으로 화투짝을 치듯 뚜껑을 펼쳤다. 무궁화와 날개를 활짝 편 독수리의 그림이 있는 경찰 신분증이었다. 무일이 눈에다 바짝 대보이고는 지갑을 닫아 다시 주머니에 꽂았다.

"고흥경찰서 사찰계에서 왔습니다. 서까지 가주셔야 하겠습니다."

"넷? 경찰서요? 무슨 일로…?"

벌써 무슨 일인지 알았지만 무일은 딴전을 부렸다 이미 얼굴에는 핏기가 가시고 있었다.

"본인이 잘 아실 텐데요. 지금 바로 가주셔야 하겠습니다."

"보시다시피 상중이라 장례를 마치고…"

"안됩니다. 그러시다면 여기 구속영장이 있습니다."

가죽점퍼가 이번에는 안주머니에서 반쪽으로 접은 종잇장을 꺼내서 역시 무일의 눈앞에 바짝 대보였다. '철그렁' 쇠붙이 소리가 났다. 선글라스가 수갑을 꺼내서 무일의 손목에 채우려 했다. 순간, 돌파냐 도주냐. 무일은 지리산에서 단련된 생존 감각이 온몸을 자극했다. 그때 미치코가 이를 보고 달려와서 가냘픈 손으로 선글라스의 억센 손을 붙잡고 엇막았다.

"이 사람이 무슨 죄가 있다고 수갑을 채워요?"

미치코는 목에 핏대가 설만큼 절규에 가까운 외침이었다. 미치코를 본 무일은 물에 젖은 닥종이처럼 온 몸이 흐무러졌다. 게다가 아버지의 유서가 목덜미를 움켜잡고 있었다. 도망을 칠 수도 뛸 힘도 없어 간신히 버티고 서있었다.

형사는 미치코를 뿌리치고 익숙한 솜씨로 무일의 양손에 찰칵 수갑을 채웠다. 그리고 문 쪽으로 끌다시피 데리고 갔다. 미치코는 털썩 땅바닥에 주저앉았다. 소란스러운 소리를 듣고 박수길 사장이 뛰어왔다. 그리고 형사들을 불러 세웠다.

"아, 잠깐!"

형사들이 걸어가다가 뒤를 돌아보았다. 박 사장이 다가가서 안주머니에서 지갑을 꺼냈다. 아까 형사와 똑같은 동작으로 지갑을 열어서 보여줬다. 그는 낮은 소리로 몇 마디 말을 건넸다. 경찰은 닭 서리하다 들킨 머슴들 모양 흠칫 놀라는 기색이었다.

"저희들은 일단 연행을 해야 합니다."

형사는 아까보다 코가 한 뼘이나 꺾인 태도였지만 연행을 고집했다. 박 사장은 버럭 큰소리를 지르며 화를 뱉었다.

"이 양반들아! 서울서 자수를 해서 장례식 끝나면 다시 데려가려고 기다리고 있다는데 무슨 잔소리가 많아?"

"아, 예, 알겠습니다. 그럼 일단 저희는 그냥 돌아가서 그리 보고를 하겠습니다만…."

"나도 어차피 읍에 가서 자야하니까 같이 갑시다. 서장도 좀 만나고…. 곧 내려가겠으니 차에서 기다리고 있으시오."

"알겠습니다."

형사들은 수갑을 풀어주고 기분 잡쳤다는 표정을 하고 집을 나갔다. 큰개에게 물리고 도망가던 강아지처럼 연방 뒤를 흘겨봤다. 뭐라고 푸념하면서 언덕길을 내려갔다.

"김 사장은 장례가 끝나는 대로 나하고 같이 서울에 가야 하겠네. 나는 읍에 가서 자고 내일 다시 오겠네."

박 사장은 그렇게 말하고 걸음을 재촉하여 형사들을 뒤따랐다. 무일을 비롯한 많은 조문객과 장례준비를 하고 있는 사람들이 잠깐 일어난 엄청난 사태에 모두 넋을 잃고 멍하니 서 있었다. 미치코도 무일이 손을 잡아 끌어올릴 때까지 땅바닥에 그대로 주저앉아 있었다.

별학산의 비밀을 알고 있는 사람은 한 두 사람이 아니었다. 언젠가는 올 것이 온 것이다. 그동안 항상 따라다니던 지리산 여우의 긴 꼬리가, 아니 발목에 걸려서 질질 끌고 다니던 썩은 감발 끈이 경찰들에게 밟히고 만 것이다. 자수를 하려던 생각도 선수를 당하고 만 것이었다.

그렇다 치고 도대체 박 사장의 정체는 무엇이기에 눈이 시퍼런 사찰계 형사들이 꼼짝도 못하고 꽁무니를 사타구니에 처박고 슬금슬금 줄행랑을 쳤는지 무일은 그것이 더 궁금했다. '사술에 능했던 박 사장이 사태를 모면하려고 임기응변으로 잔꾀를 부려 나를 일본으로 도망을 시키려고 하는 것일까. 정말로 나를 데려가려고 온 수사 관계자인가? 아니면 서울 가서 무슨 신통한 수가 있을 것인지. 무사히 일본으로 돌아갈 수 있을 것인가.' 그는 불안과 낭패로 망연히 서서 별학산을 바라보고 진저리를 쳤다.

미치코는 넋이 나간 사람 같았다. 몸을 부들부들 떨고 있었다. 부자간에 무슨 끔찍한 비밀이 있기에 아버지는 자수를 하라고 유언을 하고, 무일은 늘 한국에 오기를 꺼렸는지 그 이유가 바로 땅에 묻은 어머니의 가슴속에 간직하고 있던 비밀일 것이라 생각되었다. 전에 어머니가 '헌병했다고 무일이 뭐나 캐려고 사냥개처럼 코를 벌름거리고 다니더니만…' 뇌이던 말과 관련이 있는 것 같았다. 어디서부터 이 사태의 가닥을 풀어야 할지 감을 잡을 수가 없었다. 서로 헤어져야 할 것이란 생각에 앞이 캄캄하기만 했다.

이 사건은 끈질긴 검사에게 걸리면 사상범, 내란죄까지도 몰아갈 수 있는 혐의였다. 무일은 이미 구속영장이 발부된 사태가 쉽게 해결될 일이 아니므로 죄 값을 받을 각오를 했다. 미치코와 조민과는 당분간 헤어져 살 수 밖에 없을 것이란 생각을 하자 억장이 무너지는 것 같았다. 미치코가 미안하여 얼굴을 볼 수가 없었다.

갑자기 공일의 얼굴이 벌겋게 상기되어 무일에게로 다가오더니 가쁜 숨을 몰아쉬며 말했다.

"형님 누가 경찰에 밀고를 했는지 알았어요. 정기만이가 이 사람 저 사람 술 사주면서 형님 뒤를 캐드래요. 배은망덕도 유분수지."

"공일아, 모른 척해라. 별일 아니다. 서울 가면 다 해결될 것이다."

공일이가 모든 것을 알고 있는 것 같지만 무일은 그렇게 얼버무릴 수밖에 없었다. 공일은 내가 꼭 고발한 놈을 잡아내겠다는 듯 입을 악물고 씩씩거리고 있었다. 이런 와중에서 장례도 제대로 치를 수가 없었다. 공일에게 아버지의 삼우제를 당부하고 무일과 미치코는 아침 일찍 박 사장과 함께 서울로 출발했다. 예일이 미치코 손을 잡고 자주 와달라고 신신 당부를 하고 있었다.

그들이 서울에 도착한 것은 밤 열시가 넘어서였다. 호텔에서 간단히 식사를 했다. 미치코는 밥을 먹는 둥 마는 둥하고 먼저 방으로 올라갔다. 의자에 꼿꼿이 앉아 무일을 기다렸다. 오랜 시간 기차를 타고 오면서 무일은 눈을 감고 말이 없었다. 박 사장과 함께 온 때문인지 입을 봉하고 돌부처처럼 앉아 있었다. 미치코는 그 침묵을 견디기가 너무 힘들었다. 이제 마냥 다물고 있는 무일이의 호두껍데기 같이 단단히 붙은 입을 망치로 깨서 그 비밀의 알맹이를 죄다 파내지 않고는 머리가 돌아버릴 것만 같았다.

뒤늦게 박 사장과 헤어져 방으로 들어온 무일은 침대에 피곤한 몸을 뉘려다 그런 분위기가 아님을 깨달았다. 잔뜩 찌푸리고 앉아있는 미치코의 표정에서 얼음조각 같은 냉기를 느꼈다. 앞에 놓인 차탁에는 김이 모락모락 나는 녹차 두 잔이 놓여 있었다. 무일은 거기 앉아서 모든 것을 숨김없이 까발리라는 국청과 같은 자리임을 알았다. 사랑하는 청순한 미치코에게는 피비린내 나는 지난 일을 이야기하고 싶지 않았다. 그렇다고 거짓말로 그녀를 속이기는 더욱 싫었다. 여기까지 부부가 함께 가꾸어 온 진실한 애정과 신뢰를 저버리고서는 진정한 자유와 사랑을 얻을 수 없을 것이라고 생각했다.

조용히 의자에 앉은 무일은 눈을 감고 칡덩굴같이 구불지고 끈질기게 생명을 이어온 길고 긴 과거를 죄다 주섬주섬 실토했다. 미치코는 자주 침을 꿀꺽 삼킬 뿐 아무 말도 없고 표정도 없이 끝까지 듣기만 했다. 무일은 눈 한 번 깜박이지 않고 똑바로 자기를 응시하고 있는 눈에 고인 눈물이 뺨으로 흐르지 않는 것이 이상했다. 나중에 목구멍으로 눈물을 삼키고 있다는 것을 알고 너무 미안하고 짠했다.

긴 이야기를 끝낸 무일은 천정을 쳐다보며 크게 한숨을 쉬었다. 미치코는 조용히 일어나더니 그의 등 뒤로 돌아왔다. 무일은 칼이라도 들이댈 줄 알고 몸을 떨며 움츠렸다. 미치코는 의자 등받이 너머로 그의 목을 안았다.

"여보, 저는 당신의 아내에요. 그런 일 아무 상관없어요. 그 끈기와 용기 잃지 마세요. 이 세상 끝까지 저와 함께 삶을 헤쳐가요."

그녀는 무일의 어깨에 머리를 기댔다. 향긋한 머릿결 냄새가 가슴까지 전해왔다. 무일은 긴장이 풀렸다. 번데기가 우화하여 날개 달린 나비로 변하여 새로운 세상을 훨훨 날아다니는 것 같이 홀가분했다. 무일은 미치코에게 지난 일에 대해서는 미안하다는 말 밖에는 더 할 말이 없었다. 해결이 되는 대로 뒤따라 갈 것이니 먼저 동경으로 돌아가라고 말했다. 쉽게 끝나지 않을지도 모르니 회사며 조민이며 먼저 가서 돌보아야 한다고 설득을 했다. 그러나 미치코는 서방님하고 죽어도 같이 죽고 살아도 같이 살겠다고 했다. 회사가 무슨 소용이냐고 혼자서는 절대 가지 않겠다고 완강하게 거절했다. 그녀는 침대에 누워서도 무일의 이야기를 처음부터 되새기면서 밤새 궁싯거렸다. 말은 가지 않겠다고 말했지만 만약 잘못되면 현실은 혼자서 갈 수밖에 없을 것이었다. 어찌해야 좋을지 암담했다.

아침 출근시간을 기다렸다가 무일은 박 사장을 만나러 나섰다. 미치코가 함께 가려는 것을 우선 박 사장을 만나는 것이니 호텔에서 기다리고 있으라고 등을 토닥여 간신히 달랬다. 눈물을 글썽이는 미치코에게 웃어 보이고 떠났지만 그녀가 봐서는 그도 울상이었다.

박 사장은 무일을 기다리고 있었다. 그는 바로 이 길로 석관동 중앙정보부로 가서 제3국 석 국장을 만나라고 했다.

"옛? 중앙정보부요?"

눈이 휘둥그레져서 묻는 무일에게 박 사장은 아무 걱정 말고 가보라고 했다. 인사를 하고 돌아서 나오는 박 사장의 목소리가 뒷덜미를 잡아당겼다.

"자네 혹시 정기만이라는 사람 아는가?"

"넷 정기만?"

무일이 돌아보자 박 사장은 그냥 가라고 손을 내저었다. '결국 밀고를 한 놈이 공일이 말 대로 그놈이었구나. 정기만!' 무일의 얼굴이 일그러지면서 입을 악물었지만 이미 다시 풀렸다. '어디 정기만이 죈가. 내가 죄인이지.' 지금 그런 것을 따질 때가 아니었다. 말로만 듣던 무소불위의 절대 권력을 휘두르고 있는 중앙정보부. 한번 들어가면 죽어서 송장으로 나오거나 살아도 병신이 되어 나온다는 그곳에 들어가라니 무일은 잔뜩 겁이 났다. 박 사장이 부탁을 했더라도 잘못하면 수사관의 견디기 어려운 모진 고문을 당할지도 모르는 일이었다. 그대로 일본으로 도망을 치고 싶었다. 아무리 정상을 참작해준다고 해도 3년은 감옥에서 썩어야 할 것 같은 예감이 들었다.

무일은 자유의 몸이 되라는 아버지의 유서를 떠올렸다. 침착하자고 스스로를 달랬다. 어차피 꼬리를 밟힌 바에야 벗어날 길이 없을 것이었다. 당장 이 길로 미치코와 이별을 할지도 모른 다는 각오를 했다. 한사코 따라오려는 미치코를 떼어놓고 오기를 잘했다고 생각했다.

떨리는 마음을 진정시키며 택시를 잡아탔다. 중앙정보부로 가자고 했더니 기사가 백미러로 무일의 얼굴을 살피고 있었다. 광화문에서는 학생들이 길을 가로막고 이미 체결된 한일회담이 무효라고 외치고 있었다. 택시 기사가 데모 때문에 다시 돌아서 을지로로 빠져야하겠다면서 불평을 했다.

"이거 뭐야. 밤낮 데모만 하니 제대로 벌어먹고 살 수가 있어야지."

"아저씨 데모가 그렇게 지장이 많나요?"

다만 긴장을 풀기 위해서 무일은 기사에게 말을 걸었다.

"네? 아니 데모가 나쁘기보다 일본놈의 새끼들 때문이지 않아요? 일본놈들은 다 때려죽여야 해."

기사는 처음에 데모를 불평하더니 중앙정보부로 가자는 승객이 데모가 지장이 있느냐고 물으니까 일본놈들 때문이라고 대답이 갈팡질팡했다. 무일은 마치 자기에게 하는 소리 같아서 움찔했다. 더 이상은 입을 다물었다.

중앙정보부 정문 앞에 도착한 무일은 두려워서 선뜻 문으로 들어가지 못하고 망설였다. 또 한 번, 운명의 갈림길 앞에서 옛날의 빨치산은 지금 살아있는 나의 실체 속으로 허위적 거리며 들어가 숨으려는 나약하고 비굴한 모습으로 벌벌 떨고 있었다. 정말이지 일본으로 도망을 가버리고 싶었다. 문 앞에서 머뭇거리고 있는 그에게 누군가 다가와서 무슨 일로 왔느냐고 물은 통에 허튼 생각에서 깨어났다.

그는 정신을 가다듬고 용건을 말했다.

복잡한 수속을 거치고 전화 조회를 기다렸다. 한 참 만에 꼬리표를 얻어 가슴에 달고 안으로 들어갔다. 복도 게시판에 간첩신고와 자수를 권하는 포스터가 붙어있었다. 생각보다는 살벌한 분위기가 아닌데도 고함소리도 나고 비명소리도 들리는 것 같았다. 무일은 잔뜩 위축되어 두근거리는 가슴을 억누르며 어렵사리 제3국 석 국장실을 찾아 방으로 들어갔다.

석 국장은 의외로 친절했다. 무일은 더 불안하고 겁이 났다. 석 국장은 종이 한 장을 주었다. 옆 비서실의 책상에 앉아 그동안 지나온 일을 빠짐없이 써서 내라고 했다. 진술서였다. 손이 떨리고 긴 사연을 모두 쓰려니 시간이 꽤 오래 걸렸다. 석 국장은 몇 번을 드나들었지만 아무 말이 없었고 직원들도 들어와서는 흘깃 보고 지나가기만 했다. 다 쓴 진술서를 조마조마하면서 제출했다. 석 국장은 한 번 쭉 훑어보고 나더니 무일을 쳐다보지도 않고 말했다.

"됐습니다. 일본으로 가셔도 됩니다."

"네?"

석 국장은 미처 인사를 하기도 전에 일어서서 휑하니 나가버렸다. 여비서가 문을 열어주며 나가기를 기다렸다. 잔뜩 긴장하고 떨다가 맹물을 마신 것처럼 싱거웠다. 정말로 책임 있는 기관일까 하는 의심도 들었다. 그 길로 무일은 박 사장에게로 달려가 경위를 이야기했다.

"석 국장 잘 아는 사람이기에 부탁했었네. 시효도 지나고 이미 모두 사면을 한 사건이라서 불기소처분으로 사건 종결했다고 전화를 받았네. 고흥경찰서에도 연락을 했을 걸세. 전번 여권 만들 때 신원

조회에 고흥경찰서에서 뭔가 걸리기에 서울서 직접 처리해 주도록 부탁했더니만… 이제는 아무 걱정하지 말고 돌아가서 마음껏 일하시게. 아 참, 고범민은 이번 제일교포의 법적지위협정 덕택에 한국국적으로 등록을 했다는 소식을 들었네. 아마 머지않아 아들을 만나러 목포에 올 날이 있을 걸세."

"잘 됐군요, 박 사장님 정말 고맙습니다."

'아! 자유.' 따뜻한 초여름 날 꽃뱀이 묵은 허물을 벗고 빨갛고 파란 비늘을 햇빛에 반짝이며 탈피한 홀가분함이었다. 금선탈각金蟬脫殼, 매미가 딱딱하고 답답한 껍질을 째고 나와 하늘로 푸르르 날아가는 기쁨이었다. 발에 매달려 있던 썩은 감발 끈이 끊어져 나간 자유였다. '과거청산' 이렇게 좋은 것을 왜 진즉 몰랐을까 싶었다.

"아버지, 어머니 저승에서 편히 잠드십시오."

미치코는 호텔에서 무일을 떠나보내면서 너무나 어려운 일이 닥친 남편에게 여편네의 방정맞은 소리나 울음을 억지로 참고 보냈다. 그러나 막상 혼자서 기다리는 동안 불안해서 견딜 수가 없었다. 게다가 밉기도 하고 억울하기도 하고 분하기도 했다. 오만 잡동사니 생각에 울화가 치밀어 견딜 수가 없었다. 가슴에서 스멀거리는 뜨거운 마그마 같은 화기가 분화구를 뚫고 폭발할 것만 같았다. 미치코의 얼굴은 눈물로 눈 화장이 지워져서 흘러내렸다. 그 다음에 눈물에 풀린 덜 진한 눈물이 흘러내려 여러 줄의 평행선의 줄무늬가 마치 서커스의 피에로의 얼굴을 닮고 있었다.

무일을 처음 만난 날 '토셀리의 세레나데'를 피아노로 쳤던 생각이 났다. '이러려고 토셀리가 옛날의 사랑을 회한하며 작곡한 후회의 세레나데를 연주했던가? 우리의 아름답던 사랑은 차디찬 회색 감방의 철창이 가로막고 마는 운명인가? 이제 나는 어떻게 살아야 한단 말인가? 내가 무슨 한국의 애국자라고, 부이치가 귀화하겠다는 걸 반대하고 고집을 피웠을까?' 귀화를 조건으로 결혼을 흔쾌히 허락했던 친정아버지 얼굴이 떠올랐다. 딸의 행복을 얼마나 바랐는지 이제 알 것 같았다. 자신이 원망스러워 머리가 돌아버릴 것 같았다.

"아니야, 아니야. 나는 절대 후회 안할 거야!"

미치코는 흥분상태가 절정에 달해 목청껏 소래기를 지르며 머리를 흔들었다. "아니야! 아니야!" 마치 정신이 나간 사람 같았다. 미치코의 목소리가 본디 꾀꼬리 목소리였으니까 망정이지 까마귀 목소리 같았으면 벨보이가 뛰어 왔을 뻔했다.

호텔에 당도한 무일은 엘리베이터를 기다릴 여유도 없이 단숨에 5층 계단을 뛰어올라 방문을 두들겼다. 미치코는 돌아온 낌새에 반가웠지만 문을 열려다 말고 주위를 한번 둘러보았다. 방안의 공기가 요동을 칠만큼 소래기를 질렀기 때문이었다. 다행이 소리란 공기를 타고 퍼져 나가는 현상일 뿐 형체가 없는 것이어서 어떤 것도 흐트러지지 않고 멀쩡하게 정돈된 그대로 있었다. 목청껏 100데시벨보다 큰 소래기를 질렀지만 2초가 지났으므로 파장이 점점 에너지를 잃고 잔향殘響이 소멸했다. 미치코는 두근거리는 가슴을 진정시키며 살며시 문을 열어주었다. 아무것도 모르는 무일은 방으로 들어서면서 외쳤다.

"나, 자유의 몸이야, 자유!"

이번에는 무일이 큰 데시벨의 소리로 외쳤다. 미치코는 부끄러운 줄도 모르고 피에로의 얼굴로 무일을 끌어안았다. 그리고 눈물을 펑 펑 쏟았다.

"네? 자유요? 무사히 돌아왔군요. 나 후회하지 않아요. 절대 후회하지 않을 것에요. 토셀리의 세레나데는요 그처럼 후회하지 않겠다고 연주한 것이었어요."

미치코는 무일을 안은 채 소래기를 불어냈다. 뚱딴지같은 엉뚱한 소리에 무일은 영문을 몰라 반문했다.

"응? 그게 무슨 말인데?"

"우리 후회 없이 살자구요."

"싱겁긴…"

잔잔한 호수에 짓궂은 개구쟁이가 풍덩 던진 돌이 일으킨 작은 파동도 자꾸만 큰 원으로 번져간다. 호수는 돌을 심연에 삼킨 채 잠시 후면 아무렇지 않다는 듯 잔잔해졌다. 모든 것이 제자리로 돌아 온 것이다. 무일과 미치코는 주책도 없이 뜨거운 포옹을 오랫동안 풀지 않고 있었다. 그러나 한 가지 박 사장이 중앙정보부 소속의 일본 연락책임자라는 것을 아는 사람은 중앙정보부 제3국 석 국장뿐 더는 아무도 모르는 비밀이었다.

다음날 그들은 동경행 비행기를 탔다. 구름도 없는 쾌청한 날씨였다. 무일은 비행기를 처음 타본 사람처럼 말도 없이 창밖으로 조국의 산과 들을 내려다보고만 있었다. 해안선이 보이는가 싶더니 푸른 바다가 이어지자 그때서야 고쳐 앉으며 입을 열었다.

"지금 국경을 넘고 있어요."

"그래요? 어머님이 끝내 일본에 못 와보시고 돌아가신 것이 가장 가슴 아파요."

미치코는 손가락에 낀 쌍가락지를 내려다보면서 어루만지고 있었다. 그 모습을 본 무일은 눈물이 나오려는 것을 억지로 참았다.

"여보 그 순한 우리 어머니는 어떻게 그 독사 같던 아버지가 용서해 달라는 유서를 쓰게 했던 걸까?"

"장미꽃이 빵보다 야구방망이보다 강했던 그거지요."

두 부모를 함께 잃고 집을 떠나온 무일은 애통한 마음을 달래려고 애써 다른 생각을 했다.

"조민이는 지금 무엇하고 있을까?"

무일은 혼잣말처럼 말했다.

"제 삼촌이 등에 태우고 방을 기어 다니거나 아니면 둘이 씨름하고 있겠지요."

"아니 아직 말도 제대로 못한 애하고 씨름을 한단 말이요?"

"둘이서 늘 깔깔 웃고 잘해요."

"저런? 설마 유도 배운답시고 조민을 가지고 업어치기 연습하는 것은 아니겠지?"

"당신 벌써 조민이 보고 싶은 모양이구려."

무일은 눈을 깜박이며 물었고 미치코는 눈을 흘기며 입을 삐죽 내밀었다.

"응, 보고 싶군. 나를 보면 아직 아버지라고 부르지는 못해도 반가워할 거야."

무일은 이미 어린 아들이 보고 싶은 의젓한 아버지였다. 잠시 눈을 감았다.

"나도 보고 싶어요."

미치코도 상중에 잠시 잊고 있던 조민이 몹시 보고 싶었다. 무일은 한참 뜸을 들이다 무겁게 입을 열었다.

"그런데 말이에요, 저, 저…. 이번에 돌아가면 나, 나 말이에요, 일본으로 귀화할까 생각하는데…"

미치코는 비행기의 고도가 낮아지면서 기압의 차이로 귀가 멍멍해진 때라 느닷없는 말에 귀를 의심했다.

"넷, 뭐라구요? 귀화? 귀화라고 했어요? 그게 무슨 말이에요?"

"아버지 유서에서 깨달았소. 나는 조민을 나 같은 반쪽사람 만들기 싫소. 그리고 내가 은혜를 더 입은 곳은 일본이고 삶의 터전도 일본이요. 일본에 살면서 한국 국민이라고 큰소리치고 살기도 부끄러운 일인 것 같소."

"안 돼요, 그러면 모두 한국으로 가서 살면 되지 않아요?"

고집 센 미치코를 설득하려면 긴 설명이 필요했다.

"이미 일본서 기반을 잡고 살고 있지 않소? 나는 가장으로서 평화롭고 안전한 터전에서 우리 가족을 보호하고 살릴 의무와 책임이 있소. 부모가 있으면 고향이고 조국이지만 그곳에는 이제 부모도 없소. 더구나 한국의 지금 꼴을 보시오. 정말 부끄럽고 안타깝고 살기가 두렵소. 일본에는 나를 사랑해주시고 아껴주시는 부모가 있고 사는 곳이 고향이고 정든 땅이 내 집이라 했소. 우리 결혼 때 나의 귀화를 바라시던 장인어른의 마음을 이제는 잘 알겠소. 조국을 버린다는 말은 아니요. 현실을 도피하려는 것도 아니요. 비록 조국을 떠나더라도 피가 흐르고 있는 민족의 피는 지울 수 없는 것이요. 어디 살던 한민족으로서 더 한국을 사랑할 것이오. 이제부터 한국을 위해서 그리고 양국의 친선을 위해서 일해 볼 생각이요."

자유와 긍지를 되찾은 무일의 가슴속에서는 가족의 행복을 지키고 조국을 위해서 큰 꿈을 펼치고 싶은 웅대한 희망이 부풀고 있는 듯 했다.

"그래도 귀화는 안 돼요! 절대 안 돼요."

"이거 난감하군, 그럼 가위바위보를 합시다."

"이런 일을, 조국을 떠나는 그런 큰일을 가위바위보로 정하자고요?"

무일은 지리산에서도 별학산에서도, 빗발치는 총탄이 용케 비켜가서 혼자 살아난 행운아였다. 어차피 인생은 벗어날 수 없는 원죄가 있고 운명이 정해졌다면 어느 길을 가던 마찬가지라고 이미 생각하지 않았던가. 가위바위보는 상대의 생각을 알아내는 독심술이 1%도 작용하지 못하는 것이다. 승패는 오직 그날의 운수가 좌우할 것이었다. 어차피 승패를 조작할 수 있는 몇 십 분의 일 초만큼의 순발력도 없는 인간이라면 가위바위보에 운명을 맡기는 것도 순리라는 생각이 들었다.

"운명의 갈림길에서 스릴있고 재미있을 것 같지 않소?"

"난 싫어요."

그러나 무일은 자기의 운명은 그렇다 치고 궁극의 속셈은 아들 조민과 처 미치코에게는 절대 나와 똑같은 운명을 지우지 않는 방법이 무엇인가를 이미 마음속에서 가위바위보를 하고 있었다. 비행기는 검푸른 일본땅을 가로질러 기수를 동경으로 향하고 있었다.

"지금 왼편으로 후지산이 보이고 있습니다."

기장의 방송이 들리자 이들의 이견은 잠시 휴전을 했다. 무일은 산허리에 융단처럼 깔린 광활한 운해를 뚫고 하늘로 웅장하게 솟아

나온 후지산의 하얀 봉우리를 보고 있었다. '아름다운 후지산. 그러나 거만한 후지산. 일본 국민의 그 못된 우월감은 후지산에서 영향을 받은 거로구나' 무일은 후지산이 보이지 않을 때까지 창밖을 바라보고 있었다. 아키코와 후지산에 들렸던 옛날은 이미 추억이었다.

무일의 눈에서 두 줄기의 눈물이 주르르 흘러내렸다. 미치코도 슬픈 얼굴을 하고 있었다. 이제 마누라와 아들의 편안한 삶을 위해서 조국을 떠나려는 부이치가 안쓰럽고 고맙고 한없이 사랑스러웠다. '한국이 조금만 더 잘해줬으면…' 아쉬움이, 시집의 나라를 사랑하고 싶은 마음을 안타깝게도 휘젓고 있었다.

하지만 미치코는 끝내 가위바위보를 하지 않을 성싶었다.

저자와의 협의에 의해 인지를 생략합니다

이즈반도에서 만난 미치코

2018년 2월 20일 초판 인쇄
2018년 3월 1일 초판 발행

지은이 : 이춘원
펴낸이 : 연규석
펴낸데 : 도서출판 고글

서울특별시 용산구 한강대로40길 18
등록 : 1990년 11월 7일(제302-000049호)
전화 : (02)794-4490 (031)873-7077

값 15,000 원